U0895529

七班阅读
魅丽文化
花火工作室

鱼不语 —— 著

占有姜西

江苏凤凰文艺出版社
JIANGSU PHOENIX LITERATURE AND ART PUBLISHING

图书在版编目（CIP）数据

佑有姜西 / 鱼不语著 . — 南京：江苏凤凰文艺出版社，2021.3
ISBN 978-7-5594-5418-8

Ⅰ . ①佑… Ⅱ . ①鱼… Ⅲ . ①长篇小说 - 中国 - 当代
Ⅳ . ① I247.5

中国版本图书馆 CIP 数据核字 (2020) 第 227595 号

佑有姜西

鱼不语 著

责任编辑　张　倩
特约编辑　黄　欢
装帧设计　ABOOK 壹书工作室
内页设计　刘芳英
出版发行　江苏凤凰文艺出版社
　　　　　南京市中央路 165 号，邮编：210009
网　　址　http://www.jswenyi.com
印　　刷　湖南天闻新华印务有限公司
开　　本　880mm × 1230mm　1/32
印　　张　10.5
字　　数　200 千字
版　　次　2021 年 3 月第 1 版
印　　次　2021 年 3 月第 1 次印刷
书　　号　ISBN 978-7-5594-5418-8
定　　价　42.00 元

目录

CONTENTS

目录

CONTENTS

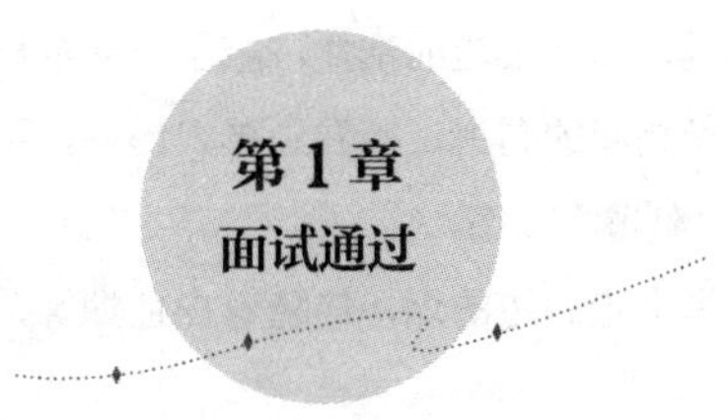

第1章 面试通过

"一、二、三……"

包间昏暗，男女交叉坐着，灯光映着大理石桌上色彩斑斓的酒瓶，笑闹中夹杂着报数声，闵姜西无视众人或玩味或意味深长的目光，只机械地重复一个动作——仰头干杯。

"十一……十二！"

终于听到这个数字，闵姜西停下，一连喝了十二杯，体内积攒的热浪一股脑地往脸上涌。她强迫自己面色坦然，余光瞥见对面隐匿在暗处的身影。从她的角度看，只能看到男人的西装裤腿，没有一丝褶皱，熨帖得仿佛不近人情。

半晌，男人低沉慵懒的声音从面前传来，简短的两个字："坐吧。"

闵姜西暗自提了口气，绕过酒桌坐下，跟男人隔开一人半的距离。男人理着非常短的头发，鼻梁高挺，眉眼轮廓深邃，可闵姜西不敢打量他——深城最恶名昭著的人，秦佔。

秦佔也没看闵姜西，漫不经心地掏出手机，随口说："怎么收费？"

这是闵姜西坐下来之后，秦佔问的第一句话，她马上回道："试用期间不收费。"

手机屏幕的微弱亮光隐隐照着秦佔的脸，他看着面色淡然，声音低沉悦耳："怎么试？你来我家，还是我去你家？"

男人的磁性嗓音让人浮想联翩，尤其是不远处传来的阵阵低笑，仿佛更坐实了不是闵姜西一个人想太多。

她只停顿了两秒，随即声音如常地回道："客户至上，看您的需求。"

秦佔却话锋一转："烟。"

包间中欢声笑语，烟雾缭绕，女公关会亲口点上烟，然后把带有唇印的烟送到身旁金主的嘴里。

闵姜西视线微垂，拿起桌边的烟盒，敲了一支烟出来，递到秦佔嘴角，然后帮他点上火。火光亮起的刹那，她看到男人的唇，不薄，唇形也很好看，却莫名地让她联想到“刻薄”二字。

秦佔修长的手指夹走唇边的烟，伴随着白色烟雾，声音仍旧慵懒：“税后什么价？”

闵姜西说：“公司统一规定，我的级别是一分钟收费八十元，一次一百分钟，八千元。”最后又补了句，“税前。”

秦佔忽然微微偏头瞄向闵姜西。她穿着一身白色的学生裙，上身并不暴露，甚至保守，但是裙子修身，勾勒出女人的弧度和纤细腰线。她个子高，净身高一米七三，所以本就不长的裙子在她身上更显捉襟见肘，一眼望去全是腿。

前后不过三秒钟，秦佔收回视线，声音不辨喜怒：“我给你加个零。”

他的语气随意，仿佛说的不是钱。

闵姜西道：“您这个价位的工作，恐怕我无法胜任。”

靠在沙发处的秦佔道：“你开个价。”

闵姜西说：“我来面试的是家教，不是小姐。”

包间里本是莺歌燕语，闻言瞬间鸦雀无声，众人侧目。

秦佔明目张胆地打量她，随后眼带讥笑：“有区别吗？”

闵姜西不急不躁，目光坦然：“没想到秦先生也是只敬罗衫不敬人，我是入乡随俗，但我不能真俗，别用这身衣服给我开价，同样，您可以追我，但不能包我。”

此话一出，整个包间的气氛更是如坠冰窖。闵姜西背脊挺直地站在原地，看起来面不改色，实则心底五味杂陈。来深城一个月，上司百般刁难。秦佔是她见面的第九个客户，前面八个硬生生磨掉了她所有的骄傲和原则，什么夜大数学物理双硕士学位，现实中想见秦佔一面的敲门砖，是换上跟夜店女公关一样的制服裙，在他身边端酒点烟地伺候。

闵姜西以为工作凭的是实力，其实别人要的是“才艺”，她表演得越卖力，结果越讽刺。

就在包间气氛僵持，一触即发时，房门开了，一名个头不高、身材发福的中年男子提着酒杯走进来，找了一圈，直奔秦佔：“二少，听说您在这儿，我过来敬您一杯。”

男人满脸谄媚，视线无意间瞥过闵姜西的脸，诧异地说：“闵老师？”

闵姜西觉得出门没看皇历，面前的男人叫孙志伟，这个月退她单的八名客户之一。她没看他，只对秦佔道：“秦先生，我能走了吗？”

秦佔不回应，孙志伟瞥见闵姜西的穿着，自作主张地说：“闵老师着急去哪儿啊？这么巧，干脆坐下聊聊天。”

闵姜西不理孙志伟，径直迈步往前走。

孙志伟猜测秦佔不想让她走，故而闪身拦住她的去路，出声道：“闵老师，你可以不给我面子，但二少的面子你必须给，更何况……衣服都换好了，教了这么多学生，自己当回学生又怎么了？”

闵姜西站在孙志伟面前，面无表情地说道：“让一下。”

孙志伟打量着那张令他朝思暮想的脸，眼皮一垂，扫过她身上的装扮，更是心情亢奋，压低声音说道：“闵老师真会看人下菜。”

闵姜西听着男人充满油腻的声音，闻着扑面而来的酒气，冷声道：“让开。”

早前孙志伟就暗示闵姜西要包她，奈何她的脾气特别大，直接翻脸走人，害他惦记了好久，本以为是个贞洁烈女，现如今……他哪里会轻易放她走。

孙志伟嬉皮笑脸地说：“闵老师，大家都是旧相识了，你今天卖我一个面子，多少钱你……”

孙志伟的话说一半，看到闵姜西陡然变冷的目光，临时改口：“买课，我们不提钱，你说买多少节才能坐下陪二少喝杯酒？”

“请你放尊重一点，我不想再跟你老婆有联系。”

孙志伟没想到闵姜西会当众把话说得这么直白，挂不住面子，挑衅道：“打，有本事你现在就给她打电话。”

孙志伟的话音刚落，闵姜西真的掏出手机找电话簿，而且她也真有孙志伟老婆的联系方式。孙志伟见状，情急之下去抢她的手机，她当即手肘一拐，撞在孙志伟胸口上。她肘弯瘦削坚硬，撞得孙志伟倒吸一口凉气，随即怒上心头，扯过她的手臂，一把将人甩在沙发上。

闵姜西被摔得双耳微微嗡鸣，恍惚间听到身边有人大声骂道：“装什么装？白天穿得人模人样出去当老师，晚上还不是来这里，之前嫌我开价太低了？”

闵姜西试着挣扎起身。

孙志伟冷笑道："还想找我老婆？就你这身打扮，报警都是贼喊捉贼，你要是不嫌丢人就大声喊，让所有人都知道你是先行出来的小……"

孙志伟的话未说完，一杯酒从下至上迎面扑来，闵姜西手里拎着空酒杯，昏暗包间里都能看出她脸色通红。

孙志伟眼睛瞪大，恼羞成怒地骂道："给你脸了！"

说罢，孙志伟冲上去揪着闵姜西的头发，将她整个人从沙发上拽起来往外拖，嘴里发狠地念着："今晚不办你我就不姓孙！"

闵姜西的指甲陷入男人肉里，哪怕螳臂当车也要奋力抵抗，眼看着再往前走一步就到了包间门口，忽然"砰"的一声响，好像就在她的耳边炸开，揪着她头发的力道陡然一松。

孙志伟一边摸着后脑，一边转头："谁……"

孙志伟还没完全转过头，只觉得头皮一紧，有人抓住他的头发，直接用力往墙上一撞。

撞击和破碎同时发生，沉闷而清脆，就是这一下，让愣在一旁的闵姜西心底"咯噔"一下，她看着站在孙志伟背后的秦佔，下意识地屏住呼吸。

孙志伟闷哼出声，彻底丧失了聒噪的能力。

秦佔嫌脏，改为揪着他的后衣领，轻声问："你要办谁？"

孙志伟听出秦佔的声音，茫然又恐惧地叫了一声："二少……"

秦佔面色冷漠，按着他的头再次往墙上一撞："在我的包间里，你要办谁？"

孙志伟闷哼，想说话，但一张嘴，出来的只有混杂了唾液的血水。

"我还没说话，轮得到你在这发号施令？"

秦佔每问一次，伴随的都是撞击声，墙上直接贴出个血印子。孙志伟的喉咙发出咯咯声，已经分不清是求饶还是求救，包间中的女公关吓得别开视线，饶是男人都不敢出声，唯有闵姜西，她面无表情地站在原地。

妈妈桑无意间推门进来，见状，吓得往后退了两步，险些没摔倒。看了看要死不活的孙志伟，又看了看并没有想住手的秦佔，最后，将目光落在闵姜西身上。

闵姜西不是这里的人，但她必须要穿上这里的衣服才能进门见秦佔，所以之前两人打过照面，当时妈妈桑就觉得闵姜西不是一般人，果然，这才多长时间，就惹得秦佔发飙。

妈妈不知打哪找来一件外套，披在闵姜西身上，眼带恳求，低声说道：“快劝劝二少吧，别搞出人命来。”

闵姜西神色淡漠。她的命就不是命？如果秦佔没出手帮忙呢？她今晚死在这儿都没人会替她说句公道话。

许是闵姜西的反应吓到了妈妈桑，妈妈桑跟她对视片刻，莫名心虚语塞。就在这时，秦佔侧头看来，目光落在闵姜西身上，出声道：“去换衣服，楼下等我。”

在场所有人看闵姜西的眼神都带着七分打量三分畏惧，暗地猜测她跟秦佔是什么关系，能劳他大驾亲手教训人。

关键是闵姜西架子更大，不声不响，掉头就走。

闵姜西吃不准秦佔到底什么意思，出了包间，换完衣服下楼，秦佔竟比她先到，坐在休息区等她。

闵姜西迈步走过去，站在男人身前几步远的地方，也不坐，兀自面色坦然地颔首：“多谢秦先生出手帮忙。”

秦佔面上看不出端倪，点了根烟，说：“坐。”

闵姜西站着没动。

秦佔吐了口烟，从缭绕烟雾中看她。几秒后，出声道：“闵老师，请坐。”

闵姜西的眼睛微动，明显的意外加警惕。秦佔一眼看穿她心中所想，直言道：“我想找女人很容易，用不着威逼利诱，更不用英雄救美，倒是有不少人靠家教的渠道打我的主意，这年头坏人太多，不得不防。”

闵姜西飞快地在心里权衡算计。的确，这就能解释秦佔前后矛盾的原因，总不会是她魅力太大，对她一见钟情，自知之明这种东西，还是随时带着比较好。

从秦佔说完到闵姜西露出恍然和尴尬的表情，前后也就几秒钟。闵姜西脸上重新浮现微笑，一边拉开椅子坐下，一边抱歉地说：“原来是这样……真对不住，秦先生，是我莽撞了，您别介意。”

秦佔不在意闵姜西变脸速度之快，甚至不在意她的笑容里有几分真诚，嘴角勾起若有似无的弧度，算是给她个台阶下。

闵姜西也不啰唆，秦佔给台阶她马上下，从包里拿出准备好的履历，礼貌地放在他前面。他却正眼都没瞧一下，淡淡道：“不用看了，我给你一个月的试用期，如果你能教，价钱你开。”

闵姜西微笑地道："'先行'是正规公司，明码标价，不存在私自要价的行为，听说之前您家的家教换得很勤，冒昧地问一句，是家长的原因居多，还是家里孩子的原因居多？"

秦佔的眼皮一掀，看着闵姜西，不答反问："面试是家长的权利，面不过也要怪我？"

闵姜西尽量不去想秦佔的"面试"过程，莞尔道："当然不是，您是我见过最深谋远虑，也是最负责任的家长。"

说罢，闵姜西的话锋一转："能聊聊您家孩子吗？"

提到家里那位主，饶是秦佔也不由得眼底多了几分无可奈何："十二三岁的男孩子正是狗都嫌烦的年纪，我家那个，狗倒是不嫌烦，人嫌烦，能不能搞定他，看你有多大的本事。"

闵姜西客气地说了一句："顽皮是小孩子的天性，也是他们的权利。"

秦佔道："我聘你不是给他当玩伴，更不是当保姆。"

聪明人这时候都该感觉到危险，偏偏闵姜西面色坦然，如常说道："当然，我做保姆也不是现在这样的价位。"

秦佔扫了闵姜西一眼，不咸不淡地说："我叫你一声'老师'，希望你做得比长得好。"

这晚一波三折，闵姜西已经无法用坎坷或是顺利形容这一次面试，好在结果是她希望的，也算是绝处逢生。

其实正式跟秦佔面对面聊天的时间很短，前后也就五分钟。秦佔是个特别不爱啰嗦的人，留了闵姜西的电话号码，约她周一正式上门，随后问道："你去哪儿？我叫人送你。"

闵姜西起身说："谢谢，不用了，我男朋友来接我。"

秦佔的眼底不经意间划过一抹淡淡的不屑，是嘲讽她还在提防自己。这是意料之中的事，他也没往心里去，更懒得再跟闵姜西说上一句，她真没好看到叫人逼良为娼的地步。

两人前后脚往外走，中途闵姜西的手机响起，她接通后说："我刚好谈完，现在正往外走，你等我一下。"

出了 DK 大门，秦佔的司机把宾利开到面前。闵姜西跟秦佔告别，快步往街边走。他随意抬眼一看，那里还真站着一个男人，穿了一身警察制服，几步迎到闵姜西身前，嘴里说着什么，两人一起上了一辆私家车。

闵姜西坐进副驾驶座，正在系安全带，驾驶座的男人三两下脱掉警服外套，随手往后一扔，一脸凝重，沉声道：“明知山有虎还偏向虎山行。”

闵姜西道：“不入虎穴焉得虎子？”

“要钱不要命。”

“富贵险中求。”

陆遇迟惊魂未定地道：“是够险的，我之前下车买水，碰到一车警察跟我点头，我尿都要吓出来了，生怕人家走近了跟我打招呼。”

闵姜西忍俊不禁：“你这不是心理素质不行，怕是泌尿系统不行。”

陆遇迟见闵姜西没心没肺，忍不住侧头瞪她：“我这一身山寨货，抓进去最轻都是拘留，关键我进去你在里面出事怎么办？谁去救你？”

闵姜西见陆遇迟真急了，这才好声好气地道：“哎呀，别气，别气，我这不是好好地出来了吗？”

陆遇迟别开视线开车，拉着脸念叨：“都说女人何苦难为女人，二老板心也是真黑，大老板在的时候对你笑脸相迎，大老板前脚一走，她马上笑里藏刀，看看这一个月给你介绍的都是些什么客户，简直就是渣男集中营。本以为大老板快回来了，她应该收敛收敛，好吧，一竿子给你支秦佔这儿了，这是摆明了要你有去无回！”

对比陆遇迟的愤怒与不满，坐在副驾驶座的闵姜西显得云淡风轻：“谁让大老板是我学长呢，谁让我刚毕业就被他聘到这边，还破格直升B级，二老板一看就是对我学长有意思，女人看女人，自然是分外眼红。”

陆遇迟从旁“哼”了一声，无限嘲讽，随后埋怨道：“给你介绍的都是一些歪瓜裂枣，你还不跟大老板说，等你集齐十个差评，她直接就让你土豆搬家，滚球了。”

闵姜西道：“你还以为是幼儿园小孩子打架，跟老师告状就能解决问题的时候？现在我们都是老师了，跟谁告状去？二老板本就认定我是关系户，如果我什么事都去找大老板，不更坐实了走后门的名声？更何况这会让我学长怎么想我？一点儿小事都摆不平，我丢脸就算了，还连累他担个有眼无珠的罪名。”

陆遇迟一时间语塞，过了一会儿才道：“二老板是没想到你敢去找秦佔，之前传有女家教衣衫不整被秦家司机扔在半山，走了几个小时才回市区，没人敢报警，最后就这么不了了之，现在一提秦家，给多少钱都没人敢接，也就你……”

闵姜西目视前方，昏暗车厢中看不清她脸上的表情，只有波澜不惊的声音：“总归过了这一关了。”

话音落下的同时，闵姜西的手机响了一声。她掏出来一看，是一串没存名字的电话号码发来的一条短信，寥寥数字：“警服挺真的，下次让他自信点。”

看到这话，闵姜西脑海中已经浮现出秦佔的模样，甚至模拟出他说这话时的表情和声音，前一秒还在暗自庆幸，这一刻心却突然沉底。

闵姜西拿着手机呆呆地看了几秒，打字又删除，最后剩下简单的几个字：“谢谢秦先生的提醒。”

等了一会儿，秦佔没回，应该是不会回了。闵姜西重新把手机放回包里，努力压下心头的阵阵慌乱。

陆遇迟见闵姜西出神，不想再继续这个负面话题，开口道：“吃什么？”

与此同时，闵姜西也问：“想吃什么？”

陆遇迟道：“我随便，看你，管它好坏总归是开张了。”

闵姜西道：“回家，我给你开小灶，感谢‘浴池’兄弟为我保驾护航两肋插刀。”

陆遇迟跟闵姜西同窗六年，最佩服的不是她年年考第一的成绩，而是化腐朽为神奇的厨艺。一听说她要下厨，他立刻一个漂移踩着限速的边把车开回家。

闵姜西跟陆遇迟都不是深城人，来这边工作之后一起租了房子，就住对门。陆遇迟回家洗澡藏警服的工夫，闵姜西已经炸好了一盘羊肉串和一盘土豆片，还弄了两碗疙瘩汤。

陆遇迟闻味赶来，正赶上闵姜西从冰箱里拿出两罐冰镇啤酒。他帅气的脸庞上双眼放光：“天啊，硬菜啊。”

闵姜西抠开拉环递给陆遇迟一瓶啤酒：“那是，为了符合您东北人‘大金链子小金表，一天三顿小烧烤’的纯正血统。”

两人围在茶几旁喝酒撸串，陆遇迟的酒量不行，两罐就开始犯迷糊。闵姜西赶紧趁着人没“死透”，把他赶回对面，随后收拾残局，准备睡觉。

闵姜西脱衣服洗澡的时候，惊觉胳膊上有好几个深红色的印子，在白皙的皮肤上显得触目惊心。她愣了几秒才反应过来，定是在 DK 被孙志伟拉扯出来的。

想到 DK，闵姜西脑海中难免浮现秦佔的面孔。他将人胳膊扭断，抓着后脑往玻璃墙上撞，一下又一下，玻璃上都是血……

闵姜西本是闭着眼睛站在花洒下，猛地往后退了一步，定睛看着地上是无色的水，几秒后才伸手关掉开关，擦干身体出去。

这晚闵姜西有些心力交瘁，躺下后不久就睡着了。她做了个噩梦，噩梦中有看不清人脸的男人在拼命地殴打一个女人，用各种他能拿到的东西，椅子、衣架、台灯、枕头……

闵姜西目睹整个经过，恐惧令她窒息。她很想冲上前，可身体一动不能动。她张大嘴想要呼喊求救，却发现自己只能无声地流泪。

渐渐地，她睁开眼睛。有那么几秒的恍惚，她分不清梦境与现实，脸上有些痒，抬手一摸，全是泪。

很累，即便闵姜西已经很久不做这样的梦，可每次梦到，都会身心疲惫。

清晨五点半，闵姜西起来洗澡，洗掉一身冷汗。她坐在床边打了个电话出去，屏幕上显示着“程二”的字样。

连接声只响了一下就被接通了，手机中传来女人兴奋的声音：“哟，卡着点给我打电话，我刚下飞机，你再早十秒我都没开机。”

闵姜西说：“定点买个消停，省得你事后啰唆。”

“你看你，明明是真爱，非得用冷淡来掩盖。”

闵姜西说：“到了就好，赶紧回去睡觉，醒了给我打电话。”

程双道：“睡什么睡？上午约了两个客户，下午找我爸拿邀请函，晚上去参加一个商业酒会。”

闵姜西蹙眉调侃：“你说你身家十几亿，不好好在家躺着当富二代，非得学人玩自力更生，图什么？”

程双说：“图我爸破产我还能当个富一代。”

闵姜西道：“去检查一下你的被迫害妄想症好吗？”

程双说：“别打岔，你今晚跟我一起去。”

闵姜西眉毛一挑：“凭什么？”

程双意味深长地回道：“就凭‘楚晋行’三个字，我听说他也会去，你去不去？”

电话的另一端，闵姜西忽然安静。

晚上七点半，闵姜西跟程双出现在近郊某森林酒店。两人先后下车，前者黑衬衫、黑裤子，脚上一双黑色平底尖头小皮鞋；后者一身白色一字肩小礼服，脚踩八厘米细跟绑带高跟鞋。

程双下车便很自然地伸手挽住闵姜西的胳膊，两人并肩往前走。她嘀咕道：“扶着我点。”

闵姜西面色淡淡地说：“姐姐，把墨镜摘下来，前面都是康庄大路。”

程双摘下墨镜，随意地侧头一看，像是才发现闵姜西穿了一身黑，挑眉道：“你干吗穿得跟保镖似的？”

闵姜西说：“为了衬托你老板的身份。”

程双配合地扬了扬下巴，目视前方道：“我爸竟然敢瞧不起我这没满月的新公司，我拿邀请函的时候，他说我今晚一定败兴而归，没等开门就劝我关门，你说他是什么人啊，生怕我陡然富裕超过他。”

闵姜西面无表情地道：“说明叔叔很要强，只想你女凭父贵，不想父凭女贵。”

两人插科打诨地往里走，中途程双余光一瞄，当即站在原地，盯着几个正在谈笑的中年人看。

闵姜西顺势望去：“怎么了？”

程双目不转睛地说：“穿咖色西裤的那个，盛悦集团副总董博磊，盛悦是文化传媒行业的龙头老大，我做这一块要是能跟他搭上线，以后就吃喝不愁了。”

闵姜西说：“那还等什么？赶紧去拜见衣食父母啊。”

两人站在一旁静候，看着漂漂亮亮，实则目光特像森林里觅食的狼。终于等到董博磊身前的一圈人散开，程双找准空档，马上踩着高跟鞋健步如飞地上前。

程双大学是学传媒专业的，分宿舍的时候全系就多她一个，所以被塞到了人口不足的数学系，跟闵姜西当了好几年舍友。她特别会说话，能把自闭聊成话痨。闵姜西完全不担心她的社交，甚至一度觉得自己变得像现在一样嘴贫，十有八九是被她带的。

隔着不远不近的距离看着，闵姜西虽然听不到对话，但看样子聊得还不错，正想着有戏，结果有人走近跟董博磊说了句什么，他马上就走了，只留下身边助理跟程双聊。

闵姜西吃不准董博磊是什么态度，也不好贸然上前，干脆找了个位子坐下来，屁股还没坐热，只见程双踩着高跟鞋，翻着白眼往回走。她起身迎上前，低声问：“这么快？”

程双气得炸肺：“要不是我爸三令五申，劝我别自己没谈成再给他惹一屁股麻烦，我真想抽丫的！”

闵姜西抬眼向董博磊助理的方向看，男人竟然也在看她们这边，确切地说，是看闵姜西。

程双来气，拽着闵姜西的手臂道：“别搭理他。”

闵姜西一脸好奇：“干吗？是不是他见色起意，对你有什么非分之想？”

程双一时没忍住，脱口而出：“长得不美想得够美，他看上你了！”

闵姜西的眉毛微挑：“我？”

程双小声磨牙：“董博磊在的时候装得人模狗样，老板前脚一走，他后脚立刻原形毕现，臭不要脸……”

闵姜西完全没往心里去，一边顺毛捋，一边半开玩笑半认真地说：“别生气嘛，买卖不成仁义在。”

程双侧头瞥向闵姜西，“哼”了一声：“一个月让人退八单的人，好意思说我吗？”

闵姜西抿唇不语，暗叹她们都是膝盖只能屈一条的人，单膝下跪可以，双膝那是上坟。

程双出师未捷，憋着一定要出这口气。两人乘电梯上楼，她很快又发现董博磊的身影，跟一帮业内大佬围坐在沙发上聊天。

“你先自由活动，有机会推销自己千万别错过，我去毛遂自荐。”

程双的性格风风火火，说走就走，闵姜西开始也并不担心她会办砸，直到视线里突然出现一道身影——熟悉得令人紧张警惕的身影。

男人身高在一米八五之上，鹤立鸡群。他一出现，沙发上的一群人立刻起身相迎，理所应当地把主位让给他。待他转身坐下，闵姜西隔着一段距离，毫不意外地看到了他的脸——秦佔。

程双本是冲着董博磊来的，加之这周围还有其他文传公司的高层，名片才递了一半，秦佔的出现显然打破了原本互相吹捧的互动氛围，大家都看着秦佔的脸色，统一恭维他。

程双自然是有眼色的，明知秦佔在深城是什么地位，她高攀不上，但这会儿硬着头皮也要给人递名片，不然就显得她不懂事了。

来到秦佔面前，程双双手递上自己的名片，笑着道：“您好，秦先生，我是程双，初次见面，请多关照。”

秦佔面色淡淡，看都没看程双一眼。身旁最近的董博磊给他递火，他抽了口烟，目中无人。

程双的脸瞬间就红了，红了又白，但还是维持着礼貌的笑容，把名片收回来，点头，轻声说："打扰了。

尴尬和丢面的感觉当然会有，但是比起面对秦佔时的压力，程双更想溜之大吉，偏偏在座的有人出声调侃："程小姐，是不是太心急了，逢人就递名片，秦总是谁的名片都收的吗？"

另有人笑着接茬："名片不行，可以试试换成房卡，也许换个场合就能聊了呢。"

四周一片笑声，程双憋着一口气，钻地缝的心都有了，风口浪尖上，身后忽然响起熟悉的声音："这么巧，秦先生，您也在。"

程双面色发白地转头一看，果然是闵姜西。

闵姜西脸上是如常的淡定和随和，目光直直地落在沙发中间的秦佔脸上。

一帮人精不忙着表态，先是将闵姜西从头打量到脚，随后不着痕迹地观察秦佔的面色。见秦佔也在看闵姜西，虽神情没有明显变化，但开口接道："你来干什么，除了本职还有其他副业？"

闵姜西莞尔，看了一眼旁边的程双："不是我，我是陪我闺密来的，她新开了一家文化传媒公司，想来跟各位前辈取取经。"

仅仅因为秦佔跟闵姜西说了一句话，众人心目中便有了各式各样的想法，还不待秦佔发话，有人主动道："原来是秦总的朋友。"

董博磊更是直接把自己的位子让出来，示意闵姜西坐在秦佔旁边。

程双完全是蒙的，直到闵姜西拉住她的手，悄悄用力握了一下，牵着她往沙发方向走。

原本董博磊只给闵姜西留了一个位子，见秦佔并未出声，大家又不着痕迹地往旁边挪了一个位置出来。

闵姜西跟程双就这样堂而皇之地坐在一群商业大佬中间，尤其是闵姜西，她身旁就是秦佔。不等秦佔说话，她兀自倒了一杯酒，侧身微笑着道："那天的事情还没有来得及好好谢谢秦先生，多谢您出手帮忙。"

闵姜西的声音不大，似有低调之意，可在场的每个人都听得清清楚楚，看她的目光中也多了几分耐人寻味。

秦佔靠在沙发上，并没有因为场合的变换而有所收敛，跟在夜店时一样，举止慵懒，抽了口烟，出声道："怎么才算好好谢？"

闵姜西说："我知道您最看重什么，来日方长，我用实际行动回报。"说着，她举杯敬了下秦佔，一饮而尽。

外人一时半会儿捋不清闵姜西跟秦佔之间的关系，但见两人的对话意味深长，一个恶名在外的男人为何要帮一个漂亮女人？这就是司马昭之心，路人皆知了。

没人敢去八卦秦佔的私生活，但看秦佔对闵姜西的态度，还默认程双一起坐，八成也是为博美人一笑。一群人正愁巴结不上秦佔，这会儿看见突破口，不仅要抬着闵姜西，就连她身旁的程双都跟着水涨船高。

好几个人主动跟程双找话，之前没递出去的名片，现在也争相抢着要。闵姜西瞥见一个"地中海"正跟程双互换名片，她笑着对程双说了一句："小心点，别把房卡当名片给出去。"

之前就是这个"地中海"调侃程双，让她不要给秦佔名片，给房卡。如今闵姜西不轻不重地点了这么一句，表面上是在开玩笑，但大家心知肚明，这是翻小肠了。

果然"地中海"神色一变，马上去看秦佔的脸。见秦佔面无表情，看不出喜怒，他赶紧赔笑道："之前跟程总开了句玩笑，别往心里去。"

闵姜西面不改色地道："不说不笑不热闹，您也别往心里去。"

越是漂亮的女人越会让人联想到"蛇蝎美人"这样的字眼，尤其是闵姜西和颜悦色的时候，只让人想到"笑里藏刀"四个字，惹不起。不仅秦佔惹不起，就连他身边的人同样也惹不起。

秦佔显然没打算一直在这里"与民同乐"，没坐多久便站起身。一帮人跟皇帝起驾似的跟着起来，每个人嘴里都恭维地说着有机会一起吃饭，只有闵姜西实打实地说了一句："慢走，明天见。"

秦佔是谁想见就见的吗？

闵姜西是不开口则已，开口便惊人。

秦佔虽未说什么，但有心人已经坐实了他跟闵姜西之间的关系。待秦佔离开，一个个笑脸相迎，恨不能当场认个亲。

闵姜西三十六计走为上计，留下程双善后，有的是人愿意跟秦佔沾亲带故，攀不上闵姜西，巴结一下她闺密也好，毕竟这年头磨破嘴也不如枕边风。

半小时后，程双推开洗手间房门，与躲在这里半天的闵姜西碰头。

洗手间里没别人，程双憋了一晚上的疑问终于可以问出：“你跟秦佔怎么回事？不是……你什么时候跟他认识的？”

虽没外人，可提到秦佔名字的时候，程双还是不由自主地压低了嗓音。

对比程双的火急火燎，闵姜西则是一脸淡定，有问必答：“昨天，他是我的新客户。”

程双的眼珠子都快瞪出来了，直勾勾地盯着闵姜西道：“你给秦佔当家教？！”

闵姜西纠正程双：“是给他家的孩子。”

程双一脸惶惶然：“我才出国几天，出这么大的事你怎么不跟我说？”

闵姜西面色镇定：“秦佔是二老板派给我的第九个客户，我不接吗？谁知道第十个会不会直接派个不孕不育的来。我没得挑，跟你说也没用，你自己都忙得脚不沾地。”

程双蹙眉，凝重地问：“你知不知道秦佔是什么人？”

闵姜西镇定地回道：“据说名声不怎么样，但是跟我没关系，他出钱我出力，我是老师又不是警察。”

程双一时无奈，有些哭笑不得地说：“看来你对名声不怎么样的理解并不怎么样。”

闵姜西打趣：“绕口令说得不错。”

程双急声道：“我没跟你开玩笑。”

她一副恨铁不成钢的样子，攥着拳头道：“也怪我这个月太忙，一直没时间跟你普及我们深城的本地文化，你不知道‘深城六景’。”

闵姜西眉毛一挑：“别忽悠外地人，深城有八景，大鹏所称、莲花春早，还有侨城锦……”她掰着手指头算。

程双撇着嘴翻了个白眼，出声打断：“妹子，你那是外地人眼里的深城，我以一个土生土长深城人的身份告诉你，现在深城只有六景！”

闵姜西看着程双那副咬牙切齿的样，勉为其难地捧场：“愿闻其详。”

程双小声地点名道姓：“深城六景，现在指的是六个人，三神三恶，你的梦中情人楚晋行是三神之一，而你的新客户秦佔，巧不巧，三恶之首！”

程双故意把“恶”跟“首”咬得很重，就是为了让闵姜西认清形势，不能要钱不要命。

结果闵姜西眨了眨眼，目光纯良真切，低声问：“楚晋行在深城这么有名？”

程双差点儿一头栽过去，扶着盥洗池才堪堪站稳。她一本正经地跟闵姜西说秦佔有多危险，然而某人心里只有楚晋行。

闵姜西抬手摸了摸程双的后脑，哄着道：“好了，好了，我信，我信还不行吗？气性这么大，带速效救心丸了吗？”

程双稳了稳心神，嘀咕半天，闵姜西凑近才听清楚她说什么。

“刚刚你就不该来替我解围，现在占了他的便宜，他更不可能轻易放过你，完了完了。”

闵姜西想劝程双想开点，天塌了还有她这个一米七三的顶着，总不会砸着一米六五的。可还不待她出声，就有人推门而入。洗手间不能再讲悄悄话，两人干脆前后脚往外走。她走在前面，程双走在后面。走着走着，她忽然立定不动。程双差点儿撞到她身上，正想问怎么了，这一抬头，自己也吓了一跳。

秦佔站在不远处抽烟，一个人。

程双很怕秦佔，脸色都变了。闵姜西给程双使了个眼色，示意程双先走。程双紧张地挤眉弄眼，闵姜西给予回应。两人此时无声胜有声，最后还是程双先走一步。

闵姜西看了一眼秦佔的侧影，悄悄提了口气，迈步上前，站在距离他两步之外的地方，如往常一般礼貌地叫道：“秦先生。”

秦佔口中吐出一团白色烟雾，眼睛看着别处，脸上的表情不辨喜怒，不冷不热地道：“按说能来这里的人，都应该混得不错，还劳你特意在我面前演一出，看来你朋友开的是皮包公司。”

用最淡的口吻说最犀利的话，闵姜西没想能瞒得住，只是没料到秦佔会如此光明正大地讲出来。

为今之计，闵姜西也只好立正挨打：“对不起，秦先生，我朋友开了新公司，圈内人不认，又欺负她是女孩子，趁火打劫，我只好‘倚人仗势’了一把，但她确实特别有能力，我相信她会把公司做好的。”

秦佔闻言，侧头看了闵姜西一眼，神色晦暗不明地问：“她的公司怎么样关我什么事？”

秦佔说罢，不等闵姜西回答，目光微凛，口吻危险地说：“这世道什么人都有，第一次见人敢明目张胆把主意打到我身上，你是觉得我傻，还是觉得我的便宜很好占？”

闵姜西有种泰山压顶般的压迫感，面对秦佔的质问，她想过道歉，但是道歉没有用，她只好一眨不眨地回道：“我的确不该在聪明人面前耍聪明，一句‘对不起’于您而言意义不大，如果您实在很生气，可以当昨天的口头协议无效，我保证以后绝对不会打着您的幌子占您的便宜。”

秦佔面色不改，不为所动，本以为闵姜西言尽于此，谁料她又说了一句：“当然您也可以给我些时间，让我在自己擅长的领域补偿，我相信结果永远比语言更有说服力。”

秦佔的表情依旧淡淡的，不辨喜怒地道：“好坏都让你说了。”

这次闵姜西没有接话，只老老实实等着听他的意思。秦佔别开视线，抽了口烟，道：“我这个人最讨厌被陌生人占便宜，对自己人向来很大方。我给你机会，你做得好，那我们就是自己人，别说倚人仗势，就是横行霸道我也罩着你，但你要是做不好……

秦佔再次侧头看向闵姜西，黑色的瞳孔乍看之下无声无息，可定睛一看是沉甸甸的危险与冷漠。唇瓣开启，他的声音低沉，很慢的语速，近乎娓娓道来：“你仗过的势，耍过的心眼，我不仅要计较，还要变本加厉地计较。”

闵姜西看着不动声色，实则心底警铃大作。她突然想到昨晚她在车上，秦佔发给她的那条短信。陆遇迟装警察的事情，原本只有他们两个知道，秦佔却神不知鬼不觉地发现了。

闵姜西不确定秦佔是什么时候知晓的，是只查了陆遇迟一个人，还是像外界传言的那般，秦佔所在的方圆千米内，不可能有身份可疑的人，就怕对他图谋不轨。

不管是碰巧还是意料之中，越是跟秦佔接触，闵姜西就越觉着传言非虚，怪不得程双光是听到他的名字就如临大敌。

短暂的如鲠在喉，闵姜西很快便强迫自己镇定对应：“谢谢秦先生给我机会，我会努力成为‘自己人’。”

秦佔抽了最后一口烟，将烟头按灭在一旁的灭烟器中，淡淡地道：“明天上午十点。”

闵姜西点头应声："好。"

两人皆是面朝一侧，背对走廊，闵姜西将全部注意力都放在秦佔身上，没注意身后何时有人靠近，直到秦佔忽然转了下头。她顺着他的视线往后看，这才看到不远处站着一个身穿红色小礼服的漂亮女人。

女人脸上化着精致的妆容，退去眼线便知道年纪轻轻，跟闵姜西差不多，目光带着三分审视三分嫌。她看了一眼闵姜西，而后似笑非笑地对秦佔道："找了你半天，原来躲在这跟人讲悄悄话……是不是打扰到你们了？"

女人看女人，一看一个准，这都用不着第六感，闵姜西不愿背黑锅，干脆脚底抹油，对秦佔说了句："秦先生，我先走了。"

她迈步往前，跟女人擦肩而过的时候，清楚地看到对方那种目不斜视的高傲里藏着一闪而逝的不悦，甚至是杀气。

等闵姜西走远，女人抱着肩膀，踩着红色高跟鞋慢悠悠地往秦佔面前走，眉眼透露着轻微不快，口吻也是三分嗔三分嫌："现在跟你当'自己人'的门槛这么低吗？"

秦佔面无表情，旁若无人地抬腿往前走。女人跟在他身后，嘲讽道："你对'自己人'还真大方，只不过某些人一人得道，鸡犬升天的心思也太明显了，这一会儿的工夫，陌生男人的名片收了没有三十也有二十吧？"

她故意模糊主语，其实闵姜西并没拿人名片，都是程双接的。

秦佔头都没侧一下，用理所当然的口吻道："我让的。"

女人始料不及，嗤笑道："什么情况，奉命勾三搭四？"

秦佔走着走着停下脚步，侧头看着面前的人，俊美的面孔上写满疏离与多管闲事，嘴一张，声音更是淡漠："管好你自己，我的人用不着别人说三道四，知道的是你咸吃萝卜淡操心，不知道的，还以为你是我什么人呢。"

闵姜西一出来就给程双打电话，程双秒接，两人很快碰头。程双担心得不得了，连连问："他说什么了？有没有为难你？"

闵姜西面无异色地回道："我觉得他人不错。"

程双用难以置信的眼神看着闵姜西，慢半拍地试探："他……恐吓你了？"

闵姜西道："做人最重要的就是讲原则、守规矩，他是个有原则的人，我也准备遵守他的规矩。"

程双听得云山雾罩，一脸蒙，下意识地说：“你答应他什么了？他要是敢逼良为娼，你可千万不能忍气吞声！”

闵姜西幽幽地回了一句：“少看点狗血偶像剧吧，现实生活里没有霸道总裁爱上我，只有霸道总裁高薪聘请我，就这还是我勤学苦读十几年才换回来的。”

两人不准备在酒会久留，往外走的时候，闵姜西不着痕迹地左顾右盼。

程双敏锐地道：“我刚刚看到楚晋行他们公司的高层，楚晋行今天没来。”

闵姜西下意识地想要否认，可话到嘴边，还是默认了。

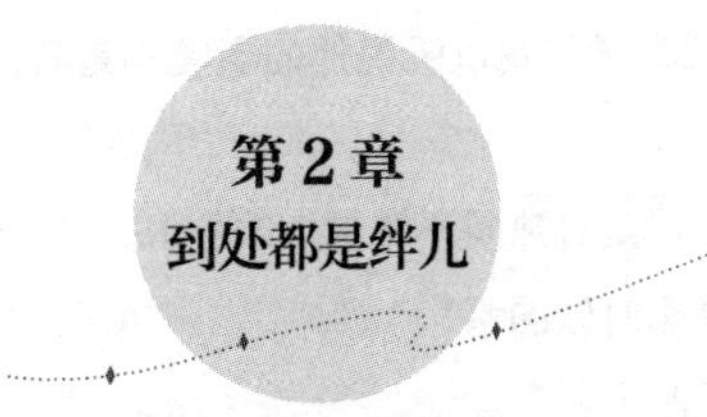

第2章 到处都是绊儿

“先行”是近几年在超一线城市迅速崛起并被富人极力追捧的教育机构，业内称其为“天才集中营”，外界则戏称“烧钱大本营”，集嫌贫爱富和攀高结贵于一体。

虽风评天差地别，但没人可以否认“先行”在教育行业的突出表现。“先行”主要服务面临中高考的学生，承诺无论基础如何，保证最迟一年时间考上满意院校。

创办整三年，承诺百分之百兑现，引来大批望子成龙的富人拿着钱排队预约，当普通人还在花大把时间拼着不确定的未来时，有些人早已拿钱买注定灿烂的未来了。

早上八点多，闵姜西出现在商业区最豪华的地段，买了早餐和牛奶，预留出几十上百号人争抢电梯的时间，来到公司的时候，距离正式上班还有十几分钟。

往常的清晨总是最百无聊赖的时刻，即便早到的人也都坐在各自的座位上，或对着镜子补妆，或对着电脑补课，静得像是临近高考的实验班，然而这天的情况很特殊，闵姜西一推门便看到一帮人聚在一起，似乎发生了什么大事。

有人正对门口，看到闵姜西，不由得道：“来了。”

闵姜西一脸茫然，尤其是所有人都向她投来注视的目光，她慢半拍道：“怎么了？”

苗芸说：“你不知道吗？孙志伟出事了。”

闵姜西眼底的轻诧一闪而逝，随即面不改色地说：“我不知道，他出什么事了？”

“网上曝他在夜店花天酒地，耍酒疯脱得只剩一条内裤，是他老婆亲自去接的人。”

“这回丢人丢大了，马赛克都没打，好歹全公司上下百十来号人呢。”

“在外丢脸也就算了，我可听说他的老婆不是省油的灯，八成回家连内裤都没得穿。”

大家七嘴八舌，尽是看热闹不嫌事大的嘲讽。

闵姜西问：“什么时候的事？”

有人道：“前天晚上。”

前天晚上？那不是她在DK遇见孙志伟的那晚吗？他明明被秦佔给打了，怎么会……难不成，是她走后才发生的？

孙志伟当时被打成血葫芦，就算想花天酒地怕也是有心无力，那就只能是那人故意安排的。

闵姜西很快捋清思绪，心底说不上是什么滋味。

见她沉默，苗芸道：“孙志伟不是你的客户吗？”

闵姜西不动声色地回道：“见过面，没谈成。”

苗芸忽然扯起嘴角笑了笑：“你来‘先行’也有一个月了，好像一个都没谈成吧？”

闵姜西没出声，众人神色各异。

苗芸很快说：“啊，我没别的意思，只是搞不懂你到底来找工作的，还是来找男朋友的，怎么眼光这么高，一个都看不上？”

苗芸故意揶揄闵姜西，摆明了叫她下不来台。对于这突如其来的攻击，闵姜西并不意外。谁让她是空降部队，不仅惹到了二老板，同样也让底下一帮同事心生嫉妒。

还不等闵姜西回话，忽然听得身后传来一个熟悉的男声：“她缺什么也不会缺男朋友，多少人挤破头在这儿排着呢。”

闵姜西侧头一看，果然看到“浴池”那张格外帅气的脸。

苗芸看向陆遇迟，似笑非笑道：“陆大帅哥来了。”

陆遇迟看了一眼腕表，皮笑肉不笑地回道：“刚刚好到上班时间，叫我‘陆老师’就行，不然让人误以为是办公室骚扰。”

苗芸眉毛一挑：“那你对骚扰的门槛还真低。”

陆遇迟道：“老实人都这样，我也不懂那些成天撩别人的人，安的是什么心。”

陆遇迟这话一语双关，主要是暗讽苗芸总找闵姜西的碴儿，苗芸怎么会听不出来。她当即脸色一变，刚刚吸了一口气要反驳，结果看到玻璃门口逐渐走来的何曼怡，这才堪堪憋住，扭身往座位处走。

其他人都各自回座位，闵姜西跟陆遇迟扭头一看，先后叫了声：“二老板。”

何曼怡都没正眼看他们，目不斜视，招呼也不打一声，径自往办公室走。

陆遇迟是D级家教，闵姜西是B级，两人不在一个工作区。临分开之前，闵姜西把早餐和牛奶递给他。等到刚回办公位坐好，他的微信就来了。

“姓苗的又找你碴儿，你惯着她干吗，留着过年啊？”

闵姜西回道：“哪个地方没有这种跳梁小丑？让她再蹦跶一会儿，反正又气不到我。”

陆遇迟说：“这帮人还不知道你面试秦家通过了，我现在突然想用秦佔打他们的脸，深城本地人不是很怕秦佔吗？”后面配了个抠鼻子的表情包。

闵姜西道：“面试过了还有试用期，话别说得太满，笑也别笑得太早，我不打没准备的仗。”

陆遇迟说：“一个试用期就足够吓死他们……你三明治买的哪家的？”

“你总吃的那家人太多，我在旁边随便买的，怎么了？”

“是旁边还是路边？你看谁家三明治里夹老干妈？”

闵姜西忍不住乐了：“小伙子，别一大早火气就这么旺，喝口奶压压惊，奶还是牛的。”

两人闲侃了几句便各自忙自己的一摊事，闵姜西需要准备这天上门的课件。一晃一个小时过去了，同事来到她身旁，出声道：“二老板叫你过去一下。”

闵姜西起身往办公室走，同事们表面上不关注，其实私下里都在议论：快要满十个退单名额了吧？要是满了，按公司规定必须开除，就是大老板也保不住她。

站在办公室门口，闵姜西敲了几声门，门内传来女人的声音：“进。”

闵姜西推门而入，面色如常道：“二老板，您找我？”

何曼怡面前的办公桌上堆着很多文件夹，她似乎很忙，头不抬眼不睁地说：“先等一下。”

何曼怡没让闵姜西坐，闵姜西站在办公桌前。说是等一下，十几分钟过去了，何曼怡没说过一个字，闵姜西心知肚明，罚站呗。

闵姜西抬起手腕，看了一眼时间，何曼怡问道："赶时间？"

闵姜西说："没有。"

何曼怡的声音不冷不热："也是，这个月一单都没谈下来，又不用见客户。"

话罢，她抬起头，化着精致妆容的脸上面无表情，盯着闵姜西说："已经是第九个了，丁恪出差之前千叮咛万嘱咐，叫我好好照顾你，我给你介绍的都是顶级资源，多少人眼红羡慕不来的大客户，你呢？一连谈崩九次，你还让我怎么帮你？我总不能倒贴钱让你给人上课吧？

"闵姜西，'先行'是靠实力说话的地方，你这样的表现不仅让我失望，也让你师兄很难做。"何曼怡顿了顿，似乎做了个决定，"外面不排除有人在看你的笑话，我也不想让你难堪，我有朋友在深城做教育机构，你要是愿意，我介绍你去他们那边。"

话音刚落，办公室的房门被人敲响，何曼怡说了声"进"，接待推开房门，出声道："何总，有客人过来签约，在会客室等。"

闵姜西瞥见女接待脸上的表情，不知道是不是她想多了，总觉得对方眼里带着一股强压的兴奋，兴奋什么？又不是没见过签约的。

接待小妹到底在兴奋什么，闵姜西在一分零二秒之后弄清楚了。当她推开会客室的房门，看到正对面的何曼怡以一种模糊了震惊和不安的眼神看着她时，她就知道不对。她很快瞄了一眼坐在何曼怡面前的人，沙发遮挡了大半，只剩男人的半截脖颈和后脑。

但是这些就足够了，闵姜西已经认出来者是谁。

闵姜西绕过沙发走至人前，看着身穿白色衬衫、黑色西裤的男人，微笑着颔首，恭声叫道："秦先生。"

秦佔眼皮都没抬，一张容易让女人兴奋的俊美面孔上无甚表情，没应声。

何曼怡出声道："闵老师，下次跟客户定了合同，回公司要第一时间上报……"说话间，她偷偷打量秦佔的面色。虽然他一言不发，但她莫名地感到心颤，所以又补了一句，"免得像现在一样，要客户等。"

闵姜西道："我听说签正式合同才需要提前报备，签试用合同也是吗？"

何曼怡本就气闵姜西搭上秦佔这艘大船却不显山不露水，刚刚在办公室里还故意陪她演戏，想把办事不周的脏水泼到对方身上，没想到闵姜西敢当面回怼。

何曼怡一口气哽在喉咙处，顿了一下，面不改色地说："秦先生能跟普通客户比吗？就算是试用期合同，我们也要提供最周到的服务。"

说着，何曼怡重新看向秦佔，立刻换了张面孔，和颜悦色地问："秦先生，您不喝茶，给您换杯咖啡还是果汁？"

秦佔低头看手机，不咸不淡地回道："不喝。"

何曼怡贼心不死，继续道："那我让人给您准备一些水果和点心。"

她给闵姜西使了个眼色，示意闵姜西去。其实这些事明明有专门的人做，闵姜西倒不介意被穿小鞋，只不过她刚一抬脚，秦佔忽然开口说了一句："我来找家教，不是找用人。"

此话一出，何曼怡脸上的表情相当好看，笑不敢继续笑，又不敢撂脸子。她也算是见惯世面的人，平日里跟各行各业的精英大佬们打交道，见过说话不中听的，没见过说话这么难听的。

场面一度尴尬，闵姜西也不出声打圆场。陆遇迟跟程双都知道，闵姜西只是个表面上好相处的人。她可以忍着何曼怡三番五次的挑衅，但现在有人替她出头，她偷着乐还来不及呢。

几秒钟的无言以对后，何曼怡红着脸，硬着头皮憋出来一句："哈哈，秦先生真幽默。"

秦佔眼皮一挑，一眨不眨地看着何曼怡。何曼怡顿时觉得身体被无形的力量困住，一动不敢动，笑容一点点地变僵。

就在闵姜西以为秦佔只是看看而已的时候，他当着第三人的面，一脸正色地问何曼怡："你连认真和玩笑都分不出来？"

虽然气氛紧张到令人窒息，但闵姜西也不知哪根筋搭错了，特别想笑。她深深地垂下头，强忍着笑。

何曼怡不敢看秦佔的眼睛，又不敢再乱找台阶下，正心急如焚之际，有人敲门，送准备好的合同进来。

合同一式两份，共同签上闵姜西跟秦佔的名字，何曼怡半个字都不敢多说。事后恭恭敬敬地将人送到电梯口，眼看着电梯门合上，脸上强撑着的笑容才慢慢敛去。

电梯中，闵姜西双手在身前拎着文件包，银色的电梯壁映照出她笔直端良的体态，她确保自己表情自然，站在身前一步远的秦佔却突然开口道："想笑就笑。”

闵姜西一时无措，透过电梯壁打量秦佔的脸，见他也正从镜面般的电梯壁里看着自己。目光相对，电光火石间她想到自己刚刚在办公室里憋笑，她应该没表现出来才对，他是怎么知道的？

秦佔似是看穿她心中所想，出声说：“我又帮了你一次。”

闵姜西轻轻地眨了一下眼，点头道：“谢谢秦先生。”

除此，她还能说什么？她总不能说他像蛔虫一样，仿佛钻进人的肚子里，别人心里想什么他都一清二楚，这怪瘆人的。

秦佔不冷不热地说：“情要记在心里，不要光放在嘴上，最重要的，感恩要付诸行动。”

闵姜西暗自掂量秦佔这出突如其来的敲打是源自何处，很快她便想清楚，开口回道：“您放心，您是我来深城的第一个客户，于公于私我都会全力以赴。”

闵姜西就差拍着胸脯表忠心，一定会把秦嘉定视如己出，只怕秦佔又说她占便宜。

电梯直达地下车库，秦佔隔空用钥匙开了辆深灰色的兰博基尼 Urus。闵姜西怕他对座位有要求，临上车之前特意问了句：“我坐后面可以吗？”

秦佔道：“坐副驾驶座。”

闵姜西听话地拉开副驾驶座的门，系好安全带。她知道秦佔这人不好聊，况且两人也没什么好聊的。待车子开到地面时便打开文件包，拿出事先准备好的材料翻看。

车外骄阳似火，七月份的深城，气温经常在三十八九度，车内开着二十二度的冷风空调，平稳行驶，舒适得像坐办公室。

闵姜西看资料看得认真，满脑子都是怎么走好万里长征的第一步，谁料始终匀速行驶的车辆忽然一个急刹车。她猝不及防，身体惯性前倾，手中捏着的资料没掉，但腿上的文件包却滑到脚下。

闵姜西惊慌地抬头一看，只见前方不足两米处，一辆鲜红色的法拉利 599，车尾的四个排气管冒着白烟，发动机嗡鸣，莫名像极了在叫嚣。

红灯倒数三秒转绿，一切都来不及反应，法拉利一马当先，率先加速。秦佔面无表情地踩下油门，车速跟之前一样，仿佛并未受影响。正当闵姜西以为刚刚只是一个意外时，前方红色跑车再次降速。它故意挡着秦佔的道，秦佔开左转灯要变道，它也开左转灯。

闵姜西偷偷地打量秦佔的面色，瞥见他抿着好看的唇瓣，依旧是不辨喜怒。她暗道，外界把他传得飞扬跋扈、横行霸道，恨不能在深城一手遮天。她以为他的脾气一定是沾火就着，没想到一点儿不露怒，这点就值得大家学习。

红色跑车压着深灰色 Urus 跑了两条街，又遇到一个红灯，这回只有一红一灰两辆车冲过了斑马线。闵姜西眼看着对方欺人太甚，正想说要不停下报警吧，可话才到嘴边，秦佔忽然加速，表盘瞬间从六十飙到超百，两辆车的距离本就不大，他这一脚就是冲着对方车屁股去的。

电光火石之间，“砰”的一声，Urus 的车头撞在跑车的车尾，不仅撞到，还顶着对方往前开，足足开出几十米，然后猛地降速。闵姜西被吓得忘记呼吸，死死地捏着手里的纸，慌乱中还以为拽的是安全带。

秦佔踩了刹车，跑车因为惯性被推出一段距离。闵姜西的脸色发白，天真地以为事情应该到此为止了，结果秦佔挂了倒挡，车子往后退了十几米，再次踩油门往前冲。

闵姜西完全惊呆了，只能看着，喉咙里一丁点声音都发不出来。

又是“砰”的一声响，Urus 的车头顶在已经受伤凹陷的跑车车尾。闵姜西用力将身体靠在副驾驶座椅背上，脑子里都是如何回到二十分钟前，她还没上这辆车的时候。

关键秦佔一个人发疯就够了，法拉利车主更是丧心病狂，调了倒挡踩死油门跟秦佔硬刚，瞬间两辆车的发动机像是野兽一样彼此咆哮着，轮胎在地面上摩擦出尖锐的刺耳声。

闵姜西坐在车里，车内的警报一直在响，每一下都准确无误地扎在她自以为强大的神经上。终于，她忍无可忍，侧头对秦佔道：“秦先生，你冷静一点，你儿子还在家等你！”

秦佔的脸上依旧是那副淡淡的模样，这样才更叫人心生恐惧。闵姜西开始相信程双不是危言耸听，跟这种人打交道，不是看脸色的问题，而是生命安全都有问题。

“坐稳了。”正在闵姜西思绪紊乱之际，秦佔忽然开口。

闵姜西顿了顿，紧接着很快找到头顶把手，用力拉住。

秦佔完全松开油门，车子当即被压着后退。他临时转了方向盘，闵姜西只觉得右臂往车门上一撞，整辆车瞬间从压制下偏出。他二话不说再次踩下油门，几秒钟便甩开跑车百米不止。

闵姜西紧张地去看后视镜，还好，红色跑车没有再追上来，余光瞥见驾驶座的男人。他竟是脸不红、心不跳，仿佛刚刚发生的不是一场蓄意的、严重的交通事故，只是一个有惊无险的小插曲。

车子重新步入正道，稳步行驶。闵姜西缩回用力到发白的右手，同时尽量放松把资料攥到皱巴巴的左手，俯身捡起掉在脚下的文件包，一言不发，默默地抚平褶皱，继续看，一如什么都没发生。

过了一会儿，身旁忽然传来低沉的男声："纸在面前柜子里。"

听到秦佔的声音，闵姜西刚刚平复下来的心跳陡然加快。她面不改色地打开储物柜，抽了一张印花纸，低调地擦着掌心中的冷汗，如常道："谢谢。"

秦佔道："没什么想说的？"

闵姜西说："秦嘉定的数学基础怎么样？这几次见面一直没有机会问您。"

秦佔虽表情如常，眼底却很快闪过一抹轻诧，随后道："看来是见过大世面的人，没哭着嚷着要下车。"

闵姜西勾起嘴角，淡笑着道："您撞车的都没心疼，我哭什么？"

秦佔不再开口，两人一路无言直到进入半山别墅区。闵姜西在夜城上学时曾教过几个家世显赫的学生，但夜城毕竟在天子脚下，再有权有势也不过住着有历史背景的四合院，坐立人工湖的大平层，或是五环外面积有限的别墅。

到了秦家，闵姜西才知道山高皇帝远的富贵是怎样的富。别的不说，秦家光车库就不止十个，放眼望去，一排的车库门，这就难怪秦佔会把四百多万元的车当碰碰车开了。

秦佔把车往院子里一停，很快有人过来接应。闵姜西跟着秦佔往别墅里走，一个两鬓斑白却腰杆笔直的老爷子站在门口等待，先是跟秦佔打招呼，随后朝着闵姜西颔首："您好，我叫陈忠昌，是这里的管家。"

闵姜西礼貌地回应："您好，我叫闵姜西。"

秦佔换了鞋自顾自往里走，陈忠昌负责接待闵姜西："家里人都喊我昌叔，不介意的话，您也可以这么叫，小少爷的房间在楼上。"

闵姜西跟秦佔在偌大的别墅一层就分道扬镳，她跟着昌叔来到二楼某房间门口。他敲了敲门："闵老师来了。"

里面没人应，陈忠昌帮闵姜西打开房门，做了个“请”的手势：“应该还在睡觉，您有任何需要，随时告诉我们。”

闵姜西点头，迈步往里走。

房间很大，刚进来是一个客厅，一片落地窗都挡着窗帘，光线幽暗。她穿着柔软的羊皮底拖鞋，走在地毯上鸦雀无声，两侧皆有房门可进。她正迟疑，只听一个男声隐隐传来：“右边第二间。”

闵姜西来到房间门口，出声说：“你好，我是新来的家教。”

不多时，门内道：“进来。”

闵姜西推门走进去，房内光线更暗，什么都看不清。她正欲开口，忽然听到身后房门关上的声音。她摸到门把手往下压，竟然打不开。

没有了门外的微光，室内暗得离谱，像是一点光都不透。闵姜西掏出手机，打开手电筒往前照，顺着有限的光，她跟一双反光的玻璃球四目相对，直直地看了三秒才回神。那双玻璃球的背后还甩着近两米长的身体，灰中微微泛着绿，颗粒感的皮肤，铠甲一样。

乍一看，闵姜西的确吓了一跳。她还以为是鳄鱼，可再细一瞧，发现是蜥蜴。美洲鬣蜥，大型可家养蜥蜴，最主要的，食草。

一人一蜥正大眼瞪小眼，忽然头顶传来微微触感。闵姜西迅速抬起头，拿手机往上照，对方被吓了一跳，往上缩了几寸，是一条身体比她的腿还粗的黄金蟒，腰身盘在上方的人工藤架上，只把头探下来观望。

闵姜西与它对望时，不过隔着半条手臂的距离。

仰着头太累，闵姜西收回视线，用手机把房间照了个遍。三四十平方米的密闭房间里，养了不下五个品种、二十多个冷血动物，大的、小的，花的、绿的……这一幕不要说是女人，就是个男人看了都要胆战心惊。

闵姜西却只在最初稍显意外，而后便面色坦然地来回走动。走了第三圈的时候，她站在一处保温箱前不动了。她的眼睛一眨不眨地看着某处，保温箱里面有一条翠绿色的蛇。她看的却不是蛇，而是隐秘在角落，不易被发现的摄像头。

闵姜西对着摄像头，和颜悦色地说：“你好，秦嘉定，我是闵姜西，新来的家教老师。”

闵姜西甚至还挑衅地朝摄像头挥了挥手，本就漂亮的脸上写满了人畜无害，别说人畜了，鬼都抗拒不了。

闵姜西根本不怕，对方再关着她也没什么意思。果然没两分钟，“咔嗒”一声，房门被人从外面打开。闵姜西闻声往门口走，一拉门，门外没人，取而代之的是守在面前的两只大狗，一只藏獒，一只德牧，两条烈犬都凶神恶煞的。

狗可不是闹着玩的，更何况是烈犬。闵姜西跟对方敌不动我不动了几秒，随后打开包，从里面拿出一支钢笔，举起来，试探道：“坐。”

两只大狗仰头看着钢笔，两秒后行动统一地坐在闵姜西面前。她当即笑了，出声道：“这个不能吃，下次带好吃的给你们。”

说罢，闵姜西抬腿往前走，两只大狗果然没有拦她去路，只凑近她腿边嗅了嗅。

走到客厅，闵姜西往右边沙发处看，穿着白色T恤和灰色家居裤的男孩子窝在上面，背靠着软垫玩手机。虽然头发有些乱，但是长得特别帅，依稀能看出秦佔的模样，父子俩是同款的盛气凌人。

闵姜西微笑着说：“秦同学，没想到你这么贴心，谢谢你给我准备的小惊喜。”

她的话音落下，秦嘉定眉头一蹙，似是烦躁。

闵姜西视若无睹，继续道：“今天是初次见面，你要是不想直接进入正题，我们也可以聊聊天，彼此互相了解一下。”

秦嘉定开口，十二岁的年纪，还没变声却故作深沉地说：“我们家聘你来工作，不是找你来闲聊的，你以为钱就那么好赚？”

闵姜西微笑地回道：“真懂事，这么小就明白钱不是大风刮来的道理，那你赶紧起来准备一下，我们别浪费时间了。”

秦嘉定一哽，没料到闵姜西在这儿等着他。虽首战告败，他以不变应万变，依旧维持着懒洋洋的姿势靠在沙发上，非但不起身，还旁若无人地打起了游戏。

闵姜西不急不缓，走到窗边，“哗”的一声拉开窗帘，刺目的阳光照进来。她眯了眯眼，待到适应后将整面窗的窗帘全部拉开，房间顿时大亮。

秦嘉定背光而坐，手机屏幕被阳光晃得根本看不清楚。他眉头一蹙，不悦地质问：“谁让你随便碰这里的东西了？”

闵姜西扭身，阳光在她周围镶了一圈金边，让她脸上的表情变得有些模糊。她轻勾着嘴角，好脾气地回道：“光太暗对眼睛不好。”

秦嘉定沉着脸道：“用不着你管，拉上！”

闵姜西面不改色地说：“你要是请我帮忙，我可以拉上，你要是命令我，这个忙我怕是帮不了。”

秦嘉定抬头朝闵姜西看去，两人的面孔一个迎光一个背光。前者眼神不善，后者晦暗不明。

几秒钟的注视，秦嘉定率先开口，声音充斥着少年的傲慢跟跋扈：“我凭什么请你帮忙？你搞清楚自己的身份，别用老师压我，更别用年龄倚老卖老，这里是我家！我是雇主，你是做事的！”

越往后秦嘉定说得越慢，生怕闵姜西听不懂，拎不清。

闵姜西闻言，一脸坦然地道：“是吗？我的工资原来是你付的，我还以为是你爸爸给的。”

秦嘉定的眉头蹙得更深，闵姜西不等他反驳，继续道：“还有，我记得很清楚，你爸爸聘我的时候，特地‘警告’，我来这里是当老师，不是当保姆，所以不是我搞不清自己的身份，而是你搞不清我的身份。”

秦嘉定靠在沙发上，一脸怒意地盯着闵姜西。沉默的时长证明他从未遇到过这么棘手的事件，但他不肯吃这样的亏，所以反问：“你想用长辈压我？”

闵姜西是敏锐的人，加之钻研过青少年教育心理学，能很快从孩子的言行举止分析出对方的心理活动，就凭“长辈”两个字，她就能断定秦家对小辈的教育还是很严格的，而且，他摆明了在虚张声势，目的就是为了掩饰他还在忌惮大人的心态。

闵姜西不动声色，软下口吻回道：“当然不是，你说得对，不管我是什么职业，说白了我都是秦家雇来工作的，我也没把你当小孩子，我认为我们可以像成年人一样对话，你觉得呢？”

秦嘉定的火气原本已经冲到头顶，就等着闵姜西再火上浇油一把，那他说什么都要把她赶走，不然下不来这个台，可她竟然突然示弱。他抿着好看的嘴唇不说话，看她的目光中少了些怒气，多了些警惕。

闵姜西也不等秦嘉定主动问，自顾自地道：“我不跟你讲大道理，什么学生就该乖乖听话做学生该做的事，我在你这个年纪的时候同样放纵不羁爱自由，我理解你，但礼尚往来，你也要体谅我的难处，你以为我很喜欢强人所难吗？大家都是被逼无奈，你有你的任务，我也有我的任务，同是天涯沦落人，男人何苦为难女人？”

闵姜西将这个年纪孩子的心理摸得太透，小大人小大人，越是年纪不够越是爱装大人，还总觉得大人不理解自己，她要取得对方信任，首先就要公平对话。

果然闵姜西的一番“真情”流露，秦嘉定狐疑地盯了她片刻，出声问：“听你的意思，是打算和平共处了？”

闵姜西点头，目光真挚。

秦嘉定别开视线，眼底闪过一抹嘲讽，提议道：“只要你不影响我，我可以不赶你走。”

闵姜西微微摇了下头：“是你不赶我走，我肯定不影响你。”

秦嘉定一抬眼，再次看向闵姜西，直觉她话里有诈。

“你什么意思？”他问。

闵姜西微微一笑，又是那张乍看人畜无害，再看细思恐极的表情，温和地说：“与其每次费力赶走不同的人，还不如简单一点，只面对一个人，我尊重你的一切爱好跟个人行为，你只需要配合我每次见面的一百分钟，除此，你想和平共处还是井水不犯河水，都随你。”

兜来兜去，还是要自己听她的。

秦嘉定审视着闵姜西，她的确跟以往来面试的家教不同，可再不同，又能不同到哪里去？

他心生叛逆，顽劣地问：“你确定尊重我的一切爱好跟个人行为？”

闵姜西莞尔，面不改色心不跳地回道：“不瞒你说，所有活着会动跟死了不会动的东西，我都不怕，除非哪天我一开门，见到鬼了，那我有可能会知难而退，那也只是有可能，毕竟鬼见多了，也就那样。”

第3章

外表体面，背后心酸

秦佔洗完澡，穿着浴袍下楼，昌叔如常给他递了杯冰镇果汁。他喝了一口，随意问：“上面没动静？”

昌叔应声：“没有，挺安静的。”

秦佔坐在沙发上，面色坦然道：“不会吓晕了吧？”

昌叔立在一旁，出声回道：“应该不会，之前有吓晕的，小少爷还是会叫人进去的。”

秦佔没再说话，昌叔又给他准备了一些甜品，这才默默离开去做自己的事。时间一分一秒过去，偶尔秦佔会看一眼手机，超过四十分钟，楼上还是一点动静都没有。他心底说不上是意料之中还是意料之外，闵姜西破纪录了。

原本秦佔有些事要做，但是等着等着，忽然就想知道最后的结果，闵姜西到底能不能在上面撑满一百分钟？

秦嘉定卧室的房门打开，闵姜西从里面走出来，家里上到管家下到阿姨，都用礼貌又不失打量的目光观察她，暗叹这是长久以来第一个“好去好回”的英雄，果然人不可貌相！

闵姜西来到楼下，看到秦佔坐在沙发上看笔电，开口打了声招呼：“秦先生。”

秦佔抬起头，面色如常道：“课上完了？”

闵姜西微笑着点头：“是。”

秦佔脸上不辨喜怒，闵姜西脸上则不辨真伪，看不出她是真的挺高兴还是强颜欢笑。

秦佔不动声色地说：“一起吃顿饭吧。”

闵姜西道：“谢谢，不耽误您时间了，我回去后还有其他工作要做。”

秦佔说：“不用客气，跟你聊聊秦嘉定的学习情况，而且我听说你来‘先行’一个月，目前为止只签了这一单，回去除了端茶递水，怕也没有其他需要你做的。”

秦佔直言不讳，闵姜西顿觉心肌梗死，当即扬起嘴角来掩盖内心的真实感受，笑着回道：“那就打扰秦先生了。”

秦佔让人去叫秦嘉定下楼吃饭，自己也回去换了身衣服。几分钟后，长长的餐桌旁只坐了他们三人，阿姨陆续上菜，没有二十道也有十五道，昌叔在一旁说：“闵老师，不知道您是什么口味，如果有想吃的菜，我随时叫厨房准备。”

闵姜西礼貌地回道：“谢谢您，我不挑食，这些足够了。”

昌叔点头离开。

闵姜西跟秦嘉定对面而坐，皆是不着痕迹地互相观望，直到主位的秦佔拿起筷子：“闵老师，别客气，家常便饭。”

秦嘉定动了，闵姜西暗道没错，秦家小孩子养得如何暂且不论，规矩还是挺大的。

闵姜西始终面带微笑，说：“多谢秦先生款待。”

三人默默地吃了一小会儿，秦佔率先打破沉默，出声问：“今天的课上得怎么样了？”

秦嘉定挺直着腰板，垂眸，举止得体地吃东西。闵姜西见状，微笑着说：“我觉得还不错，秦同学很配合。”

秦佔看了一眼秦嘉定：“你呢？闵老师怎么样？”

秦嘉定咽下口中的食物，面无表情地说：“除了迷信点，其他都可以。”

秦佔没看闵姜西，只自顾自地问：“迷信什么？”

秦嘉定道：“说鬼话。”

闵姜西暗气这小子真记仇，她都没想着告状，他倒是先打一耙。她的大脑已在飞速运转，想着下一秒秦佔问话她该如何回，谁料秦佔面不改色地说：“你信了？”

秦嘉定说：“我又不是两三岁的小孩子。”

秦佔道：“知道就好，成年人难免鬼话连篇，不是说鬼话的就是鬼，跟迷信更没半毛钱关系。”

秦嘉定“嗯”了一声，表示理解。

他们二人皆是神情自然，仿佛早就习惯了这样的教育模式。闵姜西在一旁听着，却是如鲠在喉，什么叫鬼话连篇？还不如说她迷信呢！

“既然你们两个都没问题，那以后一周六节课，除了周日，其余都是这个时间。”秦佔直接拍板了。

闵姜西抬头问：“一周六节？”

秦佔看向闵姜西：“没空？”

闵姜西勾起嘴角：“不是，就是怕这个密度，秦嘉定同学会觉得有些吃力。”

秦佔说：“那就尽快习惯这个频率。”

闵姜西是无所谓的，不仅无所谓，心底还阵阵欢喜，这都是钱啊。

闵姜西心底美滋滋，面上尽是为人师表的淡定，出声说：“好，我跟秦同学一起加油。”秦嘉定不置可否，三人继续无言的午餐。闵姜西来深城之前，在夜城待了六年，汉城待了十年，冬城也待过一整个童年，这三个地方菜系的统一特点就是口味重，不是咸就是辣。而深城本地口味清淡，靠海，多海鲜。闵姜西不怎么喜欢吃，她吃得少不奇怪，怪的是秦佔跟秦嘉定也都一副厌食症的样子，没动几口就结束了。

饭后，闵姜西要回市中心，正好秦佔也有事要走，说是顺道送她，她连连客气地拒绝。开玩笑，公司给买的五险一金还不知道生没生效，她可不敢再坐“黑无常”的车，她没办法舍命陪“无常”。

秦佔猜到闵姜西心里想什么，这一次看破没戳破，叫司机送她回去。闵姜西客套几句就应下了，毕竟从这里走着回去，可能半路就得叫一顿外卖。

司机把闵姜西送到市区某处，她没有直接回“先行”，而是又叫了辆出租车，说：“师傅，麻烦送我去最近的医院或者疾控中心，能打各种疫苗的地方。”

司机从后视镜里瞄了一眼闵姜西，听她语气里带着坚决跟急迫，忍不住担心地问：“被狗咬了？”

闵姜西看司机也挺害怕，遂出声安慰：“您别怕，我没被狗咬，也没要病发，过去防患未然。”

二十分钟后，闵姜西出现在医院门口，找到相关部门，坐下后对医生说：“您好，我想打一针狂犬疫苗，家里有狗，怕被咬。”

医生在忙其他事情，听到没被咬，倒也不慌不忙，直到闵姜西说：“医生，家里养冷血动物需要打什么疫苗？”

医生回道：“冷血动物不需要打疫苗。”

闵姜西又问：“那像是松鼠，龙猫这种小动物呢？”

医生终是忍不住转回头，看着闵姜西道：“你在家里开动物园吗？”

闵姜西一言难尽，脑子里回放着她跟秦嘉定面对面坐着时的画面。他盯了她几秒，忽然开口，一字一字地道：“老师，你坐到我的松鼠了！”

这是闵姜西这辈子第一次在动画片之外的地方见到松鼠，尾巴并没有想象中那么大。

挨了一针，闵姜西胸有成竹地回了“先行”，她确定自己跟上午出去的时候没两样，既没换衣服也没换发型，但大家看她的眼神明显地多了些许意味深长。她马上猜到自己签约秦家的事情已经传遍了，毕竟办公室里没有秘密。

果不其然，有好事的同事将闵姜西叫过去，满脸八卦的表情，压低声音问：“闵老师，上午过来的就是秦佔本人吧？”

闵姜西还没等回答，呼啦一下子，身边最少围了不下二十人，大家皆是满脸好奇，求知欲爆棚到像是临近高考的莘莘学子。

闵姜西点了点头，如实回答：“是。”

话音落下，气氛瞬间点燃，有人问：“你什么时候搞定的秦家？秦家换的家教没有一百也有八十，光‘先行’A级的家教都不知道退了多少。”

“秦佔本人亲自过来接你，你们之前认识吗？”

“秦佔好相处吗？我听说……”

“你见到秦佔的儿子了吧？长什么样？是不是超级难搞？”

闵姜西被围在中间，一时间根本插不上话，最后也不知谁说了一句：“看你们一个个没见过世面的样子，又不是手里没客户，都注意点师容师表。”

闵姜西闻声一看，是坐在位子上没起身，正眼都没往这头看的苗芸。

苗芸跟闵姜西一样都是B级家教，不是“先行”水平最硬的。但众人皆知，她跟何曼怡私下里走得很近，算是二老板放在下面的钦差大臣，所以平日里她说什么讽什么，大家也都一听一过，并不反驳。

可偏偏有人就爱跟她打擂台：“是啊，这儿最见过世面最有话语权的人就是苗老师，毕竟苗老师也是应聘过秦家的人，只可惜，没过。”

说话者是刚刚从茶水间那头闪身进来的陆遇迟，他手里拿着一杯冰果汁，旁若无人地走到闵姜西面前，一边递给她，一边笑着道：“恭喜闵老师拿下深城公认的大单。”

苗芸眉头一蹙，瞥眼道：“什么意思啊？踩一捧一？”

陆遇迟淡淡地看过去，脸上已无笑容，冷淡地说：“知道拉踩没意思，就别那么多刺话。”

苗芸没料到陆遇迟白天怼完她，这会儿又跟她过不去，而且言语间完全没有要给她台阶下的意思，办公室里一半人出课，但剩下的也有好几十个人，她面子过不去，只好翻脸硬杠：“谁说刺话了？我好心提醒大家，这是办公时间，别把八卦聊成公事，到你这里就成了拉踩……而且我跟其他人说话，关你什么事，用得着你出来说三道四？”

陆遇迟冷眼瞥着坐在椅子上的苗芸，沉声道：“要说就站起来说，跟谁装大爷呢？”

苗芸气得一下子站起来：“陆遇迟，你说话要注意态度！”

陆遇迟刚要还嘴，被身边的闵姜西拽了一下，其他人看够了热闹都意思意思地想上前劝和。办公区火药味十足，没人看见何曼怡何时从办公室里出来，只听她出声道：“吵什么？”

苗芸看到何曼怡就哭了，边哭边诉苦，说陆遇迟一天找她两回碴儿，她委屈。

何曼怡看了一眼站在闵姜西身旁的陆遇迟，气不打一处来，顿时沉着脸道：“陆老师，且不说这是大家的办公时间，有事情该私下解决，就算真遇到解决不了的事情，我还在呢，我上头还有大老板呢！讲理你是新来的，不该给前辈难堪，讲情，你个大男人也不该为难一个小女人。”

陆遇迟一血统纯正的东北老爷们，要不是为了某人，他真不爱往这女人扎堆的地方钻，脸色微红。他不是弄不了何曼怡，而是有所顾虑。

不等陆遇迟开口，闵姜西不动声色地接道：“Maggie，有些话原本我不想当着大家的面说，既然你都没避讳，我也没必要替苗芸遮掩。是，我来‘先行’一个月了，接连丢了八单客户，对不住大老板特地飞到夜城去挖我的诚意，也对不住二老板的一路‘提携’，但这不是某些人一直明里暗里落井下石的理由吧？”

闵姜西一开口，众人都很意外，包括何曼怡。因为这是闵姜西第一次公开反抗，见惯了她好脾气甚至好欺负的模样，还以为她是软柿子，都靠大老板罩着，谁料她会把事挑明？

苗芸被点名，先是一愣，紧接着哽咽道："我怎么了？你这话是说我在背后落井下石？"

闵姜西看向苗芸，面无表情道："你跟多少人说过我多少难听的话，我不点出来不是我傻，而是给其他同事留面子，但是你的面子，我现在不想留了。你既然没想跟我好好处，我也懒得再跟你客套。今天当着二老板跟大家的面，我第一次也是最后一次警告你，如果再让我听到任何一句从你嘴里传出的有关我的坏话，我保证让你比今天难堪得多。"

闵姜西个子高，眼皮微垂，脸子一撂，竟是说不出来的强大压迫感，愣是看得苗芸如鲠在喉，不敢反驳。

偌大的办公室刹那间鸦雀无声，最后还是何曼怡出声打破安静。她说："好了，都是同事，有什么误会说开就好了。"

说罢，何曼怡生怕闵姜西反驳，很快补了一句："闵老师跟我来一趟办公室，大家散了，今天的事到此为止。"

闵姜西偷偷给了陆遇迟一个眼神，随着何曼怡进了办公室。房门前脚关上，何曼怡后脚道："闵老师，在外面我给大家留面子，其实我对你刚刚的做法很不认同。"

何曼怡坐在老板椅上，表情不说难看，但充斥着算后账的严肃。这回闵姜西也没傻站着等训话，自顾自地拉开办公桌对面的客椅坐下，神情坦然地回道："二老板的意思我明白，尽量大事化小，小事化无，实在解决不了，上头还有您跟大老板。"

何曼怡的表情不冷不热："你知道这个道理，刚刚那么做摆明了在给我找难题。"

闵姜西说："虽然我刚来深城不久，但听说不少苗芸是二老板亲信的话，真假不论，可她的确经常在办公室里嚼舌根，大家表面不说，心里早就不高兴了。"

何曼怡说："我跟她非亲非故，大家私下里传的话，十有七八都是道听途说。"

闵姜西道："我也相信您的为人，您对我这样的新人都照顾有加，怎么会纵容别人在背后狐假虎威？"

何曼怡不接话，明面默认，实则警惕地观察着闵姜西。

闵姜西也委屈："我初来乍到，不懂深城这边的规矩，也是刚听大家说才知道我的新客户很有来头。但签单这种事，一靠老板'照顾'，二要客户合眼缘，我有心想让给苗芸，怕是客户那边也不同意，还有秦家小朋友，他就跟我合得来。”

大家都很关注闵姜西这次进办公室后出来的状态，没有让众人久等，不过十分钟后，焦点人物便现身，神情是自然中又带着几分如沐春风。大家一看便了然于心，果然是胳膊拧不过大腿，不是何曼怡拧不过闵姜西，而是“先行”得罪不起秦佔。

背靠大树好乘凉的道理，古来有之，读了这么多年书的学霸们又怎会不明白。

当晚下班，闵姜西跟陆遇迟结伴去了家烤鸭店。他们一推开包间的房门，就见程双已经到了。她正拿着手机坐在椅子上跟人客套，说是实在有约，改天请对方吃饭。

电话挂断，陆遇迟边往里走边道：“稀奇，有生之年还能赶上程总铁公鸡拔毛，受宠若惊，受宠若惊。”

程双眼皮一抬，出声回道：“别以为喊我一声‘程总’就能随便拔毛，为什么叫你来，是给你个机会请我们吃饭。”

偌大的圆桌，陆遇迟寻了个位子坐下，道：“我说你都自己开公司当老板了，能不能大方点，出出血？”

程双道：“好钢要用在刀刃上，没看我明天要请人吃饭吗？”

陆遇迟的嘴角一撇：“得，专宰自己人。”

闵姜西坐下后倒了三杯酸梅汤，一杯留给自己，另两杯转给他们，开口道：“她说请人吃饭就是她花钱？她请客，别人买单还差不多。”

程双道：“还是姜西了解我。”说着，白了一眼陆遇迟，“大学白让你跟我混了好几年。”

陆遇迟道：“还好意思说呢，自打跟你认识，吃饭花的都是双份，我爸妈一直怀疑我有女朋友，关键真有也就算了，占着茅坑不拉屎。”

程双“哼”着道：“干吗跟吃了枪药似的，荷尔蒙失调了？”

闵姜西说：“想挫的人没挫到，宝宝心里委屈，只能冲你撒撒气。”

程双好奇一打听，这才知道白天发生了什么事。包间里没外人，她敞开了说：“痛快，憋了这么久，可算是出了口恶气。”

陆遇迟说：“有些人就是长了一张人畜无害的脸。”

闵姜西接道：“其实背地里心狠手辣吗？”

陆遇迟赔笑道：“您这是卧薪尝胆。”

闵姜西淡定地喝了一口酸梅汤，出声说：“没资格没本事的时候，不就得憋着。”

程双说：“待到十拿九稳，忍无可忍无须再忍，给小人迎头痛击，让她们尝尝猝不及防又无可奈何的滋味，出自‘闵子兵法’。”

陆遇迟感慨道：“心疼我自己，一肚子的刺话，愣是没有机会说。”

程双道：“你得了，你跟姜西不一样，她是丁恪请来的，你是奔着丁恪来的，别惹事，尤其在感情不稳定之前。”

程双刻意加重了“感情”二字，更是让陆遇迟明目张胆地唉声叹气：“难呐，找个对象难，找个好对象，难上加难。”

对于陆遇迟的喜好，闵姜西跟程双多年以前就知道了，所以不是兔子不吃窝边草，也不是窝边草不够香，而是草根本没看上兔子。

闵姜西第一天开工，程双跟陆遇迟比她还紧张，得知一切顺利，这才放下心。

席间，程双道：“秦佔的面子太大了，光是今天一天，登门的就有五六家公司，都表示愿意深度合作，有些藏不住的，还直说有空叫上闵小姐一起吃饭，搞得我这心又痒又怕。”

闵姜西说：“不用怕，秦佔给机会，我们才能占到他的便宜，他要是不愿意，你觉得能吗？”

程双忧虑道：“话是这个话，我是怕你……”

闵姜西接道：“不管他是生意人还是小气人，公平的基础上，我会在他需要的地方加倍回报，这样他高兴，我们的日子都跟着好过很多。”

程双轻声叹气：“可怜你了，就是感觉好像把亲手养大的小白羊给送到虎口边上了。”

闵姜西道：“在老虎身边也比被一帮豺狼惦记强。”

陆遇迟从旁补了一句：“更何况还是一只披着羊皮的狼。”

秦佔无疑是一尊煞神，攀上容易送走难。这会儿闵姜西的处境，还真就需要这样一尊煞神帮忙镇着，不然不等她建功立业，就得被迫马革裹尸。

一顿饭临终之际，三人举杯，祝程双新公司纳斯达克敲钟，祝陆遇迟早日梦想成真，祝闵姜西平平安安……乍一听，哪个都是不好完成的心愿。

隔天闵姜西再去公司，同事见面都主动打招呼，有人还问她需不需要带早餐，温暖得像三月的春风，苗芸也老老实实地坐在椅子上，难得没有欠言欠语，仿佛昨天什么都没发生。

闵姜西如常给起不来的陆遇迟带了三明治和牛奶，秦家也是如常十点钟派人来接她，看到不是秦佔本人，暗暗地松了口气。等到丁恪出差回来，她一定要再问问五险一金的事。

闵姜西来到秦家，昌叔礼貌招待，亲自带她上二楼。闵姜西推门往里走，仍旧是挡着窗帘的昏暗客厅，她轻车熟路地来到某房间门口，敲门道："秦同学，起来了吗？"

让她意外的是，秦嘉定的声音很快传来："进。"

闵姜西伸手按下门把手，往前推了半臂距离。房内明亮，秦嘉定也坐在她目光所及之处，手里拿着 iPad（平板电脑）。他抬眼看着仍旧小心谨慎站在门外的人，挑衅道："你怕什么？"

闵姜西勾起嘴角，推门往里走："怕你还没起来。"

人已经走进来，没有任何奇奇怪怪的东西，闵姜西很自然地转身要关门，结果这一转身，门口陡然出现一抹身影。她都没看清楚是人是鬼，直觉伸出手，直锁对方喉咙。

触手软绵，她几乎攥成拳，定睛一瞧，是一个比她略高的僵尸人偶，穿着清朝官服，大白脸，贴着鲜红的舌头，怪吓人的。

闵姜西从头到尾一声没喊，拎着僵尸的脖子，把人偶提起来，转身面向目不转睛的秦嘉定，出声道："新礼物？"

秦嘉定目睹了整个经过，慢半拍回道："你还是女的吗？"

闵姜西随手把僵尸戳在一旁，云淡风轻地道："我就是抽不出手来，不然直接过肩摔了。"

这么一说，秦嘉定才看到闵姜西一只手提了个蛋糕大小的盒子。她把盒子放在桌上，招呼他过来："我也给你带了礼物。"

此话一出，这回轮到秦嘉定眼带警惕。

见秦嘉定坐在沙发上不动，闵姜西笑着激他："你怕什么？"

十二岁的男孩子不禁逗，当即将 iPad 一扔，起身说："你哪只眼睛看见我害怕了？"

秦嘉定嘴上如此说，站在盒子面前，心里早就做好里面是吓人东西的准备。

他在心里默默叨念着不怕不怕，抽掉盒盖上的蝴蝶结，打开盖子。

盒内并没有惊悚恐怖，也没有血肉横飞，取而代之的是……非常可爱？

闵姜西买了两只茶杯犬送给秦嘉定，见他定睛看着，面无表情。她微笑着开口：“我看你那么多动物，应该会喜欢吧？”

“不喜欢”已到秦嘉定嘴边，差点儿冲口而出，却不知为何嘴巴先于大脑改成：“这算什么，贿赂我？”

秦嘉定故意板着脸，不让闵姜西看出他心底并不排斥的本意。

闵姜西好声好气道：“我又没给你塞钱，贿赂算不上，你也给我看了你的宠物，顶多算是礼尚往来。”

秦嘉定忍着想要抬手的冲动，绷着脸道：“我不随便收人东西，又不是买不起。”

他话音刚落，盒子里白色的茶杯犬站起来，攀着边缘似乎想要“越狱”，奈何五短身材，根本够不到。它也不傻，找了一圈，最后踩在角落处的黑色茶杯犬身上，丝毫没有难兄难弟的情谊。

秦嘉定见状，伸手把白色的那只从黑色的身上拿开。白色的倔强，掉头就往回爬，黑色的那只也是尿，就一动不动地趴着，任狗践踏。

闵姜西早就看出秦嘉定是喜欢的，这会儿面不改色地卖惨：“我知道你买得起，但动物是礼物更是生命，你就算不领我的情，好歹也可怜可怜它们，它们在宠物店里都是低配生活，到你身边多开心啊。”

从此养尊处优，一跃成为“狗生赢家”。闵姜西偷偷在心里补了一句。

秦嘉定明知这是闵姜西为了拉拢他使的一计，但这计着实卡在他的软肋上。他将小狗拿在掌中端详，沉默片刻，佯装无意地道：“行吧，不看僧面看佛面，我收下了。多少钱？我给你。”

闵姜西一本正经地回道：“别，回头你家大人再以为我跟你这儿做起生意来了。”

秦嘉定没接话，专心致志地看两只狗。闵姜西不动声色地从包里掏出课本跟纸笔，把从宠物店老板那里学到的皮毛，“随意”地说给秦嘉定听。他果然接话，还说要带去宠物医院做个详细检查。

闵姜西也没说陪他去，现阶段的任务不是急于求成，而是稳扎稳打，来日方长，细水长流。

两人有一搭没一搭地聊着，不多时听到有人敲门，昌叔的声音传来：“小少爷？”

秦嘉定起身，不知是忘记放下还是真的喜欢，拿着狗去开门。闵姜西没听到说话声，过了一会儿，脚步声渐近，秦嘉定回来了。

他把狗放在宽敞的沙发上，主动对闵姜西道：“想跟我和平相处吗？”

闵姜西看向秦嘉定，一时间竟琢磨不出对方的心思，只能遂他意地点了点头：“想。”

秦嘉定道：“你帮我个忙，我认你当老师，以后不找你麻烦。

诱惑背后必有圈套，闵姜西掩住心底的狐疑，表面高兴地说：“什么忙？”

秦嘉定道：“楼下有个女的，我不喜欢她，你帮我把人赶走。”

闵姜西问：“什么女的？”

秦嘉定说：“一个缠着给你发工资那人的女人。”

这话说得，闵姜西还是兜了一圈才听明白，是缠着秦佔的女人。

开什么玩笑，她算老几？

闵姜西微笑着回道：“秦同学，这个忙我帮不了，我是外人。”

秦嘉定盯着闵姜西的脸说：“你是不是外人，看我愿不愿意你当我的家教。”

闵姜西一时间竟无从反驳，只能暗道现在的小孩子都成精了，怪会拿人的。顿了顿，她好声劝道：“秦同学，不是我不想帮你，是……”

闵姜西的话还没说完，只听得外间传来一个女声：“嘉定？”

秦嘉定先是沉默，随后出声道：“请进。”

闵姜西从这个“请”字上，立刻猜到对方身份可能不一般，不然能劳这小魔王客套一声？

果然，待到房门被人推开，出现在闵姜西面前的是个穿着讲究的漂亮女人。之所以说是讲究，是因为奢而不俗，身上不见明显炫富的配饰，脸上妆容淡却精致，更突显个人气质。

女人显然没料到秦嘉定的房间里还会有其他人，跟闵姜西目光相对时，笑容略微一收。

闵姜西起身，礼貌地点点头。女人也微微点头，随后走进来，目光绕过闵姜西，落在秦嘉定身上，微笑道：“不知道你这里还有客人在。”

秦嘉定手里拿着茶杯犬，出声回道：“我家教。”

女人笑道："什么时候定下来的？我听说给你找家教找了好久。"

闵姜西悄悄地往门口走，还没走出去，只听得身后秦嘉定用意味深长的口吻说："家教我又做不了主，他喜欢就好。"

闵姜西的脚步一顿，直觉有人朝她看来。她转身一瞧，女人确实在看她。

秦嘉定在一旁火上浇油："闵老师对我很好，我很满意，也难怪他一直给我做工作，让我接受闵老师。"

闵姜西如鲠在喉，想解释，偏偏女人别开视线看向秦嘉定，淡笑着道："我刚回深城，给你带了些礼物，放在楼下，不耽误你补课，改天再来看你。"

秦嘉定道："他不在家，你可以给他打个电话。"

女人说："他关机，可能在忙。"

秦嘉定面不改色地说："他有两个手机，你打的那个应该不是私人电话。"说着，他忽然看向闵姜西。闵姜西直觉不好，但面对未知的陷阱，她又不确定该往哪里躲，只能硬生生地扛着。

秦嘉定礼貌地对闵姜西说："闵老师，麻烦你打个电话，就说冯阿姨来了。"

闵姜西刚想说没有秦佔的电话号码，秦嘉定跟成精了似的，抢先一步道："他嘱咐过我，你有他的私人号码，你帮冯阿姨喊他回家吧。"

最后这一句，饶是闵姜西活了二十多年的人，都不得不替秦嘉定拍手称赞。小小年纪，哪儿来这么深的心机？话里有话，听得她都快相信自己真跟秦佔有什么不可说的关系了。

当闵姜西同时被秦嘉定和女人注视时，她脑中飞速地衡量着，到底要不要打这个电话。在短暂的权衡之下，结果是打。

不打，好像欲盖弥彰，而且她暂时得罪不起混世小魔王，只能招"黑无常"回来以毒攻毒了。

闵姜西掏出手机，拨通秦佔的号码。她期待着手机中传来的是"您所拨打的电话已关机"，这样一举两得，谁也不用为难。可偏偏老天爷最爱瞧热闹，连接声响起，竟然打通了！

闵姜西不用抬头也能想象到对面两人是什么表情，指定一个暗喜，一个隐怒。

电话总共响了四声，手机中传来男人低沉的声音："什么事？"

闵姜西只能硬着头皮，出声回道："秦先生，秦同学让我转告您，说是冯阿姨来了。"

秦佔沉默片刻，不动声色地说："我四十分钟后到家。"

"好，我替您转达。"

电话挂断，闵姜西把秦佔的话一字不落地转述。女人面上挂着很淡的笑，不辨喜怒地道："刚才应该让你问他在哪儿，我直接去找他就好了。"

闵姜西不接话。秦嘉定幽幽地道："冯阿姨难得来家里做客，我让人安排，正好他回来也快到午饭时间，我们四个人一起吃。"

闵姜西心里一咯噔，四个人，这是算上她了？

秦嘉定抬眼看向闵姜西："闵老师，昨天的饭菜好像不合你的口味，你喜欢吃什么，我让厨房做。"

闵姜西瞬间勾起嘴角，笑着回道："不用麻烦了，我中午约了朋友。"

秦嘉定眉头一蹙，孩子似的耍脾气："你怎么说话不算数呢，明明答应中午一起吃饭的……冯阿姨不常来，你不用尴尬。"

闵姜西自诩是个知识分子，但也难免在心底骂道——尴尬你个大头鬼啊！

这臭小子是把她往死里整，美其名曰是让她帮忙，她看他是想一箭双雕！

女人横在感情深厚的师生之间，笑容越来越淡，开口打断："你们先补课，不要耽误正事，我去楼下。"

她迈步往外走，人才刚出门，秦嘉定便说："闵老师，把门关上。"

闵姜西关上房门，站在原地若有所思。秦嘉定等了半晌，她没开口，他眼皮一抬，主动道："不催我学习？"

闵姜西没看秦嘉定，低声说："你要是真想赶我走，也别用这样的方式，家教这个行业还是很讲口碑的，尤其你家声名在外，我可能以后都找不到工作了。"

闵姜西没哭也没生气，语气淡淡的，充其量也就带着几分无奈。秦嘉定见状，心底忽然负罪感爆棚，想也不想地说："谁要赶你走了？我不说了吗，你帮我，我认你当老师。"

秦嘉定顿了顿，又补了一句："谁敢说我的家教不好，那就是说我们秦家有问题，找不痛快吧？"

闵姜西没应声，视线微垂，看起来委屈巴巴的。

秦嘉定坐立难安，抿了抿唇，再次开口："刚刚都是我在说，我知道你是什么人就够了，别人要误会，叫他们冲我来，我看谁敢难为你。"

闵姜西低着头，心里都快乐出声了。啧，果然是小孩子啊，都是属猪的，他正好比她小一轮，她是扮猪吃老虎，他充其量就是个纸老虎。

为了掩饰内心的不安，接下来的时间，秦嘉定都算配合。闵姜西自然也不会露出高兴的模样，神情举止隐隐带着担忧，直到昌叔敲门，喊他们下楼吃饭。

闵姜西道：“我就不打扰了。”

不待秦嘉定出声，昌叔率先说：“二少爷留您在这吃饭，不会耽误太久，吃完派车送您回去。”

说话间几人来到楼下，秦佔跟女人坐在沙发上，各坐一头，不像是谈恋爱，倒像是谈买卖。他抬眼看向闵姜西，俊美的面孔一如往常不苟言笑，只出声道：“先吃饭。”

闵姜西搞懂了小的心里想什么，却搞不懂大的心里怎么想，不好当面拂了秦佔的面子，只能点头，跟着人往饭厅方向走。

还是那个熟悉的长桌，秦佔坐主位，闵姜西跟秦嘉定一侧，对面是举止得体却高冷的女人。

上菜时闵姜西发现菜色跟昨日大有不同，离她最近的一道就是片好的烤鸭，一旁还摆着卷饼小菜，如果这是例外，那水晶肘子和木须肉一出，绝对不是偶然。

饭桌上大家都很沉默，女人道：“怎么最近想吃夜城菜了？”

秦佔面色坦然地说：“闵老师在夜城待了很久，吃不惯深城菜。”

女人闻言，这才正眼看向闵姜西，淡笑道：“能得到阿佔的认可，想必闵小姐是有真本事的。”

闵姜西微笑着回道：“我一直很感谢秦先生的赏识。”

女人垂下视线吃饭，本以为这事就算过去了，谁料她突然说了一句：“单看闵小姐的长相，哪一行我都能猜，唯独没想到是家教，但在这里看到你，也就不奇怪了。”

闵姜西抬眼望去，女人也抬起头。她面上依旧维持着优雅的淡笑：“男人都是视觉动物，阿佔更是爱美，家里就连立在墙角的摆设都必须漂亮。”

这话听着像恭维，实则讽刺闵姜西是个花瓶。闵姜西余光瞥见秦佔面色极淡，他没说话，她也就只能但笑不语了。

闵姜西垂下视线吃东西，才吃了两口，一双筷子伸过来，替她夹了一头鲍鱼。她顺着筷子看去，正赶上秦佔放下公筷，一桌子几人都在神色各异地看着他。

秦佔脸不红心不跳，出声道：“多少也吃点海鲜，鲍鱼对女人很好。”

刹那间，闵姜西的血液上涌，红了脸。她不是羞涩，是惊吓，但这画面落到对面的人眼里，可就仁者见仁，智者见智了。

整顿饭吃得无比煎熬，比昨天还难熬。饭后闵姜西主动提议要走，秦佔不紧不慢地站起身："我送你。"

不是叫人送她，而是亲自送她。闵姜西正要拒绝，沙发上的女人慢条斯理地说道："让司机送吧，我还有事。"

秦佔随口回道："别人送我不放心。"

女人目不转睛地盯着秦佔。

闵姜西一脸"我是谁？我在哪儿？发生了什么？"。

几秒后，女人终于露出似笑非笑的表情，语气也带着几分隐忍的愠怒："青天白日，有什么不放心的？"

秦佔回给她一记明知故问的目光，坦然道："谁让她长得美呢。"

第4章 不按套路出牌

直到跟秦佔两人坐进跑车中，闵姜西脑海中还不停回荡着他那句五分挑衅五分狂放的话：谁让她长得美呢。

蓝色跑车行驶在平坦的山道上，车内静谧无声。闵姜西垂目看着手中的课件资料，一如往常。

“秦嘉定的话，不必放在心上。”身旁的秦佔忽然开口。

闵姜西抬起头，面色如常地接道：“明白。”

秦佔目视前方，面无表情地问：“你知道我说什么？”

闵姜西道：“秦同学是小孩子，我毕竟是成年人了，知道什么可以做，什么不可以做，不该我参与的事情，我以后会尽量回避。”

秦佔沉默数秒，再次开口：“你挺有一套的，那小子不好搞定。”

闵姜西品着这话，虽是说得波澜不惊，可隐约也有几分赞赏的意思。她勾起嘴角，微笑着回道：“可能我们性格合得来。”

秦佔说：“那就签正式合同，正好我今天有空。”

秦佔说得太过云淡风轻，以至于闵姜西的惊喜是慢半拍才涌上来。她侧头看向秦佔，故作镇定，确认道：“这么快就签正式合同？”

秦佔没看她，不咸不淡地说：“你要不想签就算了。”

闵姜西可不敢跟捉摸不定的人玩欲擒故纵，赶忙换了一副高兴的表情，出声回道：“不是，我当然愿意，就是没想到这么快……谢谢秦先生信任我。”

秦佔道：“你做得好，我不会亏待你。”

这天才是闵姜西第二次上门，她跟秦嘉定之间的相处，怎么说呢，如人饮水冷暖自知，好歹软硬兼施扛过来了。她给自己的表现打及格分，好是算不上的，秦佔却说“你做得好”，这里面的“好”究竟指什么，就颇有几分耐人寻味了。

或许是昨天秦佔在路上发疯，闵姜西的表现还算镇定；或是这天面对杀上门的冯小姐，她的存在于他而言本就是一种变相的辅助，恰好帮助到他。

反正不管怎么说，意外常有，惊喜也有。

闵姜西看不透彻，索性装糊涂，现场口头打包票，日后一定好好教秦嘉定。

下午两点多，是“先行”办公室里最悠闲的时刻。没出课的老师都会聚在茶水间闲聊，因为有了昨天闵姜西公开打脸苗芸的事件，众人再也不敢背地里嚼闵姜西的舌根，更何况她现在又搭上了秦家这艘大船。如今聊到她，都得从正面酸，比如本事大啊，大老板深谋远虑啊，人不可貌相啊……

有人心想听到就听到，夸还不让？

女老师听到这些“夸赞”，难免会似笑非笑地道：“人那是不可貌相吗？”

“齐老师，亏你还是教语言的呢，语病太大，让客户听到很可能影响你的签单率。”

“签单率算什么啊？我们这些凡夫俗子，注定签多少都不可能‘一炮而红’了。”

“此处这个‘炮’用得甚好，齐老师就是齐老师，不愧是我们深城‘先行第一利嘴’。”

一帮人正说笑，有人打小报告说闵姜西回来了，众人立刻散开，各回各位。闵姜西不是自己回来的，身旁还跟着一米八八、存在感超强的秦佔。大家就纳闷了，秦佔该是活在传言中的人，好些土生土长的深城人，二十多年都没见过秦佔本人，怎么闵姜西刚来，秦佔也跟着说见就见了？

一帮人坐在自己的位子上，各种角度偷看秦佔。闵姜西把秦佔带到会客室，自己来到何曼怡办公室门口。

何曼怡被闵姜西摆了一道，闵姜西又公开打脸苗芸，显然是杀鸡儆猴。她越想越憋气，一晚上没睡好，琢磨着怎么能赶在丁恪回来之前，把这颗眼中钉彻底拔掉。

正想着，有人敲门，竟是想眼中钉，眼中钉到。

“进来。”

闵姜西推门而入，面带微笑。何曼怡笑不出来，淡淡道：“有事？”

闵姜西说：“客户签单，我让他在会客室等您。”

何曼怡忍着想皱眉的冲动，问：“你见了新客户？”

闵姜西回道：“是秦先生，他想把试用合同升级成正式合同。”

闵姜西的话音落下，何曼怡心底一沉，暗道还不如是见了什么其他的新客户，怎么又是秦佔？

见过秦佔一面，何曼怡的心突突一整天。对方摆明了就是罩闵姜西，给她难堪，偏偏这个人她又完全得罪不起，非但得罪不起，还得好生供着。

片刻之间，何曼怡心底拐了好多道弯，生生挤出意外的笑容，出声问：“这么快就过试用期了？”

同一个世界同一个疑问，闵姜西淡笑着回道：“是啊，秦先生临时通知我，我没法提前跟您打招呼，只能把人带来了。”

何曼怡暗道一声“虚伪”，殊不知闵姜西这话是真的。

即使她心里一万个不乐意，也不敢让秦佔等着。只能起身跟着闵姜西一同往会客室走，一路上无一例外收获了其他人探究的目光。

会客室中，秦佔靠在沙发上，穿着件黑色的丝绸衬衫。这种料子不是一般人能驾驭的，尤其是男人，一个穿不好就显得邋遢油腻，所以现实中很少见。但秦佔穿丝绸，带着一种天生的慵懒和不羁。颜值是一方面，他身形也好，如同行走的衣架子，就算挂个面袋子出门，都会有人赞这是行为艺术。

何曼怡是怕他，同时又很欣赏。这样的男人，有钱有势，皮囊精致，谁不喜欢？

进门时短暂的打量后，何曼怡马上勾起嘴角，礼貌又热情地打招呼：“秦先生，您好，抱歉，让您久等了。”

秦佔还是那副不爱正眼看人的模样，淡淡道：“那就麻利点，我来跟闵姜西签正式聘用合同。”

何曼怡正襟危坐，不敢有一句废话，赔笑道：“您准备签多少节，我马上让人做合同。”

秦佔旁若无人地看向闵姜西：“签多少合适？”

闵姜西没想到秦佔会问她，眼底的意外一闪而逝，随后面不改色地回道：“您这边对课节的需求量比较大，按照一周六节算，一个月是二十四节，要不就先定三个月的？”

闵姜西到现在都拿不准秦佔到底是什么意思，是认同，还是试探，不好狮子大开口，提了个中规中矩的建议。

秦佔闻言，面不改色地说："别有零有整的，先定一百节吧。"

以闵姜西的级别，一百节就是八十万元。"先行"向来服务富人，一次性签单这个价位的客户不是没有，数目更大的都有，但只因为来者是秦佔，一切都变得不一样了。

省去了客套跟恭维，整个签单过程奇快无比。秦佔从会客室里走出来，身后跟着闵姜西，不是何曼怡不想送，是懒得凑上去触霉头。

闵姜西跟秦佔来到电梯口，伸手帮他按了按钮，微笑道："真的很感谢秦先生，我会努力做好，不辜负您的信任。"

秦佔没看她，开口回了一句："互相帮忙。"

闵姜西掂量话中含义，点头不语。电梯门打开，秦佔跨进去。她站在门外礼貌颔首："您慢走。"

闵姜西送走了秦佔，转身回办公室。同事们早就翘首以待，一个个笑着跟她说"恭喜"，齐昕妍更是扬声说："闵老师，开门红是不是该请客吃饭啦？"

闵姜西笑着回道："来这么久早就想请大家吃顿饭，你们平时都太忙了，一直没找到机会，深城你们熟，我做东，你们选地方挑时间。"

齐昕妍笑道："放心吧，虽然你签了大客户，我们也不会狮子大开口的，找个好吃不贵的地方，主要是替你庆贺。"

闵姜西笑说："那就麻烦齐老师帮忙张罗一下了。"

齐昕妍爽快地回道："包在我身上。"

从试用到正式聘用，闵姜西以迅雷不及掩耳之势完成，突然到不仅惊了其他人的眼，还差点儿闪到自己的腰。她能猜到众人在背后如何议论，只不过还是低估了消息传播的速度。

人在办公室坐，闵姜西就收到陆遇迟的微信语音消息。他用狐疑的口吻问："你跟秦家签正式合同了？"

闵姜西打字回道："这么快就听说了？"

陆遇迟道："我这都叫慢的，我是听另一家教育机构的同学说的，她来问我是真是假，说他们公司都传遍了。"

闵姜西回了个"呆头鹅"的表情包。

陆遇迟迫不及待地问："秦佔亲自去签的约？"

闵姜西回了个"嗯"。

陆遇迟："他什么意思？是不是看上你了？"

闵姜西道："先回来，晚上再说。"

这边字才发出去，微信上又有人找她，退出去一看，是程双。

程双问："你跟那谁签正式聘用合同了？"

闵姜西眼露无奈："你又是哪来的小道消息？"

程双火急火燎又小心翼翼地压低声音说："刚刚董博磊亲自给我打电话约饭，还说恭喜，我心说恭喜什么，他说你跟秦家签了正式聘用合同，我这才知道。"

这会儿"呆头鹅"已经无法诠释闵姜西内心的感受了，只能如实表达，她打字说："他们是在秦佔身上安了窃听器吗？还有没有秘密可言？"

程双道："早跟你说了，秦佔在深城的一举一动都万众瞩目，更何况他还本人露面去公开场合，摆明了没想藏着掖着……不是，你才上门两次，怎么就把他搞定了？你给他灌迷魂汤，还是他给你吃洗脑丸了？"

闵姜西跟程双说话的工夫，陆遇迟又发了好多信息过来，闵姜西只好在三人群组里吆喝一声："晚上吃饭再说。"

陆遇迟跟程双一碰头，马上抛下闵姜西，互换信息，还统一一致地觉得秦佔此举是典型的示好，变相的黄鼠狼给鸡拜年没安好心，无事献殷勤非奸即盗，司马昭之心路人皆知……

闵姜西不是不想解释，而是有些话不方便用这种方式说，干脆放下手机做其他事。终于熬到晚上下班，包间内，三聚头，闵姜西把白天在秦家遇见的人发生的事一说，随后面色坦然地吃饭。

余下程双跟陆遇迟神色各异，对视一眼，前者道："看来不是毫无依据。"

陆遇迟说："秦家父子把你当什么了？出头鸟还是挡箭牌啊？"

闵姜西云淡风轻地说："不是黄鼠狼给鸡拜年，也不是无事献殷勤，更不是司马昭之心，早跟你们说了，秦佔要是那种见色起意的人，我也根本不会跟他有交集。"

程双眉头轻蹙，"可他这做法，像是跟那女人置气，故意给你扶正的。"

闵姜西面不改色地道："有什么关系？一来人家内部斗争不关我这个外人什么事，二来神仙打架也犯不着凡人劝和。我跟他原本就是利益往来，还挑什么得利后的出发点，不是得了便宜还卖乖吗？”

闵姜西理智到近乎冷漠，一时间让程双和陆遇迟无法辩驳。

过了一会儿，陆遇迟道：“秦佔对你没想法是好事，就怕人家女方不这么想，你被推出去当枪使，想得挺美不掺和，要是麻烦找上来，是你说不掺和就不掺和的吗？”

闵姜西随口道：“所以秦佔二话不说帮我改了合同，算是预防针，也算是提前的补偿吧。”

陆遇迟不高兴地道：“说来说去不还是担风险。”

闵姜西抬起头，眼睛一眨不眨地回道：“‘浴池同志’，生活不是理想主义，搞不好同学关系不是不想上学的理由，讨厌办公室里的钩心斗角更不是不上班的借口，既然老板已经发了薪水，我觉得薪水里面除了个人劳动付出，也包括日常的人际关系处理，以及应对突发状况的能力，说白了，适者生存。

“别跟我说为了钱俗，大家目标不同，你家还有油田呢，不也千里迢迢跑到深城来受罪？你敢说在追随我师兄的道路上任何外来阻力都不扛吗？反之你常挂在嘴边的一句，佛挡杀佛，魔挡杀魔，瞧瞧你这为了理想披荆斩棘的劲，怎么到了我这儿，一点委屈都受不得了？”

一如往常，闵姜西把陆遇迟说得哑口无言后，拿起筷子悠闲地吃饭。

程双捡乐捡了好几年，见状，隔空假装抚摸陆遇迟的头，嘶着嘴道：“好了，好了，我们不反驳，闵老师免费公开授课，我们听着就是了。”

陆遇迟半晌才平了这口气，无奈道：“知道你刚，这么拼不累吗？”

闵姜西神色如常地接道：“谁活着不累啊？早拼出来早享福，累一阵子还是累一辈子，这是唯一能选的。”

程双跟陆遇迟都知道闵姜西的家庭背景，不吃惊她为什么要这么努力地活着，只是偶尔还是会心疼，偏偏她本人最“铁石心肠”，从不知道对自己心软。

闵姜西连登秦家门六次，秦佔除接了一次送一次，再没露面，但这于外人而言已是足够，在他们天马行空的脑补下，闵姜西每次去秦家那一百分钟，指不定是给谁辅导功课呢。

闵姜西管不着别人脑子里怎么想，事实上她最近几天几乎忙得脚不沾地。从接到第一个慕名而来的电话，到第一个去公司守株待兔的客户。仿佛一夜之间，她的名字在整个深城教育圈里传开了，想请她做家教的人络绎不绝，“先行”每天门庭若市。

从前看到客户出现，大家都会私底下开玩笑打赌：“你猜这个是来找哪门家教的？”

这会儿看到客户出现，不用问，准是来找闵姜西的。齐昕妍说了句深入人心的话：“现在的客户哪还顾得上家里孩子什么科目弱，闵老师教的哪一科，孩子哪一科就弱。”

别说，话糙理不糙。点闵姜西名字的客户太多，就连陆遇迟都替她发愁：“‘毒鳗’什么人都往你跟前送，这回不是暗地里穿小鞋，改成明目张胆地捧杀了。”

闵姜西不置可否，一边筛选资料一边笑：“你看，这个孩子是游泳特长生，已经打算专业走体育了，我不说什么，没准人家对数学有爱好呢。这个，今年刚准备上小学。还有这个，说是帮表嫂的儿子找家教，关系这么好，我就想知道表哥去哪儿了。”

陆遇迟也一个没忍住，哭笑不得。闵姜西就这样从无人问津到一夕爆红，连何曼怡都不得不死心承认，短时间内她是搞不走这颗眼中钉了。

树大招风，木秀于林。

闵姜西还不想刚来这边工作就惹众怒，就在同事们眼红心妒的时刻，她直接大方地将客户资源摊开分享，反正这些客户十之八九都是想蹭秦佔的热度。她没有三头六臂，索性不占这个茅坑。

当然闵姜西也不是完全大公无私，筛除了一些特别不靠谱的，她也给自己留下了一些靠谱的。甭管这些人心底存着什么念想，大家打开门做生意，各取所需吧。

每天除了给秦嘉定上一节课，闵姜西还会抽时间让其他客户面试。其实说是对方面试她，实则是她在面试对方，很快她就又签了两个试用合同。

闵姜西有野心，但并不贪心，时间有限，见好就收，她没打算一口吃成胖子。但夹在这帮客户里的还有一个异类——周洋。他也是慕名而来，慕的却不是声名，而是美名。

打从第一次见面，他就对闵姜西表示了十足的好感。闵姜西一看不对头，此后一直避之不及，他却越发阴魂不散，公开送花送礼物。

闵姜西没辙，只好私下里如实相告：“不好意思，周先生，我目前没有谈恋爱的打算。”

周洋闻言一笑，痞里痞气地说：“可是我一见你就有谈恋爱的冲动怎么办？”

闵姜西从小美到大，追求者籍贯横跨半个国家，对于这种死缠烂打类型的，基本就是冷处理，冷着冷着就没了。

周一上午九点五十分，闵姜西从办公楼上下来。早前她发现每次都是秦家的车等她，这次她索性提前几分钟。

但事实证明，不是每次早起的鸟都会碰到虫，保不齐哪次就碰到蛇了。

周洋把跑车停在路边，扛着一大捧惹眼的红玫瑰走来。闵姜西立刻麻利地转身，但是为时已晚，男人扬声喊道：“姜西。”

闵姜西装听不见，走得更快，身后是逐渐逼近的脚步。周洋下一个动作就是伸手去拉她，闵姜西像是后脑勺长了眼睛，一个急刹停下，并且很巧妙地避开了触碰。

周洋抓了个空，笑着收回手，看着闵姜西道：“跑什么？”

闵姜西睁着眼睛说瞎话：“周先生，这么巧。”

周洋脸上的笑容更大，抬手把花递给闵姜西。这边是商业中心，来往人流量大，很多人都往这边看。闵姜西手都不抬一下，礼貌又坚决地说：“周先生，跟您说过很多次了，我不想谈恋爱。”

周洋道：“那你别当这是玫瑰花。”

闵姜西不为所动。

周洋压低声音道：“这么多人看着，给我点面子。”

闵姜西同样低声说：“您身后有好几个女孩子很激动的样子，她们似乎特别想要。”

周洋闻言转头，不远处几个拿手机的女孩子忽然腼腆成鹌鹑状，紧紧地挤在一起。实话实说，周洋长得很帅，是那种走在路上女人都会回头看的类型。他开口问：“想要吗？”

驻足的路人越来越多，有个胆大的女孩子回道：“想！”

闵姜西心说，最好周洋在她这儿下不来台，干脆给了别人，谁料他叫女孩子自己过来拿。等女孩子走近后，又用仅有三人才能听到的声音，讽刺道：“想也要看自己配不配，你有她漂亮吗？”

女孩子顿时僵在原地，手足无措的模样，呆呆地看着闵姜西。闵姜西也是心底一沉，还不待出声，女孩子已是转头就走。外人不知道发生了什么，一脸狐疑。

周洋笑着看向闵姜西，说：“我就喜欢你。”

闵姜西沉下脸，盯了周洋几秒，随后一言不发，掉头就走。周洋跟上去拉她，她没躲掉，甩也甩不开，沉声说：“放手。”

周洋嬉皮笑脸：“不放，你要生气就大声喊，正好让整条街的人都知道我周洋要追你。”

闵姜西蹙眉，正懊恼着，抬头瞥见周洋身后快步走来三个人。打头的她熟悉，是秦家司机，至于后面两个肌肉紧实面色严肃的，猜也知道是保镖。

周洋还兀自得意，欺闵姜西奈他不何，忽然有人从背后钳他。他手臂一酸，当即松开闵姜西，花也掉在地上。

司机紧张地问：“闵老师，您没事吧？”

闵姜西摇头，周洋企图跟保镖撕扯，保镖一个擒拿加腿绊，直接把人撂在地上。围观的人越来越多，闵姜西不想把事闹大，低声跟司机说：“让他走吧。”

司机很镇定：“没关系，您先跟我上车，他们会善后。”

闵姜西坐着宾利离开，保镖松开周洋。周洋也嫌丢人，赶紧开着跑车逃离现场，车还没开出这条街，手机响了。他本就烦躁，看到屏幕上显示着“冯婧筠”的来电，顿了几秒才接通。

“喂，姐。”

手机中传来女人的声音：“让你办的事，办得怎么样了？”

司机和保镖来得及时，闵姜西也没有被这点小插曲影响心情。来到秦家，昌叔一如既往地站在门口迎接，把人送上二楼才走。

闵姜西进了秦嘉定的房间，习惯地打开客厅的窗帘，然后去他的卧室门口敲门。敲了半天才有人应，简短的一声：“进。”

闵姜西推门而入，房间内光线昏暗。她立刻心生警惕，以为臭小子又要搞什么鬼。结果定睛一瞧，是某人还没起床。

闵姜西先打开窗帘，随后走至床边，语带探究地问：“今天又玩什么把戏？”

秦嘉定把被子拉得很高，只露出鼻子以上的部分。他闭着眼睛，慢半拍地回道：“不上课，你走吧。”

他的声音明显有气无力。

闵姜西神色微变："你怎么了？"

秦嘉定一声不吭。

闵姜西迟疑了两秒，还是伸手拨开他额前的刘海，她温暖的手贴了上去。他似是吓了一跳，蹙眉的同时睁开眼睛，偏头道："干什么？"

闵姜西收回手："还好，不是发烧。"

秦嘉定的语气不善："谁让你碰我的？"

闵姜西面不改色地说："你不舒服，我帮你叫昌叔过来。"

秦嘉定硬提着中气说："不用你管，你走吧，就说我今天不想上课。"

闵姜西见秦嘉定说两句话脸都白了。

孩子再精，病装不出来。

她出声道："不舒服怎么不说，你家有家庭医生吧？都不用你起来去医院，让医生过来给你看看。"

秦嘉定眉头紧蹙，白着脸回道："你烦不烦啊？我都说了不用你管。"

她能不能少点废话，也让他少说两句话？

闵姜西站在床边，直勾勾地盯了他几秒："你怕打针还是怕吃药？"

秦嘉定两眼一闭，用蹙起的五官来表达此时的心情。

闵姜西问："前天还好好的，你这两天干什么了？"

秦嘉定不理她。

她转身往外走，才走两步，身后传来臭小子的声音："你去哪儿？"

闵姜西转身说："去找昌叔。"

秦嘉定垂死病中惊坐起，白着脸道："你要是敢多话，我保证你以后鸡犬不宁，别想在我家待着！"

闵姜西看着秦嘉定。

他以为她会生气，结果她只是很轻地撇了下嘴角，说："快躺下吧，我怕你下一秒就晕过去。"

秦嘉定撑着身体不肯躺下，脸色越发苍白，显得眼底泛红。

她出声道："我不告诉昌叔，也不叫医生，你睡吧，我走了。"

眼看着闵姜西离开，秦嘉定重新倒下。他感觉头晕目眩，闭着眼睛还眼冒金星，难受得要死。

昏昏沉沉中，有人喊他："秦同学。"

秦嘉定还以为自己幻听了，费力地睁开眼，瞥见闵姜西站在床边。

"你怎么还没走？"秦嘉定没力气，声音显得底气不足。

闵姜西拉了把椅子坐下，又在旁边的床头柜上端起托盘，拿低了给他看："起来吃点东西，你想先吃水果粥还是蔬菜饼？这个凉菜很好吃……"

秦嘉定用余光瞥了一眼。蔬菜饼煎得金黄，两盘小菜绿油油的，粥里面不知道放了多少种水果，颜色五彩斑斓的……他本觉得烦躁，莫名就有点开胃了。

闵姜西跟秦嘉定相处一个星期，差不多快要把他看透了。她放下托盘，抬手要扶他起来，秦嘉定立刻蹙眉："不用你。"

说着，秦嘉定撑起仿佛一百二十岁的身躯，艰难地坐起来。闵姜西帮他垫了个枕头，把托盘递到他面前："想吃什么自己拿。"

秦嘉定没有马上动手，而是盯着她问："你告诉别人了？"

闵姜西说："没有。"

"那你哪儿来的吃的？"

闵姜西说："我做的啊。"对上秦嘉定完全不信的目光，她坦然道，"我下楼跟昌叔说，你今天给我出的新难题是做饭，昌叔完全没怀疑。"

秦嘉定看不出破绽，只能问："真的？"

闵姜西说："我就算明天去你们家后院种地，只要说是你让的，你们全家也不会有一个不信。"

秦嘉定闻言，这才不情不愿地拿起碗，喝了一口水果粥。粥里面放了苹果、梨子、草莓、猕猴桃和橙子，看着不光颜色漂亮，口感也很好，酸酸甜甜的。他本想嘲讽几句，愣是有心没机会。

闵姜西坐在秦嘉定旁边，随口道："生病怎么能不说呢？不告诉外人，也要告诉你爸，不然你有个头疼脑热，他不得怪所有人？"

秦嘉定道："他不在家。"

闵姜西说："打个电话让他回来就好了。"

秦嘉定低着头道："是你想见他吧？"

闵姜西始料未及，瞬间无语，边笑边说："行行行，当我没说。"

秦嘉定一口气把水果粥喝完了，这才觉得有了点力气。他没吃饱，接着吃蔬菜饼，就着闵姜西安利的小凉菜，越吃越香。他不怀疑这顿饭出自谁的手，家里厨师从来没做过这些，更不敢用哄孩子的小瓷碟装来给他。

饭才吃到一半，秦嘉定瞥见闵姜西从包里拿出便利贴和中性笔，写下一串号码，放在床头柜上，然后道："我下午还有课，不能在这儿陪你了。你要是有什么事需要我，给我打电话。"

秦嘉定偷着瞄了一眼时间，发现已经过了一个小时半。他垂眸，不甚在意地道："走吧，我能有什么事需要你帮忙。"

闵姜西起身，淡笑着道："吃完好好睡一觉，起来就好了。"

她来到楼下，昌叔赶忙迎上前，小声问："怎么样？"

闵姜西说："吃了。"

昌叔感激地说："多亏了闵老师，费工夫把药磨碎，还亲手下厨……"

闵姜西笑说："没事，下次他再游泳着凉，你们就用这法子对付他。"

昌叔送闵姜西往外走，边走边道："您劝他听，我们根本劝不动。"

出了门，闵姜西道："您回去吧，我走了。"

昌叔笑着颔首："谢谢闵老师，明天见。"

闵姜西坐在宾利车里，难免出神。想着秦家偌大的房子，七八个伺候的人，却连孩子生病都照顾不好，不是不周，而是根本不知道。秦嘉定任性是其一，但归根到底，还是亲人的疏忽吧？

最近几次来，她都没有看到秦佔。

闵姜西这天有三节课，算上来回路上耽搁的时间，全天满满当当。下班回家顾不得吃东西，只想先洗个澡放松放松。

她刚刚把头发包上，正在擦身体，家里的门铃突然响起。她赶忙穿上睡衣往外走："谁啊？"

门外没人应，她顺着猫眼一看，微愣后把门打开，诧异道："你怎么找到这儿来了？"

门口站着跟闵姜西身高相近的秦嘉定，穿着件白色T恤，下面牛仔裤搭配白球鞋，帅气的面孔上写满了"微服私访"。

闵姜西侧过身："进来吧。"

秦嘉定假模假式地问："方不方便？"

闵姜西给秦嘉定拿了双拖鞋，半笑不笑，故意逗他："放心，屋里没有跟你年纪差不多的适龄女孩。"

秦嘉定换鞋往里走，打量着只有四十平方米左右的一室一厅，暗道还没有他宠物的房间大。

闵姜西跟在他身后问："你自己来的？你家里人知道吗？"

秦嘉定坐在沙发上，随口道："在楼下。"

闵姜西想当然地以为是司机在楼下，也就没继续问。她把果盘往他面前推了推，说："你爸知道你来这儿吗？"

不怪闵姜西多心，高门大户家里规矩多，秦佔未必喜欢她跟秦嘉定私下里走得太近。

秦嘉定道："他在楼下。"说罢，不待闵姜西反应，自顾自地补了一句，"你是不是对他有什么想法？"

闵姜西冤枉，哭笑不得地说："行，我以后再也不问他了，我现在只有一个疑问，你有何贵干？"

秦嘉定面色淡淡地回道："请你吃饭。"

闵姜西下意识地想问"是你请还是你爸请"，话到嘴边怕臭小子想太多，临时改成："不用麻烦了，因为白天的事吧？别客气，举手之劳。"

秦嘉定道："别跟我说，你自己跟他说。"

闵姜西打算换身衣服再跟秦嘉定下楼，若是秦佔在楼下，她再怎么谱大也不可能不露面。她刚要往卧室走，家里的门铃又响了。她临时折到门边，顺着猫眼一看，门外没有人。她狐疑着打开门，闵姜西正要探头看。

忽然一只手伸出来扣住房门，闵姜西吓了一跳，本能地往回拉，奈何对方力气太大，她差点儿被带出去。

熟悉的面孔出现在眼前——周洋。

闵姜西心一慌，当即想到白天在街上的事。所谓来者不善，也就是眼下这种情况了吧。

她故作镇定，出声问："这么晚了，周先生有什么事吗？"

周洋目不转睛地盯着她，两人隔着一臂的距离，她清楚地闻到他身上的酒气。对视片刻，他猛然发力，拽开门的同时，一脚踏进房内，伸手就去抓面前的闵姜西。

闵姜西身上只穿着睡衣，往后一退，被他扯着领口拽得大半个肩膀都露出来。她失声大叫："陆遇迟！"

闵姜西喊后才想起陆遇迟不在家，给程双装男朋友去了。

闵姜西一边拉着自己的领口，一边企图推开身前的男人。混乱中有个人影冲上来，挥拳就去打周洋的脸。周洋没料到屋里还有人，生生地挨了一拳。

周洋松开闵姜西，顿了两秒回过神，马上冲着秦嘉定去。秦嘉定丝毫不畏，两人正面厮打在一起。秦嘉定没有周洋高，又毕竟是个半大孩子，哪有不吃亏的道理。闵姜西扑过去，从背后勾住周洋的脖子，死命地把人往后拽。

一个女人一个孩子，再加一个发酒疯的成年男人，两人对抗变成三人撕扯，混乱中连手机铃声都没听到。

闵姜西被周洋甩在沙发上，小腿撞到茶几角，瞬间疼得张开嘴，却一点声音都发不出来，泪水模糊了视线。恍惚间她看到奋力反抗却被周洋打了一拳的秦嘉定，她想爬起来去帮忙，但是无能为力。这股无助的恐惧感像是枷锁一样桎梏着她，有那么几秒，她出现了幻觉。场景、人物、声音……通通不同，唯一相同的，只剩下暴力，还有灭顶的恐惧。

闵姜西不敢也不能让自己就这么趴着，用意志唤醒理智，挣扎着从沙发上起身。还不待她完全撑起，一道身影迅速从眼前晃过，直奔周洋和秦嘉定。来者个子很高，几乎一秒就隔开二人，秦嘉定被推开。男人一拳将周洋打得踉跄，不等对方站稳，上前扳着周洋的肩膀又是一个膝撞。

周洋弯下腰，酒都呕出来了。男人却还不解恨，拽着对方的头发，一把将人按跪在茶几旁，“砰”的一声响，是周洋的脸磕在桌面上。闵姜西也终于看清背影的主人，是一脸肃杀的秦佔。

秦佔下手素来无所顾忌，竟是抄起果盘里的水果刀，照着周洋的肋骨就要捅。闵姜西瞪大眼睛，尖声道：“不要！”

刀尖距离皮肉不足十厘米，秦佔的眼皮一抬，冷眼盯着脸色苍白的闵姜西。

闵姜西吓得瞳孔微缩，动了动嘴唇，颤声说：“孩子……”

秦嘉定还在，他怎么能当着孩子的面下这样的狠手，不能。

不知秦佔是后知后觉，还是想通了，刀终归没有落下去。闵姜西心跳如擂鼓，这口气还没等落下，忽然又听得“砰”的一声，花瓶在她面前碎开。周洋枕在茶几上，周边都是水跟碎玻璃。很快，刺目的鲜红顺着他的头顶汩汩流下。

闵姜西惊恐地看着秦嘉定。

秦嘉定站在一旁，神色无惧，手里还攥着一截玻璃瓶口。

秦佔嫌脏，松开周洋。周洋瘫软到地面，一动不动。

秦佔打了个电话："上来一趟。"

秦佔挂断手机，看了一眼秦嘉定，声音平静地说："东西扔了，去洗手。"

秦嘉定瞥了一眼瘫倒在地的周洋，将手里的破花瓶口扔进垃圾桶，转身往厨房方向走。

闵姜西还坐在沙发上，撕扯中干发巾不知甩哪里去了。她披散着未干的长发，目光有些发直，似是在出神。

秦佔道："给我个解释。"

闵姜西没出声。

秦嘉定洗完手回来，开口道："跟她没关系，那个男的突然上门来找碴儿。"

说话间保镖赶过来，不用秦佔吩咐，已轻车熟路地打扫战场。前后不过半分钟，走时连桌上的血和地上的玻璃碴都收拾得干干净净。

秦佔再次看向闵姜西，发话："换衣服。"

闵姜西垂眸回道："抱歉，我今晚没心情吃饭。"

秦佔面无表情地道："去医院。"

闵姜西还是换了衣服，坐上了秦家的车，车子开到附近医院。她抬腿往下迈，右腿膝弯火辣辣地疼。她偷偷地扶了一下车门，这才咬牙站直了。

夜班急诊室内，脸上挂彩的秦嘉定坐在床上，身旁是医生，对面不远处是秦佔和闵姜西。

医生一边查看明伤，一边例行公事地问道："怎么受伤的？"

秦嘉定不吭声，秦佔也不说话，两人同款的淡漠脸，逼得闵姜西开口："帮我，遇到坏人，他帮我才受伤的。"

医生略显惊讶，随后夸道："小伙子可以啊，小小年纪就知道见义勇为，英雄救美。"

秦嘉定拉着脸道："看完了吧？没事我走了。"

医生说："把衣服脱下来，我看看有没有其他地方受伤。"

秦嘉定想都不想地否认："没有。"

秦佔道："听医生的话。"不是严厉的口吻，但不容置喙。

秦嘉定明显眉头一蹙，不愿意，也没反驳。闵姜西想到他最讨厌看医生，赶忙出声打圆场："你就当给我个面子，让医生看看，好不好？"

秦嘉定不高兴地抬起头，但见闵姜西一脸毫不掩饰的乞求，仿佛他不答应，她就要成千古罪人了。

他憋了几秒，开口说："你们出去。"

闵姜西微顿，随后反应过来，他这是答应了，忙应着掉头往外走。

医院走廊，闵姜西跟秦佔隔着几步远站着。沉默片刻，她率先开口打破安静："秦先生，今晚的事情实在对不住，我知道说多少句'对不起'都没用，您想怎么解决，我都配合。"

墙上贴着"禁止吸烟"的标志，秦佔夹了根烟在手指间，并未点燃。闻言，他竟没有发难，反而语气平静地回道："他愿意帮你，也愿意承担后果，没人拿刀架在他脖子上。"

闵姜西感到意外的同时，心底更加不好受，顿了顿，低声道："他是个好孩子。"

闵姜西微垂眸，没看秦佔的脸，只听得几秒后，熟悉的男声传来："不是家长教得好吗？"

闵姜西抬起头，秦佔正好也在看着她。不待她作答，他又说道："你一路上跟我道了三次歉，跟秦嘉定说了四次谢，却从来没跟我提过一个'谢'字，歉意跟感谢不是一码事，你是做老师的，不会这么简单的道理都不懂吧？"

闵姜西对上秦佔的视线，听着他不冷不热的声音，一时间分辨不出他内心的喜怒。她的目光略微闪躲，但很快便郑重其事地回道："是我疏忽了，您说得对，我欠您一句'谢谢'。"

"谢谢您出手帮忙。"闵姜西很真诚地冲着秦佔颔首。

秦佔面不改色："听说你白天照顾了秦嘉定，扯平了。"

闵姜西沉默片刻，开口道："秦先生，有件事我想多嘴提一下，您未必愿意听，但于情于理，尤其是今天的事过后，于公于私，我都要说。"

秦佔不置可否。

闵姜西抬眼看着他道："我们做教育的，大多研究过儿童和青少年心理，一个孩子从小到大的性格和品性的养成，的确需要上学期间老师的指引，但更多的，是来自原生家庭耳濡目染的教育，亲人才是孩子成长过程中无可代替的老师。

"您教会秦嘉定勇敢，那无论何时何地，他都会挺身而出，不会在意自己是不是个孩子，面对的是成年人还是同龄人，但是勇敢不等于极端，就像正当防卫和防卫过当是完全不同的概念……我知道作为被救者说这样的话，一定会引起您的反感，但秦嘉定还是个孩子，这一次他用花瓶，下一次不知道会不会用刀，我不想他模糊了善良和正义的界限，更不愿意有一天他因为自己的勇敢，反倒对这个社会失去信心。”

秦佔听完这番话，只回了一句：“讲这么多，你就是想说上梁不正下梁歪吧？”

闵姜西眼睛一眨不眨地回视他，两秒后，出声回道：“是。”

应了这个字，闵姜西心里都在骂自己傻瓜，千辛万苦才求来的工作，做了几天就破罐子破摔，明知秦佔是什么样的人……

果然，秦佔的声音沉了几分，隐隐带着危险的气息：“你搞清楚，我花钱雇你回来，是教孩子，不是教我怎么做人的。”

闵姜西一根筋的劲一上来，九条雪橇犬都拉不回来。她定睛回视秦佔，面不改色心不跳地说：“您是我的客户，但我没把秦嘉定当任务，我不敢教您怎么做人，我只是希望您能当个好爸爸，秦嘉定能有个健康快乐的童年。”

早在闵姜西“有句话不当讲也要讲”的时刻，她已在心里给自己判了死刑。虽说老师教书育人，但这年头教不好书的大有人在，更何况是育人了。她见惯了家长宝贝孩子，不许别人指责一根手指头，更何况她还隔山打牛，直接数落到家长头上。

来深城之前，丁恪跟闵姜西聊了四个小时，特地嘱咐，一定要把这行当买卖，不要讲太多个人感情，不然失望的是自己。她明白，却还是感情用事了。

闵姜西已经做好秦佔下一句话就让她走的准备，有多远走多远。事实上他的确沉默很久，久到她怀疑，他不仅要开了她，还要收拾她。

“你没把秦嘉定当任务，把他当什么？”秦佔的声音依旧低沉。

闵姜西豁出去了，放平心态回道：“我要说当他是弟弟，他肯定不乐意，勉为其难可能赏我个朋友当当。”

秦佔说：“你们才认识几天？”

闵姜西说：“就冲他今天的行为，我会一直记得他的好。”

秦佔道：“最后救了你们的人，好像是我。”

闵姜西再次顿住。

秦佔看着她，继续追问：“你当他是弟弟，我是他长辈，你以后怎么叫我？”

怎么叫他？

秦佔是秦嘉定的爸，她如果当秦嘉定是弟弟，那她不是要叫秦佔……爸爸？

“叫爸爸”这个梗，很多恋爱中的男女都会玩。闵姜西没吃过猪肉也见过猪跑，只不过做梦都想不到，第一个用“爸爸梗”调侃她的人，竟然会是秦佔。

闵姜西不是没有心理承受力的人，也不是没见过长得好看的男人，但不知为何，她只觉得血气翻涌，当着他的面红了脸。她急忙出声解释：“秦先生，您别误会，我没想占您便宜！”

秦佔不辨喜怒道：“你确实想得美。”

闵姜西最有自知之明了，秦佔这样的人，就算她乐意降辈给他当女儿，他还不想被她占便宜呢。

两人站在走廊里说话，不多时秦嘉定从房内走出来。闵姜西比秦佔还担心，忙问：“怎么样？”

秦嘉定酷酷地回道：“没事，一点皮外伤。”

医生在门内喊道：“家属进来一下。”

秦佔跨步往里走，医生开了药单，内服的、外敷的，听得门外的秦嘉定很焦躁。闵姜西轻声安慰：“别怕，我有吃药的好办法。”

秦嘉定瞪了闵姜西一眼：“我们扯平了。”

闵姜西撇了撇嘴，暗道果然是亲生的，秦佔不久前才说过一模一样的话。

正想着，有人喊她名字：“闵姜西。”

“在。”闵姜西下意识地往门内走，后知后觉刚刚是秦佔喊她。

秦佔已经拿好了药单，正看着她，不冷不热地说：“让医生给你看看。”

她动了一下嘴，道：“不用，我没事。”

秦佔也不啰唆：“算工伤，我报销。”说罢，径自从闵姜西身旁走过。

闵姜西识好歹，坐在椅子上，把宽松休闲裤挽起来，露出被磕碰的小腿。之前在家换衣服的时候，腿还只是红，如今红色散去，白皙的皮肤上一片青黄，有些地方还泛着紫，跟调色盘打翻了似的。

医生俯下身拿手指戳了戳：“这里疼吗？”

闵姜西如实点头：“疼。”

“这里呢？”

“疼。”

医生又让闵姜西活动活动膝关节，她疼得蹙眉。

医生道：“你这都肿了，先拍个片子。”

闵姜西抬头："这么严重吗？"

医生道："我的眼睛不是X光，看不到你的骨头，要拍完片子我才能知道严不严重。"

闵姜西想到秦佔和秦嘉定还在外面，不想拖累他们一起，遂出声道："医生，我明天来看行吗？"

医生都在开单子了，闻言，眼皮一抬："你说呢？明明哪里都疼，来都来了，还非要等明天，有人上赶着给你报销你还拖？"

"什么事？"身后忽然传来低沉的男声。

闵姜西扭头一看，秦佔回来了。

医生道："她的腿要拍片子才能看结果，她想明天来，还问我行不行，你问问你朋友行不行？"

医生脾气都大，闵姜西不过问了一句，就好像踩到对方雷点上了，凶她不够，还跟秦佔抱怨。

秦佔看向闵姜西，忽然问了一句："你饿吗？"

闵姜西眼露茫然："不饿。"

秦佔说："不饿你着什么急？"

秦佔把秦嘉定喊进来，让秦嘉定陪闵姜西去拍片子，自己去交钱。闵姜西想客气两句，但是想想秦佔的为人，还是少说为妙，免得当众下不来台。

片子拍完，没想到还真有问题。

医生说："轻微骨裂。"

闵姜西听到"骨裂"二字，问："严重吗？"

医生反问："走路疼不疼你没感觉？"

闵姜西哽了一下，小心翼翼地试探："不需要住院或者打石膏吧？"

医生低头奋笔疾书，边写边说："我们医院床位挺紧张的，医生也不是黑心眼，什么病都给打石膏，平时别穿高跟鞋，少走路，有不良情况及时来医院看，别什么都不当回事，病拖大了再来找医生哭。"

闵姜西自打那句话"得罪了"医生，医生就再没给过她好脸色，说话的语气也十分不善。单子开完，她拿起来看了一眼，眼前一晕，医生写的简直是无字天书。

"医生，这都是什么药？"

医生头不抬眼不睁地说：“去药房。”

闵姜西暗道，得，医生翻脸比翻书还快，三十六计走为上策吧。

闵姜西刚扶着桌子站起来，手中的药单就被人抽走。

秦佔道：“内分泌科在哪儿？”

医生抬起头，认真回答：“五楼，但是现在太晚了，那边都下班了，谁要看？明天可以早点过来。”

秦佔看着医生，面无表情，目不斜视地回道：“你要看，我们花钱来看病还是看你脸色的？你要是熬夜值班心情不好，要么别来，要么忍着，谁给你的脾气，让你一句一根刺？”

医生蒙了，闵姜西也蒙了，两人都没想到秦佔会突然发飙。

医生脸色可想而知的难看，关键是尴尬，手中的笔拿了又放，放了又拿，强撑着说：“我没有说话带刺，我也是担心病人的身体，像是这样大意的……”

医生还没说完，秦佔拉着脸打断：“就你好心？不担心就不来医院了，做好你的本职工作，有空提升一下职业操守，病人问话就好好回答，当她是你女儿呢？想说就说。”

医生看起来四十多岁，说大不大，说小也不小，愣是被秦佔说得面红耳赤，不敢反驳，也不能直接低头认了，一头栽进桌子底下的心都有。

闵姜西短暂的错愕后，赶忙轻声对秦佔道：“我们走吧。”

秦佔站在原地：“你还有什么想问的，问明白。”

闵姜西完全不想问了，气氛实在太尴尬了。可秦佔发话，她第一反应就是顺毛捋，于是侧头看向医生说：“您开的都是什么药，有需要特别注意的吗？”

医生被教训了一回，吃一堑长一智，本本分分地把药名都说了，还说了一天吃几次。

闵姜西硬着头皮听完，这才看向秦佔：“好了，我没问题了。”

秦佔转身往外走，闵姜西紧随其后，不敢回头，心想这是哪家医院来着，以后不能来了。

秦佔刚给秦嘉定拿过药，熟门熟路。给闵姜西取药的时候，他掏出卡，闵姜西忙说：“我自己来。”

秦佔不理闵姜西，直接递过自己的卡，药房的人装了一袋子药。他把药拎出来，递给她。

闵姜西说："谢谢。"

秦佔往出口走，闵姜西左右看了看："秦同学呢？"

秦佔说："车上。"

闵姜西说："秦先生，今晚多谢你们，太晚了，我也不耽误你们的时间了。哪天您有空，我请您和秦同学吃饭。"

秦佔边走边道："真有心就不会改天，我现在就有空。"

闵姜西闻言，很快地偷瞄了秦佔一眼。现在已经晚上九点多，她不想孤男寡女引人闲言。但转念一想，还有秦嘉定呢，再怎么样也不好刚过河就拆桥，更何况"桥头"还一副很不好惹的样子。

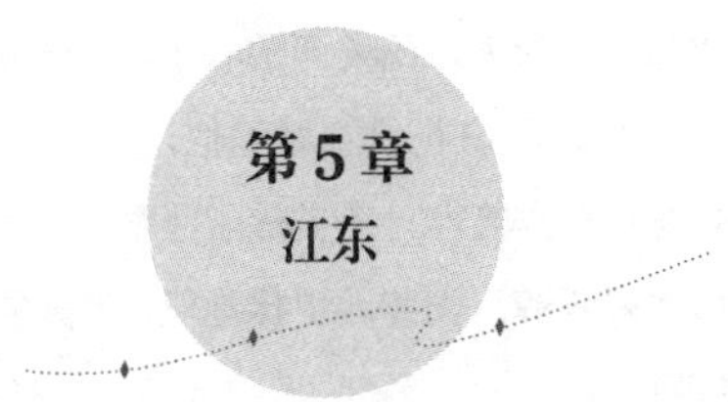

第5章 江东

闵姜西重新坐进秦家车里，秦佔吩咐了一句：“枫晚楼。”

司机启动车子，闵姜西看向身旁戴着口罩的秦嘉定，轻声问：“是不是医生说伤口不能见风？”

秦嘉定还因为医生给开了一堆的药而心烦，不搭理人。坐在副驾驶座的秦佔幽幽地说了一句：“是不能见人。”

闵姜西秒懂，敢情小屁孩还有臭美属性。她一直以为他对自己的外貌不在意呢，原来还是知道自己很帅的。

秦嘉定侧头看着窗外，闷声道：“你们先去饭店。”

闵姜西问：“你呢？”

秦嘉定说：“你成天惦记的人就在身边，总拉着我干什么？”

闵姜西没料到秦嘉定会出这么一句，心中警铃大作。秦佔就在前面，不解释误会就大了。想来想去，她还是镇定自若地回了一句：“好，我不问你了，犯不着不好意思就把我往河里推吧。”

秦嘉定没有再欲加之罪，闵姜西不知该幸该叹。

车子开了十几分钟，停到一栋装修考究的小楼面前。楼层不高，总共五层，但门面铺得很大，地面停着一水的豪车。

闵姜西刚来深城的当天，程双跟她爸就是在这儿做的东。这里消费很贵，人均两到三千元。程双勤俭惯了，说是拔毛也要拔她家老程的。

车子停下后，从上面下来的只有秦佔跟闵姜西，司机载着秦嘉定走了。闵姜西不愿三更半夜跟秦佔独处，不着痕迹地问道：“秦同学去哪儿了？”

秦佔说：“商场，买帽子。”

闵姜西眼底闪过一抹意外，哭笑不得地说：“这么爱美。”

秦嘉定眼角有处伤，口罩遮不住，这是嫌难看，大半夜地去买帽子。

得知秦嘉定一会儿就会回来，闵姜西放心了，跟着秦佔一起往里走。

秦佔应是这里的常客，门口礼仪刚看到他，马上笑脸相迎：“秦先生，晚上好。”连带着对闵姜西展露笑容，还多看了两眼。

秦佔穿着衬衫和休闲西裤，闵姜西更接地气，T恤配运动裤，半干的头发临时拧到了脑后，素面朝天。

两人不仅隔着一人的距离，还是一前一后差了一步，举止并不亲密，却莫名暧昧。试想什么样的女人跟在秦佔身边还不化妆？不是睡前，就是睡后。

秦佔熟门熟路地往前走，前方几米外出现一行人，男女都有，似是刚吃完饭从包间里出来。打头的男人个子很高，跟秦佔差不多，穿着休闲随意，留着八九十年代复古的心形刘海头，皮肤很白。本是跟身旁人说笑，许是身边人提醒了什么，他抬眼往前看，待看到秦佔时，笑容微敛。

闵姜西也看到了，因为对方不仅很高很白，五官也异常打眼，配上发型像是漫画里的人。

她素来敏感，明显感觉到这帮人在看到秦佔时，脸上的笑容都收了。不仅表情受控，视线也不由自主地移开，不是视而不见，而是不想对视。

闵姜西看了一眼，很快收回目光。眼看着双方就要狭路相逢，她不着痕迹地往左边靠，不想跟迎面而来的人离得太近。皮肤很白的男人跟秦佔已经擦肩而过，双方互不理睬，本以为事就这么过了，谁料男人越过秦佔，径自朝着闵姜西迎来。

他是故意的，不然一路都走得笔直，怎么会在闵姜西面前突然一晃。闵姜西心一沉，身体还来不及反应，只感觉手臂被人攥住，用力一拉。她随着力道往旁边闪，受伤的右腿一时间吃不上力，本能地伸手去抓。

整个过程发生在刹那间，待到闵姜西回神，才发现自己软在秦佔身上。一只手臂被他拉着，另一只手臂攀在他胸前，还拽着他的衬衫。

这姿势太狼狈，也太亲密，闵姜西赶紧忍着疼往旁边退了一步。秦佔松开她的手臂，黑着脸盯着面前的“小白脸”。

没错，闵姜西记仇得很，已默默地给对方起了外号。

“小白脸”见状，嘴角一扬，皮笑肉不笑地说：“干吗这么大反应，踩你头了？”

秦佔沉声说：“给你脸了？”

“小白脸”面不改色，瞥了一眼秦佔身旁的闵姜西，三秒后道：“上次车里的人是你吧？”

闵姜西警惕地看着他，不出声。

“小白脸”笑容加深，又看向秦佔：“怪不得跑得跟兔子似的，原来是回家有‘急事’做。”

秦佔说：“你要找死直说，哪天都是黄道吉日。”

“小白脸”挑衅道：“新欢在身边呢，你舍得死吗？”

秦佔周身气压很低，二话不说，只身形一动，“小白脸”身后的人皆是如临大敌，肉眼可见的紧张。

闵姜西本能地伸手拦了一下：“秦先生…”

闵姜西挡着秦佔，算是半个身体横在秦佔跟“小白脸”之间。他的视线越过闵姜西，冷眼看着面前的人：“滚。”

男人身后也有人小声地劝：“东子，别闹了。”

他毫不畏惧地回视秦佔，两人对视几秒，他又忽然目光微垂，视线落在闵姜西脸上，勾起嘴角，问：“你叫什么？”

闵姜西怕他再闹下去，秦佔准保要动手，一天两场，好人都受不了，更何况她现如今还是个伤号。

闵姜西沉下脸，抬眼看着“小白脸”说：“闵姜西。你可以走了吗？”

“小白脸”眼角含笑，故意压低声音，用撩拨的口吻道：“我记住了，你让我走我走就好了。”

说罢，他极尽嘲讽地看了秦佔一眼，临走前还撂下一句：“你女人真听话，有问必答。”

闵姜西看着男人的背影，终于后知后觉。他就是之前红色跑车的车主，一路上还挑衅秦佔，要不是她拦着，怕是整条街都得变成两人的角斗场。

闵姜西正出神，秦佔已经掉头往里走。她随着他一起进了包间，侍应生也跟进来。他点完菜，侍应生颔首离开。

前脚房门才关上，后脚马上传来男人低沉的声音：“他问你就答，他是你什么人？”

闵姜西坐在秦佔对面，隔着偌大的圆桌面，她也能感觉到他的怒气，果然这口气不撒出去就不算完。

闵姜西面色无异，出声回道："他什么都不是，我也什么都不是，一个名字而已，他喜欢也可以叫。"

秦佔说："离他远点。"

闵姜西心说：要不是因为你，我们根本八竿子打不着。

她点了点头，面上恭顺："知道。"

秦佔对"小白脸"讳莫如深，多半个字都不想提。闵姜西会看脸色，自然也不会多问，只默默地记在心里。

没一会儿包间房门被人从外面推开，戴着帽子和口罩，武装严实的秦嘉定现身。闵姜西看了他两秒，出声问："怎么不高兴？"

秦嘉定拉开椅子，没好声地回道："偷拍的人脑子有病。"

闵姜西笑道："看你这打扮，把你当明星了吧？"

秦嘉定道："连人长什么样都不确定，还成天喜欢喜欢，神经病。"

闵姜西给秦嘉定倒了杯喝的，用转盘转过去，如常道："先喝口东西压压火。"

秦佔从旁听着两人对话，终于有点明白，为何秦嘉定会对闵姜西另眼相看了。她竟然能从一张几乎看不到五官的脸上，得知秦嘉定不高兴，不是超乎常人的敏锐，就是会读心术。

闵姜西还是很高兴这样的场合，秦嘉定在，因为没有对比就没有伤害，比起秦佔，她更乐意跟秦嘉定聊天。

中途闵姜西借故从包间出来，到前台买单。收银员表面客气如常，等到闵姜西一走，马上跟身边人八卦，"怎么回事？106 是女方买单。"

"秦佔的卡吧？"

"不是，我见过秦佔的卡。"

"没准是秦佔给她的卡呢。"

"是哦。"

"新女朋友吧？敢一点妆都不带就出门，我刚细看了一眼，好像没整过，颜值很能打。"

"秦佔挑人还能差了？不好看也不可能带在身边。"

"啧，不知道这个能维持多久。"

“咸吃萝卜淡操心，铁打的秦佔流水的绯闻女友，这个下线也轮不着我们。”

“有时候觉得老天真不公平，有钱有势就算了，还长那么帅……”

“哟，看你这春心荡漾的，想倒贴啊？”

“想！怎么不想，秦佔不行江东也行啊。”

“我看你真是长得不美想得挺美，身板不大贼胆天大，什么人你都敢惦记，要色不要命……”

闵姜西跟秦佔和秦嘉定从包间里出来，见秦佔往前台方向走，她出声道：“秦先生，我买过单了。”

秦佔眼底有一闪而逝的意外：“想让我们吃人的嘴软？”

闵姜西淡笑：“是我拿您的手短，应该的。”

说话间三人来到饭店外面，闵姜西没打算坐秦家的车，提前告别：“你们慢走，明天见。”

秦佔说：“最近几天不用来了，让秦嘉定把病养好。”

闵姜西马上道：“也好，那秦同学要按时吃药，过几天见了。”

秦嘉定捂得严实，看不见表情，但能想到摘下口罩也是一脸不爽，他没说话。闵姜西微笑着看两人坐进车内，待到车子驶离，她才在路边拦了辆出租车回家。

她租的地方地段很好，离公司只有五站地铁，但是老小区，一共就那么几栋楼，没有保安，几百户居民的生命财产安全都靠门口六十多岁的值班大爷。大爷作息也很好，晚上九点准时熄灯就寝，只要不是坏人打劫到他头上，他准保一觉睡到大天亮。

平时闵姜西没觉着有什么，但周洋突然找上门，万一秦嘉定没来，或者说秦佔没来，后果不堪设想。

上楼的时候，闵姜西默默地从包里掏出带电的防狼工具，这东西打从第一天去秦家，她就安排上了。走着走着，身后隐约传来脚步声，她没回头，但是警惕心很重。听呼吸应该是个男的，而且越靠越近，越靠越近，终于在对方快要赶上她的时候，她猛地转身，将手中的电棒握在身前。

男人吓得往后退了两步。

闵姜西定睛一瞧：“你找死啊？”

陆遇迟扶着墙壁，看了看闵姜西，又看了看她手中的电棒，吞口水道：“你干吗这么大反应？”

闵姜西说："你该庆幸我没直接捅上去。"

陆遇迟说："我刚在小区就看见你了，本来想吓你一下，还让你给我整一激灵。"

闵姜西看到陆遇迟，安心了不少。她把电棒收起来，转身边上楼边说："不要跟单身女性开这种玩笑，有生命危险。"

陆遇迟跟在后面吐槽道："你别一概而论，单身女性里有危险的只有你。"

闵姜西岔开话题道："另一位单身女性今晚怎么样？"

陆遇迟知道闵姜西指的是程双，出声说："谈得挺顺利，估计这两天就要请我们吃庆功饭了。"

闵姜西说："跟一群男的谈生意，是该把你带上。"

陆遇迟说："多余，我去看了一眼，这帮人都是冲着秦佔的面子，巴结还来不及，哪儿敢整那些有的没的。"

闵姜西说："顺利开张就好。"

陆遇迟笑着吐槽道："我说她这是一人得道，鸡犬升天。"

闵姜西说："她一定吐槽你鸡狗不如吧？"

陆遇迟道："知她者，你也。"

两人爬上五楼，各自站在自家门口掏钥匙。陆遇迟喝了半斤多白酒，突然后知后觉，转头道："对了，这大晚上的你去哪儿了？"

闵姜西打开一半门，面色坦然地回道："秦嘉定找我出去吃饭。"

陆遇迟刚要说话，闵姜西手机就响了，是程双打来的。她果断接了电话，给了陆遇迟一记"洗洗睡吧"的眼神。

程双也喝了不少，兴奋地跟闵姜西八卦今晚的饭局，一边描绘着未来的美好蓝图，一边感谢她深入虎穴造福闺密的大无畏精神。

闵姜西坐在沙发上，手机开了外放，一边给腿喷药一边搭腔。

程双几句不离秦佔，闵姜西说："你知不知道秦佔在深城有什么死对头？"

程双说："那可多了去了。"

闵姜西道："名字里有东，应该叫什么东吧？"

程双狐疑道："江东吗？"

闵姜西说："我听人叫他'东子'，长得很高，皮肤很白，跟小白脸似的。"

程双酒都醒了大半，忙问："你见过江东了？"

闵姜西把晚上跟秦佔出去吃饭，碰到江东的过程简单明了地一说，略过之前周洋的环节，免得程双一惊一乍，大半夜跑来陪睡，她还得伺候酒鬼。

程双在另一边啪啪直拍浴缸，连声道：“就是江东！就是他！”

闵姜西说：“什么人？”

程双道：“‘三恶’里面能跟秦佔抢第一把交椅的人，秦佔的头号死敌！”

闵姜西半开玩笑半认真地说了一句：“我以为恶人组要抱团一致对外，没想到还内斗。”

程双道：“你是不知道秦佔跟江东的仇有多大。”

闵姜西打趣道：“还能有夺妻之恨吗？”

程双似笑非笑地“哼”了一声：“他们闹得最凶的时候，江东一个月内同时泡了秦佔两个表妹，又都给甩了，搞得这两个女人互相觉得对方是小三，直接从亲戚成了仇人；秦佔更狠，江东他爸江悦庭，没错，国内富豪排行榜前十名那位，人家谈了个律师女朋友，据说都要进门了，秦佔不知怎么把人带到酒店过了一夜，第二天就闹开了，你说这是夺妻之恨吗？简直是杀亲之仇！”

闵姜西仍旧是那副波澜不惊的状态，理智地问：“小辈的事情连累长辈下水，秦佔也不怕得罪江悦庭？”

程双说：“江家有钱有势，秦家有权有势，你知不知道秦家往上几辈是什么身份？”

家里就她一个人，闵姜西不假思索地回道：“你说过，黑的。”

程双差点儿淹死在浴缸里，忙压低声音道：“大姐，你可千万别乱说，会死人的！”

闵姜西道：“不是吗？”

程双道：“说来话长，秦佔的太爷爷曾经是党少峰的副将，战乱年代为国捐躯，只留下一个儿子，其实说是为国捐躯，有人说是为了党少峰，后来党家做主，直接把深城划给秦佔的爷爷作为补偿。那时候，深城还是个鸟不拉屎的偏地方，哪有北方发展好，一个字，就是乱。秦佔爷爷孤身过来闯荡，为了成事什么手段都用过，大刀阔斧，快刀斩乱麻，上头护着，睁一只眼闭一只眼。

“秦家的家底和坏名声都是秦佔的爷爷那辈攒下来的，再后来上头一纸令下，深城成重点发展城市。秦佔的爷爷也很聪明，知道跟党家交情甚笃，但也要看清形势，当即把手头上的事都交给秦佔他爸。秦邺接手后全力发展经济，许是早就知道上头是什么安排，每走一步都踩在点上，秦家这些年就从没做过赔本的买卖，只有赚，以及赚很多。我就这么说吧，在深城你看见的地标性建筑，每三座里面最少有一座是秦家的产业，知道深城人怎么评价秦家吗？不是深城秦家，而是秦家的深城。”

秦家的背景是每一个深城人都知晓的秘密，程双如数家珍。闵姜西感到有些意外，但也意料之中。怪不得秦佔跟江东光天化日在大马路上玩碰碰车，如今回想，是见怪不怪。

程双打开了话匣子，说起来没完：“我之前只是跟你提了一嘴，现在我正式提醒你，‘深城三恶’里面，哪怕万不得已你非要沾上谁，那你宁可惹荣一京，也别去惹秦佔跟江东，这两个都是索命的鬼。秦佔绰号‘黑无常’，江东绰号‘白无常’。既然你现在已经当了秦家的家教，那你就是秦家的人，你可千万千万别招惹江东，他会把你当秦佔的人给咔嚓的！”

闵姜西道：“我就是一家教，卖艺没卖身，他们之间泡妹妹抢后妈的仇，跟我有什么关系？”

程双说：“如果秦家的宠物误入了江家的地盘，江东能把活的做熟了还给秦佔，你信不信？”

闵姜西脑中回放着江东在饭店里看自己时的目光，玩味、挑衅，好像不以为意，又仿佛志在必得，的确像是在看宠物。

闵姜西几秒钟没说话，程双在电话那头问：“你听没听见？”

闵姜西应了一声，反问：“你泡澡还是腌肉，洗完了吗？”

程双懒洋洋地说：“我累了，你也洗洗睡吧，明天还要去秦家呢。”

闵姜西说：“挂了，周日见。”

程双嗲声嗲气道：“嗯嗯，么么哒。”

闵姜西爷们气十足地回道：“跪安吧。”

“讨……”

“厌”字还没落下，闵姜西手快按了挂断。

闵姜西一个人坐在沙发上，无意间瞥见茶几上的水果刀。几个小时前，秦佔还握着它企图捅人，一个人的性格和脾气不可能是一天两天形成的。听完程双的话，她也就明白他为何如此霸道且有恃无恐了。

但是那时那刻，幸亏有秦佔在，不然“死”的就是她。

“唉……”闵姜西一不留神，竟然很轻地叹气。因为站在她的角度，几次看到秦佔暴戾的一面，但几次都是事出有因。她竟没办法客观评价他的为人，总之，不像外界传的那么偏激，外界就差说他欺男霸女，逼良为娼了。

闵姜西收拾收拾，回房睡觉。许是激烈挣扎过的原因，她睡得不安稳，又做了噩梦，六点就一身冷汗地惊醒。

闵姜西不愿一个人在家待着，干脆提早去了公司。公司正式上班的时间在八点半，但也不乏有早课的老师会提前过来准备，这不，她在茶水间碰到了齐昕妍。

齐昕妍对闵姜西笑脸相迎：“闵老师，今天来这么早？”

闵姜西笑说：“嗯，睡不着，干脆早点过来。”

齐昕妍守在咖啡机面前，问：“喝咖啡吗？”

闵姜西说：“谢谢，我自己来。”

齐昕妍拿过她的杯子：“客气什么？顺手的事。”

齐昕妍把咖啡递给闵姜西，不着痕迹地说：“给秦家上课很累吧？我看你好像没睡好。”

闵姜西淡笑：“还行，可能快来‘大姨妈’了，睡不安稳。”

齐昕妍道：“那你还喝什么咖啡？我给你倒一杯牛奶。”

“不用……”

“别跟我客气，这还不到上班时间，别把我当同事，当朋友就行。”

齐昕妍背对闵姜西，利落地又倒了一杯牛奶。

闵姜西道谢，齐昕妍小声说：“姜西，你去秦家也有一个多星期了，说实话，你觉得怎么样？”

闵姜西说：“小朋友是有些难搞，但也没有外面传的那么离谱，挺好的。”

齐昕妍用更低的声音问：“那你见过小孩妈妈吗？”

闵姜西摇了摇头，没说话。

齐昕妍说：“大家都知道秦佔有个儿子，但从来没有人知道孩子的妈妈是谁，猜了多少年了。”

闵姜西说：“我没见过，也不敢打听。”

齐昕妍闻言笑了笑，说：“我也是不把你当外人才敢问，打从第一眼见到你，我就觉得你面善，之前你一直没签上客户，好多人都在背后讲你坏话，我听见就烦，尤其那个苗芸，你当众数落她一顿就对了，出了名的快嘴快舌，烦死人。”

闵姜西微笑：“我去秦家就是上课，除了小朋友，跟其他人不怎么接触。”

话音刚落，手机响了，闵姜西掏出来一看，屏幕上赫然显示着：秦佔。

这才早上七点，闵姜西不免心底狐疑，很快走去一旁，划开接通键。

“秦先生。”

手机中传来男人熟悉的声音：“来云山馆。”

秦佔说话没头没尾，闵姜西试探道：“现在吗？”

“现在。”

闵姜西没在电话里面问是什么事，因为猜到秦佔一定不喜欢废话。她应了一声，挂断电话回座位收拾东西。

齐昕妍见状，出声问：“出去？”

闵姜西点头，“嗯，出去一趟。”

闵姜西刚离开公司，马上有人长吁短叹：“真是不一样喽，以前天天坐冷板凳，现在没等正式上班就忙得脚不沾地。”

齐昕妍笑了笑，说：“背靠大树好乘凉，树上的果子随便吃。”

“齐老师这话说得妙，很耐人寻味。”

齐昕妍道：“我这是夸赞，别过分解读，免得传到人耳朵里，我就是我们这里第二个被人当众打脸的，我可丢不起那个人。”

闵姜西下楼打车，跟司机说：“云山馆。”

闵姜西刚来深城月余，除了“先行”附近很少去其他地方，也不知道云山馆在哪儿。按理秦佔一大早突然叫她去个地方，她一定会心生警惕，但经过昨晚那件事，她莫名觉着他不会无事生非。

二十几分钟后，出租车靠边停下。闵姜西侧头一看，右边是一片占地不小的建筑，正门上挂着“云山馆”的牌子。她给钱下车，迈步往里走。

眼前整栋建筑都是新中式风格，大堂的摆设布局也都很考究。闵姜西刚一出现，就有穿着旗袍的工作人员上前招待：“您好。”

闵姜西道：“你好，我来找秦佔秦先生。”

工作人员闻言，很快找来经理，经理笑着打招呼：“您好，是闵小姐吧？”

闵姜西点头，经理当即伸手做了个“请”的手势，亲自带她往里走。

闵姜西被引到一个包间门口，经理说：“秦先生在里面。”

闵姜西伸手敲了敲门，推门走进去。包间很宽敞，入眼便是墙上挂着的一幅山水图，再往里走，是一面刺绣的屏风，隐约可见屏风另一侧的人影。

屋内很静，闵姜西也不由得放轻脚步和呼吸。绕过屏风，她看到茶几对面各坐着一个人，其中一个是秦佔，而另外一个，正是之前在秦家见过的女人，姓冯。

精致的小炉上煮着水，闵姜西刚刚闻到的清香是茶香。

香烟袅袅，静室余香，空气中飘荡的本该是祥和跟静谧，但闵姜西嗅到了紧绷跟压抑。

冯姓女人只在闵姜西出现的最初，意味深长地看了她一眼，随后便垂下视线，云淡风轻地喝茶，嘴里说着："大早上把我叫过来，不是只想请我喝茶吧？"

秦佔侧头看向闵姜西："过来。"

闵姜西猜不出这是个什么局，心里盘算着向前，往前每走一步都是如履薄冰的错觉。

闵姜西走到桌边，镇定地问："秦先生，有什么事吗？"

秦佔随手拉开身边的椅子："坐。"

闵姜西瞥见对面的女人嘴角微动，她暗道：完了完了，肯定记恨上了。

闵姜西硬着头皮落座，猜想，可能秦佔要拿她当挡箭牌，正想着，身旁人问："伤怎么样了？"

闵姜西余光一瞄，秦佔在看自己。

闵姜西挺着腰板，出声回道："没事，喷点药就好了。"

秦佔别开视线，自顾自地拎起茶壶，给闵姜西倒了杯茶，说："别不当回事，留疤就不好了。"

秦佔的声音如常，只是轻了几分。闵姜西却汗毛竖起，实在不知说什么，干脆拿起茶杯堵住嘴。

对面的女人眼皮一抬，面色淡淡地看着秦佔："你找我来到底什么事？这茶两个人喝正好，三个人喝不够，还坏了味道。"

闵姜西装聋作哑，置若罔闻。

秦佔回视着女人，开口道："不想喝？那请便。"

他的神色极度淡漠，偏偏话语又充斥着挑衅。女人闻言，当即沉下脸，叫了他的全名："秦佔！"

秦佔不动声色，两秒后回了句："冯婧筠，你以为我闲得没事一大早叫你出来喝茶，我是怕你吃饱了撑着。”

闵姜西一不留神，多喝了一点，差点烫到嘴。

冯婧筠满脸不可思议，定睛看着秦佔，半晌才道：“你羞辱我。”

秦佔回她一记无声胜有声的目光，不屑、嘲讽、嫌恶。他拿起手机打了个电话，只说了三个字：“带进来。”

闵姜西如坐针毡，暗道这还有第四个人的事？闵姜西偷瞄了一眼对面的冯婧筠，果然，她也是羞愤中带着茫然。

不多时，房门被人从外面推开，脚步声渐近。闵姜西扭头一看，是个陌生男人扛着个大麻袋，麻袋绑住开口，露出一双男人的脚。

“咚”的一声，男人把麻袋往地上一扔，里面的人发出闷哼。闵姜西只是有点意外，毕竟跟秦佔打交道一周，他更离谱的事情都做过。冯婧筠则是着实惊讶，看了看地上的麻袋，又去看秦佔脸上的表情。

秦佔头都没回，点了根烟，抽了口道：“打开。”

男人俯身将绳子解开，又粗鲁地把麻袋里的人倒出来。里面的人在地上滚了一圈，正好面朝桌子方向，闵姜西瞳孔一缩。

周洋。

他身上未见半点血迹，只有头发稍微凌乱，不过是一晚没见，却像是经历过不可言说的折磨一样。他已经见了光，第一反应不是起身，而是瞬间蜷缩起来，额头抵在地面上，嘴里胡乱嘀咕着听不懂的话。

秦佔吐出一口烟，抬眼望着对面的冯婧筠，沉声道：“他三番五次纠缠闵姜西，昨晚还跑到她家里去。”

冯婧筠绷着脸道：“你跟我说这些干什么？”

秦佔道：“听说他是你表弟。”

冯婧筠面不改色地说：“是吗？我怎么不知道？”

秦佔把烟灰弹在烟灰缸里，不咸不淡地说：“你不认就最好，我要他一条腿，还怕你会替他说情。”

话音落下，秦佔抬了一下手指。闵姜西身后的保镖当即扯着周洋的后脖领，像是拖破烂一样往外拽。周洋惊慌失措，死命地趴在地上，连连喊道：“姐，表姐救我！”

冯婧筠的脸色一白，嘴唇微不可见地动了一下。

“表姐，表姐救我！”

周洋狼狈地喊叫，身后保镖拽着他的衣服，几乎把人提起来。眼看着已经拖到门口，冯婧筠终是忍不住开口：“等一下。”

保镖抬眼去看秦佔的指示。

秦佔缓缓地吐烟，动作几近慵懒，淡淡道：“又认识了？”

冯婧筠的脸色别提多难看，沉吟半晌，不答反问：“他做了什么伤天害理的事，你要他一条腿？”

闵姜西以为秦佔会提秦嘉定，结果他眼皮都没抬一下，口吻如常道：“他招惹我的人，我很不高兴，这条罪名比伤天害理大得多。”

冯婧筠沉声说：“就因为他追了你的家教？”

秦佔眸子一抬，冷声道：“是。”

两人目光相对，冯婧筠气到想要冷笑，隐忍着怒意问：“她是你什么人，别人还追不得了？”

秦佔说：“你又是我什么人，管得着我疼谁宠谁？”

秦佔的声音很轻，但杀伤力巨大。闵姜西看到冯婧筠的脸由白转红，只一瞬间。

秦佔为何大早上组这个局，又为何把周洋拖出来，一句“表姐”已是昭然若揭。闵姜西心里跟明镜似的，所以冷眼旁观，毫不怜惜。

冯婧筠被当众打脸，闵姜西喝完一杯茶，没够，自己又倒了一杯，悠闲的模样仿佛真是来放松看戏的。

冯婧筠受不了这份气，跟秦佔怒目相对了片刻，沉声道：“周洋是我表弟，他看上谁乐意追谁是他的自由，就算到了警察局也没法定罪，你想打断他一条腿，凭什么？就因为你姓秦？”

不待秦佔出声，闵姜西将茶杯一放，面无表情地道：“怕是冯小姐对‘追’这个字有什么误会，追是喜欢，是光明正大，被拒绝就该适可而止。有目的地接近，被拒后怀恨在心，半夜三更硬闯女人的单身公寓，图谋不轨，这是耍流氓。你觉得这事捅到警察局，警察是会夸他一往情深，还是锲而不舍？”

秦佔垂下的眼中，划过一闪而逝的光，这回轮到他喝茶，举止同样悠闲。

冯婧筠闻言，明显面露诧色，一时间无言以对，闵姜西拿不准她是真糊涂还是装糊涂。

秦佔抿了口茶，不冷不热地说：“我只要他一条腿，多不多？你要是觉得多，我给冯家一个面子，刨根问底，锱铢必较，看看哪些罪是他该遭的，哪些是他不该遭，我冤枉他的。”

长耳朵的都听出秦佔这是赤裸裸的威胁，这会儿终于轮到冯婧筠如坐针毡，的确是她让周洋去追的闵姜西，但她只是让他追，一来想看看闵姜西的人品，二来不爽秦佔用其他女人气她。

冯婧筠真不知道周洋背地里干了些什么糊涂事，但这事现在说不清楚。秦佔这么问既是在敲打她，同时也是在给她台阶下，要不然把周洋豁出去，要不然，连她也要下水。

时间在这一刻变得分外绵长，一秒像是一分钟。许是五秒，许是更久，终于等到冯婧筠开口，她声音冷漠地道：“我不知道周洋在外都干了些什么事，如果他作奸犯科，那我保不了他。”

冯婧筠的话音落下，秦佔头也不回地说：“拖出去。”

保镖刚刚抓住周洋的衣服，周洋立刻连滚带爬地挣扎，惊恐地喊道：“姐，姐，你不能不救我，我是……”

“闭嘴！谁是你姐？还嫌不够丢人吗？要是让家里人知道，亲戚都做不成！”

不知冯婧筠哪句话戳到了周洋的软肋，他像是被点了哑穴一般，忽然就不出声了，只是身体本能地挣扎，但终归还是被保镖拽出包间。房门合上，很轻的声响，闵姜西却后脑一麻……不知道秦佔会不会真打断他一条腿。

重新恢复静谧的包间更是压抑，茶香再浓也盖不住空气中的沉重。三人不约而同地沉默，谁也不开口，似是在等那个心最不静的人。

过了半分钟的样子，冯婧筠率先开口，出声说：“阿佔，我知道你今天约我是来兴师问罪的，但这件事跟我没有关系，我不想跟你吵架。”

闵姜西虽然只跟冯婧筠见过两次，但她看得出冯婧筠是个心气极高的人，能率先低下头求和，想必也是特别喜欢秦佔。

秦佔面色淡淡，出声说：“过去的事就算了。”

冯婧筠道：“我想跟你单独谈谈。”

闵姜西正准备主动撤，身旁秦佔拿起桌边的车钥匙，起身道：“我先送她回家。”

秦佔也没说不跟冯婧筠谈，但这当口，这主次，这去向，闵姜西不出意料地看到冯婧筠彻底黑掉的脸。

秦佔视而不见，迈开长腿往外走。闵姜西跟着起身，故意忽略掉那双黏在自己后背的灼热光线。

两人一路往外走，一路的店员都跟秦佔打招呼，顺带着偷瞄闵姜西。出了云山馆，秦佔直奔停在门前的黑色跑车。

闵姜西道："秦先生，您不用特地送我，我打车回去。"

秦佔拉开车门："上来，有话跟你说。"

他坐进驾驶座，闵姜西慢一步坐进副驾驶座。

车子驶入主路，他开口问："去哪儿？"

闵姜西说："我回公司。"

秦佔没说话，默默地在路口左转。她几次想找话题，可想想还是作罢，说多错多，不说不错。

前方红灯，秦佔停车，忽然把手伸向闵姜西。确切地说，是伸向她身前的储物格，从里面拿出一串东西递给她。闵姜西看了一眼，上面有钥匙还有门卡。

闵姜西没接，侧头看向秦佔。

秦佔直接把钥匙串扔在闵姜西包上，说："莱茵湾 1 栋 202，就在你们公司附近，不知道打个车过去。"

闵姜西惊了，是如临大敌的惊。即便她依旧不动声色，但只有她自己心里清楚，此时她慌得不行。

闵姜西动用全部的脑细胞想着如何回应，但脑子短暂的一片空白。红灯足有一百秒，秦佔单手搭在方向盘上，看都不看闵姜西，口吻似有几分轻嘲："想太多，我不是要泡你，更不是要包你。"

这话闵姜西似曾相识，想了想，好像是她见秦佔第一面时说过的话："你可以泡我，但你不能包我。"

秦佔如今以彼之道还施彼身："我查了，周洋是冯婧筠的表弟，无风不起浪，我不信巧合，所以这事一定跟冯婧筠有关，但她不至于让周洋去强你，所以我今天叫你过来，该打的打，该骂的骂。你现在住的地方不安全，换个地方。"

闵姜西回神，很快道："谢谢秦先生，不用……"

"不用客气，这件事因我而起，我不喜欢欠别人。"

闵姜西道："您的好意我心领了，我会换个地方住。"

红灯跳绿，秦佔踩下油门，平静地说：“你要知道别人眼中我开的是豪车，住的是豪宅，但对我而言就是代步和住处。同样，我送你房钥匙不是因为喜欢你，而是不喜欢秦家的家教住得太寒碜，你就当是福利吧。”

说罢，不待闵姜西回应，他又补充了一句：“我对你没兴趣，你不用总是防贼似的防着我。”

心事被秦佔当面戳穿，闵姜西也不知该否认还是默认为好。包上的钥匙串像是烫手的山芋，她不想接，但此刻再拒绝等同不给他面子。想了想，她出声说：“那我先谢谢秦先生了。”

秦佔送闵姜西回公司，早上八点多，正是上班的高峰期。黑色的布加迪停靠在路边，她从车上下来，就开车门那么几秒钟的工夫，已被眼尖的人发现车内坐的是秦佔。

从前“先行”的人也没见过秦佔本人，但自打闵姜西调来，秦佔已露过两面。同事一边上楼一边给楼上的熟人发消息：“你猜我看见谁了？闵姜西，坐秦佔的车来的！”

消息很快传回来：“真的假的？”

“真的，不信你看，闵姜西五分钟内准保上去。”

当然，看到闵姜西从秦佔车内下来的不只一个人，所以当闵姜西乘电梯来到楼上的时候，整个办公室没有一个不知道她是被秦佔送来的。一大清早能从哪儿来，不是家里就是酒店呗。

齐昕妍明知闵姜西早早就来了公司，但大家私下里流言蜚语，她完全不解释，只坐着看热闹。

闵姜西刚进门，屁股还没坐热，陆遇迟慢一步推门进来，从她身旁走过的时候，她的手机屏幕同时亮起，来了一条微信。

闵姜西点开，看到陆遇迟问：“你怎么坐秦佔的车来的？”

闵姜西回复：“你在哪儿看见的？”

陆遇迟道：“楼下，不光我，一起来的还有四五个，八成现在全公司都知道了。”

闵姜西说：“知道就知道吧，我现在是虱子多了不咬。”

陆遇迟说：“你昨晚去哪儿了？”

闵姜西发了个翻白眼的表情包给他：“你失忆了？我们昨晚一起上的楼！”

陆遇迟说："哦，想起来了，我喝得有点断片，昨晚洗手间马桶漏水，响了一宿，我一晚上没睡着。"

闵姜西刚来深城时没拿到工资，不敢大手大脚，只能选个便宜的地方住。陆遇迟是为了迁就她才选了这么个老小区，也是怕她自己一个人在外住不安全。想想包里面的新房钥匙，她问："要不要换个地方住？"

陆遇迟马上回道："你终于想开要换房子了？"

闵姜西说："客户发福利，给我准备了新地方。"

陆遇迟说："哪个客户？秦佔？"

闵姜西回了个"点头"的表情包，可想而知，陆遇迟当即炸了，一连串的发问，闵姜西镇定自若地回复："我约程二，看她中午有没有时间一起吃饭，统一汇报情况。"

闵姜西是吃了见一个解释一个的亏，所以现在有事都打包处理。

闵姜西在给程双发消息的同时，陆遇迟也在找程双。当程双得知秦佔给了闵姜西新房钥匙的刹那，别说是吃午餐，她现在就想赶来先行补个早餐。吃是小事，八卦内幕才是重中之重。

"先行"刚刚到午休时间，闵姜西和陆遇迟去楼下餐厅。程双已等候多时，迫不及待地问："怎么回事？快说快说，我被你吊得一上午都没心思工作。"

闵姜西面无表情地回道："程总，你一边说这是我深入虎穴换来的机会，一边大言不惭地浪费着，好意思吗？"

程双马上接道："我说没工作就没工作啊？这不是夸张的手法吗？"

陆遇迟坐下来，打断道："别被她绕进去，赶紧说，我才是真正一上午没心思做事的人。"

三人点了东西，服务员走后，包间房门关上，闵姜西这才把昨晚和早上的事说了一遍。程双跟陆遇迟在听到周洋找上门时，俱是神情紧绷。

"你知道他住哪儿吗？"陆遇迟沉着脸，气得腮边咬肌若隐若现。

陆遇迟问的是周洋。

闵姜西说："算了，你别管了，秦佔还不知要怎么收拾他呢。"

程双也是拉着脸，蹙眉道："之前听'浴池'说有个帅哥缠着你，我都没当回事，见怪不怪，没想到是个人渣。秦佔收拾他就对了，这种人送进警察局都是便宜他。"

陆遇迟问："那女的什么人，叫过去埋汰两句就完事了？"

闵姜西说："不认识，只知道叫冯婧筠，我看得出来她喜欢秦佔。秦佔又不能动手打她，当我面让她下不来台，也算是给我一个交代，得过且过，我没法再追究。"

陆遇迟不爽，刚要说话，程双蹙眉道："你说那女的叫什么？冯婧筠？"

闵姜西点头："我听到秦佔叫过一次，怎么了？"

程双说："不会是深城海关副关长的二女儿吧？"

闵姜西跟陆遇迟皆是一脸蒙，他们都是外地人，连深城市长都未必了解，别说其他人了。

程双拿出手机搜索，不多时转过屏幕给闵姜西看："是她吗？"

照片并不是正脸，是在一个类似剪彩的场合。本是要拍别人，正好带到了女人的半张侧脸，然而闵姜西还是一眼就认出来，点头道："是她。"

程双哑然。

陆遇迟不以为意地道："官二代，很牛吗？"

程双说："她头上可不光是官二代的头衔，自身光环也很重，毕业于世界数一数二的拉夫堡大学建筑系，上学期间就曾参与英国几个地标性建筑的辅助设计。我说国外的你们没认同感，深城去年新建的经贸大厦，她是主设计师，当时被扒出背景华丽，新闻还炒了一天，不过后来很快就下了，网上也找不到她的正面照，估计是冯家有意低调行事。"

陆遇迟冷脸道："再牛不也是个一肚子坏水的货，新闻标题还好意思说高冷低调，真该扒一扒这种人背地里做的龌龊事。"

闵姜西倒是淡定，理智分析："我早猜她肯定不是普通人，原来家里是当官的，这就难怪秦佔动不了只能打脸了。"

陆遇迟闷闷不乐道："你受的是肉眼可见的外伤，她红红脸就算了？"

闵姜西道："你不懂，被喜欢的人在讨厌的人面前打脸，那滋味只会比受外伤更痛苦，反正你让我选，我宁可把腿磕烂了，也绝对不让人往我心口上捅刀子。"

两人在这边争论划不划算，程双那边突然道："如今一看，这个家必须搬，让姓冯的尝尝多行不义的滋味。"

陆遇迟道："我赞成，关键我实在受不了现在那套房子的马桶了。"

第6章 请君入瓮

闵姜西正好趁着这两天不用去秦家，利落地搬了个家。她的东西少，两个行李箱就装完，亏得陆遇迟还扬言要替她搬家，他自己的东西都是找搬家公司弄去莱茵湾的。对，秉持着闵姜西走哪儿他跟哪儿的原则，这回他住到了她新房子楼下，102。

没有对比就没有伤害，莱茵湾的环境不知比之前的老小区好多少，单单一个内置露天游泳池的占地面积，就比之前整个小区能活动的地方都大。

程双作为本地通，化身售楼人员，带着闵姜西跟陆遇迟在小区内溜达了一圈，指点江山："这里是前年新建的高端小区，售价在单平十二万左右，租的话，你们住的那套最少不会低于一个月四万元。看到这儿的环境，我对秦佔的怨言少了那么一点点。"

闵姜西道："你敢当他的面说吗？"

程双瞥了闵姜西一眼，正色问："你不会卖友求荣，跑去打小报告吧？"

闵姜西不答反问："你倒是告诉我，你能卖出什么好价钱？"

陆遇迟从旁道："卖你，不仅不能升官发财，搞不好还得株连亲朋。"

闵姜西忽然勾唇笑道："但是为了逞口舌之快，没准我就一时脑热，与某人同归于尽了呢？"

陆遇迟同款笑容："没招，就是暴脾气。"

程双看两人一唱一和，没辙，只能心痛拔毛请他们吃饭，美其名曰——乔迁之喜。

出小区的时候，陆遇迟警告程双："你要是敢把我们往麻辣烫店带，信不信我现在就拿姜西的手机给秦佔打电话？”

程双被看穿心思，“呃”了一声，斜眼打量闵姜西。闵姜西面不改色地说：“别看我，我是没什么意见，但我的嘴巴告诉我，今天不吃顿贵的，可能见着秦佔会胡说八道。”

程双气得嘴都歪了，看来这块肉是必须掉。她痛心疾首地把两人带到深城一家很出名的饭店。点菜的时候，闵姜西跟陆遇迟都很克制，不为别的，是怕程双肉疼，毕竟她的抠门已经无关家庭条件，而是融入骨血。

就这么说吧，程双老爸的商业资产，保守估计在十亿元以上，但程双带闵姜西和陆遇迟回家的时候，竟然看到程春生自己拿着拖把在拖地。

用程双的话讲：“我荣升富二代的年头太短，我爸年轻时候吃了很多苦，因为坚持勤俭持家才能半路发家，他对我的教育就是克制，能省则省，不要攀比，更不要膨胀，家里就这点钱，三次投资失败就一朝回到解放前。”

因为怕穷，所以不乱花钱，哪怕钱越赚越多，但思维已经卡在这条线上了，也就是闵姜西和陆遇迟能把程双讹到这么贵的地方来，搁着外人，她舍命不舍财。

见两人点了三个菜，程双把菜单接过去，边翻边道：“你们寒碜我呢，要不要自己带菜过来让人加工？”

她又点了三个，陆遇迟笑道：“妈呀，大手笔啊。”

程双弯眼一笑：“我公司第一个项目谈成了，这顿我请，算是提前庆功。”

闵姜西一副意料之中的表情：“我说什么来着，她绝对不做亏本的买卖。”

店员接过菜单，问：“几位还需要什么酒水吗？”

程双点了一扎鲜榨果汁，待到店员走后，陆遇迟说：“这样的日子，不喝酒庆祝一下？”

程双说：“你没看他这里的酒标价多贵，红酒全是好几万，白酒全是茅台，啤酒还八十多一瓶，疯了才在这儿喝。”

说着，程双起身给陆遇迟倒了一大杯水：“呐，渴了先喝点水。”

陆遇迟越躲她越逼，闵姜西撑着下巴看笑话。

过了一会儿，店员敲门进来，戴着白手套的手里拿着一瓶启封的红酒，微笑着说：“打扰了，我先把酒给三位醒上。”

陆遇迟再次面露惊讶，看着程双道：“行啊，都会玩惊喜了。”

程双看到红酒瓶上的 logo（标志），脑子里迅速兑换成人民币，慌得差点儿从椅子上站起来，眼睛一眨不眨地道："我没点红酒。"

店员道："这瓶是 101 的客人送的，这边的单也已经买过了，说是祝闵小姐用餐愉快。"

程双跟陆遇迟同时看向一脸茫然的闵姜西。

闵姜西慢半拍地问："客人叫什么名字？"

店员回道："客人没留名。"

把酒倒在醒酒壶里，店员转身离开，房门关上。

程双眨了眨眼，道："六万八千元。"

她说的是这瓶酒的单价。

她看向闵姜西，问："谁啊？秦佔吗？"

闵姜西在深城认识的人，一只手就数得过来，除了面前这两个有钱的，也就只剩下秦佔了。

闵姜西第一个想到的也是秦佔，只是不对劲，说不上来哪里怪怪的。

她站起身，出声道："我去看看。"

闵姜西来到 101 门口，抬手敲门，里面传来一个男声："进。"

她推门往里走，面前一个圆桌，桌边坐满了人，男女都有。她很快地扫了一圈，没看到秦佔，倒是看到几个似曾相识和一张过目就不会忘的脸。

似曾相识，是因为不久前才见过。她、秦佔和秦嘉定出去吃饭的那晚，在饭店里碰见的那群人。

至于过目不忘的，自然是江东。

江东坐在主位，饶有兴致地盯着闵姜西，桌上其他男人笑得明目张胆。

闵姜西就知道右眼皮跳准没好事，果然好的不灵坏的灵。

她不动声色，开口道："不好意思，我走错了。"

她转身就要走，谁料一回头，从门后闪出来一个男人，似是早有预谋，快一步关上房门，笑嘻嘻地看着她。

门被人挡住，闵姜西转身看向江东。

江东笑着说："走错都能碰上，那说明我们很有缘分。"

闵姜西面不改色道："听店员说，这边的客人替 109 买了单，是不是搞错了？"

江东始终面带笑容，不答反问："你说呢？闵姜西。"

闵姜西知道这是个套，但她已经一头钻进来了，如今不是懊悔的时候，而是要想想怎么从这屋里出去。

闵姜西沉默的工夫，有人说："来都来了，过来坐会儿再走。"

放眼望去，只有江东身旁有一个空位。他笑着看闵姜西，满眼玩味。

闵姜西站在原地寸步未挪，也不看其他人，只对江东说："谢谢你的好意，我们不熟，我出去会自己买单的。"

江东笑着说："怎样才算熟？你跟秦老二那种？"

闵姜西不置可否。

江东继续道："其实我跟你之间，也能很'熟'的，要多熟有多熟的那种。"他语带挑逗。

闵姜西神色淡淡地回道："我跟秦先生也没有多熟，我只是秦家聘请的家教。"

江东闻言，仿佛意外："你是老师？"

他顿了顿，又问："教美术还是教舞蹈？"

闵姜西说："教数学和物理。"

一个正喝酒的男人差点儿喷了。

江东也憋不住乐，边笑边说："秦老二又想重新考大学了吗？"

闵姜西道："我教的是秦嘉定，不是秦先生。"

江东似笑非笑地打量着闵姜西，似在掂量她说的是真是假。过了几秒，他出声说："你来我这吧，我给的不会比秦老二少。"

闵姜西眼皮都不跳一下地说："不好意思，我已经跟秦先生签了正式合同。"

江东道："那就两头一起教。"

闵姜西说："我现在的时间已经排满了，如果你有需要，可以联系其他老师。"

江东越是试探，闵姜西越是一本正经，尤其是那副拒他于千里之外的神情，他毫不怀疑，给她递个碗，她出门就能去化缘。

谈崩了，场面一度僵持，有男人笑着调侃："人家不领你的情呢。"

江东轻轻地撇了下嘴角，也是一副受挫的模样，看着闵姜西说："干吗这么绝情？秦老二雇你，我也雇你，都是给钱的，你还挑钱跟谁姓？"

闵姜西道："不是我不识抬举，实在能力有限。"

闵姜西进退得当，话说得滴水不漏。

江东叹了口气，似是无奈："好吧，既然你不想，那我也不强留，你说你是教数学和……物理是吧？给我们露两手，我知道你没骗我，就让你走。"

闵姜西说："那麻烦你让人买几套考题和卷子回来。"

话音落下，一桌子不知笑喷了几个。江东也勾起嘴角，挑眉道："你是在调戏我吗？"

闵姜西在心里骂脏话，是他先调侃她的，什么叫露两手，她一老师怎么露？除了做题，难不成当场给这帮纨绔上堂课？

江东也看出她是故意的，虽然说着客气的话，可是行为一点不客气。

有人架拢江东："我们这里学历最高的就是东子，人家美女老师都要求答题了，东子现场出几道呗？"

江东靠在椅子上，眼睛一眨不眨地盯着闵姜西的脸。闵姜西对上他的目光，有那么一瞬间，她觉得狐狸成精了，怎么会那么阴？她汗毛都竖起来了。

江东停顿几秒钟，说："我们也别难为闵老师了，这样吧，我出三道题，闵老师都答上，我让你走，今天的单我买了，算是交个朋友。"

他江东主动提跟人交朋友，那就没给对方说意见的机会，交也得交，不交，也得交。

闵姜西说："你出吧。"

江东一本正经地问："1234567 乘以 7654321 等于多少？"

包间内笑声四起，有人说："东子，这就欺负人了啊。"

江东不苟言笑："闵老师是教数学的，我这题超纲吗？"

马上有人接道："不超纲，十以内算数呗。"

闵姜西看他们笑那么欢，真心觉得他们不是笑点太低，就是生活枯燥乏味，没啥可乐的了。

她神色淡淡地开口："不知道。"

江东的眼底闪过促狭。闵姜西不仅长得好看，还特别好玩，他猜不出她会说什么，所以出声逗她："看来第一题就把闵老师难住了，我第二道出简单一点的。"

说罢，江东有意无意地停顿了一下，问："你说我上大学那年数学和物理考了多少分？"

无一例外，在场的人都乐不可支。闵姜西的右眼因为神经反射，眼皮微不可见地颤抖了一下。如果可以，她真的很想体罚江东，这是数学吗？这是玄学吧，以为她是天桥底下算卦的吗？

所有人都在乐，偏偏只有江东正儿八经，揣着明白装糊涂地问：“笑什么？我问的是数学跟物理，都是闵老师的专业。”

江东以为闵姜西又会说不知道，结果她神色坦然地说：“一百三十八分，九十五分。”

江东表情一顿，意外地问：“你怎么知道？”

刹那间大家都看着江东，还以为真的说对了，就连闵姜西心底也难免升起一股喜悦，淡定地说：“猜的。”

江东盯了闵姜西几秒，勾唇一笑：“错，我上大学那年根本没考试。”

他目不转睛地看着闵姜西，终于看到她微微起伏的胸口，那是暗自深呼吸，告诉自己千万要忍住，忍着别骂他。

两道题闵姜西都没答对，江东为难道：“不能让你下不来台，第三题我开卷考试，白送你。”

闵姜西不出声。她已经懒得理他了，她倒要看看他狐狸嘴里能吐出什么人话。

江东在笑，但笑容未达眼底，唇瓣开启，声音不冷不热：“你说三句‘秦佔是王八蛋’。”

闵姜西一声不吭。

江东道：“怕什么？他又不在这，而且你不说他就不是王八蛋了？”

闵姜西道：“背地里说算什么，你把他叫过来。”

提到秦佔，其他人都安静了下来。只有江东没忍住笑了一下：“我把他叫来，你敢当面骂他是王八蛋？”

闵姜西说：“敢。”

江东闻言，笑容有那么一瞬间是真诚的。他从身旁的空位拿起手机，用挑衅的口吻道：“听见没有？你家教跟你叫板呢。”

手机中传来熟悉的低沉声音：“闵姜西，你在哪儿？”

闵姜西心底“咯噔”了一下。她不知道电话是什么时候打通的，也不知道秦佔听见了多少，虽然没看到他本人，但是听到他的声音就有种看见救兵的既视感，她当即开口：“我在……”

闵姜西的话还没说完，江东果断地按下了红色建，还炫耀似的转给她看。

闵姜西警惕地回视他。

江东放下手机，饶有兴致地说：“秦老二好像很着急的样子，你确定只是秦家的家教吗？”

闵姜西从未见过这么恶劣的人，她强压住内心的不爽。

江东望着她，突然开口：“我们打个赌，半小时内如果秦老二没来，我们以后井水不犯河水；如果他来了，我们从今天开始背着他偷偷见面怎么样？”

江东朝着闵姜西笑，一双眼睛仿佛会说话，说的却是“偷情”的话。

闵姜西浑身发毛，不觉暧昧，只觉得心底一沉，想都不想地说：“请你说话注意分寸，你跟秦先生之间的恩怨与我无关，我就是个局外人，又从来没有招惹过你，你何苦为难我？

“我男朋友就在对面的包间，我们是青梅竹马，他为了我从冬城考到夜城，我为了他从夜城来到深城，我不想参与到无端的斗争中，更不想因为一些风言风语影响我跟我男朋友之间的感情！”

闵姜西像是一只被戳到肚子的刺猬，瞬间竖起浑身倒刺，脸都红了。

她打量对面的江东。他似乎有些意外，装着恼羞成怒的模样，其实脑子别提多清醒。她只希望江东打消这么可怕的想法，更希望……秦佔千万别来。

包间中静了几秒，江东眼底的神色不辨喜怒，半笑不笑地道：“谁难为你了？我连你一根手指头都没碰。”

闵姜西是见好就收的人，稍微放缓了语气，出声说：“是我用词不当，我不大会跟陌生人打交道，不打扰你们吃饭了。”

她冲着江东稍稍点了一下头，想走。

江东突然开口：“等一下。”

闵姜西心一慌，果然，江东又说：“来都来了，坐下玩一会儿再走。”

不等闵姜西拒绝，就有人给她腾了座位。

江东笑眯眯地说：“如果怕你男朋友无聊，叫人把他也喊过来？”

“不用了。”

江东看着和颜悦色，实则句句威胁，闵姜西在心里权衡利弊。几秒后，她迈步向前，坐在椅子上。她长得过分好看，以至于身旁两个男人旁若无人地盯着她看，觊觎之色毫不遮掩。她绷着脸，目不斜视。

江东开口：“啧，往哪看呢？人家是有男朋友的。”

话音落下，闵姜西左侧的男人撑着下巴道：“考不考虑换个男朋友？”

不等闵姜西开口，右侧的男人说：“带女朋友来的人凑什么热闹？你看看我，我是单身。”

一桌子人肆无忌惮地说笑，明着是互怼，实则涮的都是闵姜西。江东隔桌看着她，见她视线微垂，一言不发。

江东眼底闪过一抹促狭，问：“在想什么？”

闵姜西眼皮一抬，不动声色地回答：“我在想什么时候可以走。”

“才刚坐下，这么急着走干吗？”

有人说：“玩起来，保证一热身就不想走了。”

他们自然不会争取闵姜西的意见，说玩就玩。有人拆了一副扑克牌，打乱之后让桌上的每个人抽。闵姜西知道多说无益，随手抽了一张。待到所有人都抽完，发牌的人兴致昂扬地问：“大王小王有吗？”

话音落下，闵姜西左侧的人笑着把牌扔在桌上，一张大王。

旁边人道：“哟，可算是翻身农奴把歌唱了。”

男人一副摩拳擦掌的样子：“K 跟 5 站出来！”

桌上两个人动了，一男一女，所有人都炸了，因为他们不是男女朋友关系。女人是被其他男人领来的，一时间说什么的都有，有人赞喊得准，有人催着 K 跟 5 赶紧接吻。在众人的怂恿之下，男人走到女人跟前，对她旁边的人说：“兄弟，对不住你了。”

坐着的男人假模假式地把头一偏，伴随着更大的欢呼声，站着的男人把女人的脸一板，结结实实地亲在嘴上。

包间中只有两个人没看。一个是闵姜西，她视线微垂，目不斜视，怕辣眼睛。另一个则是江东，他不着痕迹地看着闵姜西，看不透她心里想什么。

开局就是满堂彩，游戏继续，闵姜西只看一次就知道这游戏是怎么玩的。盲选牌面最大的人当“皇帝”，“皇帝”随便抽人做事，抽几人不限定，一共三次机会，都没中就要自罚一杯，但如果抽两人或以上的人惩罚，只要其中一个没有，就算失败。所以按理说叫一个人的牌是最稳妥的，不过这帮人都是神经病，还有人喊三个人互相接吻，并且成功了。

闵姜西一连躲过几轮，悄悄算着时间，差不多二十分钟过去，再熬一会儿，江东就不得不放她走。正想着，“皇帝”突然说：“A 跟 9 给我出来！”

闵姜西下意识地抬起眼皮，虽然一声没吭，但正好跟对面的江东目光相对。江东把牌翻过来，一张黑桃 A，桌上另一个男人翻牌，一张梅花 9，众人起哄，问他们谁主动。

闵姜西试图把心放回肚子里，甚至学着身边人的样子，努力做出一副看好戏的表情，结果江东还是出声道："在座的没有其他A跟9了吗？"

江东这么一说，众人下意识地看牌，只有闵姜西没看，江东看向她："游戏是玩玩而已，但要赖就另说了。"

其他人慢半拍地看向闵姜西，闵姜西见躲不过，不得不把牌放到桌上，一张红心A。

瞬间，众人神色各异，狐疑的、暧昧的、打量的，无疑不在看热闹。

不待旁人开口，闵姜西率先说："我罚酒。"

江东轻笑着道："你想好了，三人局不玩要罚九杯，你怎么喝？"

闵姜西拿起桌上一瓶刚开的红酒，平静地说："谢谢你送我红酒，这瓶算我的。"

闵姜西倒了一杯，一饮而尽，第二杯，第三杯……就连速度都是出场复制一般。桌上人叫好的有之，玩笑的有之，直到喝到第五杯的时候，身后的房门被人推开，众人的表情瞬间一变。闵姜西本就没看他们，举杯正要喝，一只手从身后伸出，握在她的手上。

闵姜西转过头，就这样猝不及防地看见出现在身后的秦佔。秦佔却没看闵姜西，稍一用力，夺过她手中的酒杯，二话没说，直接朝对面的江东泼过去。

江东像是早有预料，掀起桌布一挡，酒没泼到他身上，倒是吓了满桌人一跳。

闵姜西左侧的男人本能跳起，结果还没等腿抻直，秦佔手中的酒杯直接砸在他头上，碎玻璃片从闵姜西眼前飞过。

秦佔的一系列动作都在电光火石之间，满桌子想要动弹的人瞬间定住。唯有江东，似笑非笑，意味深长地说了一句："二十七分钟。"

这句话是说给闵姜西听的，江东赌秦佔三十分钟之内会来。

闵姜西一动不动地坐在椅子上，看似波澜不惊，实则心底惊涛骇浪，只觉得从今往后，怕是要永无宁日了。

被秦佔打破头的男人站也不是坐也不是，敢怒不敢言。

秦佔开口，只说了一个字："滚。"

男人本能地往旁边退，这种反应是源自骨子里的恐惧。然而当着众人的面，他煞白的脸色也难免刹那间涨红。

秦佔把椅子往后一拉，坐在闵姜西身旁，冷着脸道：“都找死，是吗？”

一众人垂着头，大气不敢喘，生怕跟秦佔对视。

江东不以为意地说：“好心请你家教过来坐坐，好吃好喝地陪着，怎么就是找死了？”

秦佔没有接话，只是眼神很冷。包间里突然响起手机铃声，一个男人赶忙挂断，紧接着又响，他再挂。第三次是女朋友的手机号发来一条短信，让他去某某地方救她。

男人看到消息时蒙了一下，不多时，桌上其他人的手机也纷纷响起，都是身边亲近之人的求助电话。能在这么短的时间内做出这种事的人，整个深城不出三个，其中两人都在现场坐着。众人心知肚明是谁，却不敢轻举妄动，唯有偷偷看向江东，投以求助的目光。

江东嗤笑道：“秦老二，你有意思吗？”

秦佔靠在椅背上，不置可否。

江东说：“这么大动干戈，她是你什么人？”

秦佔说：“我的人。”

闵姜西脑袋“嗡”的一声，她怎么就成他的人了？再看江东，他果然笑得意料之中。

秦佔不苟言笑，忽然没头没尾地说了句：“还有二十分钟。”

闵姜西乍一听没懂，直到看见桌上一帮人陡然而变的脸色，这才后知后觉，这是秦佔给他们留有的救人时间。

众人望向江东，江东也渐渐收敛笑容，冷眼看着秦佔。

秦佔还是那副不咸不淡的样子，开口：“滚。”

明明是一句侮辱的话，一帮人却如蒙大赦，争相往外冲，画面特别讽刺。

转眼间，房里只剩三个人，江东说：“就这点能耐吗？”

秦佔点了根烟，抽了一口后道：“你走运，家里跟死绝了一样，没人可抓。”

江东一眨不眨地看着他，漂亮的眼底压着一触即发的火。就在闵姜西以为他要翻脸之际，他却嗤笑着回了秦佔一句：“彼此彼此，你家里人没死也跟死了一样。”

此话一出，闵姜西清晰地感觉到秦佔身上迸发出的肃杀气息，像是动物的第六感，她能预知到之后会发生的危险，所以出于本能，出声说了一句：“秦先生，今天的事可能有点误会……”

秦佔没出声，只是慢半拍地把看着江东的目光移到她脸上。她正襟危坐，提着一口气道：“江先生没有为难我，也没逼我喝酒。我跟朋友过来吃饭，江先生叫人送了瓶酒过去，我进来回敬两杯。”

秦佔不动声色，压迫感却极强，闵姜西咬牙硬挺。

几秒之后，江东道：“别跟他解释，他是疯狗，到处乱咬人。”

不等秦佔开口，闵姜西转脸看向江东：“江先生，谢谢您的酒，但我已经说得很明白了，希望您以后不要再跟我开这种玩笑。”

江东眼底含笑，答应得爽快：“好，你说不开就不开。”

闵姜西在心底骂人，他还真会打蛇随棍上，一副跟她私交多好的模样。不过现在也不是争这些的时候，她必须马上把这两座火药库隔开。她站起身，硬着头皮对秦佔说：“秦先生，麻烦您移步一下，我有些事想跟您说。”

说实话，闵姜西很怕秦佔也会叫她滚。不过是短暂的几秒等待，她却觉得度秒如年。

秦佔道：“就在这儿说。”

闵姜西如芒在背，偏偏江东也来插上一脚：“说什么要背着我？”

闵姜西看向江东，左右结果不会比现在更坏，于是她大着胆子道：“可以请江先生避嫌吗？”

江东眼神一挑：“你让我走？这可是我的包间。”

闵姜西不置可否。

江东似是思忖片刻，突然改了主意：“好吧，你开一回口，我当然不会驳你的面子。”他起身，边往外走边道，“我说的事情，你好好考虑一下。”

秦佔刚要动，闵姜西抢先打断：“秦先生，占用您十分钟时间。”

江东走到门口，临出门前还朝着闵姜西眨眼。闵姜西好想一脚把他踢出去。

终于，房门关上，包间中只剩闵姜西跟秦佔两人，比起三个人她被夹在中间的压力，此时的压力有增无减。

秦佔沉声道：“你要跟我说什么？”

闵姜西表面虽镇定，心底却悄无声息地提了口气：“我没什么想说的，只是不想您跟江先生的矛盾冲突升级。”

秦佔看着闵姜西，眼神意味深长中带着一丝不易察觉的讽刺。

闵姜西猜到他的内心活动，面不改色地道："我知道以我的身份不该说这种话，您今天也是好意才过来，正因为您是好意，所以我更不想把事情闹大。"

秦佔道："他让你骂我，你为什么不骂？"

闵姜西道："您是我在深城的第一个客户，又给了我很多机会，我心里一直感激你，亲疏远近、善恶是非我分得清。"

这的确是闵姜西心里的真实想法，只不过是一部分，更重要的理由，在得罪江东和得罪秦佔之间，她更怕得罪后者。

事实证明，她做得对。

秦佔终于收回咄咄逼人的视线，不冷不热地说："算你明事理。"

闵姜西暗自抿唇，懂事都是被逼的。

见秦佔身上的戾气没有之前那么重，闵姜西道："秦先生，其实您完全不用理会他，我不确定举这个例子恰不恰当。就像小孩子之间爱抢东西，只要一方不在意，慢慢地另一个也会觉得无趣，反而一方表现得越在意，另一个才更加坚信别人的东西是好的，抢得更欢。"

她在暗示这晚的事情。

秦佔听后，重新看向闵姜西，不苟言笑地道："我的东西，为什么要让给别人？"

闵姜西在秦佔灼人的目光下感到坐立难安，差点儿脱口而出：看我干什么，又不是我要抢你的东西。

不待闵姜西回答，他又问："而且你是东西吗？"

闵姜西哑口无言。

秦佔说："我的东西，我身边的人，即便我放着不用，也轮不到其他人惦记。"

闵姜西内心"哇"的一声骂出来。不是她好心要劝秦佔跟江东之间握手言和，实在是她不想夹在这样的深仇大恨之间，要说神仙打架还有原则可讲，可是黑白无常打架，她找谁劝架，找阎王吗？

闵姜西沉默。

秦佔忽然不冷不热地问："你很想跟江东扯上关系？"

闵姜西侧头看向秦佔，见他面无表情的神情下，还是潜藏着一触即发的不快，赶紧摇了摇头："躲还来不及。"

秦佔沉声说："你要是想去江家，他家除了江东，你就只能给他爸补课了。"

闵姜西不着痕迹地提了口气，面不改色道：“我没想到去江家。”

秦佔道：“那就离他远一点，如果他靠上来，直接一巴掌甩他脸上，不用怕，有我在。”

多少女人梦寐以求的一句话，就是男人对她说“不用怕，有我在”。

更何况这话是出自秦佔的口，如果只听后半句，不知道要让多少女人羡慕嫉妒恨，然而闵姜西此时此刻只有恨。她恨自己怎么就来了深城，怎么就想着不入虎穴焉得虎子，怎么就这么膨胀地认为，自己能杀出一条血路。

“秦先生……”闵姜西开口，似乎欲言又止。

秦佔等了半晌，终是忍不住问：“想说什么？”

闵姜西说：“您还没吃饭呢吧，要不要去隔壁吃一点？”

他没料到闵姜西话锋转得如此快，眼底闪过一丝意外，随后声音如常地说：“你去吧，我走了。”

闵姜西道：“之前酒会上借了您的光，我朋友一直想找机会谢谢您，她在里面，也没有其他人，要不您进去坐坐？”

秦佔不咸不淡地道：“再说吧，我之前打你电话，你男朋友说你在洗澡，怕是下次再打，他就要说你在换床单了。”

闵姜西眼底的意外一闪而逝，紧接着故作窘迫，连连道：“不好意思，我男朋友那人……”

秦佔像是随口一说，并不打算深究，只对她说：“秦嘉定病好了，明天老时间。”

闵姜西点头：“好，我知道了。”

两人一起出了包间，闵姜西要送他，秦佔不冷不热地说：“不用。”

闵姜西只能站在原地目送秦佔离开，满脑子都是他说的那句“不用怕，有我在”。

有钱人总是特别自信，就像他们常说钱是这个世界上最容易得到的东西，这能说明什么？说明人一有钱，就爱胡说八道！

闵姜西送走了秦佔，重新回到自己的包间。房门刚刚关上，一抬头就看到陆遇迟跟程双正要起身往外走。她问：“你们干吗去？”

陆遇迟不答反问：“怎么才回来？我们正要去找你，101 的不是秦佔？”

闵姜西说：“不是。”

程双指了指闵姜西座位处的手机：“之前你手机响，是秦佔的电话。我怕他有什么急事找你，让‘浴池’接的，他问你在哪儿，‘浴池’嘴一秃噜说你在洗澡，他突然不说话了。过了一会儿才说你有事找他，让‘浴池’报地址。”

闵姜西一脸无语，她能完美还原出当时的场景。秦佔明知她跟江东在一起，陆遇迟却提防秦佔有贼心，别人是一拍即合，他们是一拍即“漏”。

见闵姜西一副生无可恋的模样，程双问：“101 的不是秦佔是谁？”

闵姜西走到桌边坐下，坦然道：“江东。”

程双眼都直了：“江东？他为什么要帮你买单？”

陆遇迟眉头一蹙：“江东又是谁？”

闵姜西回答程双：“你说对了，他真的很讨厌。”

随后又对陆遇迟说：“有些人最好这辈子都不要遇见。”

程双追问刚才发生了什么事，闵姜西面无表情地讲了一遍。程双坐在椅子上目瞪口呆。

陆遇迟不爽：“他们两个有仇，拿你当箭靶子，你以后怎么在秦家做？”

闵姜西自嘲：“真应了那句‘富贵险中求’了。”

程双道：“这么说江东以后盯上你了？”

闵姜西郁闷，不置可否。她倒希望江东是个忘性大的人，但跟他短短接触几次，她觉得他记性好得很。

原本一个再正常不过的饭局，因为江东和秦佔的出现，变得异常诡异。程双跟陆遇迟比闵姜西还要紧张，生怕她会有什么危险。这次是有惊无险，谁知道下次，下下次？

吃完饭，陆遇迟跟闵姜西先送程双回家，而后两人回到莱茵湾，闵姜西刚进家门，手机就响起了。是一个陌生的号码，她接通：“喂？”

手机中传来熟悉的声音：“聊完了吗？”

闵姜西晃了一下才听出是谁，神色微变，叫了一声：“江先生。”

江东叹了口气：“我把你当朋友，你却把我当傻瓜。”

闵姜西说：“我不懂您是什么意思。”

江东道：“你说你男朋友在隔壁，秦老二却来得比兔子还快，说你是他的人，你们两个到底谁在撒谎？”

闵姜西绷着脸，嘴上却客气道：“江先生，我从来没有得罪过你，以后也不会得罪你，大家往日无冤近日无仇，别把我拉下水，行吗？我真的不想跟任何人当敌人，我也没有这个能力。”

江东沉默片刻：“我再给你一次机会，说实话，想好了再说。”

闵姜西快速地权衡利弊，紧接着深呼吸：“是我。”

江东能想到闵姜西颓败的表情，笑了笑，声音近乎温柔地说道：“用不着万念俱灰，我不会把你怎么样。”

闵姜西不语。

江东又说：“让我不找你麻烦，不是不可以，只是有个条件。”

“不算车上那次，这是我们第二次见面。深城这么大，我们挺有缘分。如果下次再碰见，你不能装不认识我，要主动跟我打招呼。”

“就这样？”

江东淡笑：“就这样。”

第7章
掀了秦同学的被窝

隔天上午十点多，闵姜西被司机接到秦家。陈忠昌隔着几米远的距离走过来，她下车叫了声“昌叔”。

他笑着跟她打招呼：“闵老师来了。”

两人一起往里走，闵姜西问：“秦同学这两天怎么样，有没有按时吃药？”

昌叔眼含欣慰地回道：“多亏了您，我们都是把药磨碎了掺在饮食里，他没说什么，就是外用的药不肯擦，麻烦您再帮忙劝劝。”

闵姜西有那么一丝好奇，忍不住问：“秦先生不管吗？”

昌叔视线微垂，轻声说：“有时候太心疼，反而不愿逆他的意。”

闵姜西秒懂，就是娇宠呗。

说话间两人来到楼梯处，原本都是昌叔送闵姜西上楼，这天恰巧有阿姨过来找他，好像外院有什么事。

闵姜西说：“昌叔，您去忙吧，我自己上去。”

昌叔点头：“您有什么事随时叫我们。”

闵姜西已经来过秦家多次，算是轻车熟路。她来到二楼秦嘉定的房间，推门进去，习惯性地拉开客厅的窗帘，才走到卧室门前，伸手敲门：“秦同学。”

等了一会儿，门内没人应，闵姜西说：“我进来了。”

闵姜西压下门把手，轻轻推开房门。屋内幽静昏暗，迎面扑来一阵冷气。她看到床上鼓起一条人影，柔软的白色绒被从头盖到脚，连根头发丝都没露出来。

闵姜西一边往里走，一边叫道：“秦同学，起床了。”

被子下的人一声不吭。

闵姜西绕过大床，拉开绒布窗帘，刺目的阳光立刻照得房间大亮。

她转身说：“再不起来太阳要晒屁股了。”

秦嘉定不应。

闵姜西站在床边，居高临下地威胁：“你再不起来我掀你被子了？”

闵姜西知道小屁孩好面子，上次病得都起不来床了，还不让她扶。她本以为这句警告一定特别管用，谁料话音落下，竟石沉大海。

闵姜西眉毛一挑，试探地伸出手，隔着被子拍了拍里面的人：“秦同学？”

闵姜西一怕秦嘉定再有个什么不舒服，把自己憋晕过去；二怕他恶作剧，其实里面根本没人。

事实证明她想多了，被子下的人很低地“哼”了一声，明显没睡醒。

闵姜西闻声，继续人肉闹钟：“起来了，我给你带了好东西，你不想看看吗？”说着，她故意给他听窸窸窣窣拆包装的声音，无数次实践证明，空口白话叫不醒一个装睡的人，但是礼物能叫醒一个真睡的人。

可小屁孩定力十足，闵姜西诱惑了半天，他竟不为所动。她站在床边，下最后通牒：“我真掀你被子了？我数三个数，三，二……一。”

闵姜西没辙，只能拉着被子一角，慢慢往下拖了十几二十厘米。她怕秦嘉定没穿衣服，没敢多拉。被子里缓缓露出一颗人头，是趴着在睡，理着极短的头发。她看了三秒便惊觉不对，秦嘉定的头发可比这长多了。

闵姜西正蒙着，被子下的人动了动，发出很低的轻哼。似是趴着睡久了，肩膀有些酸，一寸寸地抬起头，面向把他吵醒的噪音来源。

闵姜西就这样看到了秦佔的脸，对上他睡眼惺忪的视线……最少有五秒钟，两人谁都没有说话。直到闵姜西后知后觉，松开拉着被角的手。

柔软的被子瞬间蒙住了秦佔的头，她转身就走，身后传来秦佔的声音：“你去哪儿？”

闵姜西尴尬地转身，“对不起，秦先生，我不知道是你。”

她竟然掀了秦佔的被窝。她心跳如鼓，连敬语都忘了用。

秦佔已经翻身坐起，顶着一头怎么睡都不会乱的发型，懒洋洋地靠在床头上。被子卡在他的腰上，露出线条好看的胳膊和轮廓分明的大半前胸。白色的被，浅麦色的皮肤，阳光一照，说不出的性感撩人。

闵姜西的眼睛不知道往哪里摆，不抬头吧，显得不尊重；看吧，她的眼睛大，一下子就能见不少。

秦佔迷迷糊糊的，半晌没出声。闵姜西觉得空气中飘荡着不同寻常的气息，过了一会儿，她主动开口：“秦先生，秦同学在哪儿？”

秦佔抿着丰润却不算厚的唇瓣，慢半拍道：“不知道。”

不知道？

闵姜西的眼皮一抬，打量床上男人的脸。秦佔的目光有些直，无焦距地望着某处，轻声叨念：“昨晚一起看电影来着……”

闵姜西心说，看电影还能看丢一个？

正想着，身后忽然传来熟悉的声音：“你给我带什么了？”

闵姜西扭头一瞧。穿着一身家居服，头发乱糟糟的才是秦嘉定本尊，他是从隔壁睡房过来的。

闵姜西指了指床头柜，那里放着一只刚拆开的网红桃子蛋糕。粉嫩嫩的颜色，桃子上还画着眼睛、鼻子、嘴，男女通杀，甚是可爱。

秦嘉定小翻了一个白眼，嫌弃道：“我还以为是什么呢。”

闵姜西说：“这个很多人排队的。”

秦嘉定说：“我不要。”他又不是小孩子。

闵姜西刚要出声，房间中低沉的男声响起：“我要。”

闵姜西闻声看去。秦佔掀开被子下床，他下身穿着灰色家居裤，上身赤裸，弯腰时脊柱抻开，绷着两侧的肌肉，转身时露出明显的几块腹肌。

闵姜西赶紧别开眼，佯装淡定。秦佔端着小蛋糕走过来，从她身旁经过时目不斜视，只对秦嘉定道：“赶紧收拾，抓紧上课。”

秦嘉定懒声抱怨：“说好了看电影，电影才演了二十分钟你就睡着了。”

秦佔说：“好好一恐怖片拍得跟闹着玩似的，就这你都不敢自己看……”语带嘲笑。

秦嘉定恼道：“谁不敢看了？你快走吧，别耽误我上课。”

闵姜西扭身，看到秦佔离开的背影。他四平八稳地端着桃子蛋糕，不知是不是蛋糕的表情做得太活灵活现，她总觉得他有那么几分……嘚瑟？

房间里只剩下闵姜西跟秦嘉定二人。

秦嘉定在秦佔那里讨了没趣，转而向她发飙：“你干吗买蛋糕过来？”

闵姜西说：“你不是生病刚好吗？”

秦嘉定蹙眉：“我就不爱吃这种东西，他才喜欢吃。”

秦嘉定顿了顿，盯着闵姜西，沉声问：“你是不是故意买来讨好他的？”

闵姜西道：“你怎么每次喊你爸都是‘他他他’的，他还陪你看电影呢，听见得多伤心。”

秦嘉定面无表情地道：“我又没打爹骂娘，有什么好伤心的，你倒是客气，每句都是‘您’，谁知道心里想什么。”

闵姜西哭笑不得地说：“我心里想什么了？你给我说说，我都不知道。”

秦嘉定若有似无地“哼”了一声：“我劝你别有什么非分之想。”

闵姜西无奈，拱手对秦嘉定说：“嗻，谨遵吩咐。”

秦嘉定知闵姜西心里定是不以为意，不冷不热地说：“第一，他根本就不喜欢你这种类型；第二，上次来我家献殷勤的女人你见过了，她不是省油的灯，让她知道你有什么非分之想，你以后会很难混。”

闵姜西听出秦嘉定是好心，主要是提点她后者。她故意逗他，一本正经地问：“不喜欢我这种类型的，那他喜欢哪种类型的？”

果然，秦嘉定神色一变，绷着嘴角。

闵姜西忍俊不禁，连连道：“我开玩笑的，可不敢对你爸有什么不良企图。我有喜欢的人，他也不是我喜欢的类型。”

秦嘉定眼带狐疑，几秒后道：“你有喜欢的人？”

闵姜西眉毛一挑：“很稀奇？我怎么就不能有喜欢的人？”

秦嘉定一瞥眼：“谁找你当女朋友肯定烦死了。”

说罢，不待闵姜西回应，少爷径自转身去洗手间里洗漱了。

闵姜西抽空帮秦嘉定整理被子，想到秦佔昨晚还陪秦嘉定一起看电影，虽然父不慈子不孝，但那画面应该挺有爱的。可转念一想，全深城的人都知道，秦佔才二十多岁，也就是说他未成年的时候就有了秦嘉定，孩子生母一直成谜也就算了，关键对秦嘉定的教育，是个很大的漏洞，这不是一两场电影就能弥补的缺憾。

闵姜西早到了十五分钟，小插曲没有影响整体进度，一节课过后，她准时从楼上下来。客厅有人，她看到面朝她坐着的秦佔，同时看到主位处头发花白的半截侧影，还有背对她的一个后脑，是个女人。

秦佔主动给老人倒茶，听到声音，抬头望去。

闵姜西对上秦佔的视线，又是熟悉中的淡漠模样，不像他刚刚起床时，迷茫到近乎呆萌。

“嘉定呢？”秦佔看着闵姜西，开口问。

闵姜西不着痕迹地看了一眼主位处的老人，出声回道：“还在看书。”

漫画书也是书啊。

说话间，闵姜西走到茶几前面，余光一瞥，背对楼梯口的沙发上，坐着第三次见面的冯婧筠。

冯婧筠垂目喝茶，对闵姜西视而不见。

老人笑眯眯地说：“看来最近嘉定很乖啊。”

秦佔道：“老师教得好。”

说罢，他看向闵姜西：“这是我爷爷。”

闵姜西脑海中瞬间想到程双说过的话，秦佔的爷爷，也就是当年在深城呼风唤雨的头号人物，当然不是说现在不能呼风唤雨，只是因为趋势，自愿退居幕后。

闵姜西赶忙冲着老人家礼貌颔首：“您好。”

秦予安笑着点头：“你好。”完全是慈眉善目，一脸随和，不见任何戾气。

秦佔替她介绍：“闵姜西，嘉定现在的家教，别看年轻，有些本事。”

秦予安说：“能治得了嘉定的人，很不简单。”

冯婧筠微笑着说：“秦爷爷，我去叫嘉定下楼，您平时这个时间早就吃饭了，别拖得太晚。”

秦予安笑道：“好，去吧。”

别人一家其乐融融，闵姜西不好在这儿当电灯泡，正欲出声告辞，秦佔却说：“你也一起。”

闵姜西看着秦佔。他虽面色如常，但她莫名感受到他话里有话，想到突然出现的冯婧筠，再加上首次露面的秦予安，貌似不会这么巧都碰在一起。

这种场面稍微一琢磨就能猜个八九不离十，估计秦予安是冯婧筠搬来的救兵，或是缓和跟秦佔之间关系的说客。若真是这样，那秦佔叫她留下，目的非常明显。

闵姜西不想掺和，客气地推辞。

不料秦予安也开口：“留下吧，一起吃顿便饭。”

秦佔看着闵姜西，抢先一步道："你下一节课还早，吃完我送你回去。"

闵姜西赶鸭子上架，再次趟进这摊浑水里。

没多久，秦嘉定跟冯婧筠一前一后下楼。秦嘉定自然不是给她面子，是因为秦予安。楼才下到一半，他扬声喊道："太爷爷。"

秦予安前一秒还泰然自若地喝着茶，闻声，拿着茶杯转脸去找人。待看清秦嘉定的脸后，更是喜上眉梢，连连道："快来，快来，来太爷爷这里。"

冯婧筠跟在后面，刚开始还眉眼带笑，可忽然瞥见闵姜西也在，顿时目光一凉。

秦嘉定平日里一副少年老成、高贵冷艳的样子，但是坐到秦予安身边，还不是被老爷子又搂又抱，摸头掐脸，稀罕得不行。闵姜西笑点低，垂头忍笑。

秦嘉定余光瞥见，不自在地躲闪："太爷爷，您冷静一点，别摸了……"

秦予安偏偏抬手，从秦嘉定的脑瓜顶摸到后脖颈，连带着拍了一下尾椎骨，动作一气呵成，笑着道："这是老虎的屁股，还摸不得了？"

闵姜西头垂得更低，虽紧抿着唇瓣，但嘴角还是控制不住地上扬，就连秦佔都瞥见了，侧头道："想笑就笑，我们家没有不让人笑的规矩。"

秦佔这么一说，沙发处的几个人都朝闵姜西看来。秦嘉定气，秦予安笑，冯婧筠看似面无表情，实则眼底风起云涌。

闵姜西被当众抓包，笑不出也憋不回去，一时间似笑非笑，这模样倒是逗乐了此前一直面色平静的秦佔。他身子往沙发后一靠，但笑不语，意味深长。

之前只有闵姜西在偷笑，冯婧筠正想找碴儿说上两句，可如今秦佔摆明了纵容，她又能说什么？

冯婧筠暗自调整心态，想到这天的目的，抬起头，脸上带着微笑，对秦佔道："我今天去看秦爷爷，正好秦爷爷临时决定回来看你跟嘉定。我早上给你打电话，想跟你说一声，你没接到。"

秦佔神色淡淡地说："手机没在身边。"

秦佔能回应一句，哪怕是敷衍，冯婧筠心里都好受很多。她正想趁势再聊两句，谁料他侧头看向闵姜西，用随意却亲近的口吻问："你叫我起床的时候，听见我手机响了吗？"

此话一出，冯婧筠脸上的笑容僵住。

闵姜西心底一沉，不带这么玩的。她想不出好的解释方式，又怕越描越黑，只好直白地回道：“没听见。”

秦佔说：“估计落床上了。”

闵姜西充耳不闻，拿起茶杯佯装淡定地喝茶。

秦嘉定抽空说了一句：“闵老师最厚此薄彼。”

闵姜西警惕地抬起头，见秦嘉定一脸纯真，眼底却闪过“君子报仇，十年不晚”的挑衅。

秦予安问：“厚谁薄谁了？”

秦嘉定不满道：“薄我，厚我二叔。”

闵姜西心说，臭小子真能睁着眼睛说瞎话。她明明就是给他买的，谁知道秦佔把蛋糕……不对，等等。

秦嘉定刚刚说什么，二叔？

秦予安神色如常，笑着道：“你这是吃你二叔的醋，还是吃老师的醋？”

秦嘉定撇撇嘴：“本来嘛，说好了给我找家教，结果二叔跟闵老师走得更近。”

闵姜西脑补出自己起身先走一步的画面。告辞，拜拜了这对“戏精”父子，叔侄？

这一刻，闵姜西脸上的哭笑不得是真的。她的余光瞥见对面的冯婧筠，那是皮笑肉不笑。

秦佔神色如常。

秦予安则是不辨本意地说道：“我不常回来，你二叔还敢给你气受，今天太爷爷做主，说吧，是换你二叔还是换老师？”

换亲戚是不可能的，冯婧筠的眼球动了动，屏气凝神地看向秦嘉定，仿佛成败就在他一句话。

秦嘉定则看着闵姜西，眼带打量、挑衅和不满，分明都是负面情绪，话一出口却是大相径庭：“都不换。”

冯婧筠别开视线，暗自调整呼吸。

秦予安问：“不是厚此薄彼吗，为什么不换？”

秦嘉定道：“太爷爷，您就别企图破坏我跟我二叔之间的革命友情了，您倒是不常回来，可我还要在这个家里常住的。”

秦予安笑道：“还革命友情，听你这话倒像是被逼无奈。”

秦嘉定叹了口气，大无畏地说道：“爱屋及乌吧，谁让我二叔喜欢呢。”

秦佔瞥了他一眼："话多。"

两人一唱一和，完全没考虑闵姜西这位当事人的心里承受能力。她是涉猎过心理学，但这不代表受到打击不会疯。

闵姜西想好了，如果秦予安为此不满，并且把矛头指向她，那就别怪她弃暗投明了。毕竟秦佔跟外人比，她不敢得罪他，但如果跟秦予安比，她疯了才会舍身救他。

闵姜西在沙发上坐了半天，一直在等秦予安看过来。可秦予安全程在跟秦嘉定讲话，只在饭桌上对她和冯婧筠说了一句："自己照顾自己，随便一点。"

闵姜西很快颔首，冯婧筠脸上带着笑容，实则心里不满。在老爷子眼里，她跟闵姜西一样，都是外人。

一顿饭吃完，闵姜西终于可以离开。她刚提出告辞，冯婧筠紧随其后道："我正好要去市中，顺道送她一程。"

没等秦佔开口，秦予安道："也好，阿佔下午陪我说说话。"

秦佔猜到秦予安是故意留自己，所以看了一眼闵姜西，说："到公司给我打电话。"

闵姜西始终处于头皮发麻中，可他偏要再揪上一把。她笑不出来，唯有点点头，跟秦予安打了声招呼，迈步往外走。

闵姜西跟冯婧筠上了同一辆车，车子驶离秦家，开往市区方向。路上，闵姜西安安静静地坐在副驾驶座，好好地当个哑巴，开着车的冯婧筠却突然开口："一直想找机会跟你当面聊聊。"

闵姜西心下了然，面上却不动声色，侧头道："冯小姐，有什么事吗？"

冯婧筠目不斜视地说："周洋的确是我表弟，但两家关系隔得有些远，我跟他之间也没有往来。上次阿佔把我们聚到一起，也是想当着我的面把事情解决。那件事跟我没有关系，周洋断了一条腿是他胡作非为的下场，现在还在医院躺着，不知道以后有没有后遗症。"

闵姜西坦然道："事情解决就好，我不是警察，没有证据不会胡乱怀疑人。"

冯婧筠的嘴角微微牵起，说："难怪阿佔对你另眼相看，没那么矫情。"

闵姜西说："我不知道秦先生是不是对我另眼相看，就算有，那也是看在我能教秦嘉定的面子上。"

冯婧筠说："你能让秦嘉定听话，确实有本事，我身边不少朋友和认识的人，家里都有孩子，也都想找靠谱的家教，我介绍给你认识？”

闵姜西淡笑：“谢谢冯小姐，我现在的时间已经排满了。”

冯婧筠道：“是看不上我的资源，还是看不上我这个人？”

冯婧筠的声音如常，但话语犀利。

闵姜西丝毫不慌，客气地回道：“当然不是，我们这行会习惯地交代近期安排，也怕耽误别人时间。”

冯婧筠道：“别急着拒绝，多个朋友多条路，尤其你初来乍到，不知道哪天就有用到谁的时候。”

闵姜西说：“那我就先谢谢冯小姐了。”

冯婧筠说：“你只管教好秦嘉定，以后你在深城的路会很长很宽，不仅你，连你身边的朋友也一样……我听说你有个做文传公司的朋友？”

闵姜西很敏感，甚至反感冯婧筠背地里打探她身边的人。

“是。”闵姜西只回了一个字。

冯婧筠随口说道：“我有很多做这方面的朋友，有空介绍他们认识。”

闵姜西说：“不用麻烦了，她也不愿意欠人人情，慢慢来吧。”

冯婧筠说：“阿佔的人情都能欠，我就不行了？你是从夜城过来的，应该很有感触。像是夜城、深城这种大城市，光有拼劲没有人脉，很难走下去，很多时候拼搏十年不如名师引路，人生又能有几个十年给人挥霍？

“我猜你心里一定在想，天上没有掉馅饼的好事，我为什么要帮你，其实理由很简单，你是阿佔挑的人，我相信他的眼光，也愿意再多扶你一把。你混得好，阿佔也会记我的情。”

说实在的，闵姜西挺佩服冯婧筠的应变能力。以为她是软柿子时，不声不响地在背后踩了一脚，结果发现她是根钉子，当机立断采取怀柔政策，徐徐拔之。

闵姜西的嘴角勾起好看的弧度，微笑着应声：“冯小姐一心为了秦先生，他早晚会知道你的好。”

冯婧筠道：“男人都比女人成熟晚，我愿意给他时间，事实会证明他身边到底需要什么样的人。”

闵姜西跟冯婧筠周旋了一路，回到“先行”放下包，拉过椅子，打开电脑，第一件事就是上网查秦佔的家庭关系。

程双说的网上大多都能查到，秦佔的太爷爷是党少峰的副将，爷爷秦予安的简介里写得很隐晦，着重突出商业上的事迹，然后点了一句，是那个年代家喻户晓的知名人物。

至于秦佔的爸爸秦郢，更是被冠以“未来者”的称号，以形容他在商业投资上的箭无虚发。

秦佔还有一个哥哥，秦佧，资料上显示两人同父异母，没有母亲的信息，也没有其他信息，并未标注已婚或者有孩子。

当然，秦佔的资料上还赤裸裸地写着未婚。秦嘉定就像个公开存在的秘密，明明深城都知道秦家有这个孩子的存在，网上却统一地装傻充愣。

大家都说秦嘉定是秦佔的私生子，就连程双私下里也总跟闵姜西八卦：“你打听打听孩子亲妈是谁，我实在太好奇了。”

众口铄金，闵姜西也深信不疑。关键她多次在秦嘉定面前以“你爸”称呼秦佔，小屁孩竟然没有反对，要不是他今天亲口……

放在桌上的手机突然振动，闵姜西正想得出神，心底微慌。紧接着瞥见屏幕上显示的“秦佔”二字，更是有种捉贼见赃的错觉。她赶紧把网页关掉，起身拿着手机来到休息区。

她划开接通键，出声：“秦先生。”

“还没到公司？”

闵姜西忘了要给秦佔回电话这事，不敢说自己五分钟前就到了，正在扒他的家底。她扯了一个谎：“刚到。”

秦佔问：“她跟你说什么了？”

闵姜西回答：“冯小姐解释了周洋的事情。”

秦佔不表态度，另起话题：“你在秦家工作，看到的、听到的，我不希望传到外人耳中。”

闵姜西说：“我明白。”

秦佔说：“我也不会让你吃亏，你想续签多少？”

闵姜西马上道：“不用，秦先生，我不会说出去的。”

秦佔不冷不热地说：“我今天没时间，明天过去一趟，你想好签多少，不用跟我客气，这是你应得的。”

短时间地相处之下，闵姜西知秦佔是个赏罚分明的人。如今看似特别好说话，可一旦她泄露了什么，那就别怪他翻脸不认人了。

片刻沉默，闵姜西没再推辞，只如实道：“现在秦同学才刚开始补课，还不知道后期效果怎么样，如果他进步很快，完全可以自学，签太多也没必要。”

秦佔道：“那就一天两节，尽快让他上路。”

闵姜西问：“一天两节，要分开上还是一起上？我下午时间暂时排满了，估计来不及。”

秦佔说：“没必要一天跑两次，下午没时间就安排在上午。”

闵姜西忐忑地说：“上午我这边没问题，就怕秦同学起不来。”

秦佔说：“我把他的手机号码发给你，你自己跟他商量。”

秦佔说话办事雷厉风行，挂断电话没几秒，闵姜西就收到一条短信，上面是一串号码。

闵姜西看着手机号码，不知该兴奋还是叹气。自打来了深城，她地方菜没吃几口，窝囊气吃了不少。可自打认识了秦佔，刺激没少受，但这实实在在的福利也没少拿。

闵姜西已经能想象到第二天秦佔过来，再跟她续课后的场面。

原本同事就在背地里喊她“狐狸精”，若是一波未平一波又起，怕是大家要喊她“招财狐狸精”了。

闵姜西倒了杯果汁润润喉，拨通了秦嘉定的电话号码，手机中传来几声嘟嘟声，随后熟悉的声音传来：“喂。”

闵姜西笑着道：“秦同学，是我啊。”

秦嘉定说：“我知道是你。”

隔着屏幕闵姜西都能看见秦嘉定那张故作深沉的脸，她笑着说：“你怎么知道是我，上次存我号码了？”

秦嘉定不答反问：“你怎么有我电话号码？”

闵姜西回道：“你二……”话说一半，她压低声音，小声道，“你二叔给我的。”声音低到秦嘉定都快听不见。

“找我什么事？”秦嘉定酷酷地问。

闵姜西突然话锋一转，问了一句：“你每天几点起床？”

秦嘉定警惕地问：“干什么？”

闵姜西回道：“为了达成你尽快摆脱我的愿望，我们一天上两节课怎么样？”

秦嘉定明显顿了一下，随后道：“有什么好处？”

秦嘉定竟然没反对，还有得商量。

闵姜西笑说："当然有好处了，我给你带好东西。"

秦嘉定嫌弃道："你那蛋糕留着讨好我二叔去吧。"

闵姜西好声好气地道："你才是大哥，我讨好他有什么用？"

秦嘉定"哼"了一声道："为达目的你都长幼不分了，还好意思做人老师吗？"

话虽如此，可闵姜西明显感觉到秦嘉定嘴角在上扬，典型的"口嫌体正直"。

小屁孩果然禁不住迷魂汤。

闵姜西哄道："现在又不是上课时间，我们是朋友，朋友之间交心最重要，不要在意年龄。"

秦嘉定说："那你喊我一声'大哥'，我就答应你。"

秦嘉定以为闵姜西好歹是个老师，说归说，总不能真的一点骨气都不要吧，谁料闵姜西还真能屈能伸，想都没想，痛快地叫道："大哥，从今往后，上课时间你叫我'老师'，其余时间我喊你'哥'，大家各论各的，行吗？"

饶是秦嘉定也忍不住在电话另一头捂嘴憋笑，最少过了六七秒，他才出声回答："行吧，我一言既出，驷马难追。"

闵姜西一脸奉承的假笑："好，那我们明天见啦。"

终于挂断电话，闵姜西活动了一下嘴角，发了条信息给秦佔，告诉他秦嘉定答应了。秦佔许是有事，没有马上回复。她把果汁喝完，转身离开茶水间。

办公区一如往常，大家各忙各的，有同事从闵姜西身旁经过，彼此都会客气地点头打招呼。她不知道短短几分钟里发生了什么，了解后才知道原来是有人把她刚刚在茶水间跟秦嘉定打电话时说的话录下来发出去了，秦嘉定说什么，外人自然听不见，但她一口一个"秦同学"，尽是哄孩子的口吻。

"你每天几点起床？"

"为了达成你尽快摆脱我的愿望，我们一天上两节课怎么样？"

"现在又不是上课时间，我们是朋友，朋友之间交心最重要，不要在意年龄。"

偷录者说这是闵姜西跟秦佔之间的对话，众人难免"呵呵"，怪不得把秦佔哄得晕头转向，闵姜西也真够当面一套背后一套的。

还有，秦佔原来吃这套！

第8章 秦家有公主，只能宠

熊猫见多了也不会觉得是国宝，顶多算个长相漂亮的动物，一如秦佔。

短短几日里，秦佔多次跨入“先行”的大门，不是来签约，就是来续约，大家早已见怪不怪。这不，闵姜西前脚刚说想一天上两节，他后脚就乖乖地跑来又续了两百节。

“两百”不是闵姜西提的，她就怕秦佔嫌自己抠抠搜搜，所以提了个“一百”，结果他掉头跟何曼怡拟合同的时候，面不改色地说了个“两百”，想必心里还是觉得她抠搜。

一转眼三百节课，闵姜西一天两节都得上到年底。

吃人嘴软，拿人手短，外人只见闵姜西签单签得热火朝天，谁又知道她每天去秦家的几个小时经历了什么。

她要跟秦嘉定斗智斗勇，其过程呕心沥血不说，偶尔还“丧权辱国”。

秦嘉定赖床，每天光是叫他起床这项，闵姜西就得降压丸兑着静心口服液一起才能扛住。

某天他心血来潮，蒙着被子道：“给我唱首歌。”

闵姜西站在床边，一张脸生无可恋，平静地道：“我不会唱歌。”

秦嘉定闷声道：“那我再睡半小时。”

不多时，熟悉又诡异的旋律响起。

“叠个千纸鹤，再系个红飘带，愿善良的人们天天好运来。你勤劳生活美，你健康春常在，你一生的忙碌为了笑逐颜开……”

秦嘉定原本是困的，但在被子里听了两句，忽然浑身一凉，忍不住把脸露出来，瞪着闵姜西说：“你故意的吧？”

闵姜西停下来，淡定道：“我说了我不会唱歌。”

秦嘉定不信，他不信有人能把一首家喻户晓的歌，改到只能从歌词里辨认出来。

他蹙眉道：“我要听《告白气球》。”

闵姜西不做挣扎，二话不说掏出手机，随后对着手机上的歌词唱道：“塞纳河畔，左岸的咖啡，我手一杯……”

秦嘉定本就发凉的身子，莫名一抖，起了一层鸡皮疙瘩，睡意全无。

不过几秒钟，他就出声打断：“让你唱，不是让你说唱。”

闵姜西漂亮的眸子盯着秦嘉定的脸：“没见过唱歌跑调的吗？”

秦嘉定抿了抿唇，见过跑调的，没见过这么跑调的，闵姜西唱歌根本就没调！

清晨惊悚，秦嘉定不敢再睡。闭眼洗脸的时候，耳边都是闵姜西魔性的声音，简直太恐怖了，就这么说吧，她长得有多好看，她的歌声就有多难听！

两节课连上，中途有二十分钟休息，秦嘉定在房里撩猫逗狗，闵姜西在一旁安静地看书。他忽然问：“冯婧筠没有找你麻烦吧？”

闵姜西抬头看向秦嘉定，回道：“没有。”

秦嘉定在给德牧梳毛，头不抬眼不睁地说：“现在我们三个是统一战线的，她要是敢给你使绊子，你不用怕。”

闵姜西明知故问：“谁们三个？”

秦嘉定眼一抬。

闵姜西说：“哦，你二叔啊。”

秦嘉定一边梳毛，一边不冷不热地说：“外面都传我是我二叔的儿子，你现在知道不是，不好奇我家为什么一直不辟谣吗？”

闵姜西想过，但是好奇心害死猫。她莞尔一笑：“不好奇。”

秦嘉定勾了一下嘴角：“但你已经知道了。”

说罢，不待闵姜西应声，他又道：“我二叔跟你续约不是因为你美，是为了堵你的嘴，你千万别以为他好说话。如果外面没有风言风语就算了，要是有，你就是第一个倒霉的！”

闵姜西说：“那我真是托了你的福，现在业绩终于不是公司垫底了。”

秦嘉定看着她问：“重点是这个吗？”

闵姜西目光清澈地回道：“我又不是大嘴巴，守秘密是我的强项，用我的强项赚钱，多好。”

秦嘉定忍不住“嘁”了一声，想吓唬她，没吓到。他想起两人第一次碰面时，她笑眯眯地对他说：“所有活着会动跟死了不会动的东西，我都不怕。”

他原以为闵姜西在说大话，如今看来是真的。他软硬不吃，她就能屈能伸，他完全奈她不何。

闵姜西瞥了一眼墙上的表，正好上午十一点。往常这个时间段才上第一节课，现在要上第二节，闵姜西招呼秦嘉定放下猫狗拿起书本。

秦嘉定说：“你想每天来的时候我已经起床了吗？”

闵姜西诚实地回答：“想。”

秦嘉定说：“我二叔现在肯定还在睡觉，你把他叫醒了，我保证以后自己起床。”

闵姜西淡定地别开视线，一边整理纸笔，一边道：“不用了，我今天回去后多练几首歌，以后我每天早上给你唱一首。”

秦嘉定闻言，顿时沉了脸：“你怎么不敢给我二叔唱《好运来》？”

闵姜西道：“我又不是他的家教。”

秦嘉定说：“是他给你发薪水。”

闵姜西抬起头，朝着秦嘉定温柔一笑：“所以，我为什么要跟人民币过不去？”

闵姜西拍了拍椅子，好声好气道：“坐吧，定哥。”

秦嘉定刚刚坐下，她秒变脸：“秦同学，给我说一下你解这道题时的思路。”

秦嘉定来不及适应自己的新身份。

两节课上完，闵姜西跟秦嘉定一起下楼，昌叔迎过来：“饭菜都准备好了。”

秦嘉定问：“我二叔呢？”

昌叔说：“还在睡觉，凌晨回来的。”

秦嘉定完全不意外，只如常说：“让厨房帮他准备蛋糕吧，我们去吃。”

秦佔发了话，让闵姜西以后都在这边吃午饭。她本想拒绝，但是想到偌大的长桌，秦佔不在家或者不起来，就只有秦嘉定一个人，她忽然就有些心酸。

两个人吃饭，秦嘉定食不言，闵姜西主动道：“你对你二叔很好。”

秦嘉定道：“又想聊我二叔？”

闵姜西面不改色地回道：“我是感觉你们的身份调过来了，有时候你更像长辈，但有一点需要提醒你，宠就好了，不要纵，甜食吃太多对身体不好。”

秦嘉定说：“他偏食，除了甜食不爱吃别的。”

闵姜西下意识地想说“你怎么不从小管一管”，话到嘴边，看到对面只有十二岁的秦嘉定，她没忍住乐出声。

秦嘉定眼皮一抬：“笑什么？”

闵姜西摆了摆手，越笑越想笑。

秦嘉定问：“你看不起我二叔？”

闵姜西说：“人不可貌相，看来你二叔心里面住了个小公主。”

秦嘉定不语。闵姜西拿起手边的杯子，饮料刚到嘴边，余光瞥见身后一抹白色身影，紧接着身穿白色浴袍的秦佔出现。他刚洗完澡，头发还是半湿的，手里端着盘六寸大小的蛋糕，拉开主位处的椅子，面无表情地坐下。

闵姜西这口饮料不知该咽还是该吐。

“秦公主”不食人间烟火，面前一桌子的饭菜，他看都不看，甚至筷子都没碰一下，拿着勺子，自顾自地吃蛋糕。

秦嘉定见怪不怪，闵姜西难免用余光偷瞄，想着他浴袍下的一身肌肉，是怎么靠面粉和奶油转化的。

闵姜西以为自己偷看得很低调，直到秦佔面无表情地开口：“想吃？”

闵姜西心虚，抬眼望去。

秦佔没睡醒，懒懒的，视线微垂，淡淡地道：“叫人给你拿一个。”

闵姜西很快摇摇头：“不用了，谢谢。”

坐在对面的秦嘉定抬眼道：“你不是看蛋糕，是在看我二叔？”

闵姜西看向秦嘉定，想给他唱《好运来》。秦嘉定目光挑衅，就赌她不敢在秦佔面前怎么样。

两人正大眼瞪小眼。

秦佔开口道：“没外人，用不着演戏。”

秦佔的声音如常听不出喜怒。

秦嘉定道：“二叔，你要小心了，有人总是话里有话地跟我打听你。”

闵姜西不慌不忙地说：“秦同学，课堂上的私人恩怨不要拿到现实生活中借刀杀人，好吗？”

秦嘉定道：“我二叔这么好，你看不上他？”

当着本尊的面，这的确是道送命题。闵姜西暗道臭小子是个偷换概念的好手，当即压低声音，云山雾罩地说："这话你要先问我男朋友。"

秦嘉定眼带狐疑，似信非信。还不等他回应，秦佔再次开口："我找女朋友和给你找个家教，哪个更不容易？"

这话是对秦嘉定说的，虽没明显不悦，但提醒意味很浓。

秦嘉定撇了下嘴角，并不害怕，也没有反驳。

闵姜西微笑着出声打圆场："您不用在意，我知道秦同学在开玩笑。"

秦佔神情专注地盯着蛋糕，勺子稳准地舀起上面的一颗草莓，放进嘴里嚼了几下，口吻依旧不冷不热："我没办法不在意，目前我只缺一个家教，不缺女朋友，而且就算找女朋友，我也不会从身边人下手，所以闵老师做好本职工作就可以，不用想太多。"

不用想太多……这话乍一听似是安慰，但仔细一琢磨，不是变相地敲打吗？提醒她无论有没有这种想法，都给他好好地藏在肚子里，他是不可能给她机会的。

闵姜西笑着，面不改色地说："我明白，秦先生放心。"

放心，他不是她喜欢的类型，大家都不要想太多，好吧？

秦佔下来只为了陪秦嘉定吃饭，吃完蛋糕就上去重新补觉。秦家司机送闵姜西回"先行"。路上，程双给闵姜西发微信，高兴地说收到一张邀请函，今晚又能见到一些圈内知名人士，感觉公司的春天就要来了。

闵姜西说："发达了请吃饭好吗？"

程双说："你们公司附近快餐一条街，随便选。"

闵姜西道："再见。"

程双发来一个"抱大腿"的表情，随后问："今天的秦家行顺利吗？有没有什么爆料？"

闵姜西说："翻翻聊天记录，每天重复问一样的问题，你不嫌烦吗？"

程双说："人家担心你，毕竟伴君如伴虎。"

闵姜西垂着头，快速地打字："今天老虎话里话外都在提点我。"

程双马上问："提点什么？"

闵姜西说："怕我喜欢上他。"

程双发了个"捧腹大笑"的表情包，打字道："不得不说，拼颜值，他的确有这种担忧的资本，但他万万没想到，你是石头心啊，二十多年没谈过恋爱的老少女，追你的班草、系草、校草多了去了，你又不是没见过世面的人。”

程双说了很多，闵姜西只抓住一句：“老少女？”

程双说：“打错了，美少女。”

闵姜西说：“晚了，绝交一天，再见。”

秦家的车停在“先行”楼下，闵姜西道谢下车。往公司走的路上，手机响起。她拿出来一看，屏幕上是串没存名字的电话号码，但是她记得尾号，在名片上见过。

看了几秒，闵姜西划开接通键：“喂。”

手机中传来女人的声音：“闵老师，是我。”

闵姜西道：“冯小姐，我听出来了，有什么事吗？”

冯婧筠说：“之前跟你提过，我有做文传领域的熟人，她今晚举办私人聚会，到场的不乏圈里人，我让她给你的朋友发了份邀请函，你朋友已经回复，说是会过去，我想问你晚上有没有时间，有的话一起聚聚？”

闵姜西当即想到程双，亏得程双还以为是天上掉馅饼，实际上只有不白吃的晚餐。

冯婧筠说完，几乎是立刻，闵姜西微笑着回道：“谢谢冯小姐，我有时间，晚上我跟朋友一起过去。”

冯婧筠说：“不用客气，你朋友知道地址，那晚上我等你们。”

电话挂断，闵姜西脸上的笑容也随之消失。正要迈步往前走，身后传来熟悉的男声：“哪个冯小姐？”

闵姜西转头一看：“你怎么在这儿？”

陆遇迟说：“客户就在对面那栋楼，刚下来就看见你，是冯婧筠吗？”

闵姜西应声。

陆遇迟眼底露出不快：“她找你什么事？”

闵姜西如实说。

陆遇迟眉头一蹙：“不是黄鼠狼给鸡拜年就是想要拉拢人心，你明知道是她的局，怎么不拒了？”

闵姜西说：“老程那边已经答应了。”

陆遇迟道：“你跟她说啊，一起拒，摆明了鸿门宴，就算没什么陷阱，她也想让你拿她的手软。”

在陆遇迟看来，这是特别简单的事情。

闵姜西却说："冯婧筠有句话说得对，在深城我们是外人，举步维艰，就算老程是深城人，她爸有些门路，但她做一个全新的领域，也只能从头开始，你不知道她之前跟我说拿到这张邀请函有多开心。"

陆遇迟张了张嘴。

闵姜西继续道："我知道你想说什么，无论是秦佔还是冯婧筠，谁的便宜我都不想占，也不该占，现在没办法，已经搅进来了。冯婧筠把我当假想敌，也知道秦佔给过老程资源，如果现在我拒绝了她的橄榄枝，她就算一时半会儿整不了我，也一定会拿老程杀鸡儆猴。"

这也是为何冯婧筠点名程双的原因，说白了，大家都是棋子。闵姜西是秦佔跟冯婧筠之间博弈的棋子，而程双成了冯婧筠拿捏闵姜西的棋子。

在别人的地盘上，哪有顺意而为的美事，都是举步维艰，闵姜西不能让程双成也因她，败也因她。

闵姜西跟程双坐在私家车里，她突然说晚上有空想一起来，程双就觉得不对劲，追问过后，果然。

程双当即道："不去了，给她钻空子的机会呢，让秦佔知道怎么想你？"

司机闻言，顺着后视镜往后看。

闵姜西说："王叔，不用理她，您开您的。"

司机是程春生的老伙伴，程双当他是半个亲叔。大家都是自己人，所以说话不用避讳。

程双对闵姜西说："你不用担心我，不来这个局不见这帮人也没什么差别，我有自己的门路，如果真的两眼一抹黑，我还开什么公司啊。"

闵姜西说："皇帝不急太监急，我都没说不去，你嚷什么？"

程双道："你别说不是因为我才来的，我不知道这是冯婧筠在背后组的局，不然我早拒了。"

闵姜西说："淡定点，是威逼还是利诱，总要去了才知道。"

程双说："只要是冯婧筠的局，就不该去，让秦佔知道，你这是脚踩两条船。"

闵姜西说："我跟秦佔是什么关系？我不过是他家里的家教，今天饭桌上还提了，我只需要做好本职工作，其他的，不必想太多。想通过我攀他的人太多了，冯婧筠不过是其中一个，只不过身份稍微特殊了一点，秦佔心知肚明。只要我不做有损秦家利益的事情，他就会睁一只眼闭一只眼，不然跟他有仇有怨的多了去了，大家都冲我使劲，我倒是想扛，我扛得住吗？”

程双迟疑道：“但秦佔摆明了不喜欢冯婧筠，你要是跟冯婧筠走得近，难免得罪他。”

闵姜西道：“如果这件事发生在昨天，可能我都会犹豫，但恰好今天饭桌上秦佔明里暗里地提醒我，他是不会跟自家家教发展男女关系的，你知道我当时听到这话时的心情吗？我就想马上转达给冯婧筠。”

程双被闵姜西的脑回路逗笑，闵姜西却不苟言笑地说：“他们两个不对付，把我夹在中间当枪使。我今天来这个局，就是同时告诉秦佔和冯婧筠，别把人想得太复杂，我就是个趋利避害的普通人，我不是任何人的人，我也只站对我有利的人。”

程双侧头看着闵姜西，表情说不上是惊讶还是佩服，几秒后道：“这样会不会太冷血了一点？”

闵姜西不答反问：“你觉得秦佔对我有感情，还是冯婧筠对我有感情？”

程双抿了抿唇，的确都是利益关系。

闵姜西目视前方，心平气和地说：“且行且看，兵来将挡，水来土掩。”

程双一把挽住闵姜西的手臂，头枕在她肩膀上，嘛着嘴道：“好姐妹，一生一起走。”

闵姜西面无表情：“让你请吃一顿两百块以上的饭你都肉疼，一生是难了，很可能在半路就得饿死。”

司机在前面忍不住乐。

程双道：“王叔，你给我作证，不是我抠，我也想大方，家族遗传没办法。”

王叔说：“我刚才听了半天，你们都跟我女儿差不多大，但你们已经在社会上打拼，为了人情世故而周旋，她还成天想着这个明星那个偶像。我就想我女儿什么时候能像你们这么成熟，尤其是姜西，你要是有空给我女儿上两堂课，我请吃饭，两百块以上的也没问题。”

三人一路说笑，很快从市区开到近郊。这边有很多私人别墅，有钱人买下来装成休闲娱乐区，隔三岔五过来办个酒会派对。闵姜西跟着程双一起进去，放眼望去都是精心打扮的男男女女。一个陌生男人余光一瞥，迈步走来。

“晚上好。”他主动打招呼。

闵姜西跟程双皆是颔首回应。

男人微笑："如果没记错，我们应该是第一次见面。"

他掏出两张名片，一人一张。

程双接过，又还了一张。

闵姜西淡笑着说："不好意思，我没带名片。"

她带了，就在包里，但是没想跟这里的人深接触，所以从源头就拒绝了。

男人看着闵姜西，温声说："没关系，我能不能有幸知道你的名字？"

"闵姜西。"这声音不是出自闵姜西的口。

三人闻声望去，但见一身米白色礼服的冯婧筠款款而来。她脸上带着笑，先是看了看闵姜西，随后意味深长地对旁边的男人说："闵老师是秦家的家教，我知道你没孩子，身边要是有合适的，别忘了去'先行'找她。"

秦佔的一举一动在深城都备受瞩目，秦家的新家教闵姜西更是如雷贯耳。男人闻言，努力将脸上的笑容放大，跟闵姜西客气了几句，寻了个契机，赶紧溜之大吉。

冯婧筠小声对闵姜西道："这个人在圈内人品不怎么样，不要理他。"

闵姜西莞尔，随后冯婧筠又跟程双打招呼。程双面上微笑，心里带着警惕和忌惮。

冯婧筠说："走吧，我带你去见见我的朋友。她是做文传领域的，你们应该有得聊。"

要不是之前闵姜西跟程双打过招呼，程双绝不会接受，但现在也要看冯婧筠葫芦里到底卖的是什么药，所以三人一起往里走。

别墅里面更是热闹，三五成群凑在一起有说有笑。冯婧筠介绍了程双，大家只是客气地点头，等介绍到闵姜西，众人明显投来打量的目光。

有人说："没想到这么年轻就能当老师。"

有人说："婧筠要是不介绍，我还以为是娱乐圈的人呢。"

也有人说："婧筠，秦佔请这么漂亮的女家教回去，你都不管管？"

冯婧筠淡笑："别闹，闵老师是正经人。"

程双不爽，几次都要开口。闵姜西全程面带微笑，不见丝毫异样。中途有人借谈公事把程双喊走，冯婧筠也不在，只剩几个女人围着闵姜西。

"闵小姐长得这么漂亮，怎么不往娱乐圈发展？这边有好几家娱乐公司的老板，一会儿吃饭的时候可以聊聊。”

“闵老师才貌双全，你以为只是金玉其外败絮其中吗？”

“就是，娱乐圈的都得抛头露面，现在教育行业也很赚钱，尤其是长得漂亮，钱更好赚。这不，闵小姐刚来深城，靠一己之力就能当上秦家的家教，不得了。”

几人你一句我一句，句句夹枪带棒，当着闵姜西的面，却完全不怕当事人不快，还生怕她听不出刺。

闵姜西但笑不语，心想冯婧筠把她叫来，就这么点能耐？

闵姜西干笑不说话，对方就更把她当软柿子捏，说得越发直白。直到有人忽然瞥向闵姜西身后，表情变了变。

闵姜西扭头看去，眼底同样闪过意外。

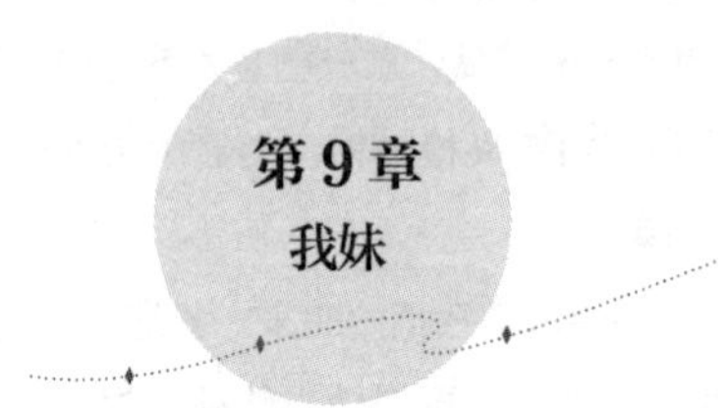

第9章 我妹

超过一米八五的衣架子，哪怕穿着最简单的黑裤白衣，也是鹤立鸡群，更何况是那样的一张脸，怎么会有人忽略他的存在？

江东原本就是奔着闵姜西来的，看着背影眼熟，想着走近看看，她突然回头，跟他目光相对。他勾起嘴角，笑了笑。

闵姜西身后的几个女人看迷了，不确定江东在对着谁笑，一个个赶紧露出笑脸。其中一个跟江东见过几面，能说得上话，当即出声打招呼：“嗨，江东。”

江东抬腿往前走，视线从闵姜西脸上别开。他装作不认识的样子，闵姜西也就没出声。

短发女人见江东真的走过来，还以为自己面子很大，喜上眉梢，自来熟地说：“Lori 也请你了？我都不知道，什么时候来的？”

“刚到。”

江东站在与闵姜西隔了一人半距离的位置，俊美的面孔上带着好看的笑容，似是心情不错。

短发女人的虚荣心得到极大的满足，先是杂七杂八说了一些，让人以为她跟江东常见面的样子，随后又把身边的几人介绍给江东。江东波澜不惊，忽然侧头看向闵姜西。

短发女人见状，出声道：“这位我们也不太熟，不是圈子里的人。”

江东看着闵姜西，一秒、两秒、三秒……他就这么目不转睛地盯着，看到其他人觉得不对劲，闵姜西终于忍不住颔首，轻声道：“江先生。”

江东眼底含笑，话一出口却带着几分嗔怪：“不是说好再见面要跟我打招呼的吗，想装不认识？”

此话一出，旁边几个女人都看愣了，什么情况？

闵姜西睁着两个大眼睛说瞎话：“刚才没认出来。”

江东一下子就乐了，这借口，亏她想得出来。

“我就这么普通？”江东笑着问，明显没有责怪，只是打趣。

闵姜西又说：“我忘了戴隐形眼镜。”

江东提了口气，拿她没辙。

闵姜西没想到这么私人的场合也能碰见江东，她不愿跟他多接触，因为他跟冯婧筠不一样。秦佔不会在意她来赴冯婧筠的约，但她要是跟江东走太近，那就有身在曹营心在汉的嫌疑了。

闵姜西正想着用什么借口脱身，江东侧头看向对面神色各异的几个女人，开口道：“我妹妹。”

短发女人笑得略显尴尬：“你什么时候多了个妹妹？”

江东想都不想地说：“我叫江东，她叫姜西，你觉得什么时候多的，去问问我爸？”

江东似笑非笑，笑意却未达眼底。短发女人接不上来话，气氛一度尴尬。

江东看向闵姜西，又是另外一副表情，旁若无人道：“跟谁来的？”

闵姜西说：“跟朋友。”

他问：“哪个朋友，男的女的？”

闵姜西不出声，一旁几个女人被当成空气，实在站不住也听不下去，只能灰头土脸地走开。

她们前脚一走，闵姜西后脚道：“不好意思，江先生，我也失陪……”

江东抢先打断：“不陪我说话，这里你还认识谁？”

闵姜西不答反问道：“你还有事吗？”

江东道：“没事就不能跟你说话了？”

两人所站的位置并不隐蔽，不知道多少双眼睛都在时刻打量着。

闵姜西低声说：“江先生，我不是这个圈子里的人，不想被人当兔狲看。”

闵姜西的声音很小，江东没听清楚，不由得微微低头，问：“当什么？”

闵姜西说：“兔狲。”

他问：“为什么不是猴子？”

闵姜西看着江东，不回应。

他笑了笑，出声道：“走吧。”

他迈步欲走，闵姜西站在原地不动。

他看着她：“不想找个人少的地方说话？”

闵姜西无奈，只怪自己出门没看皇历。她奈何不了江东，只能跟着他往前走。快走到别墅门口的时候，冯婧筠迎面走来。她当然知道秦佔跟江东不和，所以看都不看江东，只对闵姜西道：“去哪里？”

还没等闵姜西出声，江东径自说：“去洗手间，一起吗？”

冯婧筠抬眼看向江东，他面不改色地回视她。不过两秒，她别开视线，对闵姜西微笑：“等一下回来找我，我给你留了位子。”

闵姜西淡笑着点头，眼看着冯婧筠离开。这是她第一次觉得冯婧筠很没用，就这么走了。

江东把闵姜西带到别墅院子，还有不久就要开席，大家都在室内，院子里几乎没人。喷水池边，闵姜西道：“江先生，下次见面我会先打招呼的。”

闵姜西主动说话，表情是杀人不过头点地的利落。

江东笑问：“你以为我叫你出来，是要跟你翻旧账？”

闵姜西不回应，她根本不在乎。

江东问：“你跟冯婧筠认识？”

闵姜西“嗯”了一声。

江东道：“你知不知道她跟你那位秦姓客户是什么关系？”

闵姜西道：“客户的隐私我没有兴趣。”

江东道：“那我猜猜你今天来这里的原因，满屋子的人你都不认识，唯独冯婧筠跟你说话……她是不是故意叫你来出丑的？”

闵姜西不搭腔。

江东自顾自地说：“秦老二是垃圾，但垃圾不见得没有恶狗抢，你离冯婧筠远点，她不是什么好人。”

闵姜西说：“谢谢江先生。”

江东扯起嘴角，出声问：“要不要考虑来我这里？我身边没有那么多恶狗，我也不会让人给你使绊子。”

闵姜西平静地回道：“‘先行’不做成人教育，如果你现在着手要个孩子，我可以答应你从小抓起，博士后不敢保证，硕士应该没问题。”

江东弯起眼睛，白皙的面孔被灯光照得分外明亮。他边笑边道：“我都怀疑你是不是我爸派来的卧底。”

闵姜西刚开始没听明白，直到他说了后半句：“家里人催婚的理由五花八门，只有你这条，竟然让我有些动心。”

许是身边没人的缘故，许是江东把闵姜西的耐性快要磨没了，她一时情绪难控，出声道：“百善孝为先，就当是为了家里长辈考虑，做事之前也要三思而后行，冲动是魔鬼，耿耿于怀更是伤神伤身，退一步海阔天空……”

江东听了半天：“你想说什么？”

闵姜西抬起头，诚恳地回道：“你跟秦先生都不是普通人，神仙斗法，能不把我夹在中间吗？”

江东眼底划过笑意。她兜了这么大个圈子，还是想把自己撇干净。

他双手随意地插在裤袋，看着闵姜西问：“你就这么不待见我，我哪里惹到你了？”

闵姜西道：“江先生，我们打开天窗说亮话。我是秦家的家教，不可能再去你那里任职，不是待遇问题，而是先来后到的问题。还有，我私以为你更好说话，所以发自内心地请你行个方便，我就是个普通得不能再普通的家教，也许在外人眼中，我的客户很特别，但在我眼里，这只是一份工作。我很努力才得到认可，我想在这行做下去，也想在深城待下去。”

闵姜西站在江东面前，微微扬着头，灯光同样照亮她的脸，她的目光坚定而柔软。不知道是不是错觉，江东仿佛看到她的眼睛在发光，他以为她委屈得快要哭了，可定睛一瞧，她黑白分明的眸子里，分明没有一滴眼泪。

短暂的沉默过后，江东开口道：“你的感觉很对，我是比秦老二更好说话，他也没什么特别的。放心吧，做好你的本职工作，我不会给你找麻烦。”

闵姜西闻言，内心一喜，果然不经意间的溜须拍马才最得人心。

本以为江东发了善心，就此放过她，但他马上又补了一句：“这是我们第几次碰面？”

闵姜西内心藏着警惕，如实回道：“不算路上那回，应该是第三次。”

江东道：“不开玩笑，我跟你投缘，交个朋友吧。”

翻脸比翻书还快，这就不地道了吧？

闵姜西心底警铃大作，疯狂拒绝。雇佣关系她都不想，更别说是朋友关系了，可偏偏江东一脸真诚，不是插科打诨，让她连拒绝的理由都想不到。

在闵姜西短暂的迟疑中，江东已经先一步出声："我这人从不坑朋友，也很少主动跟人交朋友，别从其他人口中看我，我是什么样的人，你可以自己慢慢品。"

江东已经把闵姜西的退路全部封死，逼得她出声回道："好，只要你不嫌我没什么本事，也帮不了你什么忙。"

江东乐了："不是帮了忙才能做朋友，而是做了朋友以后才帮忙。怎么样，我三观挺正的吧？"

闵姜西配合地点点头。

两人站在院子里的木棉树下，树上开满火红的花瓣，俊男美女，听不到谈话内容，还以为他们在谈情说爱。

江东的手机响了。他掏出来接通，手机里传来一个男声："你在哪儿？等下进来时小心点，要不直接遁走得了。我刚看到丁碧宁了，肯定不是老周请的，八成是他老婆那边请的。"

江东面不改色、口吻淡淡地回道："八百年前的老皇历，难道有她的地方我还去不了了？"

闵姜西听不见电话里的人说什么，只是直觉别墅里有跟江东不对付的人。她第一个想到秦佔，但是不大可能。

不多时江东挂断电话，看着她道："进去吧，快开席了。"

闵姜西跟江东一前一后进入别墅。这天到场的一共二三十人，都是男女主人邀请来的客人。饭厅中摆放着一条西式长桌，众人都已就位。因为两人是最后进来的，所以难免遭受一轮群视。

江东是无所谓，闵姜西是装无所谓。

她在长桌边搜寻熟面孔，程双抬手示意。

闵姜西走过去，坐在程双跟冯婧筠之间。坐下之后闵姜西才发觉，哪里是快开席，是所有人都等着她跟江东回来。不对，准确地说是在等江东。

江东坐在男主人身旁，俨然地位不同，他不回来没法开席。

餐前先是男女主人各自讲话，无外乎是感谢各位朋友到场，希望今晚玩得愉快。江东很捧场，还一直在笑。

男主人道：“心情这么好，我有功啊。”

江东但笑不语，拿起酒杯跟他碰了一下，仿佛尽在不言中。

别看桌上人只有这么多，但是心思各异。谈工作的、攀交情的，总之不虚此行。

闵姜西低声跟程双说话，问程双谈得怎么样。程双反问闵姜西，江东叫她出去干什么，有没有刁难她。

在闵姜西斜对面坐着个身穿紫色一字领礼服的年轻女人，梳着中马尾，露出锁骨和脖颈处的吊坠。长得很白也挺漂亮，只是两颊处皆有陀红。她垂眸，一个劲地在喝酒。

放在桌旁的手机振动，有人给她发微信，她点开一看：“穿白衬衫的那个就是‘闵江西’，瞧她那德行，都不拿正眼看人，不知道在哪整的一张假脸。”

女人回道：“不认识，跟我没关系。”

另一边马上说：“你没看江东刚一来就奔她去了，还说是他妹妹，从来没听说他有过妹妹，你知道吗？”

女人眼底说不上是愤怒还是伤心，很快打字回道：“他有个屁妹妹，别人名字里有个‘江’，他就敢认。”

另一边说：“碧宁，江东这是故意在你面前秀恩爱呢，看得我气死了。”

丁碧宁心口刺痛，面无表情地回道：“他爱找谁找谁。”

话虽如此，但丁碧宁早就看闵姜西不顺眼了，有些人注定从第一次见面就是冤家。

丁碧宁身边的女人是个拍网剧出身的小演员，最近傍上了一家影视公司的二老板，使尽浑身解数求人砸资源，刚刚接到一个二线导演的剧本，演女三号。整个人膨胀得不行，已经把自己归到文化传媒圈子里。

得知程双开了家文传公司，女人先是主动找话，结果聊着聊着就开始起刺，简直莫名其妙。程双一忍再忍，对方得寸进尺。

闵姜西眼皮一抬，淡淡道：“您这种咖位的，‘无双’请不起。”

没想到闵姜西会突然开口，女人似笑非笑道：“我没有外界传得那么贵啦。”

闵姜西淡笑着说：“您拍戏都是按天算的，一晚六位数，我朋友新公司，小门小户，胃口没那么大，吃不下。”

前阵子有媒体曝出女人跟某老板滨海密会，酒店五天四夜，没开窗帘。随后她就接了个工作，折算下来，一晚十几二十万。

闵姜西这话说得隐晦也直白，全看对方怎么想了。女人不聋也不傻，岂会听不出话中的讽刺，但她没敢马上戳穿。反倒是身旁的丁碧宁放下酒杯，拉着脸道：“说什么呢，会不会说话？”

丁碧宁憋了一晚上的气，终于抓到闵姜西的把柄，声音不仅没有放低，反而就是要给对方难堪。此话一出，长桌另一头，男主人的客人也都闻声看过来。

丁碧宁盯着闵姜西看，闵姜西的神色很淡。桌上一时间没人出声，气氛瞬间陷入尴尬。

程双开口：“听了半天你还不知道谁不会说话，你身边那个，我得罪她了？”

丁碧宁的眼中钉只有闵姜西，当即回道：“我没跟你说话。”

闵姜西道：“她说的就是我说的。”

丁碧宁扯出一抹讥讽的冷笑：“你自己不会说话，要别人替你说？”

闵姜西一看，这是冲着自己来的。她确定跟这人是初次见面，哪儿得罪她了？

女人吵架向来是比春晚收视率更高的节目，桌上一众人无论男女，皆看得起劲，更何况闵姜西跟丁碧宁都不是普通人，他们背后都有同一个靠山。按理说，应该不至于闹这么僵。

女主人离得近，见状赶紧出声打圆场：“这是怎么了，因为什么啊？”

丁碧宁沉着脸道：“她谁啊？谁请她来的？现在这个圈子是没门槛了吗？什么人都能往里插一脚。”

这话说得难听，女主人笑也不是不笑也不是，匆忙地看了一眼冯婧筠。

冯婧筠淡笑着道：“我带来的，是不是有什么误会？私下里说开了就好。”

丁碧宁绷着脸，不咸不淡地道：“有些人你好心提拔她，关键她不识趣，这是朋友私下聊天聚会的场合，不是她家后院，得谁勾搭谁。”

这话一出，程双顿时翻脸：“你说谁呢？”

丁碧宁抬眼，一字一字地回道：“没说你，你少自己上前找骂。”

程双要回嘴，闵姜西不着痕迹地抢在头前，淡淡地道：“那是说我了？”

丁碧宁直视着闵姜西：“是谁你心里没数吗？”

“她勾搭谁了？”

好半天都是女人在说话，屋子里突然出现一个男声，不冷不热，不显喜怒。

丁碧宁心里“咯噔”了一下，众人也是忍不住闻声望去，是江东。他坐在椅子上，靠着椅背，一只手搭在桌边，面无表情。

偌大的房子里没人敢接话，似有三五秒的停顿，江东再次开口，声音明显比上一次多了些怒意：“问你话呢，她勾搭谁了？”

众人神色各异，丁碧宁如坐针毡。输人不输阵，她出声顶嘴：“我跟她说话，关你什么事，你管得着吗？”

江东闻言，当即起身。他起得猛，椅子被他顶得往后一仰，他干脆一把扯开，迈步走来。

男主人吓得脸色一变，下意识地跟着起来，生怕江东犯浑。但江东没朝着丁碧宁去，而是来到程双跟闵姜西身后，对着一整排的人道：“往那边挪。”

把头的人顿了顿，赶紧往左坐在江东的位子上，其余人依次，直到程双。程双惯会看眼色，二话不说，往左一挪，把自己的位子让给了江东。

江东把椅子一扯，坐在闵姜西身旁，长长的手臂往她椅背上随意一搭，视觉效果像是将她揽在怀里。

江东看着斜对面脸色瞬间通红的丁碧宁，冷着脸开口：“你说别人我管不着，你再说她一句试试？”

江东的声音很轻，但越轻越恐怖。

江东呢，江东给出的警告什么时候不作数？

丁碧宁冷眼看着江东，看着那张让她肝肠寸断又念念不忘的脸，硬碰硬地道：“她是你什么人，你这么护着她？”

江东眼睛一眨不眨地回道：“我用得着跟你解释？你是我的谁？”

这句话就像是带倒刺的钩子，一下勾住丁碧宁的心口，往外一拉，连同过往的回忆一起，湿漉漉，血淋淋。

她如鲠在喉，瞪着的眼睛瞬间蒙了一层水雾。

闵姜西算是看明白了，敢情是江东的女人，怪不得要朝她使劲。大家同为女人，她不愿让别人当众难堪，所以垂下视线，低声对江东说：“算了。”

江东是好面子的人，说到底这出是因他而起，他觉得对不住闵姜西，轻声回了句：“你别往心里去，她有毛病。”

这已经不是丁碧宁第一次发疯，在两人分手的几个月里，她从撒娇耍赖到翻脸诋毁，花样百出，他都看腻了。

丁碧宁没想到江东当众袒护闵姜西，还说她有毛病，酒壮尿人胆，她扬声道：“你说谁有毛病？”

丁碧宁的声音陡然高了八度，闵姜西吓了一跳，江东也是冷脸看去。

女主人跟其他人都出声劝丁碧宁，越劝她越觉得委屈，开口指责江东：“到底是我有病还是你有病？什么样的女人你都要，你是收破烂的吗？”

江东的面色一沉，闵姜西的第六感奇准，知道他要发飙的下场会很严重，所以本能地站起身，挡住江东的视线，出声道：“我们走吧。”

丁碧宁气得眼泪飙出，瞪着闵姜西的背影道：“你以为他是喜欢你吗？你要不是秦佔的人，你看他搭不搭理你，他就是这种……”

丁碧宁话音未落，江东腾地一下子站起身来。他比闵姜西高太多，闵姜西只觉得一座山突然平地拔起。她伸手抵着江东的胸口，把他往后推。他隔空指着丁碧宁，咬牙切齿，脸都白了。

当然，他本来就很白，闵姜西也不晓得是不是气白的。

场面一度陷入混乱，冯婧筠站出来说话：“江东，你干什么？”

江东冷声道：“闪开，离我远点。”

从来没有人这样对冯婧筠说话，她是尴尬，但也拎得清场合，对方是江东，她不会硬碰硬。

如今敢上来劝江东的人，竟然只有闵姜西。她尽量拦着他，想把他带离一触即发的火药厂。程双拎着两人的包，随时准备着。

丁碧宁看不得江东身边有其他女人，更何况闵姜西还拉着他的胳膊，她扬声叫嚣：“有种你别走！”

江东刚刚压下去的火，像是泼油一样被点燃，他心里过不去，沉声回道：“我不走，我看你今天到底想怎么着。”

两方身边都围着一些人，场面不知怎么就陷入了混乱。冯婧筠走去角落处，拿出手机拨了个电话。

电话响了好久对方才接，手机中传来男人低沉冷淡的声音：“喂。”

冯婧筠盯着跟江东站在一起的闵姜西，出声道：“阿佔，你赶紧来宁波路18号，碧宁跟江东杠上了……因为闵姜西。”

第10章
一战成名

闵姜西觉得丁碧宁很蠢，蠢不是因为她招惹的对象是江东，而是所有分手后对前任纠缠不休的人，都很蠢。

当着一众人的面，江东难看，丁碧宁则是难堪。想必她心里也清楚，所以越发难以下台，只能拖着大家一块“死”。

江东过了最初怒火攻心的气头，怒极反倒冷静了下来。他拉了把椅子坐在距离长桌一米多远的位置，冷眼瞥着对面的丁碧宁道：“行，你不嫌丢人，那我今天豁出去跟你敞开天窗说亮话，说吧，你想干什么？”

最怕不是男人发脾气，而是男人的冷漠，江东岂止是看陌生人一样，简直就是在看脏东西。

丁碧宁被江东的目光伤得体无完肤，酸涩在心口和喉咙处打转，哑口无言。

他明知她想干什么，她就是不想让他身边有其他女人。

见丁碧宁沉默，江东再次开口：“让你说怎么又不说了？一而再，再而三，你是不是以为我好脾气？”

江东的声音又沉又冷，听得女人们大气都不敢喘，有相熟的男人低声劝道：“消消气，别说了。”

江东道：“是我想说的吗？我谈过的女人多了去了，大家好聚好散，我没亏欠过谁，没见过谁跟神经病一样阴魂不散。”

丁碧宁瞪大眼睛：“你说谁神经病？！”

江东一眨不眨地回道：“我说你。这是第几次了？你以为我一直不作声是对你余情未了，舍不得你？醒醒吧，每次碰面都喝得醉鬼一样，我会喜欢这种人？

你这样不会让我心疼，只会成为大家眼里的笑话。”

闵姜西站在一旁，局外人都替丁碧宁觉得脸红，谁料江东还有一句，他眼带嫌恶地说：“关键你自己愿意当笑话也就算了，能不能别拉上我？我还要脸，不是谈几天恋爱就能拿来说一辈子的，别用这种方式让我记住你是谁，毕竟我讨厌的人都没什么好下场。”

这是江东跟丁碧宁分手之后，他第一次把话说得如此清晰透彻，当着众人的面，让她无所遁形。

江东太狠了，连最后的希冀都不给丁碧宁留。

丁碧宁强忍眼泪，这一刻她恨极了江东，当然也恨极了闵姜西，他这么做都是因为这个女人。

偌大的别墅鸦雀无声，直到一个更为冷漠的声音从门口传出：“就这点陈芝麻烂谷子的事，还过不去了。”

这声音太过熟悉，以至于闵姜西动作先于意识，很快地转过头。秦佔出现在门口，黑色的西裤，姜棕色的缎面衬衫，柔软的布料映着一张棱角分明的脸。他周身都散发着桀骜不驯的戾气，像是裹在漂亮包装下的怪兽，美丽而危险。

冯婧筠也没想到秦佔这么快就到了，赶巧，他就在宁波路，同一个别墅区，开车不过是几分钟的事。

秦佔的到来显然让现场的气氛变得更加微妙且一触即发，“深城三恶”聚其二，还是最不对付的两个，男女主人的眼神不动声色地交汇，生怕两人把房顶掀了。

闵姜西看着秦佔，脸上还算镇定，唯有眼底露出意料之外的诧色。秦佔从她身旁走过，目不斜视，仿佛她是空气。

所有人都对秦佔心生忌惮，唯独江东老神在在地坐在椅子上，眼皮都没挑一下。

秦佔看向长桌对面一帮人簇拥着的丁碧宁，什么都没说。丁碧宁已是吓得头都不敢抬，怯怯地开口：“表哥，你怎么来了？”

闵姜西瞬间想起程双跟她讲过的八卦，江东泡过秦佔的表妹，还是两个，看来丁碧宁就是其中一个。

怪不得这么凶，敢跟江东撕破脸，原来背靠秦佔。

秦佔看着丁碧宁，脸上不见喜怒，只出声说：“不能喝就别喝，喝多了就四处胡说八道，馊的你当好的，臭的你当香的，给你一西门庆你都当心头好，知道的是酒品不好，不知道的，还以为你脑子有病。”

这话明着像是在数落丁碧宁，但谁都听得出来，这不骂江东吗？

江东面不改色，不冷不热地说：“来得正好，让你表妹看看，你是馊的还是臭的？”

秦佔看都不看江东，出声回道：“哪来的苍蝇？我们家里人说话用不着外人插嘴，你爸没教你的规矩，用不用我教你？”

江东不怒反笑：“巧了，我也正好想给你当回爹，教教你怎么管好身边的人，别像疯狗一样出来乱咬。”

丁碧宁厉声道：“江东，你不是人，谁先惹谁的？我是恶心你在我面前跟闵姜西勾勾搭搭，要开房出去开，别在我眼皮子底下恶心人！”

江东闻言，脸上的笑容寸寸收敛，终至全无。丁碧宁仗着有秦佔在，有恃无恐，连闵姜西都想骂她两句。

空气再次陷入紧绷的寂静。几秒后，江东开口，冷声道：“丁碧宁，你要是哪天折在这张嘴上，别怪我今天没提醒你。”

江东的目光太过骇人，丁碧宁本能地恐惧，又不想丢了面子，扬着下巴道：“我就说了，你……”

“闭嘴。”

秦佔开口，冷脸打断。

丁碧宁的声音戛然而止，她唯一能依仗的就只有秦佔，可不敢得罪他。

秦佔当众问：“你知不知道闵姜西是我的人？”

闵姜西的后脑一麻，随即酥麻的感觉流至四肢百骸。

丁碧宁脸色青白。她听身边人叨念了一晚的闵姜西，本以为只是秦家的家教，谁知道又跟江东扯上关系了。

丁碧宁知道秦佔的为人，跟他沾边的人，不可能再去碰江东，不然就是触了他的霉头。当初她不顾一切非要跟江东谈恋爱，还偷偷瞒着他，最后弄了个人名两空的下场。若不是这层亲戚关系在，秦佔早就不搭理她了。

秦佔的一句话听得众人心里波涛汹涌，他的人……

丁碧宁不敢出声，秦佔冷声命令：“出来。”

丁碧宁老老实实地迈步，身边的人把包塞给她。她愣愣的，提线木偶般地绕过桌子，刚要往秦佔身边站，他忽然侧头看向闵姜西，开口道：“走不走？”

闵姜西毫不迟疑地点头：“走。”

程双把包递给闵姜西，冲她使了个眼色。

闵姜西跟在秦佔身后往门口走，才走了几步，只听得身后传来男人的声音：“妹妹，今天对不住了，改天请你吃饭。”

闵姜西只觉得头皮炸裂。完了完了，估计她今晚要一战成名了。

秦佔的车停在别墅院子里，他走在最前面，丁碧宁跟闵姜西一前一后跟着。丁碧宁直奔副驾驶座，刚要伸手拉车门，秦佔像是后脑勺长了眼睛，冷声道：“上后面去。”

丁碧宁的动作一僵，眼底划过尴尬，不情愿地走到后车门处。

秦佔扭头看了一眼闵姜西：“你坐前面。”

闵姜西没去看丁碧宁脸上的表情，乖乖地拉开副驾驶座的车门坐进去。车上三个人，谁都没开口讲话，寂静像是紧箍咒一样，只不过勒的不是脑袋，而是脖子。

车内光线昏暗，闵姜西看不清秦佔脸上的表情，只知道他心情不好，一脚油门踩下去，很快上了柏油路。

开了有一分钟的样子，他忽然踩了一脚刹车，车子猛地停在路边。闵姜西坐他车习惯性警惕，加之系了安全带，所以只是微微往前一倾，但后面的丁碧宁就惨了，一扑差点儿撞在副驾驶座的椅背上。

还没等人回神，秦佔已经解开安全带，冷声吩咐：“丁碧宁，你下来。”

秦佔推开车门跨下去，闵姜西提着心悄悄往外看，只见他点了根烟，迈步往车后走。

丁碧宁很怕秦佔，哪怕胃快要晃出来，烦躁得想骂娘，可还是丝毫不敢耽搁，赶紧下车。

秦佔站在车尾处抽烟，丁碧宁小心翼翼地走过去，轻声叫道：“表哥……”

秦佔没有马上出声，口中吐出的白色烟雾顺着微风往车头方向飘。他的神色晦暗不明，沉默得令人心慌。

丁碧宁不敢拿正眼看秦佔，垂着头，小声道：“对不起。”

“这是最后一次，以后再因为这种丢人现眼的事闹得下不来台，别指望我给你擦屁股。”

秦佔开口，声音平静而冷漠。

丁碧宁慌了，下意识地抬起头，急声道：“对不起，表哥，我再也不会了，我知道江东那个浑蛋是什么样的人，我不会再喜欢他了，也不会再给你惹事了，你别生气了。”

秦佔冷声说：“你喜欢什么样的人跟我无关，只要你有本事自己善后，别每次都哭着喊着给我打电话，拉着我一起丢人。”

丁碧宁说：“我不会了，我真的不会了。今天是我鬼迷心窍，有人不停地在我耳边念叨江东跟闵姜西，我又听说闵姜西是秦家的家教，一时没忍住……”

秦佔道：“你的脑子是摆设吗？怪不得江东把你当猴耍。”

一句话，要多狠有多狠，疼得丁碧宁犹如万箭穿心，差点儿一口气没倒腾上来，眼眶顿时就湿了。

“是，我是傻，以为他是真的喜欢我。”

丁碧宁哽咽出声，按理说当哥哥的总该心软一二，偏偏秦佔正眼都不看。他偏头吐了口烟，神色冷淡地道：“后悔的话留着下次不要脸之前说给自己听，你要是有记性，就不会三番两次闹笑话了。”

丁碧宁哭出声。

秦佔眉头微蹙，眼底烦躁尽显，开口道：“我说最后一次就没有下一次，别以为你爸跟我妈是一母同胞，你喊我一声表哥，我们就真的是很亲密的亲戚关系，我连我妈都不认好多年了，更别说你们一家子。你要还想在关键时刻让我帮点忙，平日就少消耗我对丁家为数不多的感情，听见了吗？”

秦佔说话的声音不大，也没有发脾气，近乎娓娓道来，可丁碧宁听得浑身一激灵，本能地想要解释些什么，她抬眼对上秦佔的目光，他那样冷漠、烦躁、不讲情面，带着一分折扣都不能打的决绝。

丁碧宁霎时语塞，吓得只敢点头。

秦佔抽了最后一口烟，将烟头踩灭，淡淡道：“自己回去。”

撂下这句话，他独自上车，驾车离开。闵姜西隐约听到他们说话的声音，却没听清内容。秦佔大半夜把丁碧宁一个人扔在路上，虽然这附近都是别墅区，也很安全，但总归出人意料。

对自己的表妹都这么狠，怕是下一个就轮到她了。

“秦先生，今晚的事情如果您想知道细节，我可以解释。”

闵姜西主动开口，但求宽大处理，避免殃及池鱼。

秦佔目视前方，出声回道：“我比你了解她，自作自受。”

闵姜西再次感到意外。秦佔是什么意思，不怪她？

像是猜到闵姜西心里想什么，秦佔道：“我不是色盲，黑白分得清，你只是秦家聘请的家教，又不是卖给我，想跟什么人走得近是你的自由，我管不着。”

闵姜西道：“谢谢您的理解，我跟江先生明确表示过，不会接他的单，今晚的事可能丁小姐有些误会。”

秦佔说：“你比她有脑子。”

闵姜西沉默，关键也没法回“谢谢”，看秦佔的样子，应该没有迁怒她。

不过“男人心，海底针”，秦佔做事常常出乎她的意料。

闵姜西觉得跟这样的人相处，还是能少则少，正想说到前面可以打车的地方把她放下就行，车内蓝牙接了个电话进来，他按下按钮。

车内传来一个男声：“搞没搞完？都等你切蛋糕呢。”

秦佔说：“又不是我生日，等我干什么？”

男人道：“你这话好伤我的心，这些年我哪次切蛋糕你不在身边？”

秦佔道：“等我糊你一脸吗？”

男人说：“反正你不来我不切，你看着办。”

秦佔道：“两分钟，我带个人过去。”

“谁啊？”

“闵姜西。”

男人似是很惊喜：“你家教？赶紧带来，这么长时间只闻其名不见其人，我都想坏了。”说着，不等秦佔接话，他又油腔滑调，“哎哟，你突然跑出去，不会就是为了接你家教给我个惊喜吧？”

闵姜西坐在副驾驶座，如坐针毡，芒刺在背，头皮发麻……怎么回事，秦佔要带她去哪儿？对面那个听着就不像个好东西的男人是谁？

秦佔没给对方更多的机会，直接挂断，主动道：“给你介绍个客户，他弟弟十六岁，上高一，想找个物理老师。”

闵姜西说：“我现在的时间安排是满的，怕是……”

“你还有两个客户，把宋明方推了，另一个你想留就留。”

闵姜西没有马上接话。

秦佔道：“宋明方不是诚心诚意想找你补课，我也没打算跟他做生意，你留不住他。”

秦佔的车很快驶进另一栋别墅院子，这栋别墅比闵姜西之前在的要大，上下四层，院子也更宽，车位处停着一排跑车。

两人下车往里走，还没进门就听到里面闹哄哄的，男女的笑声夹杂在一起。秦佔走在前面，刚一进门，马上有人喊他：“阿佔，快来。”

闵姜西跟在秦佔身后，身影刚现，沙发处的几个男人就齐齐看来，惹得背对门口方向的人随之转头。

一群男女都盯着闵姜西看。

闵姜西随着秦佔来到沙发旁，瞥见茶几上散落的纸牌，旁边还有一捆捆没拆开的人民币。

沙发中间坐着一个特别扎眼的男人，穿着缎面的红衬衫，挽着袖子敞着领口。他抬头，目光越过秦佔直接落在闵姜西脸上，笑着道：“哟，闵老师来了，快坐，快坐。”

他长得很清秀，笑起来甚至有点阳光灿烂，如果换个场合，肯定联想不到“纸醉金迷”四个字。

闵姜西微笑颔首。

有人给秦佔让了位子，秦佔对闵姜西说：“坐。”

闵姜西坐了秦佔的位子，他又随手推开一个，跟闵姜西坐在一起，中间明显隔了半人多的距离。

秦佔说：“荣一京。”

对面红衬衫的男人伸出手，笑着道：“你好，闵老师。”

闵姜西礼貌回应，刚伸出手，秦佔已经先一步把她的手臂拉回来，警告地看了荣一京一眼。

荣一京无辜地说：“干什么，握手还不让啊？”

秦佔不理他，自顾道：“荣昊呢？”

荣一京四下环顾一圈，没找到人。

旁边有人说：“刚才好像在休闲区那边。”

秦佔对闵姜西说：“你去见见荣昊。”

荣一京说："不着急，闵老师刚来，坐下来玩一会儿吧。"

秦佔说："她不会玩。"

闵姜西会看眼色，秦佔摆明了不愿她过多接触这个圈子。她不着痕迹地点头起身，荣一京叫了个人带她去找荣昊。

看着闵姜西离开的背影，荣一京笑说："你找个这么漂亮的家教，什么意思？"

秦佔神色如常地回道："我只在乎她的本事。"

荣一京笑得更欢："她有什么本事？你说得我都好奇了。"

荣一京话中有话，十分不正经。

秦佔横了他一眼，沉声道："要不是看在荣昊的面子上，你看我搭理你吗？"

荣一京道："怎么着？好东西本来就要一起分享，你还想自己吃独食？"

秦佔点了根烟，抽了口道："我带她来是为了荣昊，你少给我整幺蛾子，不然别怪我翻脸。"

荣一京眼底闪过惊诧，半真半假地问："这么喜欢，动真格的了？"

身边男男女女都有，男的都是熟人，女的十有八九都是新面孔。

秦佔懒得跟荣一京认真掰扯，不轻不重地回了句："我的人，我看谁这么不长眼。"

话音落下，好几个叹气的。

"唉，白激动一场。"

"就是，刚燃起一腔奋发图强的热血，现在透心凉了。"

荣一京笑骂："就你们几个，胎教的文凭，没救了。"

男人道："那要看什么人救，我要是早遇上这么好的家教，没准早成才了。"

荣一京嘲讽道："是早成家了吧？"

秦佔靠在沙发上抽烟，依旧是那副神色淡淡的模样。他嘴里吐出一口白雾，出声道："别说我没提醒你们，闵姜西是嘉定的家教，谁要敢动她一下，我让你们提早出家。"

秦佔的恐吓永远是最有效果的威慑，毕竟宁可犯法都不要犯了他的忌讳，不然那后果，当真是生不如死。

在座的有贼心没贼胆。

荣一京一侧头，对着坐在沙发扶手上的美女道："看见没？某人打从心底没瞧得上你。"

女人鹅蛋脸、蜜蜂腰，是长得好看不是整得好看，在圈内很有名气，虽说是交际花，但也不是什么人都能跟她打交道。荣一京生日请她过来玩，原本她坐在秦佔身边陪着，他忽然接了个电话就出去了，再回来身边带着闵姜西，还公开警告这帮狼们不许盯着。

可见闵姜西在他心头的地位不一般。

栾小刁脸上带着笑，撇了撇嘴，佯装委屈地道："可能秦先生嫌我没文化吧。"

荣一京笑说："你要是没文化，在座的有一个算一个，都是文盲。"

栾小刁道："文盲不怕，别是流氓就行。"

她一句话惹得众人发笑，就连秦佔也是嘴角微微勾起。

荣一京赞道："也就你能让我们秦二爷露出笑容，不然他成天拉着张脸，我都怕他偷偷抑郁。"

秦佔说："你们全家都抑郁。"

荣一京给栾小刁使了个眼色，让她去秦佔身边坐。

她微微挑眉，打趣道："我可不敢。"说罢，又小声地补了一句，"闵小姐还在呢。"

栾小刁说这话时也在偷偷打量秦佔。

秦佔跟这屋里大多数的富家子弟都一样，要面子，只不过他的面子比所有人都大，所以最不好哄，也最不容易讨好。栾小刁跟他打过的交道不少，最起码外界都传她是秦佔眼前的红人。

她私以为这么一激，秦佔定会让她过去。谁料秦佔不动声色，开口说了一句："都低调点，让孩子看见像什么话。"

整个别墅里唯一能算得上孩子的人，只有今年刚满十六岁的荣昊。

闵姜西被带到休息区，离着几米远还没见到人的时候，只听到一个模糊了男孩和男人的声音，不满地抱怨："喂，你行不行啊？啧，不是，你到底会不会玩？"

"啪"的一声，像是什么东西被人扔在了地上。正好闵姜西绕过死角来到开阔处，见到一个年轻女人弯腰捡起一只游戏手柄，好声好气地道："你别生气，我们再打一局。"

另一个站在足球机前面的女人说："我练好了，我们玩这个吧。"

沙发处只露出头的身影站起来，一副嫌弃的口吻："算了，算了，你们赶紧离我远点我就谢天谢地了，烦死了。”

是个身高一米七几快一米八的……小胖子。

之所以说小，是他身上明显的少年感，穿着半袖和牛仔裤，理着自以为显脸小的中长发型，浑身上下都散发着两个字：叛逆。

两个年轻女人显然已经对小胖子无可奈何已久，只好悻悻离去，走之前还不忘看了一眼闵姜西，眼底划过不自量力。

小胖子面朝墙壁扔飞镖，后脑勺显露出独孤求败的落寞。闵姜西站在不远处看了一会儿，他扔得还行，中不了靶心也能有个七八环。

待他扔光手上的飞镖，过去飞镖盘上取飞镖的空档，闵姜西上前道：“能带我玩一局吗？”

荣昊头也不回地说：“走了一批又一批，我不用人陪，你们也用不着讨好我，直接去找我大哥好了。”

闵姜西说：“我跟这里的人都不熟，也玩不到一起去。”

荣昊纳闷，转头看了一眼：“你不是我大哥找来的？”

闵姜西说：“我跟秦先生一起来的，秦佔。”

荣昊没出声，手里捏着一把飞镖，来到闵姜西身旁。他刚摆好姿势要扔，闵姜西说：“你应该站这里。”

荣昊转过头，见闵姜西脚点着自己身后三十厘米处的地面，一本正经地道：“标准距离是两米四四，差不多在这儿。”

荣昊一声没吭，三秒后回退了一步，站在闵姜西说的标准距离，一抬手，扔了个五环。他微微蹙眉，第二镖稍微瞄了一下，在五环到六环之间，第三标正六环……扔光手里的镖，就没一个在八环以内的。

闵姜西走到墙边取镖，回来递给荣昊。荣昊不接，漫不经心地说：“你来。”

他坐等嘲讽闵姜西。

闵姜西站在跟他平行的位置，抬手一扔，九环。

荣昊表面风平浪静，心说一定是巧合。

闵姜西同样面无表情，再一抬手，扎中红心最边缘，已经可以算十环。

荣昊强作镇定，他不信，也许她只是手感好。

闵姜西目不斜视，更不拖泥带水，基本拿到镖就扔，每次不会超过三秒，除了头两个，之后镖镖必中红心。

荣昊舌头抵着牙，终是忍不住出声："原来是行家。"

闵姜西侧头微微一笑："眼神好而已。"

荣昊心里不服气，出声问："还会玩别的吗？"

闵姜西说："你想玩什么？"

荣昊走到足球机前面。

闵姜西站在他对面，嘀咕了一句："好久没玩了。"

荣昊说："会玩就行。"

荣昊打定主意要一雪前耻，但是几分钟后被闵姜西踢得找不到北，手忙脚乱，心气浮躁，他猛地松开手柄："我手感不好，我们玩别的。"

闵姜西面不改色地点点头。两人坐在同一台游戏机前打拳皇，这是荣昊最拿得出手的游戏，一般人他都不稀罕一起打，反正也打不过他。他被闵姜西打急了，现在只想把面子找回来。

闵姜西上来先输了一局，果然荣昊激动得差点蹦起来，随后又煞有其事地对闵姜西道："你玩得还行。"

闵姜西表情认真地说："我小时候打这个是全班最厉害的，基本没遇到过对手。"

荣昊道："你连招确实用得不错，就是手速慢了。"

闵姜西看都不看荣昊，盯着屏幕道："再来。"

这一瞬间，荣昊仿佛看到了知音，打游戏嘛，三心二意和心不在焉简直不能容忍。

两人互相较劲，闵姜西十局能赢四五局，一打就是半个多小时。秦佔出现的时候，正赶上闵姜西把荣昊打败，小孩子急得坐不住凳子，微胖的身体快要弹起来。

闵姜西稳稳地说："运气，我这把是运气，你刚才那个连招再快半秒我就躲不过去……"

荣昊道："你刚才那个大招是怎么使的？我从来没见过。"

闵姜西说："这几个扭，这么按……"

两人并排坐着，荣昊耐心地听，闵姜西仔细地讲，哪怕面前是一台游戏机，也不会让人觉得不学无术。

秦佔眼底带着意料之中的笑意，仿佛看到闵姜西是怎么搞定秦嘉定的。

荣一京从后面走来，见秦佔戳在柱子旁，故意嚷嚷：“偷看什么呢？”

闵姜西跟荣昊转过头，看到几米外的秦佔跟荣一京。秦佔神色无异，迈步上前，走到荣昊身旁，伸手胡乱揉着他的头发，问：“闵老师怎么样？”

闵姜西起身，荣昊从秦佔手底下钻出来，理着头发道：“什么老师？”

荣一京说：“这是你二哥帮你找的家教，你们还没打过招呼吗？看你们玩得热火朝天，还以为早介绍过了。”

闵姜西看着荣昊，微笑道：“你好，我是闵姜西。”

荣昊的眼神怪怪的，几秒后问道：“你是教人打游戏的？”

荣一京道：“臭小子想什么美事呢？不是我吓唬你，你下学期物理再不及格，妈说了，要送你出国留学，到时候山高皇帝远，你不是要风得风要雨得雨，是叫天天不应叫地地不灵，看谁偷着带你出来玩？”

荣昊拉着脸，当着闵姜西的面有些下不来台。

秦佔说：“闵老师不光书教得好，游戏也打得不错，你跟她学吧，就算物理成绩上不去，好歹游戏水平也降不了。”

荣昊不置可否。

荣一京笑着对闵姜西说：“闵老师，我把荣昊交给你，以后就辛苦你了。”

闵姜西微笑着回应：“您别客气，我刚认了荣昊当我的老师。”

其实闵姜西《拳皇》打得极好，不过是给小胖子一些面子。小胖子很吃这一套，就像秦嘉定非要当“定哥”。

听到闵姜西这么说，荣昊瞬间来了精气神，看着秦佔道：“二哥，你飞镖有她扔得准吗？”

秦佔很快看了一眼闵姜西，他没见她玩过飞镖。

荣昊自己赢不了闵姜西，急于搬救兵，非要让秦佔跟闵姜西比试比试。

闵姜西客气道：“我不行。”

荣昊拆台：“你把把红心还不行？”

秦佔拿了几个飞镖在手里，出声说：“玩玩，各凭本事，不要让我。”

秦佔这句提前封了闵姜西的后路，叫她别拿哄小孩子的那套哄他。

荣一京当即摆摊子凑热闹，叫人过来看，押闵姜西是一赔五，押秦佔是一赔二。男人们都护美心切，押闵姜西赢，女人们则清一色地押秦佔赢。

荣昊站在一旁，对闵姜西道：“你加油，不要给为师丢脸。”

闵姜西点头。

秦佔幽幽地对荣昊道："臭小子，刚有了老师就忘了二哥。"

荣一京说："没办法，谁让人长得比你美呢？"

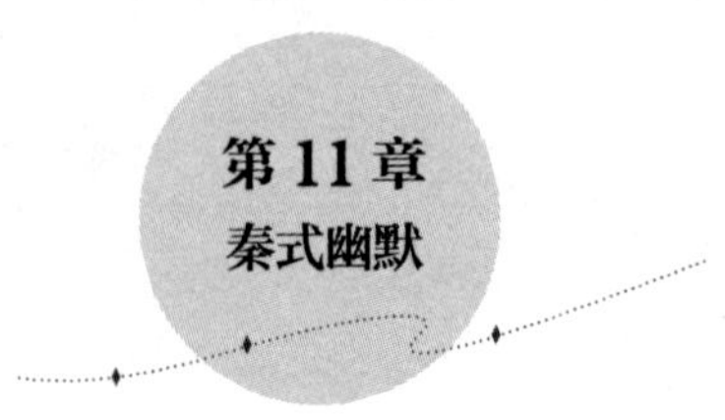

第11章 秦式幽默

女士优先，闵姜西先来，两人手里各拿着四个飞镖，她三下都中了红心，最后一个也是箭无虚发，几乎扎在红心最中央。

荣一京拍手道："我家老师果然名不虚传。"

秦佔微不可闻地"哼"了一声，他站在闵姜西身后差不多一米远的位置，突然出手，第一个飞镖是从闵姜西头顶越过去的，正中红心，跟她扔出的最后一镖紧紧贴在一起。

因秦佔没有站在跟闵姜西齐平的位置，大家都没想到他会在这么远的距离出手，就连闵姜西也没想到。她愣在原地还没来得及闪躲，他第二镖已经出手，依旧是越过她正中红心。这一次，还挤掉了盘上一枚绿色的飞镖，是她的镖。

一旁的女人们都在拍手叫好，闵姜西赶紧闪身让开。秦佔一共扔了四镖，都在靶心上，还挤掉了闵姜西的两枚。

胜负和实力立见分晓，女人们开心地分钱。

荣一京揶揄："你是不是男人，有没有点怜香惜玉的心？"

秦佔说："体育竞技，比赛第一，友谊第二。"

荣一京拉拢闵姜西："你跟他比，看他猖狂的。"

闵姜西微笑着摇头："我不行，不是秦先生的对手。"

秦佔也说："不玩了，赶紧切蛋糕，我饿了。"

一行人浩浩荡荡地往饭厅方向走。

荣昊跟在秦佔身旁："二哥，你教我扔飞镖。"

秦佔道："你不是有家教了吗？跟她学去，什么时候跟她练得差不多，再来找我。”

荣昊偏头看向闵姜西，忽然问：“你多大？”

闵姜西抬眼回道：“二十四岁。”

荣昊说：“才比我大八岁。”

秦佔揽着他的肩膀，轻笑着道：“你想找个大多少的，八十岁怎么样？”

荣昊说：“让我养老送终吗？”

荣一京说：“谁能给你弄明白了，我给谁养老送终。”

秦佔说：“来，叫爸爸。”

闵姜西跟秦佔认识半月，第一次见到他的朋友，也是第一次听他跟人开玩笑，就是普通人私下里的状态，很放松也很随意。尤其是他对荣昊，感觉比荣一京更像个哥哥。

闵姜西看到荣昊就想到秦嘉定，秦嘉定不是秦佔的儿子，而是侄子。且不论秦佔对秦嘉定的教育是否缺失，但他对秦嘉定负责是一定的，毕竟男人的爱跟女人不同，能糙中有细已实属不易。

如此看来，秦佔绝非恶人，最起码没有外面传的那样十恶不赦。

他们来到饭厅，有人用车把一人多高的大蛋糕推出来，嘴甜的女人们都在祝荣一京生日快乐。荣昊亲手为荣一京戴上了不知是谁送的王冠，荣一京站在水晶吊灯之下，瞬间容光焕发得像是某朝后宫里的宠臣，眉飞色舞。

他许了两个愿：“我希望我家老二新的一年能瘦二十斤。”

所有人的目光都落在微胖的荣昊身上，惹得他蹙眉：“你生日说我干什么？”

荣一京道：“只有大哥最懂你，你嘴上不说，其实心里一直在苦恼，对不对？”

荣昊气得别开视线，懒得理他。

荣一京见怪不怪，继续道：“第二个愿望，我希望老二可以继续为非作歹、胡作非为、浪迹情场、情场得意，但是依旧保持高贵的单身。”

前一秒还特别温馨，下一秒就开始浪。闵姜西听得迷糊之际，秦佔已经开口：“占谁便宜呢？”

荣一京刚说完自家的老二，马上又说秦佔这个“老二”，外人一时间还真容易搞蒙。

荣一京一脸真诚地说：“我的生日一年就一次，每次都不落下你，我不求你感恩戴德，记在心里就成。”

秦佔道："别啰嗦，切个蛋糕切半宿，看荣昊都饿瘦了。"

秦佔忽然话锋一转，转到了荣昊身上。

荣昊抬眼道："二哥！"

秦佔笑着揉他的头，荣昊敢怒不敢言。

简单地走了个流程后，荣一京说："切蛋糕吧，赶紧先切给两个老二，都是饿不得的主。"

栾小刁拿着刀切蛋糕，其他人已经落座。第一块她递给了荣昊，第二块递给了秦佔。秦佔身旁是闵姜西，他跟其他人讲着话，动作随意地往旁边一推，甚至没有看她一眼。

但越是这样的小动作，越是忍不住让人留意，栾小刁就看到了。她是特地切了一块又大又漂亮的，结果秦佔看都没看就给了闵姜西。

闵姜西小声说："谢谢。"

第三块蛋糕依旧到了秦佔手里，他是真的喜欢吃甜食，其他人是应景，他是拿来当饭吃。有些人还没等分到蛋糕，他已经回头吩咐："再给我切一块。"

闵姜西的笑点又低又奇怪，当即勾起嘴角。这一次她没有憋笑，也没出声，但秦佔还是发现了，侧头看着她道："笑我？"

闵姜西抬眼跟秦佔四目相对，一时间想摇头又没摇头。

四目相对片刻，秦佔神色平静地说道："要不是你们那边摆擂台唱大戏，我一个小时之前就该吃饭的。"

闵姜西赶忙点点头："那你多吃点。"

两人说话的声音不大，荣一京道："说什么悄悄话呢？"

秦佔一脸不可一世的表情："嘱咐她两句，荣昊是个好孩子，你就算了，让她分清好赖。"

荣一京蹙眉道："你个糟老头子坏得很，我二十七岁大寿，你当面摆我一道。"

秦佔面不改色地说："三岁看到老，你活到七十二岁也就这样了。"

荣一京咬着后槽牙道："我家老二在，我不揭你老底，你也少黑我。"

秦佔抬手摸了摸荣昊的头："长大了千万别学你哥。"

荣昊低头吃东西，闻言头不抬眼不睁地回答："我知道，我要向你学习。"

秦佔没忍住勾起嘴角："小子有出息。"

荣一京叹气："完了，你学他还不如学我。"

秦佔道："小二的眼睛是雪亮的。"

荣一京说："他是年少无知。"

说罢，荣一京越过秦佔去看闵姜西，拿起酒杯道："闵老师，我敬你一杯，你以后多费心，帮我把我弟的品位捋正了。"

不管荣一京是开玩笑还是怎么回事，闵姜西都要回应。她刚要抬手去拿桌边的酒杯，秦佔又抢先一步，先是大手捂住杯口，随后当众把她杯子里的红酒倒到自己杯中，出声说："给她拿杯饮料。"

荣一京眼底露出看上坟不怕殡葬般的精光，问出了众人心底都想问的问题："干吗啊？手不让握，酒也不让喝，酒里没毒。"

秦佔说："你有毒。"

荣一京哭笑不得，这会儿栾小刁已经站在闵姜西身后，出声问："闵小姐想喝什么？"

闵姜西站起身，客气地回道："谢谢，水在哪儿？我自己拿就行。"

栾小刁微笑着道："没关系，你坐着，我给你拿。"

荣一京说："小闵教荣昊，以后大家就是自己人。今天又是我的生日，于情于理我们都得喝一杯。你说是不是，小闵？"

闵姜西坐在秦佔身旁，淡笑着道："是，我以水代酒敬您一杯，祝您生日快乐。"

荣一京应声："你可以喝水，你的酒让秦老二帮你喝。"

闵姜西的余光瞥向秦佔，以为他会反驳，谁料他敞亮地举起酒杯，跟荣一京碰了一下，道："祝你明年有今日。"

荣一京笑说："放心吧，身体比你硬朗。"

两人皆是一饮而尽，秦佔杯中的酒是别人的两倍。

桌上有人打趣："是不是敬闵老师的酒，某人都帮忙挡啊？"

"别这么说，某人从来不懂什么叫怜香惜玉。"

荣一京说："那是你们不了解某人，不知道某人绰号'潘驴邓小闲'吗？"

闵姜西秒懂，偏偏桌上大多数人都不懂，一个劲地追问是什么意思，还有女人主动扯到闵姜西身上："闵小姐不是老师吗？你一定知道，给大家解释解释。"

闵姜西但笑不语。秦佔视线微垂，面上看不出喜怒。恰好栾小刁走过来，拍了下刚刚说话的女人肩膀，出声道："没文化就回去多读点书。"

做这行的都惯会看人眼色，女人察觉到栾小刁在帮她打马虎眼，后知后觉自己可能多话了，赶紧收声低调做人。

栾小刁把水递到闵姜西旁边，闵姜西出声道谢。

一屋子大人说话总归没有遮拦，见荣昊吃得差不多了，荣一京出声说："让司机送你回去。"

荣昊也闲得无聊，起身就走。

闵姜西看了荣昊一眼，羡慕极了。已经夜里十点多了，她想家。

荣一京看出闵姜西想走，说道："时间还早，再坐会儿吧。"

闵姜西微笑着点头，秦佔不放话，她也不好贸然提走的要求。关键秦佔不让她喝酒，摆明了罩着她，这让她多少产生一些安全感，也没那么不自在。

荣昊走后，这帮人再无忌惮，说的说闹的闹。不知是谁起的头，大家盯上了闵姜西，轮番敬她酒。闵姜西可以以水代酒，但水喝多了不比酒好喝。

秦佔忍了几轮，终是出声道："来，都冲我这儿使劲。"

荣一京第一个落井下石，举起酒杯道："二哥牛。"

秦佔是玩得起的人，尤其是跟朋友之间。既然闵姜西坐在这桌上，就理应合群。他能护她不喝酒，但这酒他必须帮忙消了，不然说出去丢面子。

一年到头难得抓到几次祸害秦佔的机会，一帮损友轮番敬酒。敬到后来闵姜西都有些看不下去，偷偷跟秦佔说："要不我敬大家一杯？"

闵姜西是以和为贵的心思。秦佔偏头，稍稍凑近，压低声音道："别想着用善意感化他们，都是一帮没良心的，你开了头，今晚就出不去这扇门。"

两人离得不远不近，算不上亲密，但绝对算得上亲近。秦佔口中带着香醇的温热气息扑在闵姜西侧脸，她顿时警铃大作。是啊，一屋子不是善茬的人，她想什么呢。

包括秦佔，虽然他一晚上都很照顾她，可他毕竟是秦佔啊，鼎鼎大名的"深城三恶"之首。

闵姜西冷静下来，她一心硬的下场就是秦佔短时间内喝了快两瓶的红酒，他越喝越淡定，挺着腰板靠在椅背上，讽刺对面的人都是垃圾。

许是被秦佔不要命的气势震慑到，有人摆手说："不行，不行，我缓缓。"

说着，手臂搭在身旁女人的肩膀上，笑着道："今天是你们京哥大寿，不表演个节目助助兴？"

女人笑说："这是一定的呀，为了今天我半年前就在准备了。"

有人戳穿："少来，半年前你还不认识京哥呢。"

荣一京撑着下巴，眼角眉梢尽是笑意，出声说："相识一场就是缘分，何必在乎年前年后。"

女人道："就冲京哥这话，我们姐妹今天也要拿出看家本领了。"

说话间，桌上所有女人站起身，当然，除了闵姜西。

她们迈步往前走，有人道："上哪儿去，不表演脱衣舞吗？"

栾小刁回眸一笑："别闹，闵小姐还在呢。"

男人马上看了闵姜西一眼，赔笑道："不好意思，闵老师……"

闵姜西微笑着回道："没事，我开得起玩笑。"

秦佔忽然在一旁说了句："笑点还很低。"

荣一京笑着搭腔："小闵，说实话，你在秦家是不是做得不开心？"

闵姜西摇头："没有，挺开心的。"

荣一京说："跟阿佔这样的人抬头不见低头见，会开心吗？"

闵姜西不答反问："那您觉得跟秦先生在一起不开心吗？"

荣一京想都不想地说："当然不开心了，你看不出我们都是在强颜欢笑吗？"

闵姜西一本正经地摇头："没看出来。"

荣一京比她更正经："你是坐得远了，靠近点，认真看。"

秦佔瞥眼道："你要是不想过明年的生日就直说。"

荣一京说："干什么，想在我生日当天给我出殡？"

两人掐架的工夫，之前离开的女人们又回来了，换下了一身身名牌礼服，各个穿着旗袍，皆是腰细腿长的身段，走起路来婷婷袅袅。这不是重点，重点是每个人手里都抱着一件中式乐器。

有琴瑟，有笛子，有萧也有鼓，还有一些闵姜西叫不准名字的乐器。

她们拿了椅子摆在客厅，最中间的位置留给一身墨绿色旗袍的栾小刁。她怀抱一张五弦琵琶，之前披散的长卷发已经盘到脑后，耳边随意垂落的发丝，让她本就精致漂亮的面孔平添妩媚。

说心里话，闵姜西没想到现在的公关们业务能力这么强悍，灯光一暗就是"深城十三钗"啊。

尤其栾小刁还是边弹边唱，闵姜西一个女人都酥了半边身子，更何况是男人。这天是荣一京过生日，但闵姜西发现，栾小刁的眼睛带钩子，勾的却不是荣一京，而是她身旁正在抽烟的秦佔。

衣香鬓影，柔声细语，抚乐器的手仿佛隔空挠人心肺，越是清雅就越是撩人。闵姜西不禁感叹，果然越有钱越会玩。

自古英雄难过美人关，桌上的男人们都已流露出最真实的一面，目光似狼，紧盯着自己的猎物。闵姜西不着痕迹地偷看身旁秦佔的脸，想看他是否也动了心思。不是她好奇心太重，而是秦佔坐在一帮公子哥中间，融洽也违和。融洽是他的出身，违和是他过于有棱有角的性格，很难被讨好，所以一帮人不敢轻易凑上前，免得偷鸡不成蚀把米。

就像现在，大家喝酒品美人，秦佔却一言不发，将抽到一半的烟按灭在烟灰缸中，起身离席。

栾小刁的目光始终落在秦佔身上，见他走开，眼底很快闪过一抹失落跟狐疑。不知是她表现得不好，还是他根本就没什么兴趣。

秦佔强装镇定快一个小时，进了洗手间就萎了，半蹲在马桶前要吐不吐。他开冷水洗了脸，又把衬衫扣子解开两颗，却怎么都不舒服。

秦佔正撑在盥洗池旁喘粗气，忽然听到敲门声。他烦躁地关掉水龙头，沉声说："有人。"

门外传来熟悉的女声："秦先生，是我。"

是闵姜西。

秦佔道："一楼还有卫生间。"

闵姜西似乎贴门很近，努力压低声音道："我不上洗手间，我是来找您的。"

几秒后，洗手间的门从里面打开。秦佔堵在门口，居高临下睨着面前的闵姜西，神色不冷不热，眼带询问。

闵姜西抬眼看他。他喉咙处还遗留着未擦干的水珠。

她出声问："您是喝多了不舒服吗？"

秦佔刚要否认，结果好死不死一股酒意上涌。他强忍着一动不动，一声不吭，直到那股排山倒海的冲劲慢慢回落。他是扛住了，但是脸色不好看。

闵姜西见秦佔的喉结上下滚动，更加肯定自己的猜测。两人隔着门框，一个在门里一个在门外。她当着他的面小心翼翼地打开包，把手伸进去，随后，变魔术一般从包里面拿出一大杯白颜色的东西。

没错，是一杯。瓶口完全敞开的玻璃杯。不知道闵姜西是怎么做到一滴没洒的。

闵姜西拿着杯子，小声道："我刚去厨房自己拿的，其他人没看见，您喝一点吧，这是酸奶，酸奶很压酒劲。"

秦佔依旧一动不动，一声不吭。他怀疑自己真的喝多了。

两人正在洗手间门口密谋，秦佔眼皮微抬，余光瞥见有人往这边走。他一把将闵姜西拉进去，"砰"的一声关上门。

闵姜西右手拿着那杯酸奶，还没来得及反应，就听到门外有人喊："阿佔？"

秦佔不出声，对方越走越近，看影子已经来到门口。秦佔一抬手，把门锁上了。下一秒，男人按下门把手："阿佔？"

秦佔沉声道："叫什么叫？"

男人说："你在怎么不出声？"

秦佔说："用得着你管，离我远点。"

男人摆明了看到闵姜西跟进洗手间，笑得越发意味深长："嗯嗯嗯，知道了，还以为你有事，过来看看你，这就走，不耽误你。"

话罢，男人的身影离开门口。闵姜西等了一会儿，小声说："秦先生，我先出去了。"

秦佔的太阳穴处突突直跳，朝她伸出手，沉声道："给我。"

闵姜西顿了一下，把酸奶递给他。秦佔想都不想就往嘴边送，谁料脖子才仰一半，忽然呛到了。情急之下他别开头，没喷着闵姜西，倒是洒在自己的衬衫和裤子上。

闵姜西眸子一瞪，赶忙伸手去接杯子。秦佔掉头往盥洗池处走，开了水龙头漱口。

她站在一旁，难免紧张："您没事吧？"

秦佔漱了半天才稍微撑起身，眼眶都红了，哑着嗓子道："这是酸奶吗，醋精泡的吧？"

闵姜西的确没尝过酸奶的味道，闻言赶紧抿了一小口，强忍着想砸杯子的冲动。不怪秦佔，真不是一般的酸。

"对不起，秦先生，怪我。"

闵姜西就不明白了，厨房准备这么酸的酸奶，是打算看谁不顺眼直接谋财害命吗？

秦佔不说话，不是生她的气，而是这么一折腾，更难受了。

闵姜西把杯子放在一旁，再次打开包。这一次，她从里面拿出一串葡萄。就着水龙头流出的水洗了下，出声说："葡萄我尝过，不酸。"

秦佔的喉结上下滚动，垂眸道："你包里还有什么？一次性拿出来。"

闵姜西诚实地回答："没了，我看您好像喝多了不舒服，酒后酸奶和葡萄都特别管用，您试试。"

秦佔直起身，坐靠在盥洗台上。他有些无力，慵懒地说："你让我在洗手间里吃葡萄？"

闵姜西手里捧着串葡萄，一时间哑口无言。她只想到解决的办法，没顾及操作的过程。

这要是陆遇迟或者程双，想都不用想，他们什么事干不出来，关键面前的人是秦佔。

闵姜西沉默片刻，轻声说："谢谢您今晚帮我挡酒。"

虽说局是秦佔带她来的，但是一码归一码，她不是没心没肺的人。

秦佔一开始没搭腔，过了一会儿道："你确定吃葡萄解酒？"

闵姜西点头："真的，我试过。"

秦佔狐疑道："葡萄酒不是葡萄酿的？"

闵姜西说："不是这种葡萄酿的。"

秦佔抬手在一串葡萄上掐了一颗放进嘴里，边嚼边道："是特地找了八字犯克的葡萄吗？"

闵姜西一个没忍住，嘴角勾起，忍俊不禁。

闵姜西吃了这么久的葡萄，哪怕明知品种繁多，也从没想过哪种跟哪种之间八字犯克。

闵姜西想不得，越想越好笑。偏偏秦佔一本正经，瞥了她一眼，低沉着声音道："笑点低。"

闵姜西说："这是我今年听过最逗的笑话。"

秦佔说："那你的人生真够无聊的。"

闵姜西低下头，快要笑出声。秦佔从她手里摘葡萄，边吃边说："当家教很苦吗？"

闵姜西努力忍笑，抬头回道："不苦。"

秦佔说：“看你什么都想笑，还以为你苦中作乐呢。”

有时候人的笑点一旦被打开，就很难轻易关上，一如此刻的闵姜西。她现在就听不了秦佔一本正经地说话，他越认真她越想笑，笑到手里的葡萄都在打战。

两人有一搭没一搭地说着话，直到秦佔把一小串葡萄全部吃光。闵姜西没觉得整个过程有多久，殊不知外头的人早就吵翻了天。毕竟桌上只缺他们两个，两人的座位又是并排的，想不显眼都难。

本打算等人回来好好调侃一番，谁料闵姜西跟秦佔再次现身，不待旁人说什么，秦佔已率先发话：“叫司机送她回去。”

有人说：“还早呢，这么快走干吗？”

秦佔道：“她明天有课。”

荣一京说：“就在这里睡，楼上有的是地方。”

闵姜西微笑着道：“谢谢荣先生，不打扰大家了，我回去还有些事要做。”

秦佔自顾自道：“我送你出去。”

有秦佔替闵姜西保驾护航，其他人也拦不住。荣一京跟他们一起出了别墅，特地嘱咐司机慢点开，安全送到家。

闵姜西跟两人告别，弯腰坐进车中。车子驶出院子，秦佔却站在门廊下没动，掏出一根烟点上。他是喝多了想吹吹夜风，清醒清醒。荣一京却会错了意，似笑非笑道：“人都走了，还想呢？既然喜欢就留下呗，楼上那么多房间。”

秦佔缓缓吐出一口烟，侧头看向荣一京：“我要谁用得着遮遮掩掩、偷偷摸摸？”

荣一京乍一想也是，可随后又狐疑道：“怕不是这个太漂亮，想要金屋藏娇？”

秦佔说：“好看的一抓一大把，能让嘉定老实的，她是第一个。”

荣一京笑着道：“是啊，我看荣昊对她也不排斥，有点手段。”

秦佔的眼睛看着前方，用慵懒的口吻道：“所以你别去招惹她，好老师难找。”

两人一路说着回到饭厅，隔着两米远，栾小刁已注意到秦佔裤子上可疑的白色斑点，不只她，好些人都看到了。

有人问：“阿佔，干吗把人送走了？屁股还没坐热呢。”

荣一京抢先回道：“她不走，阿佔怎么露出本来面目？”

有女人笑着接话：“二少本来面目是什么样的？我们都没见过。”

荣一京说：“见过的都说好。”

桌上一片笑声，秦佔是话最少的那个，不是还不上嘴，是困了。之前替闵姜西挡酒，这帮畜生玩命地敬，他又不是酒量多好的人，全靠一口气撑着。

他想到闵姜西就想到葡萄，好像真的比之前好了一些，最起码不想吐了。

荣一京撩他："想什么呢？"

秦佔一时走神，脱口道："葡萄。"

"什么？"

秦佔抬眼道："酒，你们不是想喝吗？来，今晚谁先下桌谁是儿子。"

秦佔发起狠来六亲不认，桌上的男人们连连摇头摆手，一致决定让各自身边的女人替。闵姜西走后，栾小刁就成了离秦佔最近的女人。不待秦佔发话，她已率先倒了一杯酒，举杯说："姐妹们，我替二少，别怪我翻脸不认人了。"

对面的女人嗔怒道："你这是翻脸不认人吗？你这是重色轻友。"

栾小刁笑了笑，二话不说一仰而尽，高脚杯倒过来，一滴不剩。

秦佔替闵姜西挡酒，栾小刁替他挡酒，秦佔不置可否。

男人负责给钱，女人负责消遣，有人图钱，有人图乐。

夜半的别墅依旧灯火通明，欢声笑语，钱是一沓一沓地往桌上垫，酒是一杯一杯地往肠中灌。喝到兴奋，喝到麻木，喝到身体不受意识的驱使，回归动物本能。

有人靠在座位上接吻，有人霸占了客厅沙发，也有人随手推开一扇门，也不管那是储物间还是洗手间。

荣一京撑着不断下垂的眼皮，招呼栾小刁："你送阿佔上楼。"

栾小刁替秦佔拼酒很卖力，他之前才喝了不到两瓶，她是他的两倍，还不算其他洋酒。她扶着桌子站起身，把椅子拉开，去搀秦佔的胳膊。秦佔起身的时候晃了一下，她马上抱得更紧，低声说："二少，小心。"

两人晃晃悠悠地上了二楼，秦佔还认得哪间是自己的房。他不择床，但是嫌脏，在这里会有固定的一间住处。来到门口，栾小刁替他打开门，刚要往里跨，他开口道："不用扶了。"

秦佔将手臂抽出来，头也不回地往里走。栾小刁顿了一秒，忽然从后面紧紧地抱住秦佔的腰。

秦佔站在原地没动，昏暗中，他沉声道："去找别人吧。"

栾小刁软声说："二少，我不要别人，让我照顾你一晚。"

秦佔说："我没兴趣。

栾小刁的手臂紧了紧："我不要钱也不要名，我就想陪着你。"

栾小刁看不见秦佔脸上的表情，但自问一个女人软声软气的哀求，还是个漂亮女人，应该没有哪个男人会拒绝。而且他喝多了，这样的机会千载难逢。

秦佔沉默片刻，用慵懒的声音回道："你要钱要名，我都能给。你要我，是不是过分了？"

闵姜西到家后跟程双通了电话，互报平安。原以为程双还在生酒会上的气，谁知她满脑子都是秦佔跟江东，说是长这么大第一次见到真人，还是同时，这经历足够吹嘘下半辈子的了。

闵姜西说："家教了解一下，你入了这行，我把你介绍给江东。"

程双马上道："不不不，有些人只可远观而不可亵玩焉，我远远地看一眼就挺好。圈子不同，不用强融。"

闵姜西随口说："秦佔刚给我介绍了新客户，给荣一京的弟弟辅导物理。"

程双惊到掉下巴，沉默数秒，正儿八经地说道："'深城三恶'你都集齐了，赶紧出几个数，我明天去买六合彩。"

闵姜西道："中了别忘了替我买保险。"

闵姜西进了浴室，开外音跟程双边聊边洗澡。洗完出来已经半夜十一点四十分，程双说："赶紧收拾收拾去睡觉，你这一天天精神压力太大，要是我就崩溃了。"

闵姜西内心强大，崩溃不至于，但不得不承认，自打搭上秦佔，她的生活正在飞速地脱离正常轨道，并以肉眼可见的趋势从家教往特工的方向发展。先是江东，再是冯婧筠，现在又认识了荣一京……

闵姜西闭眼躺在床上，很想清空大脑早点入睡，但越是这样越胡思乱想。

"葡萄酒不是葡萄酿的？"

"是特地找了八字犯克的葡萄吗？"

闵姜西的脑海中莫名蹦出这两句话，一个人神经病似的乐出声……许是今晚连续赶了两个局，神经处于亢奋中，她辗转反侧好半晌，才迷迷糊糊地睡着。

床头柜处的手机连续振动，恍惚间闵姜西还以为是闹钟在响。她费力地睁开眼，房间还是黑的，天都没亮，拿起手机一看，刺眼的屏幕上赫然显示着"秦佔”两个字。

闵姜西接通：“喂，秦先生。”

即便闵姜西努力清了清嗓子，可声音中还是难掩软糯。

手机中传来男人低沉的声音：“到了吗？”

“嗯？”闵姜西一时没反应过来。

秦佔又问：“到家了吗？”

闵姜西愣着回答：“早就到了。”

秦佔很低地“嗯”了一声，二话没说，挂了。

手机屏幕回到锁屏页面，半夜三点五十八分。闵姜西坐在床上，睡意已经被“午夜凶铃”耗光了。现在她满脑子就一个念头，到底是她睡癔症了，还是秦佔睡癔症了？据她回到家已经过去四五个小时，他这会儿才想起她……八成是喝得找不着北了。

想到喝酒就想到他那句经典疑问：是特地找了八字犯克的葡萄吗？

闵姜西前一秒还面无表情，下一秒就勾起嘴角，笑了几声后重新躺下，这回更难睡了，基本睁眼到天亮。

闵姜西早起去公司打卡，到点坐车去秦家，看到秦嘉定蒙头睡得昏天暗地，有那么一瞬间，她心生嫉妒。果然是年轻啊，而且凭什么他二叔凌晨把她叫起来，怎么不叫亲侄子起床呢？

闵姜西叫了几声，秦嘉定一动不动。她面无表情地站在床边唱歌，不到半首，被子下的人就忍不住摊平四肢，抱怨道：“你应该去申请吉尼斯纪录，全世界唱歌最难听的人。”

闵姜西说：“好歹我的声音还挺好听。”

秦嘉定一把将被子掀开，露出脸道：“谁说你的声音好听了？”

闵姜西如实道：“多少人夸我，说我唱歌一定很好听。”

秦嘉定睁眼就冷笑：“总有没文化的人，不知道人不可貌相吗？”

闵姜西道：“是，你一看就是个早睡早起的阳光少年，谁知道私下里赖床这么严重？”

秦嘉定躺着道：“Lucky 昨天半夜生孩子，我一直看着。”

闵姜西问：“Lucky 是谁？”

秦嘉定道：“那只棕色的羊驼。”一脸“你这都不知道”的嫌弃表情。

闵姜西曾在窗户边瞥见别墅后院，后院比前院大得多，已经不能用院来形容，应该叫园。假山喷泉，花坛鱼池，猫猫狗狗就不必说了，马她都见过，有羊驼也没什么好奇怪的。

她随口说："你二叔都不催你早点睡？"

说到底，闵姜西还是耿耿于怀昨晚被秦佔一个电话给吵醒。

秦嘉定道："他昨晚不在家。"说罢，他眼带警惕地看着闵姜西，"你又打听我二叔的行程？"

闵姜西一晚上没睡好，做不出哭笑不得的精彩表情，淡定地说："我知道他在哪儿。"

秦嘉定不信，闵姜西道："昨晚他朋友过生日，他喝得有点多，估计直接留在那边休息了。"

秦嘉定问："你怎么知道的？"

闵姜西说："你二叔介绍新客户给我，就是昨晚过生日的人。"

秦嘉定顿了顿，随后道："你要给荣昊当家教？"

闵姜西说："你也认识啊。"

秦嘉定用一副长者的口吻说："他可不是省油的灯，你要是教他，有得费心。"

闵姜西忍俊不禁，因为秦嘉定说话时的模样和神态，像极了秦佔。

"我跟你说真的，你笑什么？"

闵姜西说："你以为自己很省油吗？"

秦嘉定微顿，随后反应过来，蹙眉道："我怎么不省油了？我哪里不省油了？你今天要是不说出个因为所以然，我就不起床！"

闵姜西敷衍地点头："你现在的样子，看起来真省油。"

两人日常斗法，最终闵姜西答应两节课中途陪他去后院看 Lucky 的宝宝，秦嘉定这才不情不愿地起床。

闵姜西来秦家已有半月，就算秦嘉定再怎么顽皮，两人也默默地养成了一种默契，学习是学习，私下是私下。

闵姜西讲课并不沉闷，秦嘉定脑子又灵，所以两节大课上下来，除了饿，也不会有其他感觉。

两人下楼吃饭，才走到客厅，就听到昌叔的声音："二少爷。"

闵姜西闻声望去，只见熟悉的身影出现在别墅门口，是秦佔，他还穿着昨晚的那身衣服。

“二叔。”秦嘉定打招呼。

秦佔看过来，闵姜西也开口：“秦先生。”

秦佔往里面走，昌叔问：“要一起吃中饭吗？”

秦佔说：“准备个蛋糕就行。”

昌叔转身去厨房吩咐，闵姜西跟秦佔也是越走越近。她眼尖，几乎一眼就看到他衬衫内侧的一抹红色痕迹。她心底一沉，第一反应以为是血。

他又打人了？

不对，昨晚那样的场合，谁会惹他啊？

闵姜西脑海中出现一抹身影，栾小刁。闵姜西又偷偷看了一眼，那抹红色在秦佔锁骨处，他要是系着扣子就看不到。这种位置，正好是女人一抬头就能亲吻到的……口红印。

秦嘉定一看到秦佔就忍不住说：“Lucky 昨晚生了两只宝宝，一公一母，一只棕色，一只白色。”

秦佔道：“名字想好了吗？”

“还没。”

“就叫大棕和小白吧。”

秦嘉定说：“大白的儿子叫小白。”

秦佔说：“那就叫二白。”

“嗯，我也这么想的。”

听着叔侄二人一本正经的对话，闵姜西脑海中疯狂想象着大白是什么，小白知不知道二白是羊驼？

“你们先去吃吧，我上楼洗个澡。”秦佔迈步往楼上走。闵姜西跟秦嘉定来到饭厅，菜都已摆好，秦嘉定却没动筷子，摆明了在等秦佔。

闵姜西道：“以你们家给宠物起名字的风格，我很好奇为什么会出现白素贞跟法海。”这么复杂且“走心”……

秦嘉定一脸傲娇，理所当然地答道：“你送的狗，当然不按我们家的家谱走。”

闵姜西忍俊不禁：“这里面还有歧视？”

秦嘉定眼球动了动：“我二叔起的白素贞，法海是我起的。”

闵姜西马上说：“法海起得非常好，生动，我看黑色那只头顶的毛有些稀疏。”

秦嘉定瞥眼道："我二叔不在你才夸我的吧？"

闵姜西说："放心，在你的监督之下，我就快对你二叔视若无睹了，如果哪天他怪我目中无人，你一定要出来帮我解释两句。"

秦嘉定道："你不怕我添油加醋就行。"

闵姜西道："别这么说，我知道你不是这样的人。"

闵姜西强行夸赞，惹得秦嘉定表面嫌弃内心高兴。

十多分钟后，秦佔从楼上下来。她换了身干净的家居服，从闵姜西身旁经过的时候，带起一阵沐浴液的淡淡清香。

秦佔坐在主位，面前是一个简单却诱人的蛋糕。他拿起勺子，开口说："吃吧。"

秦嘉定跟闵姜西动筷。席间，秦佔道："你不用再去宋明方那边，我已经叫人跟他打过招呼了。荣昊那从下周一开始，暂定一周三节，时间你安排，荣家这两天会去'先行'签正式聘用合同。"

闵姜西微顿，随后点头说了声："好。"

秦佔低头吃蛋糕，几秒后道："你不用嫌我自作主张挡你客户，替你做安排，我昨晚就跟你说过，宋明方不是真心实意请你做家教，从你这里得不到切实利益，他也不会正式聘用你，你在他那里是浪费时间。我替你挡掉，省得你直接跟他接触，他不敢跟我怎么样，不代表你得罪他，他不会记你的仇。"

闵姜西道："我明白。"

秦佔又说："荣家规矩多，你自己注意点，不过只要教得好荣昊，他们也不会亏待你。"

闵姜西点头。

吃完饭，秦佔回楼上。闵姜西准备走的时候，秦嘉定叫住她。

她问："怎么了？"

他出声说："荣昊的妈妈我见过，事特别多。"

闵姜西勾起嘴角："你在给我提示吗？"

秦嘉定酷酷地回道："我是怕你去荣家捅了篓子，人家知道你是我二叔介绍的，给我二叔丢人。"

闵姜西说："放心吧，我身负秦嘉定家教的美名，哪敢给你脸上抹黑？"

秦嘉定抿着唇，手插兜回道："如果荣昊找你麻烦，你告诉我二……你告诉我，我告诉我二叔。”

闵姜西点头：“是，遵旨。”

“没事了，你走吧。”

“拜拜，明天见。”

“真不想睁眼就见到你。”

闵姜西乘车回到市中心，刚从秦家的车里下来，手机就响了起来。她低头看了一眼号码，随后神色平静地接通：“冯小姐。”

“我在你们公司附近，出来坐坐吧。”

冯婧筠在“先行”对面商场的一家咖啡厅里，闵姜西拉开椅子坐在她对面。冯婧筠道：“吃过中饭了吗？要不要换家餐厅？”

闵姜西说：“谢谢，我吃过了。”

冯婧筠道：“在秦家吃的。”尾音很淡，听不出是疑问还是陈述，面上的表情也看不出喜怒。

闵姜西面不改色地“嗯”了一声。

冯婧筠的嘴角勾起微不可见的弧度：“阿佔对你很好，留你在家里吃饭，还带你去荣一京的生日宴。”

昨晚饭桌上有人拍了荣一京和秦佔的照片发朋友圈，照片辗转几手传到了冯婧筠那里。她把照片放大，看到秦佔手边的酒杯上，映照出一个模糊的白色影子，跟闵姜西穿的白衬衫是一种款式。

原来秦佔把人带走，不仅没有怪闵姜西和江东不清不楚，反而还带闵姜西去私人场合。冯婧筠甚至怀疑，秦佔被自己一个电话叫来，到底是因为丁碧宁，还是因为闵姜西。

闵姜西不去猜冯婧筠是如何知道的，只是坦然接道：“荣先生的弟弟想找一个物理老师，秦先生介绍我过去面试。”

冯婧筠道：“你不知道阿佔跟荣一京的关系很好吗？他带你过去，等同直接敲定。”

闵姜西说：“我很感谢秦先生的推荐，也会尽力不丢推荐人的面子。”

冯婧筠说：“你才到秦家这么短的时间，阿佔就如此看重你，可见你能力很强，有没有考虑换个职业？我保证你赚得比现在多。”

闵姜西微笑："我有多大本事自己心里清楚，读了这么多年书，就只会跟课本打交道。"

冯婧筠说："你闺密那个公司就不错，文传在深城的发展向来很好，你可以去她那里帮忙，我来帮你打通你们需要的渠道。"

闵姜西说："我们术业有专攻，我去了也帮不上她。再者说亲兄弟还要明算账，好朋友之间最好不要牵扯利益。"

冯婧筠拿起杯子喝了口咖啡，眼皮不抬，淡淡地道："我一句话就能让圈内的朋友提携她，同样，我一句话也能让圈内人封杀她。好朋友之间不牵扯利益，但她要是因为你损失了很多利益，你这个当闺密的，不该检讨一下自己吗？"

冯婧筠放下杯子，缓缓抬眼，看向面前让她气恼了一夜都无法入眠的人。

闵姜西面上不见丝毫惊慌，眼睛一眨不眨地回视冯婧筠，开口道："检讨什么？检讨自己为什么勤学苦读十几年毕业后当了家教，还是检讨自己为什么不是个男人？"

冯婧筠一言不发。闵姜西目不转睛道："我只为自己的专业能力不足而苦恼，从不想跟我职业无关的事情。如果是男客户的伴侣对我的性别有所担心，我理解。但我不明白，冯小姐以什么身份质疑我，你是秦先生的什么人？"

冯婧筠本想给闵姜西一个下马威，谁料当场被反将一军。

她的神色冷下来，道："你可能还不清楚我说话办事的能力，我从不做无效的警告。"

闵姜西说："我知道冯小姐在深城的地位，也知道你不是在开玩笑，所以我才跟你开门见山地聊两句。"

冯婧筠抿唇不语。闵姜西道："人心隔肚皮，我的保证在你看来没有任何信任度可言，同理，你的保证我也不信。我跟程双都有本事自己挣钱，为什么要靠别人的威胁与施舍生活，难道就因为别人需要防微杜渐？"

冯婧筠道："虽然这么说很不礼貌，但的确是这样，在深城，我能做到的比你们多太多。"

闵姜西说："你能让秦先生喜欢你吗？"

冯婧筠冷眼盯着闵姜西，沉默显然是被戳到软肋。

闵姜西直白地道："你左右不了他，所以想尽办法扫清他身边你所有看不惯的人。恕我直言，你这么做真的是下下策。我不太了解你跟秦先生现如今的关系，但有一点我可以肯定，我不介意别人喜欢我，但我很介意别人喜欢我的方式，单纯的喜欢我都未必接受，更何况是有攻击性的喜欢。冯小姐，不管你信与不信我都要说，我来深城工作是有自己的原因，但这个原因与你喜欢的人无关，我现在做的职业对我很重要，甚至可以说是信仰。信仰对一个人意味着什么，我们都很清楚，如果我真的做了什么有违道德的事情，别人整我我认栽，但我本本分分做事，要是有人破坏我的信仰，我是绝对不会坐以待毙任人宰割的。”

冯婧筠面色不改地说：“你也在威胁我？”

闵姜西道：“不是威胁，而是互亮底牌。我的底牌就是秦嘉定只有我能教，以秦先生对秦嘉定的看重，还有他本身重面子的性格，任何人因为他把主意打到我头上，他都不会善罢甘休，可以参考一下周洋。”

冯婧筠想到至今还未出院的周洋，心底“咯噔”了一下，说不出是恼怒还是惧怕。她眼睛一抬，冷声说：“你很了解阿佔。”

闵姜西道：“冯小姐是聪明人，秦先生也是聪明人，我不敢说自己多聪明，但我从不在明眼人面前装傻。秦先生承诺过，只要我教得好，他不会亏待我，所以我占他一个人的便宜就够了，脚踩两条船很容易出事的。”

冯婧筠眼底露出狐疑跟意外：“你就这么正大光明地说占他便宜，不怕我转头就告诉他？”

闵姜西扬起嘴角，淡笑着回道：“我跟秦先生之间本就是利益关系，互取所需不是再正常不过？”

说罢，闵姜西又补了一句：“只有冯小姐这种真心喜欢的，才生怕跟他之间只有利益关系。”

闵姜西这话简直说到了冯婧筠的心坎上。

只有真心喜欢的人，才会想要谈感情，而不是每次坐到一起能谈的只有利益。

冯婧筠沉默片刻，开口说：“现在我有点相信你是老师了，有这种口才，成年人你都搞得定，更何况是个小孩子。”

闵姜西道：“老师从不提倡巧舌如簧，都会鼓励实话实说。”

冯婧筠看了一眼闵姜西，忽然露出淡笑，出声问：“你这张嘴，拿去哄男人，哪个男人能不喜欢？”

闵姜西面不改色心不跳地回道：“哪个男人会喜欢明目张胆占他便宜的人？

秦先生是什么性格，你比我更了解，正因为不喜欢，所以才拿我当挡箭牌。”

这句挡箭牌也说得冯婧筠心里很舒坦。她横看竖看闵姜西也不如自己，除非秦佔只是图一时新鲜。但秦佔想要漂亮的女人太容易，没必要特地把人招回家里当家教。他不会动自己身边的人，这是他的底线。

冯婧筠抿了口咖啡，优雅又倨傲地说道：“我相信你说的话，昨晚是个意外，我不知道丁碧宁会跟江东吵起来，之前承诺帮你闺密介绍的资源，我也会叫人跟她联系。”

闵姜西说：“谢谢冯小姐，不用麻烦了，我朋友不会接受。”

冯婧筠说：“我的资源会让她少走半年甚至更多的弯路，你确定要帮她推掉？”

闵姜西说：“我确定。”

冯婧筠道：“我的便宜你不要，是怕阿佔知道了不高兴？”

闵姜西微笑着回道：“冯小姐，我是在替你考虑。第一，我占你的便宜，你不是真心实意地给，我心里也未必真的感谢；第二，秦先生不会因此讨厌我，他知道我拒绝不了，只能……”

后面的话闵姜西没说，只给了冯婧筠一个大家都懂的眼神。

冯婧筠思忖半晌，出声说：“我可以给你空间，但你今天说的话，我希望你一直记得，如果有一天你动了不该动的念头，到时就别怪我没有提前打过招呼了。”

闵姜西说：“放心，彼之蜜糖，吾之砒霜。”

冯婧筠似是放松下来，眼底似笑非笑：“那你说说，阿佔哪里不好？”

闵姜西眸子微瞪，半开玩笑半认真地回道：“冯小姐，你别套我的话，我前脚一说，你后脚告诉秦先生，我的饭碗岂不是丢了？”

冯婧筠说：“当饭碗可以，可不要当饭票。”

闵姜西微笑着说：“我是普通人的胃，用不着满汉全席的饭票。”

冯婧筠也笑了，算闵姜西有自知之明。

这次的见面在闵姜西的力挽狂澜之下，总归没以撕破脸而收场。两人在咖啡厅分开，闵姜西下楼回“先行”。

路上，手机再次响起。她都怕了，拿起一看，是丁恪。

闵姜西很快接通，笑着道：“大老板有何指示？”

手机中传出男人温和带笑的声音："我专挑的午休点，没耽误你工作吧？"

闵姜西说："耽误也是应该的，毕竟是领导嘛。"

丁恪说："这才来深城几天，一副官僚做派。"

闵姜西说："没办法，谁让你不在公司。"

丁恪马上问："Maggie 对你怎么样？原本我一个星期前就要回来的，临时有点事耽搁了。"

闵姜西说："二老板对我不错，给我介绍的都是硬客户。"

丁恪说："那就好，我刚出机场，一会儿去见客户。晚上有空吗，一起吃饭？"

闵姜西说："我有时间，介不介意多带一个人过去？"

丁恪说："陆遇迟吗？一起来吧，我请你们吃饭。"

闵姜西刚挂了丁恪这边就打电话给陆遇迟，电话接通。她忍着笑，意味深长地问："知道今天是什么日子吗？"

陆遇迟愤愤道："出门没看皇历的日子！"

闵姜西神色微变："怎么了？"

陆遇迟说："今天我上门的那家是个女孩子，十七岁，上高中。我正给她补课，她爸突然推门进来，二话不说上来就给女孩一巴掌，都给我打蒙了。要不是我拦得快，拳头脚都得上来。一问怎么回事，不过是学校摸底考试成绩出来了，女孩的分数没达到他的心理预期。孩子她妈上来拦，那男的疯狗一样，回手又给她妈一巴掌，你是没看到……"

闵姜西拿着手机站在人流涌动的商业上，大太阳兜头而罩，她却仿佛如坐冰窖。

陆遇迟看不见闵姜西脸上的表情，还在激动地转述："我当时真想动手来着，什么东西，打老婆打孩子。她妈偷着捏我胳膊，不让我出声，男的发了顿脾气摔门就走，后来我才知道，是后爸……"

闵姜西视线微垂，出声问："人没事吧？"

陆遇迟说："孩子不敢吭声，像是被打习惯了。我跟她妈聊了一会儿，问她这样的日子怎么过。她不让我管，说是好好教孩子功课就行，分数上去了，自然不用挨打……你说是不是要钱不要命？就为了钱，让人这么糟践自己？关键她愿意也就算了，凭什么让别人打自己的孩子？"

陆遇迟越说越激动，恨不能现在找到孩子她后爸，好好教教他怎么做人。

对比陆遇迟的激愤，闵姜西则显得冷血得多。她出声说：“要是没有后爸，估计孩子她妈也请不起这么贵的家教。”

陆遇迟道：“给钱就能打了？他开个价，我甩他们大耳刮子行不行？”

闵姜西说：“一家一个活法，你怎么知道孩子她妈没有偷偷告诉女孩子，拼命学，好好考，逃出这个牢笼，以后一辈子不回来。”

陆遇迟说：“你没看见那巴掌打得有多重，半边脸都肿了。我想带她去医院看看，别再打到耳朵，她只是摇头，一声不吭地继续做题，眼泪都不敢掉。”

闵姜西说：“别再跟孩子妈妈提这件事，她说得也没错，成绩好就不用挨打。”

闵姜西知道陆遇迟后面想说什么，抢先道：“她要是想离婚早就离了，婚都没勇气离，你指望她报警还是反抗？说多了只会让她忌惮，可能随时辞掉你。你不怕丢一份工作，但你总要顾着孩子的情况。”

陆遇迟沉默，是啊，他要是离开了，下次女孩再挨打，身边连个挡着的人都没有。

一时间，手机两头的人谁都没有出声。明知道对方都在，却不知该说些什么。

最后还是闵姜西出声安慰陆遇迟：“别生气了，下次有机会跟孩子聊聊，暂时改变不了生活，就只能改变心态了。”

陆遇迟问：“你给我打电话什么事来着？”

闵姜西努力从压抑的心情中跳脱出来，出声回道：“你欣赏的人回来了。”

陆遇迟马上道：“丁恪回来了？”

闵姜西应声：“我为你争取到共进晚餐的机会，怎么谢我？”

陆遇迟道：“谁共进晚餐？我跟丁恪吗？”

闵姜西忍不住冷笑：“你想得美哦，是我们三个，一起共进晚餐！”

丁恪现在是“先行”深城分公司的大老板，不说家大业大，那也是业务繁忙。算上闵姜西跟陆遇迟刚来的时候，这是一个月半来，他们第二次聚到一起。

丁恪先是询问了一下两人现在的情况，工作顺不顺利，开不开心，有没有什么困难。

闵姜西还是老话：“都好。”

陆遇迟想到这天糟心的事，努力挤出一抹笑：“挺好的。”

丁恪看着他的脸道：“是吗？我怎么觉得不太好，这儿没有外人，有任何问题随时跟我说。”

丁恪就是这样的人，敏锐，随和，待所有人都很温暖。

丁恪面带正色，却并不深沉，沉默片刻后开口说：“你刚出来工作，有这种疑问和顾虑很正常。我刚来这边的时候，也有不少同事跟我反映。我们做出过自以为正确的判断，有些人提出报警，感性一点的提议离婚，甚至有老师心疼，把孩子从客户家里带出来。最后的结果可想而知，差点儿吃了官司。所以说来说去，清官都难断家务事，更何况我们只是家教。说得好听一点，我们没有这个能力。说得难听一点，我们凭什么插手别人的家务事？吃过了亏，才知道界线在哪里。所以现在公司有明文规定，除非紧急状况，涉及生命财产安全，否则家教上门只做本职工作……一看你就是没有看规定。”

丁恪有意缓和气氛，陆遇迟也勉强地跟着笑了笑。

丁恪给两人各倒了一杯饮料，自顾自道：“我这么说可能会让你觉得很功利，但我们开门做的是生意，不是慈善。你们是老师，不是救苦救难的观世音。说句唯心的，每个人来这世上都有该受的苦，该遭的罪，谁又能替得了谁？你一个心软替别人做了决定，人家幸不幸福未必，你是铁定要丢饭碗的，值吗？”

闵姜西安静地喝饮料。陆遇迟微垂眸道：“明白，我不会一时冲动做有损公司利益的事。”

丁恪说：“请你们出来吃饭，别一个个都跟受训似的。我现在不是上司，只是学长和师兄，跟你们掏心说点实在话，能进‘先行’不容易，多少人挤破头都抢不到的金饭碗，可千万别因为一时意气就给砸了。”

闵姜西淡定着一张脸，陆遇迟也点了点头。

店员进来上菜，气氛略显低沉。丁恪道：“不说话，心里都在念叨万恶的资本家吧？”

闵姜西说：“我没有。”

陆遇迟道：“拿人的钱还说人坏话，不是当那啥还立牌坊吗？我不会。”

丁恪笑说：“给你们说点积极向上正能量的，‘先行’是谁创办的，你们都知道吗？”

闵姜西眼底很快闪过一抹亮光。陆遇迟说：“楚晋行。也是我们学校毕业的，大我们五届，大你两届。”

丁恪应声：“我们学校从来不缺优秀的人，但楚晋行已经快被校里当镇校之宝宣传了。毕业这么多年，现在回校里一问，大一的新生都知道他。”

闵姜西神色如常地接道：“应该有很多人就是冲着他才考了我们学校。”

丁恪道：“是啊，毕竟他太优秀了。‘先行’是他在大学期间就有的构想，只不过那时教育行业没像现在发展得这么快，没人相信有人愿意为高智商和高能力付这么大笔的费用，都觉得这只是一个理想很丰满现实很骨感的蓝图。只有他坚持，一个人出去拉赞助跑投资，到底叫他做成了。事实证明，他是对的，短短五年，全国五大超级城市都有‘先行’，多少人攥着钱踏破门槛来找好的家教，只因为知识可以改变命运。”

陆遇迟偷偷打量着闵姜西的表情，她泰然自若。他眼底含笑，毕竟认识得久了，知道她什么时候是真镇定，什么时候是装镇定。

有些话闵姜西不好意思问，陆遇迟代劳：“不是说楚晋行目前就在深城工作吗，怎么不见他来公司视察？”

丁恪说：“他早就成功转型成商人，‘先行’不过是他名下众多资产之一，他很忙。我这次出差路经夜城，还跟他碰了一面，他现在在夜城有项目。”

陆遇迟替闵姜西糟心，他们在夜城的时候，楚晋行在深城。好不容易来了深城，楚晋行又去了夜城。

“学长，听说你是楚晋行特地请来深城管理这边分公司的，你跟他私交是不是特别好？”陆遇迟问。

丁恪淡笑着回道：“是挺好的，也是他信任我，给我机会。”

陆遇迟说：“我特别崇拜他，他什么时候回深城，你能牵线大家一起吃顿饭吗？”

闵姜西慌了，忍不住瞄了陆遇迟一眼。陆遇迟脸上挂着笑，心底想着哥们替她操刀。

丁恪道：“都是一个学校出来的，我可以跟他提，但他什么时候有空真说不准。”

说话间，他看向闵姜西：“我这次去夜城，无意间跟楚晋行提到你，说你在深城工作，他说他对你有印象。”

“他对你有印象”短短六个字，像是上了瞄准镜的AK47，准确地狙击在闵姜西的心口上，让她呼吸一窒。

闵姜西努力让脸上的表情自然，说：“是吗？我都没跟他正式讲过话。”

丁恪道："他说连续几年回校里颁奖，你都是优秀学生奖，还拿奖学金，校领导也在他面前提过你。"

闵姜西不确定这会儿是不是该笑，笑会不会暴露些什么，一时间表情拿捏得不那么到位。

陆遇迟替她打掩护："楚晋行怕是我们全校人的偶像，姜西难得崇拜谁，她对楚晋行快要达到敬爱的地步了。"

丁恪笑道："你们也不要着急，想见偶像很简单，私下透露给你们，他说今年会办一个大聚会，邀请总公司和四处分公司的优秀职员。具体在哪座城市还不确定，但到时候他本人一定会到场。你们要努力了，这个名额我是不能偷偷给你们的。"

陆遇迟无所谓。闵姜西表面若无其事，心底已在盘算这个优秀职员的含金量到底有多高，她还差多少。

闵姜西现在周一到周六上午，固定去秦家上课，周一到周三的下午也有课，原本周四、周五都不闲着，但是秦佔帮她推了一个客户。所以她除了周末，还有两天下午空着。

周五下午，闵姜西在办公室里接了个电话，是荣一京。

他问："你在公司吧？"

闵姜西说："我在。"

荣一京说："好，我现在上来。"

荣一京来得突然，闵姜西之前都不知道。"先行"的人在经过秦佔的频繁洗礼后，对此已经见怪不怪，顶多又暗自给闵姜西的丰功伟绩簿上再添一笔。

荣一京来签正式合同，闵姜西道："要不先试用一段时间？"

荣一京笑说："不用，我信得过你。"

闵姜西说："我知道您跟秦先生是好朋友，但给孩子找家教是大事，合不合适最重要，我愿意先试用几节课。"

荣一京道："不是你愿不愿意的问题，你不了解阿佔。你是他介绍的，我要是敢跟你签试用合同，那就是不给他面子，他敢马上让你推了我，你信不信？"

这话，闵姜西信。

秦佔这人太要面子，但凡因为他而连带到她，他事后立刻给予补偿，绝对不亏欠。同样，他信得过的人，也不允许别人质疑。

强势到近乎霸道。

闵姜西把荣一京带到会客室，又去找了何曼怡。何曼怡自打闵姜西签了秦家之后，已经收敛很多。尤其现在丁恪又回来了，她更是不敢轻举妄动，只能看着闵姜西客似云来。

荣一京首签一百节，何曼怡这次学乖了。合同一签完就撤，绝对不多说半句话，她是吃怕了秦佔的亏。

会客室中只有闵姜西跟荣一京两人，她微笑着说："谢谢荣先生。"

荣一京笑道："客气什么？是我要谢谢你，现在找个靠谱的家教不容易。"

说罢，他顺势问："你一会儿没有工作吧？"

闵姜西应声："我没有，您有什么事吗？"

荣一京说："我妈在楼下，方便的话，她想请你喝个下午茶，顺道聊聊荣昊。"

闵姜西明白，这是要面试。

如果单纯是荣一京请客，她一定会婉拒，但现在是人家妈妈在楼下。她马上爽快答应，收拾一下跟荣一京一起下楼。

都说宿舍六个人五个群，可见人心似海深，更何况"先行"这么大的公司，明里暗里，关系错综复杂。闵姜西没开天眼，不然她一定会看到各个群里炸开锅的爆料，说她又火速搭上了荣一京，青天白日跟他一起走了。

不白天一起走，难道晚上一起走吗？

"先行"楼下停着一辆白色迈巴赫，荣一京绅士地替闵姜西打开后车门。随后自己坐进副驾驶座，对司机说："去云山馆。"

车子后座除了闵姜西，还有一名穿着改良旗袍的女人。深紫色旗袍不紧却修身，勾勒出柔美曲线，头发乌黑光亮，一丝不苟地盘在脑后。一张脸薄施妆容，漂亮又得体，更多的是岁月雕刻过的从容。

荣一京转头，出声道："妈，这就是阿佔家的家教。"

闵姜西主动颔首，微笑着打招呼："阿姨，您好，我是闵姜西。"

欧阳卿侧头看着闵姜西，脸上带着淡笑："你好。"

她一眼就将闵姜西看了个遍："听说你是夜大的硕士，没想到这么年轻。"

闵姜西说："还好，也二十四岁了。"

欧阳卿的声音温温柔柔的："还这么漂亮，不像是做教育行业的。"

这种话闵姜西听了太多，只剩但笑不语。

荣一京道："人家能靠本事吃饭，长得漂亮只是加分项。"

欧阳卿说："那要看是做什么职业了，做明星靠脸吃饭，当然是加分项。做教育是看能力，长得普通老实最好，太漂亮反而会喧宾夺主。"

荣一京忍不住回头，冲着闵姜西抱歉一笑："我妈说话比较直，你别介意。"

闵姜西笑着道："不会，阿姨说得很对。"

欧阳卿面不改色，问道："你做家教多久了？"

闵姜西说："来深城快两个月，之前在夜城念书的时候，兼职过一年多的家教。"

欧阳卿道："那为什么不继续在夜城，要来深城？"

闵姜西说："两个好朋友都要来深城发展，就一起过来了。"

欧阳卿不咸不淡地道："年轻人应该要有自己的主见，随波逐流不见得是好事。"

闵姜西淡笑着接道："其实也不能算随波逐流，顶多是从善如流。"

欧阳卿又问："你刚来深城，怎么认识的秦佔？又当了秦家的家教？"

闵姜西说："秦先生是公司推荐的客户，我去面试。试用了几天，彼此都觉得不错，才签了正式合同。"

"这么简单？我可听说秦家小朋友找家教不是一天两天了，面试了多少人都不行。"

从上车到现在，欧阳卿当真一刻不闲地问问题，应了秦佔的那句话，规矩大。

闵姜西不厌其烦地一一作答。许是荣一京觉得不好意思，几次转头道："妈，别跟在户籍科上班似的，问两句就得了。"

欧阳卿不急不缓地说道："我又没有问隐私，这些是我作为客户和家长应该知道的。现在是给你弟弟找家教，你以为是给你找女朋友，什么人都行？"

荣一京闻言，当即举手投降，不敢多言。

闵姜西微笑着打圆场："没关系，我理解阿姨的心情，您随便问。"

欧阳卿这一次没有提问，而是陈述句的口吻："你是秦佔介绍的家教，一京跟秦佔关系很好，所以想都不想，直接签了正式合同，但有些话一京不方便说，我还是要说。"

"咳咳。"荣一京在副驾驶座处咳嗽。

闵姜西佯装没听见："您说。"

欧阳卿也不理荣一京，说道：“我不会因为你是任何人的熟人而降低我对家教的标准，对于其他人，我是一定要试用过后才决定是否留用。你现在虽然在门槛内，但如果你教得不好，我还是会辞退你。”

宽敞的车内，闵姜西坐得笔直，点头道：“那是当然，不用您说，如果我做得不好，我也不好意思继续留下。”

荣一京正要回头说话，手机响了。他划开接通键：“喂。”

手机中传来秦佔的声音：“去了吗？”

荣一京说：“签完了，我们正要去云山馆，你来不来？”

闵姜西跟荣一京母子一行三人刚刚进了云山馆的门，只见不远处立着熟悉的高大身影。看到丝绸面料的衬衫，闵姜西就知道是谁。

秦佔闻声转头，迈步走来，微笑着打招呼：“阿姨。”

欧阳卿勾起嘴角道：“阿佔，有阵子没见你了。”

秦佔说：“这不知道您要来这儿，我赶紧过来了。”

欧阳卿道：“是来看我，还是怕我面试你的家教啊？”

秦佔淡笑着道：“瞧您说的，她面试不上是她没本事，我是来陪您喝茶的。”

秦佔已经叫人把房间和茶备好，三人的队伍变成四人的组合。欧阳卿跟秦佔走在前面，闵姜西跟荣一京跟在后面。

说不上为什么，秦佔不来还好，他一出现，闵姜西反倒莫名地紧张。像是带着家长来面试，表现不好怪丢人的。

包间内，茶香袅袅。长方形的茶桌，一侧坐着欧阳卿和荣一京，另一侧坐着闵姜西跟秦佔。

欧阳卿客套了几句之后，也不避讳，直言道：“既然是阿佔牵的线，别的我也就不再过问了，我说说我们家的几点要求。”

秦佔面色如常，荣一京眼底闪过无奈。闵姜西依旧是随和中带着礼貌：“您说，我听着。”

欧阳卿道：“首先是你的个人能力，会直接反映在学生的成绩上。荣昊目前在铭誉国际念高一，班上每个星期都会有考试。我不要求立竿见影，但每个月的摸底，我希望能看到成绩明显有提升。”

闵姜西说：“您放心，这是‘先行’的服务宗旨，也是我最本职的工作。”

欧阳卿道：“第二，我不喜欢严肃教学。学习本就是很枯燥乏味的事情，如果家教跟学校的老师都是逼迫的方式，动辄冷脸，甚至有言语性的打压，我不能接受。”

闵姜西说：“这点我可以保证，无论公司还是我本人，都力求让孩子在快乐中提高学习成绩。”

欧阳卿道：“第三，我不喜欢家教跟学生走得过近。家教就是家教，辅导功课是分内的工作。除此，私下里不要过多接触，更不要在未经家长的允许下做朋友。”

再优雅的举止也不能消磨话中的锋利，反而平添冷漠。

荣一京看了一眼面不改色的闵姜西，先一步说道：“我妈是一朝被蛇咬十年怕井绳，之前有个家教业务水平不行，但是跟荣昊关系处得不错。我妈想把人辞了，他就在背后怂恿荣昊。小孩子不懂事，闹了一阵子。”

说着，荣一京又对欧阳卿道：“闵老师不是外人，前几天荣昊跟她见过一面，挺投缘的。”

原本荣一京还想拿秦嘉定说事，结果话未出口，欧阳卿当即侧头看向他。虽没撂脸子，但那表情带着明显的威慑。荣一京抿了抿唇，别开视线装没看到。

闵姜西面带微笑，把话接过去：“您说的我都记下了。”

欧阳卿放下茶杯，抬眼道：“闵老师，只要你能教好荣昊，让他顺顺利利考入理想的学校，我这边除了正常报酬，一定会有额外感谢。但我习惯把规矩摆在前面，你今年二十四岁，长得又这么漂亮，虽说荣昊还是个半大孩子，但男女毕竟有别，你懂我的意思。”

闵姜西点头，荣一京扫了一眼始终沉默不语的秦佔，插科打诨道：“果然女人就爱难为女人，越漂亮的越爱难为，我……”

欧阳卿再次侧头看向荣一京，一个眼神就让荣一京抬手摸了下后脖颈，转头看一旁的屏风。

欧阳卿道：“我有两个儿子，大儿子因我年轻一时心软，放纵没管好。小儿子不能再任其肆意度日，不然他长大会怪我的。”

荣一京小声道：“我也没怪你。”

欧阳卿淡淡道：“我已经放弃你了。”

荣一京嘴角一勾，这话对他来说不痛不痒。

闵姜西道：“您说的我都明白，也完全理解，不过我有个问题。”

欧阳卿道："你说。"

"如果荣昊成绩有提升，您这边会给什么奖励？"

欧阳卿看着闵姜西，优雅如常："你想要什么奖励？现金、黄金、房产？"

闵姜西莞尔："您误会了，我不是这个意思。我是问荣昊成绩有提升，您会给他什么奖励？"

欧阳卿眼底闪过片刻茫然，随后道："说句不客气的话，他要什么有什么，想怎么样就怎么样。家里已经提供了最好的生活，怕是他没什么想要的了。"

闵姜西道："那我冒昧地向您要一个奖励，如果荣昊每月的摸底成绩还让您满意，您能不能每月许他一个他想要的东西？"

欧阳卿想都不想地回答："当然可以。"

闵姜西笑了："好，谢谢您。"

欧阳卿觉得闵姜西有点无厘头，想以这么点好处诱导荣昊努力学习天天向上，简直是异想天开。

荣一京憋了半天，忍不住道："好了，正事聊完了。闵老师从下周开始，周四和周五来家里，周四上两节，周五一节，没问题吧？"

闵姜西早就跟荣一京商量过了，自然没问题，这话是在问欧阳卿。

欧阳卿道："还是先问问荣昊的意思，看他哪天想上两节。"

荣一京吐槽："你这一边严厉一边宠，把他养得不知是什么性格。"

欧阳卿道："我对你是一味地宠，你看看你现在都成什么样了？"

"我怎么了？"

"有人在我不想说你……"

母子二人互相拆台，这边半晌没开口的秦佔忽然出声："会放风筝吗？"

秦佔的声音一贯低沉，这会儿还有些低，像是没想打扰其他人。闵姜西侧头看去，眼底难免带着三分疑惑："我吗？"

"嗯。"

闵姜西说："小时候放过。"

秦佔没看闵姜西，表情淡淡的，自顾自道："明天去家里，陪秦嘉定放下风筝，他不会放。"

闵姜西刚开始有些蒙，不晓得秦佔突然说这个干吗。直到瞥见欧阳卿打量的眼神，她瞬间恍然大悟。

秦佔是在反抗，欧阳卿说不让她跟荣昊当朋友，他回手就说让她陪秦嘉定放风筝，这不是不满是什么？

欧阳卿是聪明人，看破不说破。闵姜西又有些想笑，秦佔这人怎么这样，朋友的妈妈都不放过。

第12章 风筝，看戏

闵姜西知道自己五音不全，所以这些年向来扬长避短，从不轻易一展歌喉。奈何秦嘉定敬酒不吃吃罚酒，她只好一周六天亲情大放送。她唱歌不是鬼哭狼嚎风，走的是老和尚念经范。之前一首《告白气球》，秦嘉定评价："我再也不想去法国，甚至不想喝咖啡。"

闵姜西道："小孩子喝咖啡对身体不好，这么看寓教于乐，还真有点用。"

打那之后，闵姜西就盯上了周杰伦，反正他歌多。她脸皮也被秦嘉定给磨厚了，谁怕谁啊。

这天一首《夜的第七章》才唱到一小半，秦嘉定已经耐不住在被子下出声："这首歌你唱出了精髓。"

闵姜西疑惑："是吗？好听吗？"

秦嘉定道："原来我一直以为是伴奏惊悚，你不用伴奏都唱出了惊悚的感觉……"

闵姜西习以为常："醒了就下床收拾。"

秦嘉定懒洋洋的："再睡十分钟。"

闵姜西突然问："你想放风筝吗？"

她问这话是不确定秦佔昨天是话赶话，还是真有此事。

秦嘉定却在顿了几秒之后，一把掀开被子，眯眼问："你怎么知道？"

闵姜西说："你二叔说的。"

说罢，她还故意补了一句："他说你不会放。"

秦嘉定蹙着眉头，脸上的蒙不知是因为早起还是别的。

在闵姜西没来秦家当家教之前，秦嘉定从不知道早餐是什么，睁眼就快中午了。不是秦佔不管，而是秦佔睁眼已经下午了。没有以身作则，也张不开口去教育。

现在要早起补课，秦嘉定每天洗漱过后，拿着面包和牛奶在屋子里乱晃。偶尔身后跟着大狗，偶尔身后跟着小狗。当然如果哪个犄角旮旯冒出一只龙猫或者像狐狸的貂，这都正常。

闵姜西习惯了秦嘉定的起床困难症，秦嘉定也习惯了闵姜西上课时的一丝不苟，大家都在对方接受的范围内放肆，日子倒也相安无事。

一晃一节课过去，闵姜西跟秦嘉定来到后院。他拿出心血来潮买的新风筝，闵姜西的表情五味杂陈。

怎么说呢，那是一只无论升上天还是掉在地上，都会吓坏一票小姑娘的超逼真章鱼风筝。逼真就算了，还超级大，八条腿，一条腿就有一米多长，活灵活现……活得恶心。

偏偏秦嘉定一本正经，显摆似的问闵姜西："酷不酷？"

闵姜西如实道："你不觉得有点吓人吗？"

秦嘉定忽然一咧嘴，嘲笑道："你还有害怕的东西？"

说着，秦嘉定故意把风筝往闵姜西面前晃。闵姜西雷打不动地站在原地："炒章鱼和油炸章鱼都挺好吃。"

秦嘉定瞬间收回脸上的笑，继续低头捅咕线轴。

闵姜西道："今天又没风，不好放。"

秦嘉定道："没有放不起的风筝，只有不会放的人。"

闵姜西眼底含笑："哟，好像很有哲理的样子。"

秦嘉定眼皮一抬："你会放吗？"

闵姜西说："小时候放过，不是这种的。"

秦嘉定不管，把风筝往她手里一塞："你放。"

闵姜西无语，上头大太阳，万里无云，百里无风。她拖着个十几斤跟秤砣似的风筝，放是不放？

秦嘉定从旁挑衅："你要是能放起来，我明天自己起床。"

闵姜西狐疑："真的？"

秦嘉定说："一个唾沫一个钉。"

闵姜西原本一脸厌世，这会儿来了劲头。她拖着个大章鱼的风筝，开始上演速度与激情，快速地在院子里奔跑。别说，风筝呼呼啦啦还真有点要起飞的意思。

秦嘉定坐在凉椅上，头从左偏向右，又从右偏向左，目光始终追踪着满院飞舞的大章鱼。章鱼太大，闵姜西举着，差不多能把她挡个严实，不细看还以为章鱼自己成精了。

不知何时，秦嘉定眼底浮上笑意，出声替她鼓劲："快点跑，再快一点，要飞了。"

闵姜西也觉得就差了些速度，所以憋着一口老血仍在拼命。某一瞬间，速度和风力达到一定比例，大章鱼腾空而起，快飞到二楼的高度，秦嘉定兴奋地站起身："放线，快放线。"

楼下闹腾，吵醒了睡梦中的秦佔，隐约听到是秦嘉定的声音。他走到露天阳台，正好大章鱼从他面前划过，遮天蔽日，一秒钟，他吓到清醒。

好在大章鱼不持久，秦佔发愣的时候，它已经掉下去了。他居高临下地一瞥，看到闵姜西跟秦嘉定正围着风筝探讨。

秦嘉定让她再试试，闵姜西道："别忘了你的承诺，明天自己起床。"

"知道了，啰唆。"

不是周日吗？秦佔的嘴角微微勾起。

闵姜西也是一时糊涂，被秦嘉定钻了空子。她举着风筝，发起第无数次腾飞计划，风筝飞起两三米高就会坠落，屡试屡败。

秦佔忍不住出声："没风怎么放得起来？"

闵姜西突然听到秦佔的声音，抬头往上看。只见二楼的露天阳台处，秦佔赤着上身站在那里抽烟，不知站了多久。

阳光洒在他小麦色的肌肤上，泛着一层金边，充斥着浓郁的男性荷尔蒙味道。

闵姜西忽然觉得该别开视线，不说话又显得没礼貌，所以低下头又抬起头说："如果跑得再快一点，应该可以飞起来。"

秦佔吐出一口烟，说："跑吧。"

简单的两个字，闵姜西竟无从反驳。

秦嘉定也催着她跑，闵姜西道："二十分钟了，课间休息结束，回去上课。"

秦嘉定一脸悻悻，走前仰头道："二叔，中午的蛋糕你要吃草莓味还是巧克力味的？”

秦佔道：“都吃。”

“好，我告诉厨房给你准备。”

闵姜西走在前面，说实话，真憋不住乐。

秦嘉定明明走在闵姜西后面，却忽然大声说：“二叔，她笑话你。”

闵姜西回过头，脸上一本正经：“我没有。”

秦佔左手拿着烟灰缸，右手拿着烟，面不改色，不冷不热地道：“我看见你笑了。”

闵姜西一时无语，不知道怎么接话。

秦嘉定哼了一声：“还老师呢，撒谎眼睛都不眨一下。”

秦佔把烟头按灭在烟灰缸里，出声道：“去上课吧。”

说着，秦佔转身往里走，露出一片结实吸睛的后背。

两节课上完，闵姜西跟秦嘉定坐在饭厅里聊天。不多时秦佔出现，阿姨给他上了份蛋糕。双拼的，一半草莓味一半巧克力味。

闵姜西只瞥了一眼就赶紧别开视线，免得越看越想笑。

秦嘉定问：“二叔，你一会儿有空吗？”

秦佔拿着勺子吃蛋糕，如常道：“什么事？”

秦嘉定说：“一起放风筝。”

秦佔道：“你们玩吧。”

他才不想满院撒丫子跑，跟兔子似的。

闵姜西怕秦嘉定失落，主动道：“我们再试试别的办法。”

秦佔不参与，但是可以出谋划策：“我让昌叔把鼓风机找出来。”

秦佔坚定不移地认为，没有风，风筝是不会飞的，不然干吗叫“风筝”，叫“筝”就好了。

吃完饭，闵姜西跟秦嘉定来到后院，两台鼓风机已经备好，一通电风力十足，吹得闵姜西头发都乱了。她举着大章鱼逆风而上，风筝瞬间腾空，但还是老问题，不持久。

秦嘉定站在鼓风机后，出声道：“我帮你吹。”

什么叫没有困难创造困难也要上，好好的天放什么风筝呢？闵姜西举着大章鱼重新来过，秦嘉定摆着鼓风机的头，正对着闵姜西的脸。她跑着跑着就忍不住跑偏了。

秦嘉定放下鼓风机，蹙眉道：“你上那边去干吗？”

闵姜西一转头，干脆道：“你来试试。”

秦嘉定接过大章鱼，站在几十米外，朝着鼓风机后的闵姜西喊：“你好好吹。”

闵姜西说：“来吧。”

秦嘉定举起风筝，快速跑来，闵姜西把鼓风机的头往上一掰。瞬间，好似七级大风朝着秦嘉定迎面拍去，他不是想躲，是一口气没提上来，差点儿噎死。

同样的路线，同样的跑偏。闵姜西放下鼓风机，出声道：“你上那边去干吗？”

秦嘉定憋得脸红脖子粗，偷着换气。

这一幕笑坏了在一旁偷看的昌叔。他转身折回别墅，吩咐人拿喝的送到后院。秦佔坐在沙发上拿着平板看股市，随口问：“放起来了吗？”

昌叔忍俊不禁：“放不起来。”

秦佔说：“鼓风机也没用？”

昌叔说：“两人正在那里做实验呢，我好久没见嘉定这么开心过了。”

秦佔说：“放不起来还穷开心。”

昌叔道：“小孩子嘛，要的就是个热闹。”

秦佔沉默片刻，突然放下平板起身往后院走。他远远就看到闵姜西和秦嘉定站在一起，两人正对那只活灵活现的大章鱼指指点点，不知在说些什么。

等秦佔走近一些，听到闵姜西说：“你这风筝太沉了，要换个轻点的就飞起来了。”

秦嘉定不高兴地说：“上哪儿弄轻一点的？我就想今天放。”

闵姜西说：“我们做个风筝不就完了。”

秦嘉定道：“说做就做，那还要卖风筝的干吗？”

闵姜西说：“我教你，你学会这门手艺，拿去气卖风筝的。”

“真的假的？”

“我骗你干什么，你给我加钱吗？”

闵姜西不过随口一说，身后忽然传来一句低沉的男声：“加。”

闵姜西闻声转头，只见秦佔信步走来，神色如常地说道：“算手工课，酬劳额外算。”

闵姜西本想说开玩笑，秦佔已经先一步道：“都要什么东西？让人准备。”

秦嘉定翻着三分之一眼白道：“你要是不会做或者做不好，是不是要扣钱啊？”

闵姜西说：“我要是做得好，你是不是以后都自己起床？我是说周一到周六，别想套路我，明天周日。”

秦嘉定道：“你先做好了再说。”

闵姜西问昌叔要了材料和工具，本以为是很复杂的东西，她却说：“有竹子，棉线，塑料纸就够了。没有竹子，甘蔗皮也行。塑料纸没有，普通纸硬一点的也可以。”

昌叔一一记下，点头道：“有，都有。”

很快，昌叔就把闵姜西要求的东西全部准备好。竹子是从一竹艺观赏品上硬拆下来的，塑料纸就更直接了，剪了几把限量款的雨伞，把伞面烫平了。

后院有凉亭，秦佔、闵姜西和秦嘉定坐在里面。桌上散着几样工具，闵姜西把防水的伞面递给秦嘉定，说：“画吧。”

“画什么？”

“你不是想要大章鱼的风筝吗？画大章鱼。”

秦嘉定不说话，迟迟未动，半晌后一抬眼：“二叔，你帮我画”

秦佔本就没想与民同乐，让他说不会又很尴尬，所以面不改色地回道：“你们玩吧。”

秦嘉定看向闵姜西：“不是你做风筝吗？你画。”

闵姜西正在整理竹子，分枝、剪裁，淡淡道：“我做风筝骨，风筝面是你自己挑的，要自己做。”

秦嘉定下不去手，他又没学过画画。

秦佔给他支着儿：“把你那章鱼拿过来。”

秦嘉定听话照做，秦佔拎着那只把他吓到睡意全无的章鱼，出声道：“剪它。”

秦嘉定眼睛都亮了：“对啊，我怎么没想到？”

闵姜西看两人商量得妥妥的，不免出声：“新的风筝，剪了多可惜？”

秦嘉定已经拿起剪子，二话不说把章鱼的一条腿剪掉，理所当然地道：“浪费我这么多力气，飞还飞不起，留着有什么用？”

闵姜西说：“飞不起是外部客观原因，可能是天气，也可能是放的人。你这是欲加之罪。”

秦嘉定道：“它是死的我是活的，不赖它难道还赖我吗？”

闵姜西说：“你是欺负哑巴不会说话吗？”

秦嘉定一连剪掉章鱼的八只腿，淡漠地说：“它是我花钱买回来的，我有处置权。”

闵姜西说：“我也是你花钱雇来的，你有权解雇我，甚至不需要任何理由。但这是你的原因，你不能说是因为我教得不好。”

秦嘉定抬起头，蹙眉道：“我剪个风筝，跟你有什么关系？”

其实秦嘉定想说的是，跟辞不辞退她有什么关系，他又没想辞退她。

闵姜西淡定地回视他，说道：“第一，无论你多有钱，浪费不是好习惯；第二，钱不是你赚的，你要懂得感恩；第三，死鸭子嘴硬一点也不成熟；第四，也是最重要的一点，你不能翻脸，因为我不光是老师，我还是女的。”

说完，闵姜西别开视线，自顾自地做风筝，像是如今的僵持局面完全跟自己无关。

秦嘉定的脸色变了又变，最终看向一言不发的秦佔：“二叔，她指桑骂槐。”

剪风筝的主意的确是秦佔出的，如果非说闵姜西是指桑骂槐，好像也说得过去。

秦佔坐在椅子上，在秦嘉定的热烈注视之下，面不改色地回道：“错了就错了，挨打要立正，她说得没错。”

秦嘉定的眼珠子都快掉下来了，他以为秦佔一定会向着自己。

闵姜西也是提着一颗心，听到秦佔说的话，她暗自松了一口气，幽幽地补道：“还有你这借刀杀人的毛病，要改。”

秦嘉定没有贸然反驳，再次看向秦佔。秦佔淡淡地道：“看我干什么？有理就自己说。”

秦嘉定如鲠在喉，原本有那么一点点的理，现在“得道寡助”，说也是白说。

秦嘉定看着手里的秃腿章鱼，不冷不热地道：“那还剪不剪？”

秦佔说：“剪，这次就算了，要让它死得其所。”

说话的工夫，闵姜西已经把风筝骨做好。这边秦嘉定也带着几分怒气，把章鱼剪得跟秃子似的。她教他：“最后的步骤你来，毕竟是你的风筝。”

秦嘉定在闵姜西的指导之下，粘粘补补，倒也弄得像那么回事。

秦佔说：“去试试。”

秦嘉定拎着缩小版秃头章鱼往院子里走，本没想过它能飞，跑都带着几分敷衍，然而架不住“秃头章”自己争气，竟然越飞越高，越飞越高。

秦嘉定边跑边放线，在昌叔和一众人的雀跃鼓励下，“秃头章”成功升空了。

离着十几米远，秦佔都能看到秦嘉定脸上兴奋的笑容。闵姜西也笑了，默默地收拾桌上的东西。

“秦先生，我先走了。”

这天是周六，闵姜西下午没课，所以才在秦家耽搁了这么久，搁着往常，她也没时间。

秦佔起身道：“走吧。”

她没想到秦佔会亲自送自己，再次坐上他的车，她心底想的是，好在意外险已经生效了。

回市区的路上，秦佔主动开口：“谢谢。”

闵姜西心脏一跳，侧头看向秦佔。

秦佔说：“秦嘉定是个戒心和防备心都很重的孩子，难得愿意跟家里之外的人接触，你以后多费心。”

闵姜西的眼底划过意外，很快回道：“不客气，这是我应该做的。”

秦佔目视前方，表情没有喜怒：“没有什么是应该做的，你对他的付出我会记得。多了不说，日后有什么事需要我帮忙，随时开口。”

要知道，在深城得了秦佔这样的一句话，无疑是抱着一块免死金牌。闵姜西没料到做个风筝而已，还把他给感动了。

说太多显得假，闵姜西干脆直接道：“谢谢秦先生。”

车子停到“先行”楼下，闵姜西道谢，解开安全带下车。秦佔无意间一瞥，下意识地叫道：“等一下。”

闵姜西还是先下了车，转身，正要问秦佔有什么事，结果余光看到奶白色的副驾驶座座椅上一小摊红色痕迹。血迹因她下车的动作被拉长，看起来特别刺目。

闵姜西的神色顿时一变，一边用包去挡身后，一边说：“对不起……”与此同时，脸一下子就红了。

秦佔说：“上车。”

闵姜西站在车边犹豫不决。他又道："先上来，你的裤子也蹭到了。"

不说还好，秦佔的话音落下，闵姜西的脸瞬间又红了几个度，连脖子都跟着变粉。

秦佔二话不说，转身伸手从后座拎来一个袋子。他从袋子里面掏出一件暗蓝色的缎面衬衫，铺在副驾驶座的座椅上。

闵姜西重新跨上车，秦佔开车往前。

车内静谧无声，闵姜西努力平心静气，开口道："不好意思，秦先生，您什么时候方便，我去洗车。"

秦佔道："不用。"

闵姜西在心底骂自己，从来没丢过这么大的人。她就感觉这两天"大姨妈"要来，特地用了护垫，谁知道连护垫都不管用，而且蹭哪儿不好，偏偏蹭在秦佔的车上。她宁愿在办公室里出丑，也不想在秦佔面前出丑。

闵姜西不知道秦佔要带自己去哪儿，正要出声，秦佔率先道："回家吗？"

闵姜西脸色久红不退，张不开嘴，"嗯"了一声。

秦佔方向盘一打，送她回了莱茵湾。下车之际，闵姜西把副驾驶座上的衬衫也拿在手里，硬着头皮道："秦先生，我洗干净后还给您。"

秦佔的神色淡淡的："不要了，扔了吧。"是闵姜西意料之中的回答。

秦佔开车走后，闵姜西索性把衬衫系在腰间往楼上走。回家后，她洗澡收拾，站在盥洗池前，抖开宽大的男式衬衫，想着寻到标志后去商场买件一模一样的还给他。可是找了半天，衬衫从里到外没有一处带标签。

完了，八成是手工定制。

闵姜西将衣服手洗干净，都没敢用洗衣机甩，直接拿衣架晾在阳台上。她转身往客厅走，隐约听到包里的手机在响。

闵姜西拿出来一看，竟然是齐昕妍。

"喂，齐老师？"

齐昕妍道："闵老师，在忙吗？"

"没有，有什么事吗？"

齐昕妍道："我有个学生想要找物理老师，我先来问问你，你要是没时间我再找别人。"

跟其他行业一样，这行当然也讲人脉和资源，尤其不是教一个科目的，没有竞争压力，往往都会互惠互利。

闵姜西问：“你的学生想什么时间上课？”

齐昕妍说：“我记得你周一到周六上午都没空，正好她也想下午上课，看你这边还剩下周几，我帮你权衡一下，能定下来最好。”

闵姜西说：“我现在周六整个下午没课，周一到周三的下午能挤出一到两节。”

齐昕妍应声：“好，我记下了，你等我回话。”

闵姜西客气道：“谢谢齐老师照顾我。”

齐昕妍说：“别客气，我早说过跟你合得来，有机会我一定先想着你，才不给那些个当面一套背后一套的人呢。”

闵姜西但笑不语，齐昕妍说：“好了，你先忙吧，再联系。”

这边刚挂，微信又响了，陆遇迟问她：“你在哪儿？”

闵姜西说：“在家。”

陆遇迟道：“有人看到秦佔送你回公司，你又上车跟他走了，怎么回事？”

闵姜西无语，发了一串加长的省略号过去。怎么“先行”的人无所不在，好像鬼一样如影随形。关键她又没做什么亏心事，怎么鬼总是来敲她的门？

闵姜西一个人站在客厅里叹气，打字道：“我现在去公司。”

不是闵姜西想去，怕是她不露面，第二天公司里就敢传她跟秦佔开房去了。

第 13 章 明冷暗暖

闵姜西小时候身体不大好，像她妈妈，体寒。平时不觉得怎么样，但自从十二岁来了“大姨妈”，每次都疼得她想攒钱去变性。

家里人带她跑了几次医院，医生也说只能调理，没什么药能根治。她小姨不知打哪儿听到的偏方，说红枣糕和山楂红糖汁能缓解。她抱着试一试的心态，没想到还真管用。

一晃十二年过去了，闵姜西已经习惯了每个月的几天专门吃这个。没人给她做，她就自己做。

她周日在家躺了一天，周一惯例去秦家。她来到秦嘉定房间的时候，他正侧撑着身体，闭着眼睛，一副要起不起的样子。

闵姜西道：“是醒着还是梦游呢？”

秦嘉定深吸一口气，闭眼道：“你唱首歌，我清醒清醒。

闵姜西道：“跟你请几天假，这几天中气不足，怕是唱不了了。”

秦嘉定闻言睁开眼，看着闵姜西道：“你怎么了？”

闵姜西说：“八成前天跑多了，腿疼。”

秦嘉定一脸鄙视，“嘁”了一声。

闵姜西说：“你起来收拾一下，我等你。”

闵姜西坐在桌前，从包里拿出保温杯，一拧开，里面还冒着热气。秦嘉定狐疑，她来家里快一个月，从来都是喝冰的。外面气温三十多摄氏度，她干吗突然喝滚烫的东西？

“你在喝什么？”秦嘉定忍不住问。

闵姜西抿了一小口，回道：“长生不老汤。”

秦嘉定气得翻白眼，几秒后道：“你再跟我宣言迷信，信不信我告诉二叔？”

提到秦佔，闵姜西忽然想起一件事，侧身问：“你知道你二叔常穿的衬衫是什么牌子吗？”

秦嘉定坐在床上，顶着鸡窝头道：“你要干吗？”

闵姜西说：“我前天弄脏了他的衣服，洗过的他也不会要，我想赔一件给他。”

秦嘉定淡淡地道：“算了吧。”

闵姜西说：“欠别人的就要还，谁家的钱都不是大风刮来的，你也别慷他人之慨。”

秦嘉定好心当驴肝肺，当即面无表情地道：“我二叔有自己的设计师，他穿的东西外面买不到，你去找他的私人裁缝再缝一件吧。”

闵姜西猜过可能是某大牌的手工定制，但没想到是私人设计师，这还真的没办法。

秦嘉定下床，经过闵姜西身边时，看到保温杯中浓稠的红色液体，轻蹙着眉头道：“到底是什么？”

闵姜西问：“尝尝吗？”

秦嘉定想都不想地说：“怕你下毒。”说罢，大摇大摆地从她身旁走过。

上午上完课，闵姜西跟秦嘉定一起下楼，昌叔满脸笑意地说：“饭菜都准备好了。”

闵姜西勾起嘴角，温声道：“昌叔，我想去趟厨房，我今天自己带了些小点心，想热一下。”

昌叔马上说：“给我吧，我拿过去。”

闵姜西知道推辞不过，从包里拿出一个盒子：“微波炉里热两分钟就行，麻烦昌叔了。”

“不麻烦，你们先去吃饭，二少爷已经在等着了。”

秦佔坐在饭厅主位，面前无一例外放着个六寸的蛋糕。闵姜西和秦嘉定先后跟他打招呼，而后各自落座。

“吃吧。”秦佔拿起勺子。

秦嘉定动筷，闵姜西面对满桌子菜，一点儿食欲都没有。她象征性地夹了几口，好在昌叔回来得快，把保温盒拿给她。

闵姜西道谢，打开盒盖，浓浓的枣香立刻随之飘出。秦嘉定飞快地看了一眼，而后目不斜视。秦佔更是雷打不动，眼里只有自己的蛋糕。

闵姜西拿了一块红枣糕递给秦嘉定："你尝尝。"

秦嘉定问："什么？"

"红枣糕。"

"甜的吗？"

"有点甜。"

他口嫌体正直，还是伸手接了。

闵姜西又看了一眼秦佔，礼貌问："秦先生，您要吃吗？"

秦佔说："不用。"

秦嘉定偷着给了闵姜西一记"你马屁拍马腿上"的嘲笑目光。闵姜西暗说，不吃更好，以他那饭量，盒里这些也就够他四成饱。

闵姜西吃着红枣糕，喝着山楂红糖汁，很有安全感。对面的秦嘉定尝了一口，狐疑道："为什么没有红枣？"

闵姜西说："压碎了，看不到整颗的。"

秦嘉定道："既不好看，也不甜，你为什么吃这个？"

闵姜西说："补气血的。"

秦嘉定吐槽："放个风筝就不行了？"

闵姜西附和："我老了，祖国的未来还得靠你，多吃点。"

秦嘉定道："你比我二叔还小两岁，你老，那他算什么？"

闵姜西当机立断："是吗？我以为跟我同岁。"

秦嘉定冷笑，无语。他化悲愤为食欲，几口吃光手里的红枣糕，说："我还要。"

闵姜西的保温盒里总共带了四块，原本就想着预留一些跟秦嘉定分享，这会儿更是想都不想，又给他拿了一块。

秦嘉定刚要伸手接，秦佔出声说："想吃叫厨房给你做。"

秦嘉定顿住，闵姜西也是微愣，随后道："没关系，我也吃不完。"

秦佔不看她，瞥了一眼秦嘉定："不要跟女人抢东西，尤其是吃的东西。"

秦嘉定收回手，闵姜西眼球左右一转，来回打量。一块吃的而已，这么上纲上线吗？

闵姜西收回手，面色无异，微笑道："你喜欢吃，我明天多做一些拿给你。"

秦嘉定说："不用了，也没有多好吃。"

饭后，秦嘉定上楼，闵姜西出声告辞。秦佔说："你可以休息几天。"

闵姜西眼底飞快地闪过一抹轻诧，随后道："没事，不碍事的……"

秦佔道："我忘了你们每个月都有那么几天，要请假可以说。你没卖给我们，我也不是黄世仁。"

闵姜西说："真的没关系，如果我实在不舒服会跟您请假。"

秦佔没有其他话，闵姜西乘车离开。当天晚上，有快递打电话，送了几大箱东西上门，让她当面拆封验收。

闵姜西自己没买什么，好奇地拆开。燕窝、人参、当归、黄芪……都是一箱一箱的。

快递小哥戳在门口八卦："您平时挺爱养生的吧？"

闵姜西扯了下嘴角，继续拆箱，露出里面的阿胶、黑枸杞和大得夸张的红枣。她的第一反应就是送错了吧，话还未出口，快递小哥又明白了："这些都是补气补血的，对女孩子身体有好处。"

闵姜西猛地就想到了秦家，秦佔。

她来"大姨妈"这事，除了她自己，也只有秦佔知道了。

隔天早上，闵姜西到秦家时，交给昌叔一个包装精美的盒子，说："昌叔，前几天秦先生帮了我一个忙，我给他带了个蛋糕。"

昌叔眼底带着几分为难："二少爷有事不在深城，昨晚就走了，可能要过几天才回来。"

闵姜西微笑："这样啊，那我拿上去给秦同学了。"

昌叔笑着点头。

秦嘉定说话还挺算话的，一听到闵姜西的脚步声，自己就垂死坐起来，靠在床头处找魂。

闵姜西把蛋糕放在桌上，出声道："起来吃早餐了。"

秦嘉定眼睛睁开一条缝，看到蛋糕盒子，低声说："我又不爱吃蛋糕，你是想贿赂我二叔吧？"

闵姜西走到窗边打开窗帘，头也不回地道："还真让你说对了，原本是给你二叔买的，刚知道他不在家。"

秦嘉定很困，可还是忍不住从鼻子里用力“哼”了一声：“我二叔不要的，你拿给我，当我是二手收购站？”

闵姜西从包里拿出两个保温盒，打开盖子，里面整齐地码着一层红枣糕：“给你二叔带蛋糕是礼尚往来，给你带红枣糕纯粹是因为友谊。快点起来吧，还有长生不老汤。”

十五分钟后，闵姜西跟刚刚拒绝了三明治、牛奶的秦嘉定坐在桌前，一人面前放着一个保温盒。她用保温杯喝山楂红糖汁，他用杯子喝。两人都不说话，她是享受宁静，他是起太早还没回神。

突然间，她笑出声。

秦嘉定略显呆萌地缓缓侧头：“你笑什么？”

闵姜西摇头，绝对不能让秦嘉定知道，他现在吃的喝的都是补什么的。不然以他的坏脾气，应该会留下童年阴影，说不定日后连红枣和山楂都要拉进黑名单。

闵姜西一直想跟秦佔当面说声“谢谢”，但他一走就是好几天。从周一到周四，中午的饭桌上始终都是她跟秦嘉定两个人。

周四下午，荣家派车来接，闵姜西登门后看到坐在沙发上的欧阳卿，礼貌地颔首打招呼。

欧阳卿起身道：“荣昊在房间。”

她带着闵姜西一同去，站在某扇门前敲门：“昊昊，家教来了。”

几秒后，门内传来变声期中的少年声音：“进来。”

欧阳卿推门往里走，荣昊正坐在桌前玩乐高——那是一座暗黑系的城堡，规模宏大，地基起了五分之二，有些小堡垒已经搭建完成。闵姜西正想说好厉害，只听得欧阳卿道：“又在玩这些浪费时间的东西，准是你大哥偷着给你买的。”

荣昊头也不回，看不见脸上的表情。

欧阳卿说：“赶紧准备一下，别耽误时间。”

荣昊腿一蹬，带滑轮的椅子忽然向后。他转过来，面无表情地道：“你出去吧，我要补课了。”

他一不高兴，欧阳卿马上哄道：“想吃什么？我让人给你准备。”

荣昊拉着脸道：“不想吃。”

欧阳卿温和道："妈妈给你拿冰激凌。"

荣昊很烦躁，可还不待他拒绝，欧阳卿已经转身出去。

房间里就剩闵姜西和他两个人，她用很小的声音道："城堡很酷。"

荣昊抬眼看闵姜西："你也玩乐高？"

闵姜西说："没玩过，看过大神的作品，你的很牛。"

荣昊没说话，不多时欧阳卿回来，身后还跟着阿姨。欧阳卿将一大盒冰激凌塞到动也不动的荣昊手中，阿姨则分批放下各种点心、零食和水果。

知道的是要补课，不知道的还以为马上要聚餐。

荣昊吸了口气，强压着烦躁道："可以出去了吗？"

欧阳卿宠溺地说："有事叫妈妈，好好学习。"

她迈步往外走，荣昊起身要关门，欧阳卿下意识地伸手抵住门板："不用关门，空气不好。"

闵姜西从旁看着，感觉荣昊的怒火已到嘴边。她不着痕迹地出声打圆场："确实，学习用脑耗氧量比较大。"

睁眼说瞎话，她认第二，没人敢争第一。

荣昊那口气又从鼻子里喘出去，欧阳卿也知道他不满。于是见台阶就下，转身离开。

荣昊站在门口没动，很想用尽全身的力气把门狠狠地摔上。这样的念头一经出现就再也挥之不去，但电光火石之间，闵姜西先开口了。她依旧低声说："千万别摔门，不然我今天第一次上门也是最后一次上门了。"

荣昊很好奇闵姜西是怎么猜到他心中所想的。他转身看向她，面色不善地道："你跟我妈是一伙的。"

闵姜西伸手在唇前比了个"嘘"，用眼神示意他坐下聊。

荣昊也不知是好奇心作祟还是鬼迷心窍，当真听了闵姜西的指挥。两人坐在桌前，她低声说："看在我们已经'不打不相识'的分上，给我个面子，别在今天跟你妈妈耍脾气，不然我很尴尬。"

荣昊也不想发脾气，可他妈……

他一口气顶上，又无奈地泄了。他十几岁的面孔上布满与年龄不相符的厌倦感，同样，这也是这个年纪标志性的反叛。好像活在自己的世界里，外界任何的接触都是打扰。

闵姜西小声说："想想开心的事，家教老师飞镖扔得不错，《拳皇》也能跟你过上两招，这不挺好吗？"

荣昊受不了闵姜西委曲求全的音量，微微蹙眉道："我们什么都没做错，却要做贼似的不敢大声讲话，这叫挺好？补课还是坐牢？"

闵姜西说："谁的童年不跟坐牢一样？你还能光明正大地玩乐高，没见过堆个积木被打得半死的？"

荣昊既不能苟同，同时又很好奇："谁啊，你吗？"

闵姜西回以一个优越感十足的目光："我像是那种爱玩积木的人吗？我都是出去扒沙子，扒一身灰，到家被我妈打。"

荣昊正要问扒沙子是什么游戏，闵姜西忽然使了个眼色，他侧头往门口瞧。门口没人，却出现一个暗中观察的影子。

闵姜西秒变脸，一本正经地说："把课本拿出来，你们现在学到哪里？"

荣昊把几乎崭新的高一物理书放在桌上，同时，抄起一盒冰激凌就往门口地上扔，惊得那抹影子瞬间退走。

闵姜西说："你别吓着人。"

荣昊拉着脸，有被人监视的愤怒，也有无法释放的憋闷。这已经不是第一次了，但他始终无法做到完全麻木。

闵姜西跟荣昊聊了一会儿，绞尽脑汁，终于想到了一句精辟的话，这句话足以概括荣昊的物理水平——一个连目录都认不全的"深深学子"。

闵姜西要从第一章讲起，他还不乐意："之前换了三个家教，开头都讲烂了。"

闵姜西是个好说话的人，当场道："好，那你看一下这道题。"

闵姜西随手出了道题给他，荣昊低头看了几秒，仿佛闵姜西是用摩斯密码写的。最终，他烦躁又没面子地说："不会。"

闵姜西翻了几页书，指着某处道："你们课后练习题第一道。"

荣昊说："我不是做题的类型。"

闵姜西说："你要能直接心算出答案也行，就是考试大题不能省略过程，不然不给分。"

闵姜西摆明了挑衅荣昊，他一脸不高兴，直盯着她看。

闵姜西道："学好数理化，走遍天下都不怕，你是还没体会到知识的乐趣。"

荣昊冷哼："得了吧，谁爱在知识的海洋里淹死谁死去。这种话骗骗三岁小孩，或者骗骗秦嘉定也许还管用。”

闵姜西说：“你现在不吃学习的苦，以后势必要吃生活的苦。”

荣昊说：“学习是主动吃苦，不学就不苦。生活就不一样了，躺在那里，苦都能来。”

闵姜西眼底放光，模糊了赞赏和吃惊：“年纪轻轻，很有生活阅历的样子。”

荣昊不以为意，差点儿想拿起吉他弹奏一首《消愁》。

闵姜西道：“其实你说得很对，平心而论我无法反驳。要不是被逼无奈，真没几个人爱学习。我好不容易熬过了学习的苦，现在还不是要吃生活的苦。”

荣昊问：“生活怎么你了？”

闵姜西说：“我是秦佔介绍给你哥哥的，你哥哥肯定又跟你妈妈打了包票，说我怎么怎么厉害，教得好秦嘉定，也一定教得好你。但你这年纪确实不好糊弄了，打不得骂不得也套路不得，说实话我正在想请辞感言。”

闵姜西低头看着九成新的课本，无奈地叹气。

荣昊迟疑片刻：“你都不试一下就放弃了？”

闵姜西感慨道：“人不能那么自私，为了保住自己的饭碗，就要求别人迁就配合，我能理解你。不想学习是真的不想学，打开书都恶心，一看题就想睡觉，谁在我耳边多念叨几句，天灵盖都要炸了……”

门外躲着的保姆听到后，马上跑回主卧跟欧阳卿传话。

荣昊靠着椅子道：“当学生太烦了，我恨不能一睁眼就是二十五岁。”

闵姜西说：“大人有大人的苦。悲观一点的想法，人这辈子注定是要吃苦的；乐观一点的想法，总有人比你我更苦。”

荣昊看向闵姜西：“你现在的苦都来源于工作吗？”

闵姜西认真地想了想：“算是吧。”

荣昊道：“如果你被客户辞了，公司会扣你钱吗？”

闵姜西说：“我们公司集齐几次，直接开除。”

他沉默片刻，忽然身板一挺，双臂放在桌上，翻着书道：“来吧，反正换谁都一样，我不入地狱谁入地狱。”

闵姜西心底一喜，小胖子果然跟小魔王一样，都是外冷心热的主。她换个方式套路，一样能中。

欧阳卿听了保姆的话，绷着脸，眼露不悦。她请人回来是辅导荣昊进步的，闵姜西倒好，反而给荣昊灌输负面思想。

她越想越觉得不妥，起身往荣昊的房间走。荣昊那屋没关门，她还没到门口，就听到儿子熟悉的声音，说着她特别陌生的话。她停下脚步，难以置信。荣昊是在跟闵姜西探讨功课吗？那些她听着陌生的词语，是物理专用名词吗？

欧阳卿站在原地静静地听了半晌，无法形容这一刻内心的感受，仿佛亲眼看到了铁树开花。

闵姜西自己就不是死读书的人，加之看惯了身边死读书的痛苦，更加不会用枯燥乏味的方式让学生心生反感。

荣昊高一上了大半年，物理却还稚嫩得像个菜鸟。闵姜西对他的教育方式就是夸赞，但凡他说对什么，她都会给予“厉害”的目光。搞得荣昊觉得自己可能是个天才，劲头一下子就提起来了。

一个小时半过得很快，欧阳卿一直在客厅里听着。闵姜西是真的在上课，荣昊也是真的在学习。

欧阳卿激动的情绪溢于言表，她多次看时间，终是忍不住去荣昊门前敲门。

荣昊右手转笔，蹙眉看题。闵姜西抬眼望去，欧阳卿笑着走进来：“还在学？”

闵姜西点头，荣昊眼皮都没抬。

欧阳卿看了一眼桌上摊放的纸，都是各种字母和公式。她眼底的笑意更浓，问：“需不需要什么？”

还没等闵姜西出声，荣昊就蹙眉道：“你能不打扰我们上课吗？”

欧阳卿拍了下他的肩膀，宠溺道：“一节课的时间已经到了，坐了这么久，起来活动活动吃点东西，不然大脑都不转了。”

荣昊耸了下左肩，头不抬眼不睁地说：“你影响我的思路了，赶紧出去，我今天上两节！”

欧阳卿听过荣昊说再打两盘，再玩两小时，再吃两碗，从没听说过他自己要求上两节，以往一节课都是耗过来的。

欧阳卿喜出望外，一边应着一边往外走。第二节课中途，荣一京打来电话，欧阳卿去主卧接。

他问：“课上完了吗？”

欧阳卿压着满意道：“在上第二节。”

荣一京也是意外："你跟他商量好了？"

欧阳卿说："是他自己主动要求的。"

荣一京笑道："哟，稀奇啊，我家小二出息了。"

欧阳卿在电话这头偷着高兴。荣一京道："我就说这个家教很不错吧，阿佔找的人，错不了。"

欧阳卿不褒不贬："现在说这些都还为时过早，等着看成绩吧。"

荣一京说："第二节什么时候结束？我回来接小二。"

"你又要带他去哪儿？"

"我的亲妈，我能把他带出去卖了不成？他表现这么好，我请他出去吃饭。"

荣昊一连坐了两个小时半，第二节上一半的时候已达极致。闵姜西看出他注意力没办法集中，叫他站起来，边走边背公式。

荣昊从来没试过努力读书的滋味，做题像升级打怪，不背公式等同于不会大招。他默默地背着，身后有闵姜西吹捧。

两节大课上完，荣一京也到了，三人一起出门进电梯。他出声说："闵老师，晚上一起吃饭吧。"

闵姜西马上婉拒。荣一京微笑："阿佔也来，还有嘉定。"

闵姜西的职业操守就是如无必要，跟客户之间不要私下往来。所以哪怕荣一京搬出了秦佔和秦嘉定，她还是客气地说："不了，我等会儿还有……"

理由正要出口，荣一京的手机响了。他接通，说："刚要找你，我接到荣昊和闵老师了，闵老师说她不去……"

一秒后，荣一京把手机递给闵姜西："阿佔。"

闵姜西很快接过来："喂，秦先生。"

手机中传来秦佔的声音："一起出来吃顿饭，荣一京有话跟你说。"

随后，秦嘉定的声音传来："我也有话跟你说。"

闵姜西哭笑不得，只能答应。

秦佔那头直接挂了，闵姜西把手机还给荣一京。荣一京道："闵老师，别跟我客气，以后大家都是自己人。"

闵姜西微笑着说："是您太客气了。"

荣一京说："相识一场就是缘分。"

荣昊在一旁不冷不热地道："那你跟大半个深城的人都有缘。"

荣一京侧头，抬手去弄荣昊的头：“你小子，拆亲哥的台？”

荣昊很在意自己的发型，当即躲远。闵姜西说：“头可断，发型不能乱。”

荣一京笑道：“还是你了解他。”

三人乘车去了饭店，包间里，秦佔和秦嘉定已经到了。叔侄二人中间隔着两个座位，各自拿着手机在看，同款淡定脸。

荣昊喊道：“二哥。”

秦嘉定道：“京叔，小叔。”

乍一听闵姜西还纳闷，小叔是谁？听到荣昊“嗯”了一声，她嘴角含笑，出声说：“秦先生。”

秦佔道：“坐吧。”

店员拿着菜单进来，秦佔看都没看。荣一京把菜单递给闵姜西，让她点。

闵姜西随手把菜单推到秦嘉定面前：“我都可以，让秦同学点吧。”

秦嘉定说：“今天主要请你，我点什么？”

荣一京笑说：“也请你，你谱这么大，平时轻易还请不到呢。”

秦嘉定点了三道菜，把菜单还给闵姜西，闵姜西又递给荣昊。荣一京打趣道：“想吃什么点什么，学了一下午，把我家小二累死了，今天必须多吃两碗饭。”

荣昊一看就是被荣一京嘲笑惯了，拉着脸点了几道。闵姜西最后收尾，点了些点心和汤。

店员拿着菜单出去，秦嘉定起身道：“我去洗手间。”

荣一京对荣昊说：“你陪嘉定去吧。”

荣昊一脸无语：“又不是女生，我们干吗一起上厕所？”

荣一京笑道：“我们大人有话要说，一点眼力见都没有。”

荣昊嫌弃地站起身，边往外走边嘀咕：“直说不就完了。”

两个小孩出去，转眼间房内就剩三个成年人。荣一京给闵姜西倒了一杯茶，她赶忙道：“谢谢荣先生。”

荣一京说：“是我该谢你，听说今天上课，荣昊很配合，自己主动要求上两节。”

闵姜西应声：“荣同学的接受能力很强，只要他想学，能学进去，成绩提升不是问题。”

荣一京道：“还是你有本事，我们家换的老师不比阿佔家里少。越大的孩子越难管，说轻了他不听，说重了又怕伤他自尊心。我妈是连惯带管，自己都不知道要怎么教。你那天也看见了，她就两个方针，这也不行，那也不行。有些话对与不对，你听一听就完了，别介意。”

闵姜西道：“我完全理解阿姨的心情，当家长的哪有不希望孩子好的道理。”

荣一京说：“荣昊跟嘉定的情况都差不多，有学校也不上，跟老师同学都处不来。听阿佔说你跟嘉定处得不错，希望你以后也多带带荣昊，你可以拿他当学生，愿意的话，也可以跟他做朋友。虽然臭小子看起来脾气古怪，其实心肠很好，反正比我和阿佔要好。”

秦佔沉声道：“说自己就说自己，拉上我干什么？”

荣一京道：“本来两个孩子就比你我强，我也比你强，就属你心最黑。”

秦佔冷淡地瞪了荣一京一眼，出声道：“他今天找你出来，是想告诉你，不用听他妈的。你该怎么教就怎么教，成绩都是次要的，开心才最重要。”

荣一京说：“这也是阿佔的意思。”

闵姜西点头：“我明白。”

荣一京举起杯子：“闵老师，以茶代酒敬你一杯，以后荣昊就要你多多照顾了。”

闵姜西拿起杯子，荣一京又去撺掇秦佔：“来啊，你不感谢闵老师吗？”

闵姜西看向秦佔，他面色淡淡。她以为秦佔绝对不会遂了荣一京的意，结果他出乎意料地拿起手边的杯子，隔空敬了她一下。

闵姜西喝完茶，主动说：“我出去找找他们。”

闵姜西前脚刚走，荣一京后脚就叹气：“啧，这么漂亮，这么会管孩子，又这么会察言观色，谁要是娶回家当老婆，岂不爽死？”

秦佔不出声。荣一京诈他：“说话啊，你什么想法？”

秦佔眼皮都不抬一下，淡淡道：“你要是想娶，我随份子钱。你要是不娶光玩，离她远点。”

荣一京笑问：“你对她就一点儿心思都没有吗？这脸，这身材。”

秦佔冷眼扫过去：“兔子都知道不吃窝边草，我是没女人找了吗？”

荣一京笑得更欢：“是啊，前有冯婧筠后有荣慧琳，就连花魁都让你迷得找不到北。”说到此处，他忽然压低声音，挑眉问，“你那天跟栾小刁到底……”

秦佔往烟灰缸里弹烟灰，棱角分明的俊美面孔上不见丝毫波澜，唇瓣一动，说："我不好这一口。"

荣一京瞪眼："你什么眼神，她还不够极品？"

秦佔吐了口烟："看看还好，用着嫌脏。"

荣一京说："她还是雏，没听她给过谁。"

秦佔道："我心脏。"

荣一京撇嘴，连着"啧"了好几声。还不等他揶揄，秦佔眸子一瞥，率先讽刺他："我不是你，你看技术，我看心情。"

荣一京半开玩笑半认真地说："那我有什么办法？我晕血。"

秦佔扯了下嘴角，信他的鬼。

荣一京号称自己晕血，哪怕在床上也见不得红。所以圈内都知道，他从不碰良家女子，越玩得开的，跟他越合得来。用他的话讲："出来混，迟早要还。"所以不如一开始就找玩得起的，到时候银货两讫，再见面还是朋友嘛。

闵姜西出了包间，找了一圈后在夹娃娃机前看到一高一矮两条身影，两人正在互相埋怨。

秦嘉定道："你那么夹根本不行。"

荣昊说："你刚才那方法更不靠谱。"

秦嘉定说："我差一点儿就夹到了，好不好？"

荣昊道："谁还不能捞一下了？"

闵姜西站在两人身后，看着秦嘉定又往里面投了几个游戏硬币，几乎是赌上一口气来夹。但娃娃特别不配合，只是动了动腿，白玩。

荣昊道："我就说不行吧？"

秦嘉定沉声道："你少说两句行不行？我快被你吵死了！"

荣昊蹙眉道："你怎么跟我说话呢？我是你的长辈！"

眼看着两人就要撕起来了，闵姜西赶忙出声说："我来，我来。"

荣昊跟秦嘉定这才发现闵姜西站在身后他们一米远的地方。

闵姜西迈步上前，说："谁借我几个游戏币？"

几乎是同时，荣昊跟秦嘉定一起伸出手，两人掌心中都有一把游戏币。

闵姜西不偏不倚，一边拿了三个，投币。在两人拉着脸的注视下，轻轻松松地夹了一个娃娃，还是靠里面的，不是传统意义上的越靠边越好夹。

娃娃掉下来，闵姜西不急着拿，而是又投了三个币，这会儿荣昊跟秦嘉定的神色已经不像之前那么丧，反而带着几分狐疑。

六目齐盯，第二个娃娃成功夹起，掉进取物箱。

闵姜西弯腰把两个娃娃一起拿出来，左右两边：“呐，一人一个。”

荣昊跟秦嘉定都没伸手，表情各异，几秒后，荣昊说：“你打我们的脸？”

闵姜西说：“谁还没几个拿得出手的本事？”

秦嘉定瞥了一眼道：“你站在后面不讲话，心里笑话我们半天了吧？”

闵姜西道：“要听实话吗？我玩这个是高手，谁来了都只配给我投币。”

闵姜西说得委婉，这话翻译过来，不就是在场的各位都是垃圾吗？

荣昊跟闵姜西认识的时间短，难免用欲言又止的表情瞥着她。秦嘉定则是习以为常，面无表情，酷酷地道：“她就这样，笑里藏刀。”

三人正站在娃娃机前面探讨人性，忽然听得身后传来一个声音：“荣昊？”

荣昊率先转头，闵姜西跟秦嘉定随后。只见不远处站着一个年轻漂亮、穿着时尚的女人。闵姜西第一眼就觉得似曾相识，只是一时间没想到在哪里见过。

女人看到秦嘉定，眉毛一挑：“嘉定也在。”她朝着几人走过来。荣昊叫了声：“慧琳姐。”

秦嘉定也叫了声：“荣阿姨。”

荣慧琳明目张胆地看了一眼闵姜西，随后问：“你们怎么在这儿？”

荣昊道：“跟我哥和二哥出来吃饭。”

荣慧琳笑道：“好久没见过你们同时出现了，我刚才还以为自己看错了呢。”

秦嘉定在外面不爱讲话，荣昊倒也没多热情，只是如常回道：“我们都是陪衬，主要请家教吃饭。”

荣慧琳闻言，正大光明地把视线落在闵姜西脸上，嘴角带着几分淡笑，主动道：“闵姜西，是吧？”

闵姜西微微点头：“你好。”

荣慧琳道：“同时给荣昊和嘉定当家教，你现在在圈内很红。”

闵姜西微笑：“没有……”

荣慧琳说：“留个联系方式给我吧，我身边好多人都在打听你的信息，她们也想找你补课。”

从荣昊跟秦嘉定的称呼中，闵姜西判定面前的女人八成是荣一京这边的亲戚。不管她有没有时间，对方开一次口，她都不能当场驳了面子。

闵姜西从包里掏出名片，递给荣慧琳。

荣慧琳说："我有空联系你。"

"好。"

荣慧琳又说："你们是吃完了还是没吃？怎么不进去？"

荣昊道："等上菜，出来外面透气。"

荣慧琳忍俊不禁："他们在哪个包间？我去打声招呼。"

荣昊说了房号，荣慧琳转身离开。

闵姜西说："我要出去买点东西，你们先回去吧，应该快上菜了。"

秦嘉定问："你去哪儿？"

闵姜西说："附近，很快就回来。"

荣昊道："买什么？让司机送你过去。"

闵姜西说："不用，不是重东西，我去买几个蛋糕。"

闵姜西来时就注意到附近有家蛋糕店，看门面应该还不错。

荣昊并不知道蛋糕梗，还以为闵姜西要吃，随口说："一起去吧。"

闵姜西以为秦嘉定会拆台，结果他面不改色地道："我也去。"

闵姜西没什么理由甩开他们，三人一起出了饭店进蛋糕店。闵姜西说："喜欢什么自己拿。"

荣昊走去远处的柜台，闵姜西身边就剩下秦嘉定。他不负众望，不冷不热地道："是你想吃，还是买给我二叔吃？"

闵姜西理所当然地说："恭喜你，你又猜对了。"

闵姜西不反驳，倒搞得秦嘉定一时语塞，唯有哼她。

几分钟后，三人小队伍回到包间。荣一京拿着手机，抬眼道："刚要给你们打电话，跑哪去了？"

他定睛一瞧，荣昊和秦嘉定手里都拎着不同尺寸的盒子，秦嘉定的有手掌那么大，约莫两寸；荣昊的有四寸那么大。等到最后的闵姜西进来，手里拎着个六寸的蛋糕盒。

"我们刚去了一趟隔壁。"

闵姜西面带笑容，将六寸的蛋糕盒随意地放在秦佔旁边，抬眼对荣一京道："荣同学说你不喜欢吃甜食，给你带了一份没加糖的珍珠奶茶。"

荣一京多腹黑的人，看着桌上两寸、四寸、六寸的盒子，勾起嘴角道："谢谢闵老师，有心了，还给孩子们买零食。”

一句“孩子们”，把秦佔也兜进来了。

闵姜西怎会听不出来，她但笑不语，不跳坑。

秦佔面色无异：“吃饭吧。”

席间，闵姜西跟荣昊和秦嘉定说话，秦佔和荣一京也不是没话找话的人。大家各聊各的，不仅不尴尬，反而意料之外的舒服。

荣一京说：“你这次去夜城谈得怎么样？”

秦佔道：“都在打官腔，没几句实在的。”

荣一京道：“听说楚晋行在夜城待了大半个月了，看来是铆足了劲要拿下。”

突然听到“楚晋行”三个字，闵姜西有两秒钟没反应过来。自打这个名字出现，她就再也没有办法轻松吃饭，耳朵始终竖起来。她不想偷听，但就是控制不住。

从秦佔跟荣一京的对话中不难得知，他们正在跟楚晋行竞争同一个项目。

荣一京说：“你们家涉足教育行业多少年了，铭誉国际条亮牌顺，别说国内，国外都认。楚晋行是创办了‘先行’，但机构跟学校毕竟不能相提并论，他在这方面经验和资历就不如你。”

秦佔道：“所以他不选深城，选了夜城。”

荣一京说：“楚晋行又不是夜城人，只不过在夜城读了几年大学，之后就来深城发展，可以说他现在的根就在深城。舍弃这边的市场是无奈之举，这边已经有秦家先入为主，他不好插进来。但舍近求远未必就是明智之举，我不看好他。”

秦佔说：“除了家族与生俱来的优势和资源，一个人在什么时候最能聚集人脉？”

荣一京想了想，道：“大学？”

秦佔道：“没有人可以单打独斗，楚晋行从寒门学子到深城新贵，身边多的是能人谋士。你说得对，深城是他现在的根，但他在夜城攒下的东西，我们没有。”

荣一京思忖片刻：“夜城那边跟深城的确不一样。天子脚下，钱没权有地位，上面的人又惯爱打官腔，有事求人，先得豁出脸去捧。这事不是一般人能做的，你我都是弱项。”

秦佔没接话，放着一桌子的菜不动，默默地拿着勺子吃蛋糕。荣一京正经不过三分钟，突然问：“好吃吗？”

秦佔不搭理他，抬眼看向对面的闵姜西：“闵老师。”

“嗯？”闵姜西抬起头，兔子似的听了半天，难免心有些虚。

荣一京眼底带笑，出声道：“刚才忘了问，你怎么没给自己买一个？不爱吃甜食吗？”

闵姜西一听不是有关楚晋行的话题，悄悄放下心来，开口回道：“我还好，马上要吃饭了，吃太多甜点怕浪费菜。”

其实有一百种漂亮的回答，闵姜西却选择了最实在的。

荣一京眼底笑意更浓：“大家都知道浪费不好，偏偏有人顿顿浪费，近水楼台，你得教育教育。”

闵姜西笑说：“不敢，我自己都是吃人嘴软。”

荣一京打趣：“这顿我请，你不要怕他。”

闵姜西说：“也不是怕，尊重每个人的爱好，这是和平共处的基础，更何况秦先生也没点菜。”

荣一京撑着下巴去看秦佔：“你走了什么狗屎运，碰上闵老师这么善解人意的好人？”

秦佔眼皮都没挑一下，径自说：“这话该问问你自己，你是走了什么运？遇上我这么好的人，要不是心疼荣昊，你这辈子都别想遇见闵姜西。”

荣一京对荣昊道：“二，听见没？哥还是沾了你的光了。”

荣昊不高兴地说：“谁二啊？你要不就喊全了，要不直接喊名字。”

荣一京一本正经地说：“你二哥也在呢，我喊老二，我怕他非要给我当小弟。”

荣昊大义灭亲：“算了吧，你给二哥当小弟他都不稀罕。”

秦佔抬起头，左手握拳，跟荣昊隔空相撞，不知道的还以为他们才是亲兄弟。

荣一京哭笑不得：“看清楚谁才是你亲哥，你总觉得他好，什么都跟他学，他吃蛋糕你也吃蛋糕，你看看人家的身材，再看看你的……”

这笑点戳得猝不及防，闵姜西瞬间垂下头，假装伸手摸鼻子。

荣昊见状更是来气，脸都红了，对荣一京怒目相视。

荣一京拿荣昊开玩笑开习惯了，谆谆教诲道：“你还是年轻，江湖经验太少，哥告诉你，只有亲的才会督促你少吃一点，外人只会迷惑你青春期多吃点能长高。”

说着，他忽然话锋一转：“不信你问问闵老师，看她怎么说。”

闵姜西在看荣昊的热闹，努力忍笑。秦嘉定在看她的热闹，似笑非笑。

闵姜西深吸一口气，做出一副没事人的样子，说：“吃多吃少，爱吃什么都无所谓，开心最重要。”

荣一京“啧”了一声：“闵老师，这话就官方了吧？你不能看着阿佔在场就替他说话啊。”

秦佔咽下口中甜甜的蛋糕，说：“不向着我还向着你？”

荣一京说：“凭什么向着你？还不是因为你凶神恶煞不敢得罪。”

秦佔说：“我是好是坏她自己心里有数，没长眼睛的也坐不到这里。”

这话可能是现阶段为止，秦佔对她的最高嘉奖。因为通过了初级测验，所以才把她介绍给熟人；因为觉得她还上道，所以能参与他们的私下聚会。

闵姜西心里高兴，得到一个公认难搞的人的认可，多少还是会有些满足感。这感觉就像数学卷子的最后一道大题都能做，何愁前面的做不了。

荣一京不抛弃不放弃，死活要拉闵姜西上自己的贼船，说到后面荣昊都看不下去了，无语道：“哥，要不你把我过继到二哥家里吧？”

荣一京惊了：“为什么？”

荣昊道：“给你当弟弟丢人。”

荣一京“扑哧”一笑：“行啊，你是全深城第一个嫌跟我认识丢人的人。”

荣昊不讲话。秦佔说：“来我家里，以后补课都方便了。”

荣一京说：“你要过继是吧？给你过继到秦家，给嘉定当哥，以后你出门喊我叔。”

秦嘉定道：“你们有问过我的意见吗？倒来倒去只有我最吃亏。他要来我们家可以，在我下面，喊我哥。”

荣昊正在夹菜的手停下，侧头道：“你是在趁火打劫吗？”

秦嘉定说：“你喊她老师，但她私下里喊我哥，里外里，你是不是比我小？”

荣昊看向闵姜西，狐疑道：“你喊秦嘉定哥？”

闵姜西一口菜囫囵咽下去，表情无辜。怎么刚消停一会儿，又转到她这里来了？

“课下无大小，课上讲规矩。”闵姜西一脸浩然正气，这是她唯一能给出的解释。

荣昊迟疑片刻，转头对另一侧的秦嘉定道："那她私下里认我当老师，我依然是你的长辈。"

秦嘉定收起得意的表情，眼睛一眨不眨地看向闵姜西。有那么一瞬间，她仿佛觉得自己叛离组织了，他那副看叛徒的目光是怎么回事？

这厢幼儿园已经失火，偏偏荣一京还火上加油："呀，这关系复杂了，快捋一捋，以后我们互相怎么叫？"

饭后一行人从包间里出来，迎面正好碰上荣慧琳和她的几个女性朋友。女人们笑着跟荣一京打招呼，他也是来者不拒，跟谁都挺熟的样子。但她们明显身在曹营心在汉，眼睛几次三番地往秦佔身上瞄。奈何秦佔淡着一张脸，瞅都不瞅她们一眼。

荣慧琳抬眼看向秦佔，埋怨道："真不义气，我给你打电话，你说不在深城。一转头就在这里碰上，尴不尴尬？"

秦佔面不改色地说："刚回来。"

荣慧琳撇了下嘴角："信你的鬼，看出你不拿我当自己人了。"

闵姜西越看荣慧琳越眼熟，终于在对方说出"自己人"三个字的时候，恍然大悟。

早前她陪程双去近郊的森林酒店，单独跟秦佔在洗手间附近说话的时候，有个女人突然出现在身后，还问有没有打扰到他们，那个人就是荣慧琳。

那天荣慧琳化了宴会妆，发型也跟现在不同，闵姜西没能一眼认出来。只觉得她跟秦佔关系非同寻常，准确地说，是她对秦佔有些想法。

荣一京转头说："我作证，他确实刚回来。"

荣慧琳微微努嘴，重新看着秦佔道："好吧，算你诚实，晚上还有没有事？请你出去玩。"

秦佔道："没空。"

荣慧琳眉头一蹙："我一问你准没空。"

秦佔道："再说，我先送嘉定回去。"

秦佔把秦嘉定搬出来，荣慧琳也不好说什么，只能看着一行人离开。她的目光落在最后的闵姜西身上，半晌没动。身边人都在嘀咕："她就是闵姜西啊？"

"长这样，怪不得能去秦家当家教呢。"

荣慧琳脸一沉："很漂亮吗？"

朋友马上回神，出声说：“还行吧，个子挺高的。”

“高也不能当饭吃，你看她连高跟鞋都不敢穿。”

“还没胸，平胸穷三代，不像我们慧琳，波涛汹涌。”

女人伸手往荣慧琳胸前探，荣慧琳伸手挡开，没忍住勾起嘴角：“一边去。”

朋友顺势哄道：“男人都喜欢胸大的，没听过情义千斤不敌胸脯四两吗，你有这胸还怕她干什么？”

荣慧琳很快说：“谁怕她？”

“是是是，任何人在你面前都不足以构成威胁，冯婧筠那么牛，秦佔还不是看不上，更何况一个名不见经传的闵姜西。”

有人道：“我可听说前阵子闵姜西跟冯婧筠在一个饭局上，秦佔还当场把闵姜西给带走了。”

“是吗？怎么回事？”

荣慧琳淡淡地白了一眼，不屑道：“闵姜西刚来深城，她认识谁？冯婧筠故意带她去参加饭局，摆明了黄鼠狼给鸡拜年，没成想局上丁碧宁跟江东碰上了。两人吵得差点儿动手，秦佔才来。”

“丁碧宁没事吧，还死磕江东呢？”

荣慧琳拉着脸道：“傻瓜，自己丢人现眼还带着别人，秦佔每次都要替她善后。”

朋友见荣慧琳又不高兴了，赶紧哄道：“哎哟，这还没过门呢，就替人操心成这样了？”

荣慧琳听不得这种话，想绷着又忍不住乐，翻眼道：“都走开，别以为我没发现，你们一个个的眼珠子都掉到秦佔身上了。警告你们啊，他是我的，谁敢有贼心，别怪我大义灭亲！”

闵姜西来到饭店外面，荣一京让她上车，说要送她回家。她微笑道：“谢谢荣先生，不用了。”

荣一京刚要开口，秦佔道：“我送她。”

荣一京说：“你又不顺路。”

不待秦佔回应，闵姜西先道：“谢谢秦先生，不麻烦了。我朋友在附近，他顺道来接我。”

好巧不巧，一辆黑色奥迪靠路边停下。车窗下降，露出驾驶座陆遇迟的脸，他喊了声："姜西。"

闵姜西闻声望去，随后向秦佔和荣一京告别，迈步离开。

看着闵姜西渐行渐远的背影，荣一京勾起嘴角道："你也有热脸贴人冷屁股的时候。那谁啊？她男朋友？"

秦佔不答反问："你知道我最欣赏她哪一点吗？"

荣一京立刻给予肤浅的答案："漂亮。"

秦佔神色淡淡道："聪明。"说罢，也不管荣一京意会了多少，转身就走。

荣一京又不傻，也琢磨出点意思。闵姜西不仅跟自己保持距离，就连秦佔也避着，这样的女人……着实有趣。

闵姜西开车门坐进副驾驶座，车内传来童年的回忆——吼！哈！是谁，送你来到我身边……

闵姜西赶忙关上车门，说："车窗升起来。"

陆遇迟照做，紧张地问："怎么了？"

闵姜西说："怕路人听见笑话我。"

"俗。"

闵姜西系上安全带："在您面前不敢称俗。"

陆遇迟边开车边道："回家吗？"

闵姜西说："不回家回哪儿，你不回吗？"

陆遇迟说："待会儿还有节试课。"

闵姜西问："什么时候签的？"

"今天下午。"

"你今天四节课吧？还签，这是受了哪门子的刺激？"

陆遇迟目视前方，一脸认真的表情："我发现丁恪欣赏什么样的人了。他喜欢努力的、积极向上的，像你这种忙得脚不沾地、挣钱不要命的。别以为我看不出来，为了年底聚会能见到楚晋行，你暗地里憋着劲呢。"

闵姜西眉头一蹙，侧头道："我什么时候暗地里了？我努力从来都是光明正大的。"

陆遇迟道："那我们约着，年底一起参加表彰大会。事业大丰收，想想都来劲儿！"

闵姜西的脸一沉，出声道："你来劲就来劲，踩什么油门！"

第14章 越优秀越脆弱

齐昕妍那边有了消息，约闵姜西周六下午上门试课。那是个乍一看就安静内向的女孩子，鼻梁上架着略显厚重的镜框，加上不怎么灵动的目光，让她整个人看起来有些木讷。

齐昕妍给两人介绍：“这是骆佳佳。佳佳，这位是闵姜西闵老师。”

闵姜西微笑着打招呼：“佳佳，你好。”

骆佳佳点头：“闵老师好。”

她的声音轻轻的，像是底气不足，又像是莫名胆怯。

偌大的房子里，没有大人，只有骆佳佳自己。齐昕妍扫了一圈后，出声问：“你妈妈没在家吗？”

骆佳佳说：“出去了。”

齐昕妍道：“那我不耽误你们时间了，你跟闵老师进去上课吧。”

齐昕妍临走前跟闵姜西打招呼：“有事随时找我。”

闵姜西微笑：“谢谢你亲自带我过来。”

“客气什么？你先忙，我们回去再说。”

齐昕妍走到门口，骆佳佳轻声说：“齐老师再见。”

齐昕妍走后，家里就剩下她们两个人，骆佳佳带闵姜西回了自己的卧室。十七岁的女孩子，按理说正是心思活泛的时期。闵姜西见过公主房，见过朋克房，见过墙上贴着明星海报、桌上摆着偶像照片的房间，但骆佳佳的不是。

白色墙壁上一丝不挂，床上没有娃娃，桌上整齐地摆放着各种教科书和练习册。就连唯一的装饰，一个略显卡通的日历簿上，还标满了各种记号，细看都是跟学习相关的。

课桌前有两把椅子，显然是早就预备好的。骆佳佳说：“闵老师，请坐。”

闵姜西微笑点头，骆佳佳坐下之后，说的第一句话是：“现在正好三点，我们开始吧。”

她有着这个年纪少有的自律和时间意识，本应是好事，但闵姜西从她翻书的频率以及紧绷的坐姿看出，这是典型的危机感人格。

由于外界或者自己施与的压力过大，都会导致一个人产生过分的危机感。最常有的反应就是怕浪费时间，恨不能利用每分每秒，一刻不做事就会负罪感爆棚。这种心态，在即将面临中高考的学生中爆发率最高。

闵姜西神色无异，出声道：“方便的话，能把你最近几次的物理试卷给我看一下吗？”

骆佳佳打开抽屉，从里面拿出一沓试卷。闵姜西接过翻看，错题都已经用红笔改过，改得很仔细。而且日期从最近往前推，一百二十分的试卷，她最近一次考了八十八分，之前有七十分的，有六十分的，也有五十七八分的。

“你的成绩一直在进步，挺好的。”闵姜西说。

骆佳佳道：“我不觉得好，这次考试，我们班有人物理拿到一百一十五分，我只有八十八分。一门就差了将近三十分，我其他科目再怎么好也填补不了三十分的空缺。”

闵姜西听齐昕妍说过，骆佳佳属于好学生。成绩优异，只是偏科严重，物理怎么都上不来，家教换了一个又一个，就是不行。

“别急，你明年高考，还有大半年的时间，我看一下你大概哪方面是短板，我们一起给它补上。”

骆佳佳没看闵姜西，微垂眸盯着考卷，又好像在出神，轻声说：“只有一次机会。”

“嗯？”闵姜西一时间没听懂。

骆佳佳道：“高考只有一次，我没有回头路可走。”

骆佳佳这么紧张，闵姜西自然不会劝她这次考不好还有下次，这无疑是站着说话不腰疼。闵姜西勾起嘴角，温和又很有底气地说：“放心，我以前刚接触理科的时候，物理也是短板，还不如你，但我高考那年物理是满分。”

骆佳佳闻言，慢慢地抬起头：“真的？”

闵姜西点头："当然，我是那年汉城的理科榜眼。"

原本闵姜西的目标是楚晋行。楚晋行高考那年，是全汉城的理科状元，但她化学差了点，比他们那届的状元少了一分。

骆佳佳问："那你是怎么迅速提升成绩的？"

闵姜西从骆佳佳眼中看到了希望的火苗，微笑道："来，我帮你捋一捋，说不定我的秘诀也适用你。"

让一潭死水复活的不是虚无缥缈的承诺，而是切实可见的希望。闵姜西给了骆佳佳希望，这种希望不会一下子改变对方的焦躁，但能一定程度地让人放松。

学习已经很苦了，带着压力和紧张的学习，更叫人生不如死，能放松点就尽量放松点。

两人在卧室里坐着，一个认真听一个认真讲。时间过得很快，几乎是眨眼间，一百分钟就到了，就连骆佳佳自己都在诧异。平时的物理补课度秒如年，今天是意料之外的轻松。

闵姜西帮骆佳佳收拾桌上散落的草稿纸，出声问："能耽误你一点时间吗？"

骆佳佳点点头。

闵姜西说："其实你已经很棒了，三大主科都能拿到一百三十五分以上。化学和生物也不差，别给自己太大的压力。我知道每个人都是独立的个体，没办法真正地做到感同身受，也许我并不了解你，但我最起码经历过你正在经历的东西，也曾迷茫、彷徨、恐惧……但最后我想通了，我不是天才，不可能做到样样一百分。有时候承认自己只是个普通人，又比普通人努力，这样会不会更开心一点？"

从小到大，骆佳佳一直是优等生，尤其当她几门出现满分之后，老师和家里人更是把她当天才，到处去树典型。时间久了，她自己都会忘记，其实她并不是天才，她没日没夜不敢耽误一刻工夫地学习，就是为了留住天才的新衣。

第一次有人告诉她直面自己，承认自己只是个普通人。

骆佳佳沉默的工夫，外面传来声响，有人回来了。未见其人先闻其声，有小孩子在哭闹，也有大人在哄。

闵姜西跟骆佳佳一同出去，看见一个七八岁的男孩子满地打滚。一旁的中年女人来不及放下手上的玩具和购物袋，弯腰去扶，嘴里念着："小祖宗，快点起来。"

“我不起！我不起！我不去学校，我也不学钢琴！”

“行行行，不去，我们不去了。”女人好说歹说才把“活驴”扶起来。骆佳佳神色平静地说：“妈，这是我新的物理老师。”

女人眼睛都没抬一下，随口道：“你觉得行就行。”

小男孩忽然红着眼睛冲过来，抓起什么就往骆佳佳身上扔：“我讨厌你！你烦！你天天补课，她也让我去上课……”

闵姜西吓了一跳，本能地把骆佳佳往自己身后拦。骆佳佳自己却面无表情，仿佛早就麻木了。

“闵老师，我送你出去。”

骆佳佳迈步往门口走，闵姜西紧随其后。男孩被妈妈拉着，还去踢骆佳佳的腿，这一下恰好踢在骆佳佳的麻筋上。她难免“嘶”了一声，蹙眉看他。

小男孩还没说什么，女人先开口道：“干什么？你弟弟这么小，你还想打他？”

骆佳佳没说话，小男孩梗着脖子，有恃无恐，大声道：“我讨厌你！”

闵姜西视若无睹，平静地离开骆家。因为她知道，这样才能最大程度地保护女孩子的自尊。

闵姜西乘电梯下楼，站在小区门口打车。她刚坐进车里，骆佳佳的短信同时发来，上面写道：“闵老师，以后每个周六下午可以连上两节课吗？”

闵姜西回道：“可以。”

闵姜西等了一会儿，没有后续。她坐在车中，侧头看着不断掠过的街景，脑中抑制不住地联想到自己走后，那个家中会发生什么样的事情。

最好不过相安无事。骆佳佳回房间，一个人埋在书桌上继续题海战术；若是坏……她不愿意想，这世上的美好大抵类似，坏却能坏得五花八门，只有想不到，没有不可能。

“先行”不仅有国内知名的线下辅导，同样出名的还有面向全网的线上教学，家教可以在线上进行有偿和无偿两种答疑。有偿按照家教等级收费，无偿也会计时效，累计时常兑换不同的教育物资，分发到各个贫困地区，资助困难学生。

闵姜西一周只有周日休息，基本全天都在做无偿解答，像她这个级别的家教，几乎没人在做无偿，但她不介意。钱是赚不完的，甚至比起大城市有钱有资源却不想学习的孩子，她更愿意为困境中拼搏的孩子们尽一点微薄之力。天晓得电脑对面的孩子们，也许凑个上网钱已是极致。

晚上六点多，放在桌上的手机响起。闵姜西看了一眼，划开接通键：“齐老师。”

齐昕妍道：“没打扰你吧？”

“没有。”

“我跟佳佳联系过，她蛮喜欢你的，说是周一家里人会去公司跟你签合同。”

闵姜西微笑道：“谢谢你齐老师，有客户先想着我。”

“别客气。说句实在的，我们公司这么多人，别看你是新来的，但我跟你最合得来。而且你也有真本事，我不过是顺水推舟。”

闵姜西道：“你什么时候有空？我请你吃饭。”

齐昕妍道：“我找你正为这个，你现在出来方便吗？我们见个面。”

拿人的手软，齐昕妍都这么说了。她当然不会拒绝。等她应下之后，齐昕妍道：“其实今天还有一个人，佳佳的家人想一起吃顿饭。”

闵姜西脑海中第一个出现的就是骆佳佳的妈妈。

齐昕妍把地址告诉闵姜西。她挂了电话，收拾一下立刻打了车过去。

闵姜西对深城不熟，上车后告诉司机：“雍雅山房。”

司机从后视镜里看了她一眼，说：“这个时间点有可能会堵车，你愿意的话一百块，不愿意我给你打表。”

闵姜西问：“很远吗？”

司机说：“看情况了，不堵车走大桥，差不多四十分钟，堵车的话一个小时。”

这已经不近了，闵姜西答应了一百块。上车后给齐昕妍发消息：“齐老师，我刚上车，师傅说可能要四十分钟到一小时才到。”

齐昕妍很快回复：“好，你别太着急，我也刚准备出门。”

闵姜西放下手机，漫漫长路，司机主动道：“去见家教吗？”

闵姜西说：“是同事。”

司机有些惊讶：“你是老师？”

闵姜西淡笑着应声，听惯了“年轻，不像”这类的话，她始终但笑不语。

司机说：“我猜你是‘先行’的家教吧？”

闵姜西不答反问：“您从哪儿看出来的？”

司机说：“雍雅山房是深城数一数二的高消费场所，你们约在那里见面，一看就是有钱人。你们又都是家教，深城除了‘先行’还有哪里的家教这么会赚钱？”

闵姜西笑说："您不开出租车可以专业给人算卦了。"

司机健谈，话锋一转，继续道："你们的大老板是楚晋行吧？"

闵姜西点点头："嗯。"

"他可真够厉害的，一个没背景没靠山的人，可以独自在深城打下这么大的家业，这栋楼就是他的。"

说着说着，司机侧头往外瞄。闵姜西看到一栋很高很有未来感的灰色大楼，楼顶有硕大的Logo——先行科技。

司机边开车边感慨："越是大城市越排外，本地有钱有势的人不会把资源让给外人，多少外地人拿着钱往里冲，一批又一批，最后剩下的又有几个？当年楚晋行刚来深城闯荡时不也坐过一年多的牢？都以为他混不下去了，可能放出来之后就离开了，谁知道短短几年，他就在深城扎了根。"

闵姜西道："他坐牢是因为合作伙伴犯事潜逃。"

司机笑了笑："还是年轻啊，别人说什么信什么，能登出来的版本当然都是修饰过的。你别看我就是个的哥，但我们这行消息最灵。听说他是锋芒太露，挡了别人的道，别人给他使绊子，不然以现在的监控和警备力量，是个苍蝇都能抓出来，怎么会让主犯逃跑，让合作伙伴背锅？"

楚晋行出事那年，闵姜西刚刚考进夜大。他坐牢的消息一夜之间传遍全网，是经济案，涉嫌金额很大，主要嫌疑人逃跑，警察在公司里将楚晋行抓获。他当时没怕也没狡辩，请了很好的律师来打官司，结果大家都看到了，一年的牢狱之灾。

那时夜城"先行"已经成立，也正是他顺风顺水意气风发之际，谁料去深城发展，栽了那样大的一个跟头。

当时程双坐在寝室中看电脑，感叹连连，学校也是很快撤了一切有关楚晋行的宣传。他就像个人人争抢的香饽饽，一夕之间落魄到众人嫌弃的狗不理。

"我始终相信，有能力的人无论顺境逆境都能挺过来。"

闵姜西开口，这是她当年心里想的，只是如今说出来而已。

司机附和道："是啊，都说寒门再难出贵子，他给了很多人希望。我平时都叫我儿子向他学习……"

一路上聊着天，时间过得也没那样慢。当司机将车停下之际，闵姜西还有刹那间的纳闷，直到发觉天色已经不知不觉间变暗。

闵姜西给钱下车，站在园林式的饭店门口，打电话给齐昕妍。

电话响了几声，对方接通："闵老师，你到了吗？"

闵姜西说："我到了，在门口。你在哪儿？"

齐昕妍说："我这边还堵着呢，你等我给骆佳佳的家长打个电话，让他先出来接你。"

电话挂断，几分钟后，一个二十多岁的男人从门口走出来，叫了声："闵老师。"

闵姜西闻声看去，男人面带笑容地迎上来："等很久了吗？"

闵姜西淡笑，"没有，我刚刚到。您是？"

男人说："骆兆原。骆佳佳是我妹妹。"其实是堂妹，他省去了一个堂字。

闵姜西颔首："您好。"

骆兆原笑说："走吧，先进去。"

雍雅山房是中式园林设计，从外面只能看到灰墙红瓦，并看不到内景。闵姜西跟着骆兆原往里走，刚进了大门就像是误入了哪家王府的后花园。亭台楼榭，假山池沼，还有人工瀑布，路灯的光映着山水画一般的景。她脑中莫名地浮现出一句词：疏影横斜水清浅，暗香浮动月黄昏。

深城四季如春，最适合滋养奢贵的风流。

两人一边往里走一边闲聊，骆兆原道："今天刚知道闵老师给我妹妹当了家教，早听闻你的大名，想着一定要请你吃顿饭。"

闵姜西微笑道："您太客气了。"

骆兆原说："不是客气，你同时给秦家和荣家当家教，我们这个圈子里早就传开了。家里有孩子的都想请你回去，没想到我有这个荣幸。"

闵姜西说："都是尽本分，我就是普通的家教老师，不像大家传的那么神。"

骆兆原笑道："我好多朋友都想见见你，哪怕你没时间补课，抽空指点一二也是好的。"

说话间两人来到一栋三层小楼前面，往里走，越走越亮，停在一扇包间门口。骆兆原替她打开房门，还没等闵姜西走进去，就听得里面一阵哄笑。她的眼底闪过诧色，但是已经来不及了，一条腿早已自动迈出。

古色古香的包间，十几二十人围坐在雕花红木圆桌周围。闵姜西站在原地未动，直到骆兆原跟进来，其他人也闻声往这边看。

闵姜西跟坐在主位处的男人遥相对望，神色淡淡。对方一眨不眨地看着她，眼底似有片刻诧色。随后嘴角一勾，出声说：“我道是谁呢，原来是妹妹来了。”

江东。

闵姜西没想到会在这里遇上江东。

闵姜西站在门口不远处，不动也不出声，一桌子人都在看她，骆兆原离她最近，小声赔笑说：“闵老师，没有事先告诉你还有其他朋友在，你不会介意吧？”

短短几秒，闵姜西脑子里已经过了好几道。到底是齐昕妍在摆她，还是骆兆原，或是兜了这么大个圈子，其实幕后主使还是江东。反正不可能是巧合。

不管怎么说，她如今已经上了套，而且江东之前还帮过她，于情于理她没有掉头就走的理由。

闵姜西跟着骆兆原一起往前走，看似淡定，实则心里还是警惕且狐疑。

打从闵姜西出现，江东的眼睛就没从她身上移开。待她走近，桌上的人更是有眼力见地挪了半张桌，只为把江东身边的位子空出来。

骆兆原半真半假地说：“什么情况？东子认识闵老师？”

桌上有人接话：“你这生日礼物真是绝了。”

“是啊，我们挖空心思，送什么都没见东子嘴角咧得这么开。”

骆兆原看了一眼闵姜西，一脸茫然：“我真不知道，闵老师当了我妹妹的家教，我想着请她吃顿饭。”

这话就有点把人当傻子了，请人吃饭用得着选聚会的时候吗？是想 AA 还是叫她来买单？

江东脸上的笑意就没退过，开口道：“妹妹，上我这儿来。”

他眉梢上挑，只要略有笑意就会微微敛起，俗话说的眉眼含笑，就是他这种。

闵姜西余光瞥见不远处的几人高蛋糕，不动声色地道：“骆先生没说还有其他人在，我也不知道今天是你生日。祝你生日快乐，我还是不打扰了。”

此话一出，骆兆原有些慌。他费尽周折才把闵姜西给弄过来，哪有轻易放走的道理。

骆兆原忙说：“都是朋友，也没有外人，来都来了，再说今天是东子生日。”

江东生日，找她来做什么，拿她当礼物还是节目？

闵姜西嘴上不说，但也没给骆兆原笑脸。

江东出声道：“我之前就说有空请你吃饭，最近忙，一直没时间。正好来了就坐一下，等会儿吃块蛋糕再走。”

闵姜西不欠骆兆原的，但她私以为上次的事情闹成那样，不管是不是丁碧宁发疯，总归也有她的事，她欠江东一个人情。

所有人都在等着闵姜西落座，她走不了也没法矫情，干脆大大方方地坐在江东身旁的位子上。

江东乐了，看着闵姜西道："无论你是不是冲着我来的，我都很高兴。"

江东这张脸，但凡跟哪个女人这么和颜悦色地说话，对方就算不神魂颠倒也要五迷三道，可偏生闵姜西是个不近男色的主，心里只有防备。她神色如常道："两手空空，只能口头祝你生日快乐。"

江东应声："快乐，你没看我一直在笑吗？"

桌上的人都在有意无意看他们的热闹，闵姜西并不觉得尴尬，只是心底难免不爽，轻声说："之前的事，谢谢你。"

江东问："什么事？"

闵姜西道："宁波路别墅。"

江东"哦"了一声："我的错，平白无故让你背了锅，我还没跟你道歉。"

闵姜西心说："您老不用跟我道歉，别阴魂不散就成。"

江东看了闵姜西几秒，忽然一倾，压低声音说："你不会以为是我让人把你带来的吧？"

闵姜西不语，快速地打量江东眼中的神情，不确定他是真无辜还是装糊涂。

江东见状，抬头看向圆桌对面的骆兆原，换上了另一副表情和口吻："喂。"

骆兆原看向他，江东正儿八经地问："是谁让你把我妹妹带来的？"

骆兆原正在跟身边人说笑，突然被江东点名，他的表情有一瞬间的紧张，随后道："赶巧了。"

江东的脸上没有笑意："我再问你一遍，谁让你把她带来的？"

江东虽然没有不高兴，可这副严肃的样子，饶是谁都知道他认真了。

桌上忽然鸦雀无声，没有人讲话。骆兆原很快瞄了一眼江东身旁的闵姜西，但见她面无表情，暗道红颜祸水。

他迟疑片刻，勾起嘴角，赔笑道："好吧，好吧，我承认，是我故意把闵老师带来的。但我真没多想，就想着大家一起热闹热闹。"

江东表情不辨喜怒地说："你先斩后奏，弄得我里外不是人，不知道的还以为是我让你这么做的。"

骆兆原反应很快，马上起身，端起酒杯对闵姜西说：“对不住了，闵老师，真是我的错。这事跟东子没有任何关系，他什么都不知道，是我自作主张，你要生气我给你赔不是。”

闵姜西没想到江东会当众讲出来，她虽不满被骗，但也架不住骆兆原起身赔礼。这样的场合，她知道该怎么做。

“没事，我没有生气。”

骆兆原笑道：“你也别怪东子，他最冤了。今天是他生日，大家都开开心心的，这杯酒我自罚了。”

他起身喝了一杯酒，也算是给自己找了个台阶下。

桌上有人活跃气氛，说是一起敬江东一杯。闵姜西也拿起杯子，跟大家一样。江东见状，脸上笑意更明显。

江东放下酒杯，身子往闵姜西这边侧，压低声音问：“他怎么把你骗来的？”

说句实在话，闵姜西到现在也不能完全肯定这个套是不是江东故意设的，刚才的那一出是不是计中计。没办法，她天生多疑，很难相信不熟的人。

闵姜西表情如常，开口回道：“他是我新学生的哥哥。”

江东眉毛一挑：“他是独生子，哪来的妹妹？”

闵姜西不语，脑海中想到齐昕妍。若不是齐昕妍从中牵线搭桥，她也不会轻易赴约。

江东自顾道：“没事，等下我把他叫来问问。”

闵姜西还是没说话。江东盯了她几秒，忽然哭笑不得道：“你这是什么表情？还以为是我搞的鬼？”

闵姜西神情镇定地回道：“江先生，无功不受禄，你不用这么照顾我。”

江东说：“你是我妹，照顾你不是应该的吗？”

闵姜西说：“我不姓江，我的‘姜’跟你的‘江’也不一样。”

江东笑问：“干吗这么严肃？搞得我很不安。”

闵姜西道：“你这样我更不安。”

江东眼底尽是促狭，出声问：“我也没怎么你，你怕什么？”

闵姜西说：“我习惯食君之禄忠君之事，天上掉下来的馅饼，我不敢接。”

江东道：“我说让你来我身边做事，你不愿意。我以为我们是朋友，朋友之间互相关照一下不是正常的吗？”

闵姜西面不改色道："谢谢江先生抬举，自知之明我还是有的。朋友不敢当，你若是真有什么事需要我，我也能办的，一定办。"

江东盯着闵姜西那张水泼不进的谨慎面孔，轻笑着道："你是第一个拒绝跟我当朋友的人。我一没作奸犯科，二没十恶不赦，怎么就进了你的黑名单？"

闵姜西说："君子之交淡如水。"

江东猝不及防，当即笑场。

"你心里肯定不是这么想的，我猜……"

江东饶有兴致地瞥着闵姜西，三秒后道："你在怀疑我的动机。"

闵姜西不置可否。她不是在怀疑，简直是警惕和忐忑。也就是她修炼出一副雷打不动的淡定面孔，换是别人，早暴露了。

江东越看越觉得有意思，干脆头一偏，声音压得很低，开口道："其实很简单，我只想证明我比秦老二更好相处，他一定在背后跟你说我坏话了吧？"

闵姜西道："没有。"

江东眼底划过一抹嘲讽："撒谎，他是不是让你离我远点？"

闵姜西垂目不语。江东说："我不逼你，你自己慢慢品，到底我跟他谁是好人谁是坏人。"

闵姜西心说，都不感兴趣。她正酝酿着怎么提先走一步的事，还没开口，江东的手机响了。他掏出来看了一眼，笑着划开接通键，叫道："晋行。"

闵姜西刚开始还没反应过来，直到江东随后又说了一句："不用解释，知道你人在夜城。"

夜城，晋行……是楚晋行吗？

闵姜西看了一眼江东，但见他满脸笑容，出声道："生日年年有，又不差这一回，你什么时候忙完回深城？"

电话里的人说什么，闵姜西听不见，只能听到江东说："反正我好说话，生日礼物嘛，等你生意做成了，让我入股就行。"

女人的直觉，电话那头应该就是楚晋行。

原来江东跟楚晋行也认识，这都是什么见鬼的人脉网？

闵姜西想起那天饭桌上秦佔跟荣一京的聊天，秦家跟楚晋行还有竞争关系，深城那么大，但是兜来兜去，这些人都有牵连。说是巧合吧，但楚晋行早就不是普通人了，深城六景，三神之一，跟秦佔江东这帮人有牵扯似乎也很正常。

江东跟楚晋行聊了差不多五分钟，有公事，也有插科打诨，看得出关系很好。在此期间，闵姜西收到齐昕妍发来的短信：“闵老师，我这边堵车堵得很严重，临时又接到学生家长的电话，有急事要我过去一趟。不好意思了，你先跟骆佳佳的家长碰个面，有什么事随时打电话给我。”

看着短信，闵姜西面无表情，因为早已在意料之中。促成这个局的人，退一万步来讲，可以没有江东，但绝对有齐昕妍的份。

闵姜西拿着手机，起身出了包间。她站在门口，并没有马上打给齐昕妍。等了一会儿，江东跟出来，看着她问：“怎么了？”

闵姜西演得一手好戏：“同事打电话，有事找我。”

江东问：“很急吗？”

她点点头。

江东说：“进去切块蛋糕，吃了我叫人送你走。”

他面色坦然，甚至真诚。闵姜西打开包，从里面摸出一支钢笔递给他：“来得突然，没准备礼物，你要是不嫌弃，收下吧。”

那是一只款式很简单的黑色钢笔，江东眼底划过轻诧，还是笑着接过。闵姜西提醒：“别按笔帽。”

江东看了眼平平无奇的笔帽，眼中带着明显的狐疑：“笔帽怎么了？”

闵姜西说：“按了笔帽，下面有电。”

江东可能没听懂，或是好奇心太强，一只手按下笔帽，另一只手去摸钢笔底端。

“啊！”

闵姜西看着江东触电般地缩回右手，小白脸更白了，他惊恐地看着她。

“我说了有电。”闵姜西一脸无语。

江东站在原地，头皮还是麻的。他不敢回忆刚刚那种瞬间针扎的刺痛感，茫然地道：“为什么会有电？”

闵姜西说：“防狼工具。”

某宝经典款，售价一百八十八元，童叟无欺。

江东足有五秒以上没说话，像是后知后觉，眼睛一眨不眨地说：“你平时随身带着防狼工具？”

闵姜西点了一下头。她包里还有像口风琴的弹簧刀呢，只不过生日送刀显得晦气，她这才把钢笔送给他。

江东勾起嘴角，径自笑了起来。

闵姜西说：“现在男性出门在外也要注意安全，我当然不希望你用得上，但是有备无患。”

江东似真似假地道：“幸亏我没对你怎么样。”

闵姜西不接话。他笑说：“走吧，进去切蛋糕。”

两人一起进了包间，桌上的人有意无意都在打量他们。江东走至蛋糕前，问：“刀呢？”

马上有人接话：“现在就切？”

江东说：“我妹妹还有事，吃完蛋糕先送她走。”

大家都站起来，有个女人趁乱拍了张江东和闵姜西并肩而立的照片，用微信发送给栾小刁。

巧了，这女人上次也出现在荣一京的生日宴上。所以闵姜西一出现，她一直在关注，并且第一时间告诉了栾小刁。

照片发过去，栾小刁回复得很快：“拍张不那么明显的，发朋友圈。”

女人回了个“OK”。

在场的不止一个女公关，女人又拉来一个同伴，说是自拍，实则背景带到江东和闵姜西，他正递了块蛋糕给她。

拍完照，女人发了朋友圈，标题是：“吃蛋糕喽！”

在这个拥有三位以上共同好友就几乎没有秘密可言的时代，可想而知，这张照片会在短时间内被多少人翻阅并且传播。女公关们的人脉都挺广，闵姜西来深城两个月，不少人都见过她，照片很快几经辗转到了荣一京手里。

单独台球室，荣一京一只手拎着球杆，另一只手拿着手机。他放大照片，略过女公关的脸，看着背景中的一男一女。男的是江东，女的是闵姜西。

“啪啪”的清脆声响，那是球入球袋时发出的声音。秦佔俯身，瞄准一颗花球，利落出杆，劲稍微大了一点，球在球洞口转了一圈被弹出来。他神色淡淡地直起身，出声说：“谁给你发裸照了，你恨不得钻进去看？”

荣一京把手机递给他，秦佔看都不看：“我怕长针眼。”

荣一京说：“穿着衣服呢。”

秦佔伸手接过，屏幕上的照片已是被放大后的效果，他一眼就看到身穿白色衬衫的闵姜西。她很喜欢穿衬衫，他见她这么多次，她基本换色不换款。

看到闵姜西，就很难不看她身边站的是什么人，江东。这天是八月十号，圈内谁不知道这天是江东的生日。平日里想巴结江东的人很多，生日这天最能体现“含金量”。如果能出现在江东的生日局上，那绝对是“江党”无疑了。

闵姜西才来深城两个月，说她迅雷不及掩耳好呢，还是深藏不露好……

荣一京给球杆上巧粉，不辨喜怒地道：“什么想法？”

他俯身打球，球进洞。秦佔面不改色地放下手机，不冷不热地说：“关我什么事？”

荣一京说：“她去参加江东的生日宴，你都不管管？”

秦佔说：“腿长在她的身上，我管得着她往东还是往西。”

荣一京再次俯身，又进了一球。他眼皮一抬，似笑非笑道：“故作镇定，这可不像你的作风。”

秦佔回以一记讽刺的目光：“用不着激我。”

荣一京说：“本来就是，你能容忍自己身边的人跟江东走得近？见鬼了。”

秦佔说：“我提醒过她。”至于听不听，那是她的事。

荣一京道：“那就更不合理了，不知者不罪，明知故犯，几个意思？”

秦佔道：“别说风凉话，你要是能找到比她更好的家教，随时换。”

荣一京笑了：“你这是被捏住软肋了啊？”

秦佔不置可否。

荣一京第三杆没进，直起腰对秦佔道：“给她打个电话。”

秦佔不看他，淡淡道：“要打自己打。”

荣一京无所谓，当即掏出手机，打给闵姜西。

闵姜西这会儿刚吃完蛋糕，江东送她出包间，安排车载她回市区。手机响起，她看了一眼来电显示，接通道：“荣先生？”

荣一京问：“闵老师在忙吗？”

闵姜西道：“您有事吗？”

荣一京说：“方便的话见个面吧，不是我一个人，阿佔也在。”

闵姜西看了一眼时间，现在还不到八点，回市区顶多八点半：“好，你们在哪儿？”

荣一京说：“你在哪儿，我叫车去接你。”

闵姜西大方地回道："我不在市区，现在过去可能要四十分钟左右，您不用叫车接我。"

荣一京说了地址，闵姜西挂断电话。

身旁的江东问："荣一京？"

"嗯。"

江东佯装不悦："他约你见面，你这么爽快就答应。我今天生日，你从进门就急着要走。"

闵姜西缜密地回道："他不约我见面，我也是要走的。"

江东哭笑不得："你还真现实，这样我很下不来台的。"

闵姜西一脸正色地说道："祝你生日快乐。"

江东眼底流露出无奈，开口道："好，快乐，收到你送的礼物，我很开心。"

说话间两人已经走至小楼门口，江东叫了人过来，让他送闵姜西回去。

"手机拿出来。"他说。

闵姜西没动，眼带警惕。

江东说："把我的电话号码记下，到了跟我说一声。"

闵姜西很识时务，乖乖地记下他的号码。他站在原地，微笑道："去吧。"

晚上回市区的路很畅通，不到四十分钟车子就在街边停下。闵姜西道谢，开车的年轻男人嘴巴很甜："闵小姐慢走。"

下车后，闵姜西给江东发了条短信："谢谢，我到了。"

片刻后，江东回复："知道你的号码，算是第二份生日礼物。"

这话要是对着其他女人说，没有人会不悄然心动，奈何闵姜西"刚正不阿"。不管他是真心还是套路，她丝毫不为所动，甚至没有再回。

闵姜西收起手机，进了休闲会所的大门，来到荣一京事先说好的包间门口，抬手敲了敲房门。

"进来。"

闵姜西推门而入，入眼的是一个小吧台，吧台上放着两个酒杯。她迈步往里走，往右一看，是一张台球桌，秦佔跟荣一京正在打球。

"秦先生，荣先生。"

秦佔的眼里只有球，目不斜视。荣一京转头，笑着道："来了。"

闵姜西微笑，荣一京道："想吃什么，叫人进来下单。"

闵姜西说："谢谢，不用麻烦了，我吃过晚饭了。"

荣一京走至吧台处，倒了杯果汁给闵姜西。闵姜西问："这么晚，是不是有什么事？"

荣一京笑说："正事没有，跟阿佔打球的时候聊起你。想着你在深城可能也没什么朋友，叫你出来打打球聊聊天。"

闵姜西却觉得，无事不登三宝殿。

荣一京问："会打桌球吗？"

闵姜西说："小时候打过，很多年不碰了。"

荣一京说："没关系，过来开一局玩玩。"

来到球桌边，荣一京把球袋中的球掏出来，正俯身打球的秦佔眼皮一抬，面露不悦。荣一京道："凶什么？你都玩一晚上了。"

秦佔不语，起身把球杆立好，点了根烟坐在沙发上玩手机。

闵姜西拿了球杆跟荣一京打球。荣一京随口问："我只知道你是在夜城读的大学，家是哪里的？"

闵姜西说："汉城的。"

荣一京似是有些意外："我还以为你是北方人，完全听不出你有南方口音。"

闵姜西道："我小时候在东北待了几年，后来去的汉城。大学又是在夜城读的，可能北方口音多一些。"

荣一京敏锐地说："从东北搬去汉城，你父母一个北方一个南方吧？"

闵姜西点头。

荣一京道："那现在爸爸妈妈都在汉城？"

闵姜西说："我父母都不在了。"

荣一京神色微变："对不起……"

闵姜西抬头，微笑着道："没关系。"

不知是真的没关系，还是习惯了在被过问后回上一句没关系，总之，闵姜西的表情无懈可击。

荣一京道："以后有任何困难，找阿佔找我都可以，我们应该能帮得上忙。"

荣一京说得低调，以他和秦佔的势力，不是应该，是肯定。

荣一京天生的怜香惜玉，是真没想到闵姜西无父无母，难免心软。闵姜西却不愿意别人因此同情，微笑着道：“我初来乍到，您跟秦先生给了我工作，已经帮了我很大的忙。我还有家人，他们都在汉城。”

听到闵姜西还有家人，荣一京心里好受一点，淡笑着道：“远亲不如近友，他们离得远，你要真有急事也是远水解不了近渴。现在你既教荣昊也教嘉定，这两个小子可不好对付。我跟阿佔都很佩服你，所以你不用跟我们客气，有什么麻烦事尽管说。如果有很麻烦的人缠上你，你也可以告诉我们。”

荣一京在提点闵姜西。闵姜西并不知道自己跟江东的“合影”已经流出，但出于天生的敏感，她还是察觉到什么。毕竟就算荣一京有心情大晚上叫她出来聊天，后面坐着的那位也不像是有这种雅兴的，所以，事出必有因。

闵姜西自问没做什么亏心事，她在深城也不认识什么人，除了……

她开门见山：“您是说江东吗？”

荣一京道：“包括他，我是指任何给你找麻烦的人，你都可以说。”

闵姜西心下立刻了然，还真是。

“目前为止他没给我找过太大的麻烦。”闵姜西实话实说。

荣一京顺势道：“他没儿没女也没有兄弟姐妹，自己也不像个学习的料子，他找你，不会是图你的才。”

闵姜西道：“我跟江先生说过，如果他现在着手结婚生子，我可以破例从六岁抓起。”

荣一京忍俊不禁：“你真这么说的？”

她点点头。

“他怎么回的？”

“他说我是他爸请来催婚的。”

“谁跟了他，倒了八辈子的霉。”

闵姜西身后忽然传来男人低沉的吐槽声。她不用转头也知道是谁，可还是忍不住转头去看。秦佔一只手夹着烟，一只手拿着手机，俊美的面孔上充斥着淡漠和嫌恶。

荣一京说：“闵老师，没拿你当外人，真心奉劝一句，江东不是什么好人，你跟他接触，要慎重。”

闵姜西还没回答，身后的秦佔再次开口：“你想接触就接触，有想法之前参考一下丁碧宁。”

荣一京怕闵姜西听不懂，绅士地解释：“江东属于恶犬，饥不择食，只要是阿佔身边的人，他都会想办法插上一脚。插上之后，马上一脚踢开，管人是死是活。”

闵姜西听得面不改色，平静地说：“他不是我喜欢的类型。”

荣一京笑问：“你喜欢什么类型的？”

闵姜西道：“也不能说喜欢，我会比较倾向奋斗型。”

荣一京闻言，忽然道：“那我完了，你看阿佔怎么样？他是奋斗型。”

闵姜西笑着道：“别人是条条大路通罗马，秦先生出生就在罗马。”

秦佔道：“有钱怪我了？”

闵姜西没想到秦佔会接话，赶紧转头说：“我是羡慕。”

秦佔抬头瞄了她一眼：“没看出来。”

闵姜西道：“拼不了先天只能拼后天，需要奋斗的人十有八九都是被逼无奈。”

秦佔不吃这套：“我看你不是仇富，是对家底厚的人有偏见。”

这个高帽子扣下来，闵姜西的细脖子可接不住，她忙说：“不敢。”

秦佔道：“不敢不是不想。”

闵姜西有些慌，暗道秦佔今晚怎么了，吃火药了？

荣一京眼含促狭，煽风点火道：“你说他不是你喜欢的类型，他不高兴了。”

闵姜西不信。

秦佔面色坦然地道：“她三观有问题，有钱跟奋斗不冲突，奋斗可以赚钱，有钱就不用奋斗了？带着这种想法，怎么教好秦嘉定和荣昊？”

荣一京笑着打圆场，对闵姜西说：“我的确是金玉其外败絮其中，但阿佔是牛津大学的，看不出来吧？”

闵姜西暗道，真没看出来。

荣一京随后说：“他大学学的哲学，学到一半忽然参透人生，所以毅然决然地选择退学，弃文从商，至今还没拿到毕业证，但是公司已经开了好几个，包括学校。”

闵姜西道：“牛。”

荣一京道：“有钱不影响奋斗，他说的是真的。”

闵姜西看向秦佔，诚恳地说：“可能我的表达有歧义，但我还是要向您道歉，我不会向秦同学和荣同学传达有钱就不用奋斗的思想。”

秦佔死活跟闵姜西杠上了，面不改色地说："我知道你不会也不敢，但你骨子里瞧不起有钱人。"

闵姜西冤枉："我没有……"

她怎么会瞧不起有钱人？在座的各位都是衣食父母好吗？

不管闵姜西的一脸委屈和有口难言，秦佔问："玩数独吗？"他知道她是夜大数学硕士，闵姜西点头。秦佔道："我跟你玩几局。"

闵姜西："呃……"

荣一京乐不可支，看热闹不嫌事大："完了，完了，他认真了。"

闵姜西半开玩笑半认真地道："我是不是要道歉？"

秦佔说："等你输了再道歉也不迟。"

秦佔面无表情，冷漠而嚣张。闵姜西屈从冤处来，莫名也想探探牛津大学高才生的底。反正在各种因素的驱使之下，两人真就一个沙发坐下来，一人拿了个平板，选了同一套数独题目，看谁通关快。

难度从简单、中等，再到高等。简单的不用说，正常人需要走遍脑子，他们好像只是看了一眼，迅速地往空格处填数字，两人几乎同步完成，翻页，下一题。

荣一京一个人霸占整张台球桌，看不懂，不掺和，只是太好奇究竟鹿死谁手。

闵姜西和秦佔对彼此都不了解，就像他今晚才知道她的家庭情况。闵姜西也是今晚才知道他是牛津大学肄业。

闵姜西不仇富，但秦佔猜得也没错，她心底深处的确认为生在豪门不会像寒门一样努力。他不喜欢她这种态度，要教教她怎么做人。

数独答题正确会自动过渡下一道，错误会有提示音，一晃半个小时过去，秦佔跟闵姜西皆是头都不抬一下。乍一看，两人脸上是同款的淡漠，不对，是认真。

荣一京渐渐体会不到独自霸占球桌的爽感，坐在沙发另一处玩手机。不知不觉，一个小时有多，荣一京忍不住抬起头："你们要做到天荒地老吗？"

闵姜西两耳不闻窗外事，秦佔更直接："你走吧。"

荣一京一脸蒙："我在这里等了你们一个多小时，你让我走？"

秦佔的眉头微不可见地轻轻一蹙："别说话。"

数独是需要注意力高度集中的游戏，简单和中等级别还叫益智，高难度分明就是烧脑，别说牛津大学，就是牛大学的也不可能一心二用。

荣一京无语，正好微信上好多妹妹喊他出去玩。他站起身，打了声招呼："我走了。”

秦佔跟闵姜西皆是沉默，荣一京一口气堵到心口，白眼都翻不动了，径自出了门。

转眼间房内只剩秦佔跟闵姜西，两人并排而坐，中间隔着几个人的位子，谁也不说话，专心致志地盯着平板屏幕。当真是一个有颜如玉，一个有黄金屋。

像是开启了静音模式，空气都是静止的。若不是亲眼看到两个大活人坐在这里，任是谁都以为房内没有人。

头低得久了，闵姜西会调整看平板的姿势，秦佔也是。从最开始地坐着到后来的靠着，再之后换成了慵懒的半瘫。

不知道过了多久，秦佔放下平板，拿起茶几上的烟盒，抽了根烟出来。他这边刚刚点火，一旁的闵姜西道："我做完了。”

终于通关，闵姜西如释重负，同样也争分夺秒地率先报数，她侧头去看秦佔，见他不慌不忙地抽了口烟，将手中平板转过去，屏幕上显示已经通关：用时 2 小时 58 分 14 秒。

闵姜西的平板上显示：用时 2 小时 58 分 19 秒。

足足慢了他五秒钟。

包间的光线并不明亮，闵姜西眼底的意外一闪而逝，随后一如既往平静，开口道："我输了。”

秦佔吐出白色的烟雾，不冷不热地道："还觉得我不行吗？”

闵姜西说："对不起，我认输。”

秦佔说："你也不错，比我预期中快。”

闵姜西问："您理科这么好，为什么不自己教秦同学？”

秦佔回道："医者不能自医，一个道理。”

闵姜西神色真诚地说："您是个合格的好家长。”

秦佔道："你也算个合格的好老师。”

两人互相夸了几句，而后谁也没接话，包间瞬间恢复安静。闵姜西看了一眼时间，惊道："已经十二点了。”

秦佔起身道："走吧。”

两人一起出了包间，前脚刚离开大门口，后脚会所的人就议论起来。

"荣一京三个小时前就走了，他们在里面待那么久干吗了？”

“我说打球你信吗？”

“他们受得了，球桌也受不了。”

“在探讨知识？女的不是家教吗？”

“你说的是知识还是姿势？对着那样的一张脸，我更倾向是后者。”

“克制一点行吗？你一脸猥琐……”

闵姜西要打车走，秦佔叫她上车，送她回家。

一路上两人都没说话，各自目视前方。中途好几次闵姜西都想打哈欠，但都强忍住了。终于熬到家门口，秦佔停车，闵姜西解开安全带，道：“谢谢秦先生。”

下车之后，她又礼貌颔首：“您回去路上慢点开。”

打过招呼，闵姜西转身往里走，原本秦佔也要走的，赶巧接了个电话。他降下车窗，边抽烟边聊。

同一时间，一辆红色奥迪驶入小区大门，两辆车擦肩而过。车上的女人看清对面坐的是秦佔，不远处往里走的人是闵姜西。她忙掏出手机，拨了个电话出去。

对方接通，是个女人的声音。

女人压低声音，神神秘秘又紧紧张张地说：“慧琳，你猜我看见谁了？”

荣慧琳问：“谁？”

“秦佔！他在我家小区门口，我看到他送闵姜西回家！”

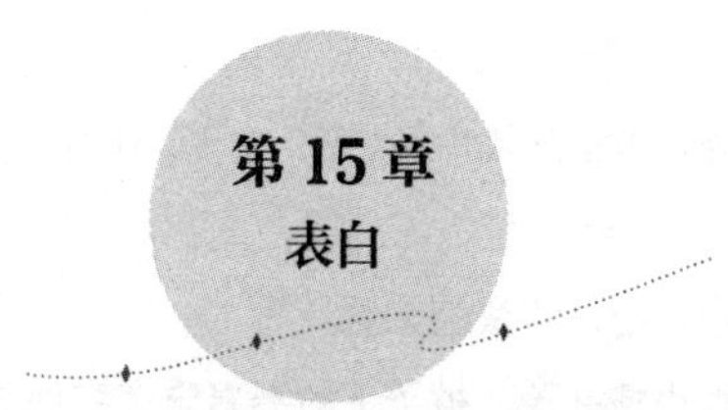

第15章 表白

闵姜西虽然睡得比平常晚了点，但生物钟已经固定了。周一，闵姜西早早来到“先行”，把给陆遇迟带的早餐放在他的桌子上。她刚刚坐下，有人从身后走来，在她桌上放了杯咖啡。她抬眼一看，是齐昕妍。

齐昕妍面带笑容道：“那天跟骆佳佳的家长聊得怎么样？”

闵姜西面不改色地说：“挺好的。”

齐昕妍说：“我都过了南港大桥，谁知道后面还在堵，后来我又有事，好不容易才折腾回市区。不好意思啊，没有陪你一起。”

闵姜西淡笑：“没关系。”

齐昕妍没从闵姜西脸上看出丁点儿不悦，话锋一转，聊起了骆佳佳。

“她家里重男轻女很严重，我好几次看到她妈妈因为弟弟数落她，其实都不关她的事……而且对我们家教的态度也不礼貌，每次见了面从来不打招呼，偶尔问一下功课，还不是关心女儿的学习，而是担心钱白花了，啧……”

齐昕妍企图以八卦的方式赢得闵姜西的注意甚至是共鸣，但闵姜西只是面色如常地说：“谁家的钱都不是大风刮来的，有钱也要用在刀刃上。”

齐昕妍一计不成，笑着道：“也对，我教骆佳佳小半年了，知道她妈妈是什么样的人，怕她会给你脸色看，先给你提个醒。”

闵姜西说：“谢谢你，有心了。”

齐昕妍对上闵姜西的目光，看着那双清澈带笑的眼睛。不知为何，她总有种不踏实，甚至有后背发凉的不安感。

齐昕妍下意识地勾起嘴角，客气了两句：“那我不打扰你了，有空聊。”

齐昕妍迈步走开，闵姜西收回脸上的笑容，低头整理课件。至于那杯咖啡，她碰都没碰。

秦家的车准时在楼下等候，闵姜西乘车来到秦家，进了秦嘉定的房间，他还在蒙头大睡。

闵姜西略感意外，毕竟自从“秃头章”起飞，他有一段时间都是自力更生的，她以为他已经习惯了。

闵姜西拉开窗帘，道：“快起来看。”

闵姜西故意说得声情并茂，被子下的秦嘉定迷糊地“哼”了一声。她又说：“快看。”

秦嘉定慢半拍地掀开被子，一脸不知身在何处的表情。他眯眼往她的方向瞧，闵姜西指着窗外道：“看，大太阳。”

秦嘉定快要气死，重新一头倒下去。

闵姜西已经如愿以偿，出声说：“起来吧，你也睡够了。”

秦嘉定闭着眼睛，蹙着眉头说：“我才睡了六个多小时。”

闵姜西道：“谁让你大半夜不睡觉又看电影了。”

秦嘉定含混着道：“帮我二叔……”

“什么？”

“我二叔，游戏……”

闵姜西站在床边，单手打开盒盖。随着她越拿越低，秦嘉定闻到的味道也越来越浓。最后，他甚至感受到香味来源处的温度，不得已睁开眼。果不其然，一盒生煎已经快碰到他的鼻尖。

闵姜西笑着道：“快起来，生煎包配豆浆，我们公司附近最火的早餐搭档。”

秦嘉定又困又烦，奈何脾气早就被闵姜西给磨光了。他在床上翻来覆去倒腾了几次，一鼓作气，顶着奓毛的头发坐了起来。

闵姜西问：“你刚才说你二叔什么？你们通宵打游戏了？”

秦嘉定随手从枕头下摸出一部手机扔到床边，言简意赅道：“自己看。”说罢，他下床往洗手间走。

秦嘉定差点在洗手间的马桶上睡了个回笼觉。再出来的时候，他看到闵姜西坐在椅子上，双手拿着手机，目不转睛。

秦嘉定边刷牙边绕到闵姜西身后。她正在打游戏，他本想嘲笑，但一看就是几分钟，始终没找到槽点。最后是嘴里的沫子承受不住，才跑去洗手间“先漱为敬”。

待秦嘉定重新回来，闵姜西头不抬眼不睁地说：“先吃饭。”

秦嘉定一只手拿着生煎包一只手端着豆浆，站在闵姜西身后观战。他看了一会儿，忍不住问：“你平时打游戏吗？”

“基本没时间。”

“那你手速挺快的。”

“可能天才都这样。”闵姜西说得云淡风轻。

秦嘉定一脸无语，只可惜闵姜西看不到，他非要嘲讽出来：“成年人的脸皮都这么厚吗？”

闵姜西道：“实话实说，我功课做得好，游戏打得好，风筝也放得起来，你不觉得我是天才吗？”

“呵呵。”

“不要崇拜我，好好努力，你也可以的。”

秦嘉定喝了口豆浆，揶揄道：“我发现你原形毕露了。”

刚认识的时候，闵姜西还在他面前装得像个老师样。但看看现在，她坐着他站着，她玩着他看着，乍一眼分不清谁是丫鬟谁是小厮。

闵姜西道：“别这么说，我把你当自己人。”

秦嘉定道：“这是你单方面宣布的，也不问问我当没当你是自己人。”

闵姜西随口道：“你二叔都说我是自己人，何况你了。”

提到秦佔，秦嘉定像是寻到一个反击闵姜西的好盾牌，一口吃下半个生煎包，努力道：“你是天才？你知道这游戏是谁做的吗？”

闵姜西一心二用，躲闪不及，让人一招打得倒地不起。她索性放下手机，转头道：“不会是你二叔吧？”

秦嘉定的语气是掩饰不住的炫耀：“我二叔的游戏公司新开发的，还在内测阶段。”

闵姜西撇撇嘴：“他公司开发的，又不是他开发的。”

秦嘉定眼睛一瞪。闵姜西忙道：“牛，你二叔最牛！”

秦嘉定说：“你敢看不起我二叔？”

闵姜西一本正经地回道：“哪敢？我刚被你二叔挫完。”

秦嘉定听说闵姜西数独输给秦佔，连哼带嘲道：“在我面前还敢自称天才……当我没见过天才吗？像我二叔那种的才是天才。你呀，充其量也就算有点小聪明。”

无论秦嘉定说什么，闵姜西都极其捧场地点头。由于配合得太过殷勤，倒显得格外敷衍。

秦嘉定不爽闵姜西的态度，逼急了乱炫耀：“你知不知道多少女人喜欢我二叔？”

闵姜西眨着无辜的眼睛：“我不知道。”

秦嘉定冷哼：“光是我知道的没有一打也有十个，大家眼光都这么好，只有你有眼不识珠。”

闵姜西一刻不等地说：“定哥明鉴，我对你二叔的心天地可证。”

天地可证的清清白白，后面的话还没等说出口，只听得身后忽然传来一个熟悉的男声：“还没开始上课？”

闵姜西转过头，只见穿着黑色长裤和黑色缎面衬衫的秦佔站在身后不远处。

据闵姜西多日观察，秦佔不是个会起早的人，而且看他这身打扮，分明是昨晚见面时穿的。他应该是夜不归宿，刚刚回来。

站得这么近，秦佔一定听见她刚刚说了什么。她想解释，奈何秦佔神色淡定，她一时间不知从何说起。

秦嘉定先一步道：“正在等天才发表玩后感。”

秦佔看向闵姜西：“怎么样？”

闵姜西很快点头：“挺好玩的。”

秦嘉定说：“能不能有点含金量？”

秦佔也道：“还在内测阶段，有什么想法尽管提。”

闵姜西说：“游戏我是外行，看个热闹，我有朋友算是游戏方面的专家。不介意的话，我可以拿回去让他玩一玩，看他是怎么说的。”

秦佔说：“带回去吧。”

闵姜西不懂，轻飘飘的一句话，背后代表着什么。

秦嘉定看着秦佔，满眼崇拜地问：“二叔，你玩数独把她赢了？”

秦佔淡淡道：“怎么了？”

秦嘉定说：“牛！可算是替我出了口恶气。”

闵姜西刚想说，怎么就气着他了？

秦佔就面无表情道："是我赢了，又不是你赢了。要出气自己先争气，指望别人给你报仇，没出息。"

秦嘉定撇撇嘴，嘀咕了一句什么，闵姜西没听清楚。秦佔道："你今年十二岁，不小了。家里不短你钱花，你自己也要争气，免得长大以后越有钱越被人瞧不起，以为你金玉其外败絮其中。"

闵姜西一听，嘿，这是存心说给她听，还是她敏感想多了？

秦嘉定平日里软硬不吃，但还是很听秦佔的话，老老实实地应下了。

秦佔道："你们上课吧，中午不用叫我起来。"

说完，他转身离开。

闵姜西怕秦嘉定心情不好，把生煎盒子往他面前一端，问："还吃吗？"

秦嘉定赌气想说不吃，但转念一想，何必难为自己的肚子。他整盒接过，埋怨道："我二叔现在跟你站在统一阵线了。"

闵姜西明哲保身："他不是向着我，是向着理。"

秦嘉定用生煎把嘴堵上，不讲话。

闵姜西说："多跟你二叔学，他说得没错。有钱也要有本事，不然大家只敬罗衫不敬人，你的存在就没有价值可言。"

秦嘉定委屈道："我最近表现得还不够好吗？"

闵姜西马上回以笑脸："这个我承认，你最近的表现是很不错，所以今天我们随堂测验。"

她从包里面掏出打印好的试卷。秦嘉定一看，蹙眉道："我不喜欢考试，你讲的我都会了，干吗非要用分数高低去证明什么？"

闵姜西说："你不喜欢去学校，不喜欢考试，因为不想用成绩去证明好坏，更不想用成绩去讨好谁，但是很现实的一点，我来你家就是教你学习的。你分数的高低会直接证明我的存在有无必要，所以，要不要花点时间证明我还是挺有用的？"

秦嘉定觉得闵姜西巧舌如簧，怎么所有他认为一定对的事情，在她口中三言两句就显得他很弱势了？

他拉着脸喝了一大口豆浆，突然不想跟她学数学，想跟她学学人生这门哲学了。

吃饱喝足，秦嘉定坐在闵姜西身旁的椅子上，大爷似的说道："让我考试也不是不行。"

闵姜西不接话，静等他的下半句。果然，没几秒，他再次开口："我有条件。"

闵姜西答得镇定自若："说来听听。"

秦嘉定把卷子拿起来，正反两面随意地翻看了一遍，道："我要是考九十分以上，你答应我一件事。"

闵姜西说："一百分。"

秦嘉定说："九十分有九十分的事，一百分有一百分的事，你敢不敢赌？"

闵姜西说："不违法不违纪，不影响市容和安定团结。"

秦嘉定说："我目前还没想让你去少管所教我。"

闵姜西道："成交，你现在就把九十分和一百分的事写下来。到时我们开卷兑奖，童叟无欺。"

秦嘉定忍不住在心底赞道：老奸巨猾。

一大一小，一拍即合。秦嘉定在纸上写下愿望，压在桌摆下面，开始做卷子。闵姜西静静地坐在身旁，替他准备下节课要学的东西和要做的题目。阳光从巨大的玻璃窗照进来，倒也是良师益友、岁月静好的味道。

秦嘉定做题很快，不到一小时就答完一个小时半的题，答完还破天荒地从头检查了一遍。闵姜西用余光偷瞄，暗道他是多想赢啊。

"做完了。"秦嘉定潇洒地放下笔。

闵姜西问："确定交卷？"

秦嘉定说："自信的人生不需要太多犹豫。"

闵姜西拿起红笔，点头道："我个人很欣赏你的态度。"

秦嘉定做题快，闵姜西判题更快，红笔偶尔落下。他斜眼去瞄，脑子里飞快地计算分数。

一百二十分的题，闵姜西合计一下，用红笔在卷子顶上写下九十九分。

秦嘉定眉头一蹙，把卷子接过去自己看。没多久，他出声道："这个选 C，我看错了。"

闵姜西淡定地把卷子扯回来："选 C 没错，但你已经没有机会了。"

秦嘉定想要解释，闵姜西只是坦然又直白地看了他一眼。他默默地把辩解收回去，知道在她这儿不管用。

“你可以自己再看一遍，能改的改，不能改的我们再探讨。”

闵姜西很少用“我教你”这样的说辞，一般都是用“探讨”这个词，没别的原因，只是始终认为做错也有做错的思路，永远不要遏制孩子们的思绪，让他们觉得对的答法只有一种方案。

花了半个多小时，闵姜西把秦嘉定做错的题都讲了一遍。很多题的解法都不只一种，她不厌其烦。秦嘉定也比从前有耐心，不会就问。

“好了，开奖吧。”

用脑时间结束，闵姜西主动活跃气氛。

秦嘉定把纸条抽出来，递给她，闵姜西定睛一看。九十分以上的奖励是，每天要给他带一样好吃的，不能重复，为期一个星期。一百分以上的是，让她找一天去喊秦佔起床。

于秦嘉定而言是奖励，于她而言，赤裸裸的惩罚！

闵姜西后怕道：“叫你二叔起床，你是在跟我开玩笑吗？”

秦嘉定道：“违法还是违纪？影响市容还是安定团结？”

闵姜西说：“要命。”

秦嘉定说：“一百一，我要是考到一百一十分以上，你敢不敢赌？”

闵姜西侧头看了秦嘉定一眼，淡笑道：“玩这么大？”

“敢吗？”

“怕你？不敢不是你老师。”

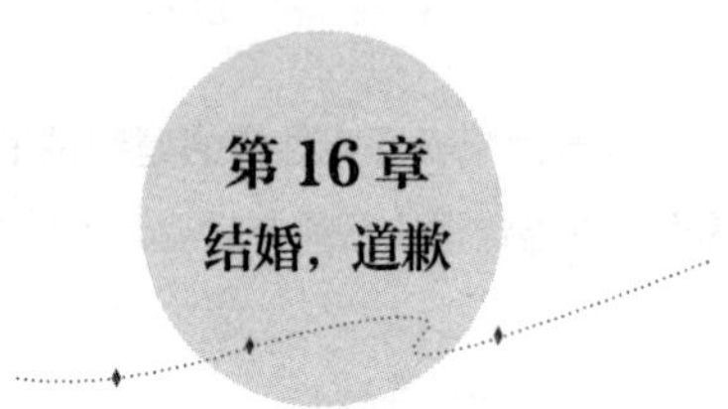

第16章
结婚，道歉

闵姜西中午陪秦嘉定一起吃完饭，便乘车回市区。路上手机响起，她拿出来一看，屏幕上显示着“蒋璇”二字。

闵姜西接通，笑着道：“璇子。”

手机里面传来同样热情的女声：“姜西，忙着呢？”

“没有，已经下课了，午休时间。”

蒋璇问：“在深城待得怎么样，还适应吗？”

闵姜西说：“我挺好的，遇迟跟双都在身边。你呢，最近好吗？”

蒋璇说：“我很好，我要结婚了！这不想着赶紧跟你们报备一声吗？”

闵姜西吃惊：“你要结婚了？什么时候？男方是谁？”

蒋璇笑道：“我就猜你一定会这么问，我这个周末结婚，在夜城。老公你八成不认识，叫罗定安。”

闵姜西确实不认识，一脸蒙地说：“是我们学校的吗？”

蒋璇说：“不是，他比我们大得多，是个大叔。”

闵姜西说：“年纪是次要的，人好最重要，太突然了……一个电话说结婚就结婚。”

蒋璇说：“知道你们都是大忙人，尤其是程双，自己开公司当老板，我还怕她没时间过来呢，你有没有时间？”

闵姜西道：“周日是吧？我周六晚上过去。”

蒋璇笑道：“仗义！那我等你来了细聊，我去给遇迟和程双打电话。”

两人聊了一会儿后挂断，过了五六分钟的样子，程双的电话就打了进来。

闵姜西说："跟璇子通过电话了？"

程双道："这才毕业几天，怎么就要随份子钱了？"

闵姜西吐槽："你的重点能不放在钱上面吗？"

程双"啧"了一声："我不是这个意思，太突然了，才二十五岁结什么婚啊？"

闵姜西说："真爱来了挡都挡不住。"

程双道："我问她老公是什么人，她说在教育局工作，还是个官。酒席不能大办，只给了女方这边二十个亲属席位。"

闵姜西问："你有空吗？"

程双道："她说你周六去，我能不去吗？公司这边先叫人盯着，我们周六去周日回。"

闵姜西应声："璇子人挺够义气的，人家特地来打招呼，必须去捧个场。"

程双问："遇迟呢？他去不去？"

闵姜西说："他周六、周日都有课，估计要推。我马上到公司了，回去问问他。"

车子停在"先行"楼下，闵姜西上楼的时候，陆遇迟的电话打进来。她接通后道："等一会儿见面说，我三分钟后上楼。"

等见了陆遇迟的面，他开口第一句便是："蒋璇不是跟孙凯在一起吗？刚才她打电话说要结婚，我差点脱口而出祝她跟孙凯新婚快乐，好在多个心眼问了问，是个姓罗的。"

闵姜西眼带狐疑："孙凯又是谁？"

陆遇迟道："体育系搞长跑那个，你忘了？之前还剃过光头。"

闵姜西有些印象："那都是哪年的老皇历了？"

陆遇迟道："我们毕业前一个月，他们不是复合了吗？"

闵姜西摇头："我怎么什么都不知道？"

陆遇迟感慨："播音系系花这么快就嫁人了，娶她的却不是体育系系草。"

闵姜西似笑非笑："别伤春悲秋了好吗？"

陆遇迟横了闵姜西一眼："我如果爱一个人肯定心日月可鉴，天地为证。"

闵姜西闻言，忽然走神想到上午在秦家，自己跟秦嘉定开玩笑说的话，秦佔在背后一定听到了。

想到秦佔，闵姜西从包里面掏出一部手机递过去。陆遇迟眉毛一挑，"什么日子，干吗送我礼物？"

闵姜西懒得翻白眼给他，淡定地说："里面有一款新游戏，你有空玩玩试试，告诉我有哪些不足需要修改。"

陆遇迟是行家，打开手机看了几眼，抬头问："谁给你的？"

闵姜西如实回道："秦佔的游戏公司新开发的。"

陆遇迟道："还在内测阶段的游戏，他就这么大大方方地让你带出来了？"

闵姜西道："我说了有朋友是行家，可以帮他做个用户体验。"

陆遇迟一本正经地说："你知不知道这样的一款游戏，如果提前泄露出去，他的损失会有多大？"

闵姜西难得天真："我为什么要泄露出去？我不敢，你敢吗？"

陆遇迟什么都没说，只定睛地看着闵姜西。闵姜西被看了几秒后也是后知后觉，对啊，她相信自己的人品，相信陆遇迟的人品，可秦佔凭什么相信自己？

闵姜西喝了口果汁，道："日久见人心，我觉得是我的为人太靠谱，打动了他。"

陆遇迟回以一个似笑非笑的表情，让她自行体会。

闵姜西的喉咙微动，不想跟陆遇迟继续争论这个话题，主动道："璇子结婚你去不去？"

陆遇迟打开手机，边玩游戏边道："你跟程二都去，我不去怕她记仇。"

闵姜西说："我刚看了一下时间，我们周六晚上坐八点多的飞机过去，周日下午回来。"

"嗯，你安排。"

两人在茶水间聊天，有人走近，出声道："闵老师，有客户找你。"

闵姜西放下杯子往外走，还以为是谁，结果看到了骆兆原。

骆兆原满脸堆笑，很热情："闵老师。"

闵姜西嘴角勾起礼貌的弧度："骆先生。"

骆兆原道："我来替佳佳签合同，他爸妈没时间，你现在方便吗？"

闵姜西望了一眼办公室方向，透明的玻璃门，里面空无一人。她说："负责签约的老板还没回来，我先带您去会客室。"

骆兆原跟闵姜西进了单独的房间，茶水小妹准备了饮品点心。闵姜西说："我去跟二老板打声招呼，看看她什么时候回来。"

骆兆原见闵姜西要走，忙道："不着急，正好我也想跟你聊聊。"

闵姜西停下脚步。骆兆原看着她，赔笑道："上次的事，真对不起，我是来跟你道歉的。”

闵姜西面不改色地说：“事情过去就过去了。”

骆兆原道：“你不知道你走之后，东子私下里跟我发了脾气。我承认先斩后奏是我的错，但我知道你们认识，真的没想坑你或者怎么样，就想给大家一个惊喜。”

骆兆原表现得既委屈又手足无措，闵姜西却眼皮都没抬一下，凭什么用她去慷他之慨？

见闵姜西神色淡淡不讲话，骆兆原也明白她并不吃这一套，不是个好对付的主。房内没有外人在，他干脆豁出脸皮，双手合十举到面前，对闵姜西拜道：“闵老师，我真心实意来跟你道歉的，您大人有大量，别跟我一般见识。或者您说，您怎么才能原谅我？”

闵姜西当然知道，骆兆原肯低三下四地求她，自然不是因为她有多厉害，十成十是江东在背后给了他什么压力，他迫不得已才来她这儿要恩典的。

既然骆兆原不守规矩在前，就别怪她狐假虎威在后了。她依旧淡定着一张脸，开口回道：“我跟江东是认识，也愿意在他生日当天跟他说句‘生日快乐’，我介意的是过程，我是稀里糊涂被骗去的。”

骆兆原见闵姜西终于开口了，马上附和：“是是是，都是我没考虑周全，是我的错……”

闵姜西道：“你如果想约我，直接约就是了，还兜了个大圈子把我同事卷进来，等同骗了我两道。”

骆兆原一时之间没听出话中有套，下意识地应承：“是，是我小心眼了。我怕直接约你不出来，所以才……反正这回都是我的锅，跟东子一点关系都没有，真不是他让我带你过去的，原本挺开心个事……”

之前闵姜西只是怀疑齐昕妍从中牵线搭桥，如今骆兆原亲口承认，就证明她所疑非虚。

骆兆原一直在道歉，闵姜西适时说道：“我们把话说清楚就好了，这件事翻篇了。”

骆兆原看着闵姜西，溜须拍马：“闵老师一看就是大气的人，我回去终于能跟东子交差了。”

闵姜西并不接话。骆兆原没话找话：“像你这么通情达理的人，佳佳跟着你学我很放心。等有空我跟佳佳的爸妈打声招呼，让他们请你吃饭。能请到你做家教，是他们家运气好。”

闵姜西如常道：“不用这么客气，我说事情翻篇就绝对不会再翻小肠，教骆佳佳是我的工作，拿了钱我就会尽本职义务。”

骆兆原碰了个不软不硬的钉子，依旧笑着说：“你不生我的气，我还是要记着你的情。来之前我问过佳佳，她说在这边找家教都是一次性签五十节，我跟你签一百节。”

闵姜西不动声色地答：“没关系，签多少看客户的个人意愿。”

骆兆原说：“我个人意愿就是一百节。”

闵姜西还没出声，会客室的房门被人敲响。紧接着，何曼怡推门而入。双方简单地打了声招呼，开始走合同流程。等待期间，何曼怡跟骆兆原搭话：“我看您有些眼熟，您不是第一次来我们这里吧？”

骆兆原在外人面前还是挺狂的，一副公子哥做派，嘴巴都没张，“嗯”了一声。

何曼怡想了想，道：“您是齐昕妍齐老师的客户？”

骆兆原低头玩手机，眼睛都没抬，又是不冷不热地“嗯”了一声。

何曼怡佯装无意，径自道：“看来是齐老师又介绍了闵老师。”

闵姜西但笑不语，心想天黑路滑人心复杂。她就这么被齐昕妍给摆了一道，这次也就是江东无意难为她，如果换成别人呢？都不知怎么死的。

合同很快打印好，闵姜西跟骆兆原签了名字。骆兆原对闵姜西十分客气，一口一个“感谢”。

闵姜西在有第三人在场的时候，也很给骆兆原面子，微笑道：“我送您出去。”

骆兆原道：“不用，你忙吧，有事随时跟我打招呼。”

连电话都没有，打什么招呼？而且她是江东看重的人，骆兆原哪敢多勾搭。

骆兆原自己走了，会客室中剩下闵姜西跟何曼怡两人。何曼怡喝了口咖啡，不紧不慢地道：“最近一段时间，你的业绩很好。”

闵姜西淡笑道：“多谢二老板照顾。”

何曼怡说：“是你自己有本事，没帮忙的事情我不会抢功。”

闵姜西道：“您哪里没帮忙？我来这边的第一个客户也是您给我介绍的。”

何曼怡想想就闹心，面上却不得不说：“能当秦家的家教，靠的是你自己。凭秦家的资源找到其他客户，都是你应得的。”

闵姜西莞尔："所以归根到底，还是要感谢二老板提携。"

何曼怡从闵姜西那张漂亮的脸上，竟然看不出她是真心实意还是明褒暗贬。她只能暗自调节呼吸，出声说："你是丁恪的师妹，我照顾你是应该的。"

闵姜西道："什么时候您跟大老板都有空，我请你们吃饭。"

何曼怡淡笑地回道："你忙好自己的工作，就当是请我们吃饭了。丁恪平时太忙，我们一起吃饭十有八九都是应酬。昨晚我也是好说歹说，他才去我家吃了顿晚餐。"

这话看似无意，实则别有心计。闵姜西早就看出何曼怡对丁恪有意思，奈何劲用错了地方。喜欢丁恪的人不是她！

有人敲会客室的房门，是陆遇迟。他站在门口道："二老板，你们忙完了吗？我这边有个客户来签合同。"

何曼怡道："忙完了，你带客户进来吧。"

闵姜西起身说："那我先出去了。"

闵姜西往外走，陆遇迟带人往里走，两人擦肩而过的瞬间，她朝他挤眉弄眼，他也小动作给予回应。

陆遇迟送走客户，坐在位子上给闵姜西发微信："你刚才那眼神什么意思？'毒鳗'又在背后叨叨什么了？"

闵姜西说："她把我当假想敌又不是一天两天，跟你汇报一手消息，她说丁恪昨晚去她家里吃饭了，不知真假。"

陆遇迟半天没动静。闵姜西打字问："怎么了？这就受不了了？"

陆遇迟回道："你说我请丁恪回家吃饭，他会去吗？"

闵姜西说："丁恪爱吃也会吃。"

陆遇迟只回了一个字："整！"

隔着屏幕，闵姜西都能感受到陆遇迟的激动。

闵姜西不是泼冷水，只是好心地提醒了一句："你会做饭吗？"

陆遇迟一个常年扒在闵姜西身旁，靠她供养的人，想都不想地说："你不是会做吗？"

闵姜西很快回道："我会做跟你会做有什么关系？"

陆遇迟也不废话："说吧，你要什么。"

闵姜西说："我要你离我远点。"

陆遇迟也是个有脾气的人，当即发了个“跪拜”的表情包，后面跟着十个一千三百一十四元的转账。

闵姜西看得忍不住发笑：“你也不是不了解我，贫贱不能移，威武不能屈。”

陆遇迟道：“所以我跪着发红包，求大佬支着儿。”

闵姜西道：“这样，你先去约，还要看丁恪有没有时间。如果他答应了，我提前帮你准备，到时候你一开火一下锅就齐活了。”

陆遇迟回了个“开心”的表情包。

闵姜西回了个“戳瞎眼睛”的表情包以示敬意。

周四下午，闵姜西来到荣家。对比之前的高高在上，这次欧阳卿客气了一些，跟闵姜西打了招呼，脸上也带着笑。

闵姜西往荣昊房间里走的时候，身后有保姆跟着，手中惯例端着一大盘水果和点心，还有冰激凌。

荣昊背对门口躺在床上，闻声转头，蹙眉道：“我不吃，拿出去。”

保姆很是为难，哄着道：“你中午没吃饭，吃点水果也好。”

荣昊脾气更大了，烦躁地说：“不吃！我说了别往我这里拿吃的，拿走！”

保姆显然怕他，赶紧端着东西转身往外走。

闵姜西见状，出声问：“干吗这么大脾气，怎么了？”

荣昊翻身而起，肉嘟嘟的脸上确实面色不好。他闷声道：“上课吧。”

荣昊难得自觉，闵姜西狐疑着坐下。这边才讲了不到五分钟，就有人敲了敲敞开的房门。闵姜西转头一看，是欧阳卿。她手里端着精致的餐盘，盘中有两块三明治和一根烤肠，迈步往里走：“昊昊……”

荣昊像是见鬼了一般，反应很大地道：“拿走！”

欧阳卿站在原地，又心疼又生气地说：“早餐不吃，午餐也不吃，你想成仙吗？”

荣昊说：“你出去行不行？别烦我了。我吃了苹果，饿不死的。”

欧阳卿瞄了一眼闵姜西，忽然把盘子放在她旁边：“闵老师，你劝劝他，太不听话了。”

欧阳卿走后，还不等闵姜西开口，荣昊已倾身拿起盘子，二话不说就把吃的倒进了垃圾桶。

闵姜西眼睛一眨不眨地看了片刻，小声道："你妈妈在东西里面下毒了？"

荣昊拉着脸道："一点儿也不好笑。"

闵姜西盯着荣昊的脸，试探地问："你在节食吗？"

荣昊焦躁地转笔："还不够明显吗？"

闵姜西说："好好的，为什么突然要节食？"

荣昊饿得眼冒金星情绪不稳，侧头说："你看我哪里好好的了？"

闵姜西将荣昊从头到脚看了一遍，问："你多重？"

荣昊脑袋"嗡"的一声，金星更多了，干脆闭眼靠在宽大的真皮座椅上。

闵姜西赶紧偷着勾了下嘴角，随后一本正经地说："减肥不是像你这么减的。"

荣昊道："别跟我讲大道理。"

闵姜西道："其实我想说，无风不起浪。减肥只是表象，关键是谁让你减的。"

荣昊没接话，眼皮下的眼球不安地转动。

闵姜西压低声音道："是不是谈恋爱了？还是你喜欢的人喜欢上别人了？"

这次荣昊的眼珠不转了，慢慢地深呼一口气，半晌都没喘匀。

闵姜西依旧小声说："精瘦的皮囊千篇一律，丰满的灵魂万中无一。他何必要把自己变得那么大众，只为了迎合一个大众审美的人？"

闵姜西本想开个玩笑缓和一下紧张的气氛，谁料荣昊半晌没反应。长长的睫毛轻轻抖动，下一秒，睫毛根部被漾出来的眼泪打湿。

闵姜西忙抽了纸巾，一把挡住他的眼睛，轻声说："别哭啊，让家里人看见你又下不来台了。"

这话对荣昊而言百试不爽，他按着纸巾别过头。闵姜西起身把房门轻轻地掩上，转头道："还真是？"

荣昊是个外表刚强内心柔软的小胖子，闵姜西真没想到他泪窝这么浅，走近后低声道："想聊聊吗？"

荣昊拿开挡在眼前的纸巾，垂眸说："先讲课吧。"

闵姜西说："你要是心情不好就放松一下，我们改天再约。"

荣昊道："你在还好点，不烦，我不想跟别人说话。"

闵姜西说："那我们先上课。"

这天的两节课上得格外平静，或者说是荣昊格外安静，他没有坐不住，也没有注意力不集中。闵姜西就怕他心不在焉，可他还在提问，很认真地提问。

过程中保姆又来门口偷听，见门内讲的都是专业内容，便掉头回去转告欧阳卿。

荣昊跟欧阳卿之间基本不交流，她不知道儿子怎么了，只是突然不吃饭，她急得不行又管不了。终于熬到闵姜西从房间里出来，她把人叫到书房，出声问："闵老师，荣昊有没有跟你讲他为什么不高兴？"

闵姜西说："这个年纪的孩子总有很多想法，您不要着急，也别逼他，让他一个人待会儿。"

欧阳卿道："他要是跟你说了什么，你偷偷告诉我，我保证不会去打扰他。"

闵姜西道："他什么都没说。"

欧阳卿不确定闵姜西说的是真是假，也不能拦着不放人走。又聊了几句，便让保姆送她出门。

小区门外，黑色的奥迪停在路边，闵姜西拉开副驾驶座的车门坐进去，问："东西都买好了吗？"

驾驶座处的陆遇迟说："你单子上写的我都买到了。"

闵姜西吸了吸鼻子，转过头，果然看到后座上放着一大束新鲜的百合花。

她说："你想把花送到丁恪手上吗？"

陆遇迟道："第一次请他来家里做客，还是隆重一点好。"

陆遇迟约丁恪来家里吃饭，打的也是跟闵姜西共同请客的旗号。定了晚上八点，六点多闵姜西就跟陆遇迟拎着大包小包地回了家。

两人站在厨房，陆遇迟慢悠悠地洗着水果。闵姜西麻利地切菜备盘，嘴里还同步解说着："我先把汤熬上，把几个主菜的锅底做好，凉菜到时直接上，你切个果盘没问题吧？"

陆遇迟说："等丁恪来了，你就说程双有事找你，不得已先走一步。"

闵姜西神情淡漠："别看你做饭不行，想借口那叫一个厉害。"

陆遇迟说："人美心善的仙女跟凡人计较这些琐事干什么？"

闵姜西道："这种话只对程二有用。"

陆遇迟日常吐槽："那是个财神爷加小气鬼转世投胎的货，你夸她美可以，你跟她提钱试试？"

闵姜西忍不住笑："我要打小报告了。"

陆遇迟道："你说呗，大不了我给她发个红包，她马上屁颠屁颠地让我多骂几句。"

闵姜西点头："她是没出息。"

说好了八点，丁恪七点四十分就到了，好在厨房那边都已准备就绪。那边门铃一响，这边闵姜西赶紧把围裙从自己身上解下来，系在陆遇迟身上。

闵姜西去开门，丁恪拎着红酒和甜点跨进来，问："小陆呢？"

闵姜西笑说："在厨房。"

陆遇迟特会掐点，拎着刀从厨房赶出来，笑着道："学长来了，快坐，别客气，我厨房那边炒着菜呢，让姜西招呼你。"

丁恪放下东西往厨房走，站在门口道："小陆可以啊，有一手。"

陆遇迟笑说："没有，都是家常便饭，不知道你吃不吃得习惯。"

丁恪道："我还是挺挑的，你要是做得不好吃，我嘴上不说，但实际行动一定会吃得少。"

陆遇迟道："家里吃不好请你去外面吃，你就说喜欢吃什么吧。"

丁恪笑说："有你这句话，我保证不说难吃。"

闵姜西怕丁恪再站下去，陆遇迟分分钟会切到手，把丁恪引到客厅，两人聊天。

两人聊天的工夫，陆遇迟陆续从厨房端出大菜，像是红烧排骨、干锅鸡、麻辣兔丁……看得丁恪馋虫泛起，忍不住问："你不是东北人吗？怎么会做茳川菜？"

陆遇迟道："招待茳川人，当然要主随客便。"

丁恪道："深藏不露啊，我今天有口福了。"

原本就剩下一些面子工程，陆遇迟也激灵，好歹糊弄下来。最后一道水煮鱼上桌时，丁恪说："辛苦了，快来吃饭吧。"

这时，闵姜西的手机响起了，她去客厅接电话，是荣昊打来的。

"你现在有空吗？"他问。

闵姜西说："有空。"

"能出来吗？"

"你在哪儿？"

两人约了见面，闵姜西挂断电话，走回饭厅：“师兄，你们两个先吃吧。我这边有点急事，现在要出去一趟。”

丁恪问：“什么事？”

闵姜西说：“学生找我，他今天心情不大好，我去看看。”

陆遇迟给予闵姜西一记心领神会的赞赏目光，他还以为闵姜西是临时换了借口，心里给她点赞，嘴上道：“用不用我送你？”

闵姜西好想白眼他：“不用，你赶紧招呼好我师兄。”

闵姜西从陆遇迟家里出来，回到楼上自己家，换了身衣服出门。荣昊就在附近，两人很快便碰了头。

荣昊蔫蔫的，出声说：“你找个地方吧，我请你喝东西。”

闵姜西把荣昊带到一家养生粥铺，点了两份粥。荣昊面无表情道：“我说的是酒。”

闵姜西说：“喝什么不是喝？”

荣昊看着闵姜西面前那份价值八十八元的“极品养生粥”，再看了一眼自己面前价值八块钱的白粥，凉凉道：“我请客，你故意气我吗？”

闵姜西喝着粥，头不抬眼不睁地说：“你不是减肥吗？”

荣昊哑口无言。

闵姜西神色如常，随口道：“说吧，有什么想不通的事，我帮你分析分析。”

荣昊似是自言自语：“如果你喜欢的人要你改变，那她是不是真的喜欢你？”

闵姜西说：“那要看他让我改什么了，他要是觉得我太聪明，难道我要装傻充愣吗？他觉得我太善良，我是不是要变得心狠手辣？”

荣昊道：“如果她以貌取人……也不是以貌取人。我知道她喜欢瘦一点的，学习好一点的，可我明明不是这样的人，我到底要不要为了她而改变？”

闵姜西道：“这取决你对于瘦和学习好的定义，你要是觉得瘦是好的，学习好也是好的，那人家只是希望你更好，你为什么不努力一下？但如果你说，我没觉得胖乎乎有什么不对，我也不觉得学习好是什么优点，那你大可不必为她改变，做你自己就好了。”

荣昊道：“我以为你会说胖没什么不好的，但学习一定要搞上去。”

闵姜西说：“学习好的瘦子千千万，但不爱学习的你就只有一个啊。”

荣昊也是泪点低，竟然被闵姜西一句话搞得热泪盈眶。

闵姜西抽了纸巾递给荣昊："哭吧，男儿有泪不轻弹，只是未到伤心处。"

荣昊用纸巾挡着眼睛，低声说："我一直想，但怎么都想不通。我不知道她是喜欢我，还是喜欢一个她心目中想象的我。"

闵姜西道："想不通就不要想，凭直觉，其实你心里早就有答案了。你愿意为了她改变，那就先变着试试，万一有情人终成眷属了呢？如果改变后的结果不尽如人意，那你也会明白其他的道理。反正这种事，外人说不好。"

闵姜西喝着粥，语气随意，像是对面坐的是成年人，是朋友。

荣昊在家憋得心烦，抱着试一试的态度才喊了闵姜西出来。本没奢望过她能给自己解什么惑，也许是趁机劝他好好学习，也许是劝他不要早恋。可她偏偏劝他遵从自己的心，爱咋咋地。

荣昊看着吃嘛嘛香的闵姜西，问："你谈过几次恋爱？"

闵姜西眼皮一抬："什么叫谈过几次恋爱？我长得像是谈过很多次恋爱的人吗？"

荣昊下意识地点点头："肯定很多人追你吧？"

闵姜西说："追我我就一定要答应？"

荣昊道："你一次恋爱都没谈过？"

"怎么，瞧不起人？"

荣昊眼带狐疑："我不信。"

闵姜西道："不要以貌取人。"

荣昊道："我竟然在问一个没谈过恋爱的人该怎么谈恋爱。"

闵姜西说："教外语的老师就一定要出过国？"

荣昊道："你自己都没亲身经历过，怎么教别人？"

闵姜西说："我就是太清楚自己要什么，所以不对的人，没必要花时间应付。"

荣昊问："那你要什么？"

闵姜西说："要挣钱。"

荣昊嘟着脸道："我问你喜欢什么人。"

闵姜西舀了一勺粥，平静地说："我觉得没有人能符合我心目中的标准。"

荣昊吐槽道："就因为你眼光高，所以注定单身。"

闵姜西淡笑："是啊，我已经做好孤独终老的准备了。"

荣昊还是好奇："标准再高也总有个头吧，你要'高富帅'还是'高精尖'？

两者兼具的也不是没有。”

闵姜西伸手点了点自己的心口：“我这里有毛病。”

荣昊道：“缺心眼吗？”说完，他自己都忍不住笑了。闵姜西也跟着笑：“你喜欢的人知道你这么幽默吗？”

提到喜欢的人，荣昊又开始失落，闷闷不乐。闵姜西说：“喝点粥吧。”

“不喝。”

“从理论上来讲，靠断食来减重减的只是水分，除非你一辈子不吃碳水化合物，不然你一碰，以后胖得更多；从心理上来讲，饱腹感会让人心情平和，你现在需要的不是立竿见影的瘦，是冷静下来想一想，自己到底想要什么；从经济角度而言，八块钱呢，不要浪费，浪费粮食有罪，罪过太多容易遭恶报，很可能追不上喜欢的人。”

荣昊抬起头，面发白嘴发青地说：“最后一点，不是经济角度，是迷信吧？”

闵姜西把小菜往荣昊面前推了推：“什么都好。你信我的，三餐喝粥你照样能瘦。何苦饿得眼睛都绿了，别回头体重跟颜值一起下来。现在的小女孩有几个不是外貌协会？得不偿失。”

荣昊是真的饿了，加之闵姜西在他面前毫无顾忌地吃吃喝喝。他的一部分怨气来源于嫉妒，她已经把台阶铺好，他“不情不愿”地拿起勺子，喝了口白粥。

这是荣昊这辈子喝过的最好喝的粥。

闵姜西道：“吃点小菜。”

荣昊夹了一筷子，就是普普通通的萝卜条，但这是他这辈子吃过的最好吃的萝卜条。

一碗粥很快见底，闵姜西提议：“再来一碗？”

荣昊不置可否。闵姜西又帮他叫了一碗，这种事再一再二，也就无须顾及面子。荣昊几口喝完第二碗，自己又喊了第三碗。

闵姜西抬头看向他，出声问：“心情好点了吗？”

荣昊“嗯”了一声。

闵姜西说：“吃饱喝足回去后好好睡一觉，明天开始早餐要吃饱，午餐要吃好，晚餐喝三碗粥就够了。”

荣昊道：“吃这么多我怎么瘦？”

闵姜西无情地戳穿他：“我觉得你还能再喝两碗，以后晚餐吃七八分饱就行。”

荣昊不讲话，原本他还想再叫一碗的。

两人一起出了店门，荣昊特别绅士，问她："你住哪儿？我先送你回去。"

闵姜西说："本来不该叫你送，但想着你多走几步兴许还能瘦一两。走吧，就在前面。"

两人溜达着往前走，中途荣昊的手机响了，他看了一眼后接通："二哥。"

手机中传来秦佔的声音："干吗呢？"

"没干什么。"

"听说你最近心情不好。"

荣昊道："我妈又跟我大哥说什么了？"

秦佔道："心情不好怎么不给我打电话？你在哪儿，我去接你。"

荣昊说："不用了，我没事。"

"跟我还耍脾气？"

"没有，真没事了。我跟闵老师在一起，刚吃完饭，我送她回家。"

闵姜西早在荣昊开口叫二哥时就想到是秦佔，果然，荣昊听了几秒后把手机递给她："二哥找你。"

闵姜西接过手机贴在耳边："喂，秦先生。"

秦佔说："我跟荣一京在上次打球的地方，要不要来坐坐？"

要知道，秦佔可不是个轻易会给别人下邀请的人，多少人想跟他一起玩还愁没门路。但闵姜西毕竟不是别人，她想都不想，礼貌地拒绝："不了，我还约了朋友，不打扰您和荣先生。"

秦佔道："替荣一京谢谢你照顾荣昊。"

闵姜西说："不客气，今晚是荣同学请客。"

秦佔道："你们聊吧。"

秦佔挂断电话，闵姜西把手机还给荣昊。荣昊问："你还约了人吗？"

闵姜西说："没有，客气话。"

荣昊道："你不想跟我大哥和二哥他们见面？"

闵姜西笑说："大家都是客气话，这么认真干什么？"

荣昊说："很多人都愿意跟他们走得近。"

闵姜西说："我又没什么事求他们，他们也没什么事找我，大家坐在一起没话找话经常尬聊。"

荣昊勾起嘴角："只有你敢说实话。"

闵姜西侧头道："保密啊，别说出去，我很难做的。"

荣昊"嗯"了一声："我嘴巴很严的。"

第17章 做好事不留名

周五和周六连续两天，闵姜西都没在秦家看到秦佔，听说是又去外地了。秦嘉定早就习以为常，闵姜西也见怪不怪。

周六下午上完最后两节课，闵姜西打车去了机场。刚一进候机室就看到并排而坐的程双跟陆遇迟。闵姜西轻手轻脚地从后面走过去，想着吓两人一跳，却听到程双气愤地道：“什么人啊？！蒋璇不跟他在一起就对了，上学的时候怎么没发现他是这种人！”

闵姜西问：“说谁呢？”

程双吓了一跳，转头惊恐道：“你什么时候来的？”

闵姜西绕到前面坐下：“刚刚到的，你说蒋璇不跟谁在一起就对了？”

程双双手抱臂，下巴往陆遇迟那边一指，道：“遇迟有个群，蒋璇大学时候处的那个体育系的孙凯也在里头。不知道是喝高了还是真傻，刚刚在群里面说蒋璇的坏话。”

闵姜西问：“说什么了？”

程双道：“说蒋璇是拜金女，攀权富贵，找了个五十多岁的老男人，把他给踹了。”

闵姜西面不改色地说：“蒋璇本来家庭条件就不差，要是拜金，当初也不会跟孙凯。”

“就是，最烦这种分手之后还在背后叨叨前任的。她还说蒋璇找的是教育部的高官，连名字都说出来了。你记不记得蒋璇之前说她老公姓罗？”

闵姜西说：“记得，好像叫罗定安吧？”

程双连连点头："我刚才上网查了，夜城教育部二把手还真叫罗定安，今年五十二岁。"

闵姜西不置可否。陆遇迟拿着手机，凑近嘴边道："兄弟，差不多行了。好歹以前在一起过。没必要在人婚前说这种话。"他在发语音。程双侧头问："怎么了？"

陆遇迟拉着脸道："孙凯有毛病。"

程双抢过手机看对话。原来是孙凯在群里爆料当年跟蒋璇在一起谈恋爱时的细节，包括去酒店，套子一用就是三个。说被他玩烂的人，转眼还当了官太太。

很多不堪入目的话，一条比一条刺眼。陆遇迟发完语音后，孙凯也回了一条语音。程双点开，听到男人吊儿郎当的声音说："谁都别劝我，她就是个贱女人。我们学校当年最漂亮的不是她，我也就是追不上闵姜西，不然我要她？"

提到闵姜西，群里一帮不用真名字的头像都跳出来说话："闵姜西跟蒋璇不是走得挺近的吗？"

"闵姜西现在在哪儿呢？"

"闵姜西是真好看，我上学那会儿没少想着她。"

"我也是。"

"兄弟一起啊。"

话不知从哪句开始就跑偏了。程双看着屏幕上一条接一条的猥琐言语，当即按下说话键，沉声道："孙凯，你是不是有毛病？脑子上学时期让你队友给踢坏了吧？还有头像花花绿绿的那几个，找不到女朋友也不用成天想你祖宗啊，说话都给我注意点！"

程双骂完，群里有片刻安静，随后孙凯发语音问："你谁啊？"

程双道："你祖宗。"

那几个人都出来打字，各种脏话屁话满天飞，问她是不是闵姜西，是的话发个视频当面聊聊，大家都挺想她的。

程双的三观完全被刷新，既然知道闵姜西，那就是在一个学校里待过。夜大什么时候出这种败类了？

程双脾气大，完全忍不了，当即拿着手机往洗手间方向走，边走边骂。

闵姜西是见惯世面的人，雷打不动。陆遇迟也淡定地坐在原位，两人中间隔着一个空位。几秒后，他出声说："如果这世上只剩下孙凯一个男人，我宁愿喜欢女人。”

闵姜西神色如常地说：“如果这世上只剩下孙凯一个男人，我也宁愿喜欢女人。”

又过了一会儿，陆遇迟道：“蒋璇二十五岁，她老公五十二岁，带回家跟她爸是称兄道弟还是喊岳父？”

闵姜西一本正经地说：“废话，亏你读了这么多年的书……当然有权的是大哥。”

陆遇迟一个没忍住，露出笑，打趣道：“真应了那句话，只要混得好，媳妇儿在襁褓。”

闵姜西说：“璇子觉得好才最重要，我们始终是局外人。”

陆遇迟说：“我还记得蒋璇跟孙凯在一起的时候，一个在场上踢球，另一个仗着自己是播音系的，明目张胆地公物私用，用广播给她男朋友吹‘彩虹屁’……不盼望有情人能终成眷属，也不至于闹得老死不相往来吧？”

闵姜西神情淡漠：“所以别谈爱情，又不是没有其他情好谈，何必浪费时间去赌一个九成九会伤心的结局？”

陆遇迟道：“你这么说也是偏激，爱情是冲动，是本能。人要是能克制欲望，那就不叫人了。”

闵姜西说：“佛祖都是要断情断念的，不一样普度众生？”

陆遇迟说：“谁爱当佛谁当佛，反正我是不当，我还放不下丁恪呢。”

闵姜西但笑不语。陆遇迟侧头道：“你清心寡欲了这么多年，不是你克制得好，是你还没遇到那个让你凡心大动的人。想想有一天，你突然在不经意的场合碰到楚晋行，啧。”

闵姜西面不改色心不跳：“早说了，我对他只有崇拜，没有情爱。”

陆遇迟似笑非笑：“没人能躲得过真香法则。”

两人有一搭没一搭地闲聊，时间过得很快，转眼机场服务人员已经就位，检票登机。闵姜西打给程双，程双很快回来，把手机递给陆遇迟：“群退了。”

陆遇迟问：“是退了还是踢了？”

程双还没骂够，挑眉道：“我问他在哪儿，他说在夜城。我说我现在就要去夜城，叫他约地方，尿又不敢，把我给踢了。”

说罢，在气头上的程双又数落陆遇迟：“你进这种群干吗，也不怕掉身价？”

陆遇迟道：“不知道什么时候被人拉进去的，以前都没人说话。”

闵姜西说：“好了，深呼吸，调节情绪。我们去夜城是参加婚礼，不是去找人打架的。”

程双做了个深呼吸，出声说：“蒋璇有这种前男友也是倒了八辈子血霉了。”

闵姜西道：“去了夜城别提这事，没必要添堵。”

三人当然不会说，坐了一个多小时的飞机便到了夜城。蒋璇亲自来接，四人在大学时候关系不错，再见面亦是亲近。

上车时，蒋璇接了个电话，不知对方说了些什么，她神色平静地说：“先把他的牙打掉，再送去警察局，叫人好好‘照顾’着。”

电话挂断，蒋璇主动道：“别怕，我没加入什么不良组织，打的是孙凯。”

车上另外三个人皆是不语，像约好了一样。

蒋璇发动车子，边开车边道：“我跟他分手半年多了，他一直缠着我，知道我找了现在的老公，更是逢人就黑我拜金，因为钱才把他给踹了。我都懒得说他，他自己烂泥扶不上墙，还怪别人提早回头是岸。”

她从后视镜里看向后座的人，笑道：“双还跟以前一样，暴脾气，上飞机之前还跟人骂了半个小时吧？”

程双闻言，不得不接话：“姜西不让提，就怕你心烦，你怎么知道了？”

蒋璇道：“现在这个世道真没什么秘密可言，你们在深城那边对骂，我这边就有人截图过来，我快笑死了。”

程双说：“我都快气死了，你还笑得出来。”

蒋璇说：“孙凯黑我不是一天两天，我老公早想收拾他。之前我懒得搭理他，现在他疯狗似的逮谁咬谁。我明天又要办婚礼，揍他一顿当给自己解压了，更何况他又带上姜西。”

闵姜西道：“本想等你婚礼结束，让遇迟问问他的地址，我们帮你教训。”

蒋璇笑说：“你们都跟以前一样，双是风风火火，姜西是闷声干大事。对了，姜西，你大学六年一直守身如玉，我始终觉得你是看不上学校里的人。怎么现在毕业工作还是六根清净，就没一个能入你法眼的？”

闵姜西道：“我记得心理课的冯教授曾说过一句话，色即是空，空即是色，修炼到一定程度，万般造作在眼里皆是一具白骨。我现在还没达到这种登峰造极的境界，白骨是看不出来，但皮囊都一样，没什么吸引我的地方。”

程双道：“你别听冯教授的，他还不是三结三离？哦，自己在红尘戏里玩够了，转头告诉别人莫要在红尘里深陷，典型的饱汉子不知饿汉子饥。”

闵姜西慢悠悠地道：“你不懂冯教授的用心良苦，他是吃了用情的苦，所以才劝大家要慎重。”

半晌没出声的陆遇迟忽然道：“有个事没告诉你们，我听说冯教授又要结婚了。”

蒋璇笑道：“是吗？这我真没听说。”

程双对闵姜西道：“看见没有？明知不可为而为之，这才是冯教授要告诉你的。”

闵姜西侧头看窗外，一脸的油盐不进：“我就不找，这辈子不结婚，你们还省了份子钱。”

蒋璇开车把人接到家里，早前她就跟闵姜西和程双打了招呼，要她们当伴娘。因为时间来不及，伴娘礼服是直接送来的。

银灰色的抹胸鱼尾式礼服，程双要穿一双八厘米的高跟鞋才能挺起来。闵姜西光着脚试只长一点，正好穿一双舒服的小瓢鞋。

试衣服途中，蒋璇接了个电话，应该是罗定安打来的。她露出小女人的模样，嘱咐对方少喝酒，早点回家。

待到电话挂断，一旁三个人皆是用似笑非笑的目光打量她。蒋璇说：“看什么，没见过跟老公打电话啊？”

程双道：“是没见过，我暂时没老公。姜西很可能长期没老公。”

老同学见面分外嘴欠，说一句就要笑半天。陆遇迟不用试礼服，坐在一旁问：“你老公那边的伴郎怎么办？”

恕他实在好奇，罗定安五十几岁了，就算他能从朋友中拔出几个没结婚的单身贵族，那得是什么年头的老腊肉了？往那一站也不般配啊。

蒋璇知道陆遇迟的意思，笑着道：“本来他真想叫单身的朋友来充场面的，他的朋友我也见过不少。不吹不黑，有三十岁像四十岁的，有四十岁像五十岁的，我真心接受不了。别的不说，万一我婚礼上笑场了怎么办？”

这场面的确不敢想象。程双问：“那你们怎么决定的？”

蒋璇说：“找了他朋友的儿子们，反正我只有三个伴娘，他那边再出三个年轻人就够了。”

陆遇迟问：“靠谱吗？不行我去你家老罗那边充个数。”

蒋璇道：“我家老罗不要面子啊？”

几人说说笑笑差不多到后半夜，第二天还要早起，大家收拾一下各自回房睡觉。北方的婚礼基本都是上午场，新娘这边凌晨就要起来化妆。闵姜西跟程双五点多就爬起来跟着忙活，一直到八点零八分，新郎过来接人。

第一次见新郎，闵姜西几人的注意力都在罗定安身上，根本没注意身后跟着的伴郎团，但伴郎团的人同一时间注意到闵姜西。

三个官二代，原本起个大早心里快要烦死了，结果看见伴娘里的闵姜西，眼睛都亮了，尤其是那个叫张扬的。他爸是教育局一把手，官比其他两人家里的都大，他一句“我看上了”直接宣示主权，另外两个自然不会多说什么，喊着要帮他当“僚机”。

接亲的时候，张扬就一直往闵姜西身边凑。闵姜西很敏感，感觉到之后，不着痕迹地躲远了一些。她越这样，张扬越来劲，都不打听打听闵姜西是什么人，有没有男朋友，直接跟身边人撂下一句话：“小爷我必须把她拿下，就今晚，我等不了了。”

狐朋狗友从旁怂恿：“婚礼是你主场，等着你的表演。”

十月份的夜城，白天温度只有十几度，穿着薄外套还好，露着胳膊和后背一定会觉得冷。闵姜西跟程双刚一出门，程双马上打了个哆嗦。闵姜西伸手揽住她的肩膀：“再走几步就上车了”。

忽然，后背有什么东西罩上来。闵姜西转头，见张扬嘴里叼着根烟，穿着一件白衬衫站在身后，正往她身上披西装外套。

闵姜西侧身避开，说：“谢谢，不用了。”

张扬把烟从嘴边拿开，自来熟的口吻道：“穿着吧，天太冷，别冻着了。”

闵姜西微笑：“真的不用了，上车就好了。”

她跟程双快走几步坐进车里，张扬锲而不舍地紧随其后，愣是把司机给换了，自己开。他的意图明显，闵姜西也没好意思临时换车，反正车上还有程双在。

程双也见惯了类似场面，旁若无人地说：“你男朋友要是周末没事多好，一起来一起回去。”

闵姜西马上领会到，神色自如地说：“没办法。”

前座的张扬明目张胆地调了下后视镜，看着身后的闵姜西道：“你们是蒋璇的大学同学？”

闵姜西“嗯”了一声。

张扬笑说：“我只知道夜大出才女，没想到还出美女？”

闵姜西不想讲话，只很轻地勾了下嘴角。

张扬又说：“你男朋友是做什么的？”

闵姜西顺嘴胡诌：“警察。”

张扬不痛不痒道：“吃公家饭的，挺好，就是太忙了，放着这么漂亮的女朋友也没法陪，简直暴殄天物。”

副驾驶座还有一个伴郎，跟着笑道：“是啊，我要是有这么好看的女朋友，我每天什么都不干。”

程双把话题扯开，轻声说：“你现在周一到周六排满了吗？有些人想找你补课都找到我这儿来了，靠谱的客户还是有，就看你有没有时间。”

闵姜西道：“时间不多，周一到周三下午挤一挤还能上一两节。”

张扬没眼力见，抽空插话：“补课，你是老师吗？”

因为是罗定安这边的人，闵姜西不得不给面子，应声道：“嗯，家教。”

“你教什么？”

“数学和物理。”

张扬笑说：“牛啊，完全看不出你是教理科的，你在哪儿上班？”

“深城。”

副驾驶座的男人道：“为什么在夜城读书跑去深城找工作？夜城不比深城好吗？让张扬找关系把你调回夜城吧，也就他爸一句话的事。”

为了吹而吹，话说得简直无脑，她在哪工作用得着他们管？不过是想显摆张扬他爸身份不一般。

闵姜西脸上笑意全无，根本不接话，谁爱尴尬谁尴尬。

张扬道：“既然都是教育系统的，就算在深城也没关系。一会儿下车加个联系方式，有什么事找我。”

程双用胳膊肘撞了下闵姜西：“你的手机在振动，看是不是你男朋友找你。”

闵姜西一本正经地掏出手机，面不改色地跟程双发微信，程双道：“一个贴树皮，一个捧臭脚。”

闵姜西说：“我应该把遇迟那身警服带来。”

程双道：“我让遇迟给你打个电话。”

闵姜西忍着：“别闹了，我想笑。”

程双说：“烦死了，天天因为你的美貌惹祸，跟你站一起都显示不出我的特别了。”

闵姜西二话没说，发了个红包过去。程双点开一看，八毛八，她说：“我受伤的心灵就值八毛八？”

闵姜西一个没忍住，笑出声来。

张扬从后视镜中看闵姜西，她是三百六十度无死角的漂亮。他越看越喜欢，这样的人，高傲一点是应该的，他乐意哄着。

十辆车组成的婚车队开到饭店门口，闵姜西跟程双刚一下车就看到陆遇迟，三人组团生人勿进。张扬几人站在不远处抽烟，替他商量对策。

罗定安官位不低，这又是在天子脚下，婚礼都不能大办。一共十几桌人，给了女方这边两桌，其余的都是罗定安的朋友。

有人带他们入席，闵姜西屁股刚沾椅子手机就响了。她拿出来一看，上面赫然显示着“江东”两个字。

闵姜西看了几秒，默默地又把手机放回包里，赤裸裸地装没看到。

程双在跟陆遇迟吐槽伴郎团的人，闵姜西伸手从盘中摸出一枚金纸包装的巧克力。起太早又没吃没喝，她这会儿饿得有些头晕眼花。

周围都是些陌生面孔，闵姜西索性头不抬眼不睁，直到有人拉开她右侧的椅子，坐了下来。出于礼貌，她侧头看了一眼，这一看倒好，嘴里的巧克力都忘记咬，在左侧腮边鼓出不大不小的一个包。

江东坐得随意，侧身面向闵姜西，手臂搭在椅背上，一脸意味深长地盯着她看。几秒之后，见她还是不说话，他只能佯装不悦地道：“为什么不接我电话？”

闵姜西把巧克力咬碎，嚼了几下，出声回道：“最近总有陌生号打进来，不知道是你。”

江东看了一眼闵姜西身上的打扮：“不冷吗？把我外套给你穿？”

闵姜西忙摇头：“我不冷。”

陆遇迟跟程双后知后觉地看过来，前者眼带打量，后者直接吓了一跳。

江东越过闵姜西，主动笑着摆了摆手，还对陆遇迟说："我知道你，妹妹口中的青梅竹马，听说你是为了她才考的夜大，毕业后又去的深城，对她一往情深。"

闵姜西在心里爆粗口。

陆遇迟脑子还没转过来，嘴已经养成习惯，下意识地道："是。"

江东闻言，露出笑模样："看来配合没少打，我说什么你都敢接。"

闵姜西岔开话题："你怎么在这儿？"

江东道："我说我来抢亲的，你信吗？"

闵姜西神色淡淡地问："你喜欢老罗？"

江东始料未及，随后便笑得面若桃花。

有酒店工作人员过来找闵姜西："闵小姐是吗？新娘说叫您过去一下。"

闵姜西正愁甩不开江东，马上提起裙子就走。

江东看着闵姜西的背影，眼底含笑，起身往自己的位子走。中途他也接了个电话，屏幕上显示着"晋行"二字。

江东问："你到哪儿了？"

"刚到楼下。"

"你还行不行了？我从深城过来都比你快。"

闵姜西提着裙子出了宴会厅往化妆间方向走，刚拐过走廊，一抬头就看到张扬站在不远处。就他一个人，也不像是有事，倒像是在守株待兔。

闵姜西不准备搭理他，别开视线往前走。张扬闻声转过头，迎上前道："姜西。"

闵姜西装瞎已达到炉火纯青的地步，闻言抬起头，淡笑道："啊，是你。"

她打了声招呼就要走。张扬道："去找蒋璇吗？"

闵姜西应声："她找我有事。"

张扬道："不是她找你，是我找你。"

闵姜西站在原地看着他，脸上笑意渐淡，心底不爽。

张扬从提着的香奈儿袋子里掏出一条薄羊毛披肩，递给闵姜西道："我怕你冷，刚跑了趟商场，快披上吧。"

闵姜西没接，淡淡道："谢谢你，真的不用了。"

张扬道："你为什么总是拒绝我的好意？"

闵姜西说：“心领了。”

张扬说：“这么倔干什么？我看着心疼。”

张扬的肉麻情话说得猝不及防，闵姜西当场被雷到。如果细看，她手臂上起了一层细密的鸡皮疙瘩。她强忍着不露出惊愕的表情，唇瓣微张，吸了口气：“真的谢谢你，在里面挺暖和的，外面还有些冷，没事的话我先回去了。”

闵姜西转身欲走，张扬一把抓住她的胳膊：“姜西……”

闵姜西转头看着张扬的手，淡定地道：“可以放开吗？”

张扬松开手，看着闵姜西说：“我知道这是我们第一次见面，但感觉这种东西，说来就来，谁也控制不住。姜西，我喜欢你。”

闵姜西还是那副雷打不动的超然模样，稳稳地回道：“不好意思，我不喜欢你。”

张扬说：“现在不喜欢，不代表以后不喜欢。你跟我在一起，我一定会尽我所能地对你好。不是我炫富，我能给的一定比你想象中的多，你考虑一下。”

闵姜西沉默了两秒：“我仔细考虑了一下，我们不合适，谢谢你的喜欢。”

说完，闵姜西不等张扬回应，掉头就走。张扬早想过像她这样的极品一定不好追，耐着性子装了半天情痴，既然她不吃这套，那就别怪他先礼后兵了。

眼见闵姜西已经走出一米远，他佯装着急，一边喊着她的名字，一边追上前，然后……一脚踩在她曳地的礼服裙摆上。

张扬是故意的，踩着就没打算挪脚。闵姜西也是始料未及，习惯性地往前跨步，突然觉得胸前一凉。她反应很快，当即一只手捂着胸口，另一只手抓着胸下的礼服，努力往上提的同时，也避免再往下掉。

闵姜西转头看向张扬，这一刻闵姜西的目光冰冷而锋利，沉声道：“把脚拿开。”

张扬没看到意料之中的美女尖叫和惊慌失措，假装后知后觉，把脚移开，作势上前：“对不起，你没事吧？”

闵姜西很快扭了个身，面朝墙壁。等到张扬站在侧面的时候，她早已把礼服提上来。只不过礼服内的隐形内衣已经掉了，她不能松开手大大方方地走回去。

张扬什么都没看见，内心大感失落，却不得不做出后悔慌张的模样，连连道：“是我不好，我太着急了，你怎么样？”

闵姜西看都不看张扬一眼，面无表情地说：“麻烦你回避一下。”

这话已是白得不能再白，她就差让他滚远点。他却偏要揣着明白装糊涂，自己给自己加戏：“你别生气，我给你道歉，都是我的错。”

闵姜西面朝墙，双臂护在胸前，一动不动，一言不发。

张扬猜到闵姜西定是有什么不便，此时不占便宜更待何时？他抬手搭在闵姜西光滑的肩膀上：“姜……”

闵姜西反应很大，当即耸肩把张扬的手挥开，横向往一旁退了一步，怒目道：“你干什么？”

张扬的胆子太大了，完全不怕走廊里会有人经过，当这里是什么地方了？

闵姜西一激动，气得面色发红。张扬忽然间爱上了这种“恃强凌弱”的快感，尤其还是在别人的婚礼上，想想都刺激。

张扬打开手中的披肩，一脸自以为真挚的表情向闵姜西靠近，嘴里说着：“快披上，我带你去休息室整理一下。”

张扬像个行走在青天白日之下的变态，闵姜西怎么会让他靠近。要不是念着这是蒋璇的婚礼，她真想大喊一声，可眼下她只能咬着牙躲。

走廊的最尽头就是新娘休息室，闵姜西几乎是小跑赶去，混乱中她没看到一旁电梯的指示灯亮了，从里面跨出来一个人，她来不及刹住，一下子撞到对方身上。

对方身手灵敏，抬手扶了一下。闵姜西只看到面前的一身黑，慢半拍地揪着礼服抬眼一看，脑子霎时“嗡”的一声。有那么几秒钟，就连耳朵都是失聪的。

说是失聪，可是，咚、咚、咚——耳边无限放大的分明是自己的心跳声，她成年后鲜少会遇到让她六神无主的人和事，偏偏这会儿都遇上了。

追上来的张扬企图伸手去碰闵姜西，她恼羞成怒，终是忍不住厉声骂道：“滚开！”

张扬一愣，闵姜西的脸色更红，却不是因为他。

有第三个人在，张扬面子上挂不住，沉下脸道：“你说谁呢？”

闵姜西脖子都红了，低着头道：“离我远点，别逼我叫人。”

张扬气极反笑，伸手就要拉闵姜西，却被另一只手给拦下。

张扬微微抬起头，看着闵姜西身旁个子高高的男人，有些眼熟。但他懒得去想在哪里见到过，不悦地问：“干什么？”

一身黑色西装的男人开了口，声音低沉，不辩喜怒：“这话该问你，你要干什么？”

张扬吊儿郎当地道：“你谁啊，用得着你在这儿多管闲事？”

“楚晋行。这位先生，你再不走，我会选择叫酒店保安或者直接报警。”

闵姜西上大学那几年，每一年都能在领奖台上见他一次。他很优秀，她也不差。这是她第一次在学校大礼堂之外的地方和他碰面，没想到，会是这副灰头土脸的模样，她几乎抬不起头来。

楚晋行的名字张扬听过，最近一次甚至就在昨天晚上。他爸赴局回家晚了，他妈问跟谁一起吃饭，说是楚晋行。

张扬点了一下头，摊开手往后退了一步，表示惹不起。一万多的围巾往墙角一扔，他拉着脸转身离开。

“没事吧？”

低沉的男声打头顶传来，闵姜西恨不能把头窝进胸腔里。她很轻地摇了摇头：“没事。”

楚晋行将西装外套脱下来，正面披在她身前，温热的气息瞬间将她笼罩。在此期间，他的手指没有碰到她一分一毫。

他只是出于绅士的礼貌：“先去整理一下吧。”

闵姜西觉得丢人，连“谢谢”二字都不好意思抬起头说，余光瞥见楚晋行从她身旁走开。

她不用回头也知道他走远了，她拢着楚晋行的外套进了洗手间。整理内衣的时候，她整个人都是麻木的，忘记生张扬的气，满脑子只有一个念头，为什么要在这种时候遇见楚晋行？

这不是闵姜西的错，她知，楚晋行也知。但她就是无法释怀，有种一世英名尽丧于此的羞耻感。

闵姜西将楚晋行的外套搭在手臂上，出了洗手间往回走。这会儿接近婚宴正式开始的时间，宴会厅里坐满了人。虽然只有十几桌，但也是百十来号人。她一时间寻不到楚晋行在哪儿，只能先拿着衣服往自己的座位走。

程双见她回来，出声问：“干吗去了，这么半天？”

闵姜西有些晃神，懒得编理由，随口道：“没什么。”

程双看到她搭在椅背上的西装，狐疑道：“谁的衣服？”

闵姜西轻声说：“楚晋行的。”

这会儿恰巧主持人上场，话筒一接，音响中难免传出一丝噪音。程双凑近，蹙眉道："谁？"

闵姜西不答反问："你看见楚晋行了吗？"

程双眉毛一挑："你看到楚晋行了？"

闵姜西不语，侧头往其他桌眺望，明显在找人。

程双压低声音说："楚晋行我没看见，刚刚看到秦佔来了。"

闵姜西的内心无甚波澜，眼睛却在人群当中一眼发现秦佔的身影。准确地说，是背影。

秦佔穿了一件酒红色的外套，位子正好背对着闵姜西。他的头发理得极短，比板寸长不到哪里去，在一众人中非常显眼。

程双八卦，一个劲地问闵姜西："这是谁的衣服？楚晋行的？他的衣服怎么会在你这儿？"

闵姜西简而言之："内衣掉了，差点走光，正好碰到他从电梯里出来。"

程双的眼睛一亮："他看到什么了吗？"

闵姜西瞥了程双一眼。程双马上换了一副表情，说道："没想到会在这里碰见你偶像吧？他还把衣服给你穿，暖到爆！这要是不成就一段佳话，都对不住这番偶遇！"

闵姜西一脸心如止水："省省吧。"

程双不管，径自脑补了一出"天才偶像爱上我"的大戏。

主持人站在台上烘托气氛，讲述着罗定安与蒋璇之间的爱情故事："下面，让我们请出今天的主角，美丽的新娘蒋璇。"

宴会厅的大门打开，室内灯光暗下，聚光灯对准门外缓缓走进来的人。蒋璇一身白纱，伴着音乐，脸上有笑，眼中有泪。

不算小时候跟她小姨一起吃过的婚宴，这是闵姜西第一次真正意义上参加身边人的婚礼。她以为自己对爱情没有憧憬，也不向往，但蒋璇的婚纱真的很漂亮。站在长台另一端的罗定安不停地摘下眼镜，伸手抹泪，仿佛也是遇见爱情的模样。

有那么一瞬间，闵姜西也会幻想穿婚纱的人是自己，但也只有那么短短的几秒钟。她是在爱情方面极度悲观的人，也许别人会遇到真爱，但她不会。

台上的告白、相拥、海誓山盟，这些无关年龄，最起码蒋璇不在意。

主持人拿着话筒，喜气洋洋地道：“俗话说得好，送人玫瑰，手有余香。谁能有幸抢到新娘手中的这捧幸运花，谁就最有可能成为下一个新郎或者新娘。请在场单身的男同胞和女同胞们不要压抑自己的冲动，赶快上台争取属于自己的幸运……”

抢花环节蒋璇事前打过招呼，她这边的未婚朋友和家属都要上去凑热闹，毕竟罗定安那边的人身份不同。除了几个伴郎，其余的非富即贵，也不指望这些人能主动上来凑热闹。

刚刚经历过那种事，闵姜西的情绪并不高涨，奈何早就答应过蒋璇，也没必要在这样的日子扫兴。她跟着程双和陆遇迟站起身，提着裙子从侧面上台。

如蒋璇预料一般，除了固定的人，没有其他人自愿上台。台上总共就那么几个人，伴娘自然显眼。闵姜西不用说，美得刺眼。

秦佔扭头往台上瞧，见她拖着曳地的裙子站在靠后的位置，脸上挂着浅笑。他对她的这款笑容还算熟悉，代表着客气，其实并不想要。

台前在准备扔花球，台下有人喊：“妹妹。”

闵姜西闻声扭头。

“妹妹，这里。”

两次过后，闵姜西准确地判断方位。她在一众人中看到江东，他笑着朝她挥手。原本她面不改色，直到突然发现江东旁边坐的就是只穿着黑色衬衫的楚晋行，楚晋行也正看着她。

四目相对，闵姜西顿时手足无措，甚至表情都变得不自然，不知该点头示意还是怎样。

前面的主持人倒数：“三、二、一！”

蒋璇背对着大家，用力把捧花抛出，站在前排的人反倒不吃香。闵姜西一动不动地站在后排，眼看着捧花就要砸在她身上，她的第一反应不是接，而是往后躲。好在陆遇迟身手矫健，一个健步飞身上前，替她挡了这当头的桃花运。

陆遇迟被留在台上讲话，其余人下台。闵姜西心跳如鼓，开始反思自己刚刚在台上像个傻子一样，愣什么神啊。

主持人问：“抢到捧花的这位帅哥，刚刚看你非常积极，是不是抢来送给女朋友的？”

陆遇迟拿着话筒，面不改色心不跳地道：“现在还不是，不过很快就是了。”

“好，提前祝你们有情人终成眷属，以后结婚别忘了请我当司仪……”

台上热热闹闹，台下程双凑近闵姜西，激动地道：“我刚才看到楚晋行了，他也在看你！他怎么一年比一年帅，真人比照片帅！我天啊！别说你，我都快不行了……”

闵姜西想的不是帅不帅的问题，而是趁早把衣服还给楚晋行。

婚礼仪式结束，台下进入用餐阶段。蒋璇去后面换了身敬酒礼服出来，伴郎和伴娘都要跟在身后，挨桌敬酒。

闵姜西对张扬视而不见，张扬觉得她目中无人，尤其她手臂上一直挂着件男人的西装外套，更让他觉得没面。他上赶着她不要，怎么其他男人的她说要就要？瞧不起谁呢？

一行人敬酒敬到楚晋行隔壁这桌，罗定安和蒋璇正在跟人说话。闵姜西想着先把外套还回去，反正也就几步的事。她迈步往楚晋行的方向走，张扬冷眼盯着她的后背，碰巧一个端着盘子的服务员经过。他想都没想，直接伸腿绊了服务员一脚。

服务员一个踉跄，手中的盘子直奔闵姜西的后背。那是一盘铁板烧牛肉，刚从炭火上端下来，服务员都是戴着隔热手套才敢端。

闵姜西背后又没长眼睛，还有两步就走到楚晋行身旁，忽然江东用力拉了她一把，她整个人被拽得往一边栽倒。江东起身起得很快，差点把身后的椅子掀倒。

闵姜西还没回过神来，余光瞥见什么东西从自己身后掠过，直冲着楚晋行砸去。楚晋行也算是反应快，迅速起身后退。万幸铁板没有落在身上，但盘中的肉和菜还是溅了一裤子。

这边又是盘子落地声，又是椅子划地声，加之同桌宾客的惊呼声，一时间半个宴会厅的人都停下动作往这边看。

江东还拽着闵姜西的手臂，问她：“没烫着吧？”

闵姜西白着脸摇了摇头，下意识侧头去看楚晋行。楚晋行抽了桌上的餐布整理裤子，罗定安和蒋璇以最快速度赶过来，连声询问。

服务员吓坏了，一个劲地说着“对不起”。好在闵姜西没烫到，楚晋行也说：“没事。”

罗定安很是抱歉。楚晋行勾起嘴角道：“捧花没抢到，抢个‘头菜’也好。”

罗定安知道楚晋行这是给他找台阶，于是也跟着笑："你能来参加我婚礼，我特别高兴。没什么能送你的，只能送个'头彩'了，预祝你最近手头忙的事很快就有好消息。"

两人现场碰了杯酒，这事就算是过了。

闵姜西手里还攥着楚晋行的外套，暗道还个衣服怎么就这么难，越想低调，越是全民目击。

她将外套递给楚晋行，硬着头皮强装淡定："楚先生，谢谢您的衣服。"

楚晋行接过，俊美的面孔上波澜不惊："不客气。"

江东左右看了看，问："什么情况？"

闵姜西不方便说。楚晋行神色如常地道："她是我夜大的学妹。"

闵姜西脑子又是"嗡"的一声，她以为楚晋行不知道自己是谁。

江东的眉毛一挑："你们认识？"

楚晋行没有回应他，而是看向闵姜西，开口道："欢迎你加入'先行'。"

闵姜西一个热血澎湃，能感受到一股滚滚的灼热涌上脸庞。她下意识地点头，出声回道："我会继续努力的。"

这是一次大型的、意外的粉丝和偶像见面的现场。老天爷顽皮，出其不意，没给她任何准备的机会。她仿佛回到站在夜大颁奖台上的那一刻，楚晋行将证书递到她手上，每每都会轻声说上一句："恭喜，继续努力。"

身边人总在开玩笑，说闵姜西喜欢楚晋行，她解释得多了也就不再纠正。那是一种凌驾于爱情之上的精神崇拜，她又不是看脸才成为他的迷妹，她只觉得他优秀到让她有些心虚，甚至不自信。

闵姜西想努力成为他这样的人。

江东见闵姜西神情举止明显紧张，打量道："你脸红什么？"

闵姜西已是赶鸭子上架，哪里还禁得起别人当场拆台，很快道："我一被吓脸就红，刚才谢谢你。"

江东笑说："回深城请我吃饭就行了。"

闵姜西应声："那你们聊，我先走了。"她说完提着裙子走开。江东冲着她的后背说："小心点。"

闵姜西离楚晋行远了，脸色自然回归白皙。罗定安和蒋璇正敬到秦佔这桌，这桌人的平均年纪都在五十岁左右，只有秦佔一个"乳臭未干"，可一众人都客气地推秦佔出来做代表。

罗定安对秦佔也非常客气，说是辛苦他大老远从深城赶过来。

两人互相客套寒暄，到了要喝酒的阶段，秦佔却伸手拦了下罗定安。他从桌上拿起一个喝红酒的大号高脚杯，倒满白酒，少说也得有半斤。

起初大家还以为秦佔要让罗定安用大杯子喝，不是不可以，只是没必要。闵姜西眼底也闪过几分狐疑。

秦佔笑道："结婚是大喜事。深城有句老话，满杯满酒，长长久久，这杯我敬您。"

程双心想，深城什么时候有这样的习俗？

说话间，秦佔将杯子往前一送，递的却不是罗定安，而是罗定安身旁的伴郎——张扬。

张扬一脸茫然。秦佔看着他道："新郎还有大事要做，挡酒还是伴郎来吧。"

之前张扬偷着给闵姜西使绊子，这一幕别人兴许没看到，但秦佔看个正着。

张扬不想喝，奈何这样的场合，他这样的身份，加之秦佔看他的眼神，莫名的有种笑里藏刀的既视感。

骑虎难下，张扬只好咬着牙喝了一大杯白酒。喝完之后，他整个人晕头转向，本以为熬过去就算了，谁想到秦佔忽然笑了，对他说："北方男人果然豪爽，我再跟你喝一杯。"

之前秦佔喝的是小杯，也就比张扬那杯小十几分之一吧。这回他也拿了个大杯，二话不说倒满了，抬起来敬他。

秦佔敬的酒，别人哪有不喝的份。罗定安虽觉得奇怪，但也不得不抬着，对张扬笑道："赶紧的，这杯酒你必须喝。"

他是怕张扬不懂事拒绝秦佔。

张扬脑子转不过来，但基本的眉眼高低还是会看，既然是罗定安让喝，不喝也得喝。

就这样，两人在众目睽睽之下，一人举着一个大号高脚杯，干了。

闵姜西偷着打量秦佔的脸色，暗叹张扬跟秦佔有仇？秦佔摆明了整他。

张扬一口气喝了一斤多白酒，脸色都变了。他来不及跟人打招呼，转身快步往外走。

秦佔看着面不改色。闵姜西心想，八成也是硬挺。

没人知道秦佔心里在想什么，就连闵姜西也只能猜得到他看张扬不爽。后面还有很多桌没敬，她抽不开身，只能嘱咐服务员给秦佔送酸奶和葡萄过去。

秦佔坐在椅子上，酒意一阵阵上涌，心跳有些快。他不能抽烟，又要应付身边的官一代们，着实烦躁。

服务员从后面走来，端着托盘，礼貌道："请问是秦先生吗？"

秦佔抬起头："有事？"

服务员将一杯酸奶和一盘洗好的葡萄放在他面前，对着他那张分外俊朗的脸，亲和地笑道："请慢用。"

秦佔看着酸奶和葡萄，不用问也晓得是谁叫人送来的。身边人丈二和尚摸不着头脑，没话找话："你喜欢吃葡萄吗？"

秦佔敷衍一笑，点了一下头，他还能说什么？

身边人却滔滔不绝地讲起哪里的葡萄好吃，甜度是多少，还要给秦佔寄去深城，秦佔淡淡道："谢谢，不用了，深城也有葡萄卖。"

这边连逢场作戏都算不上，基本没话找话。又过了一会儿，服务员走近，出声说："您好，闵姜西闵小姐叫您去休息室一趟。"

秦佔微愣，随后问："休息室在哪儿？"

"您出门往左边走，走廊尽头再往左，第一间房。"

秦佔起身离席，按照服务员说的找到休息室。他推开房门，入眼的沙发上懒洋洋地靠着一个人——张扬，另外还有两人分别坐靠在别处。

张扬抬眼看向秦佔，红着脸嗤笑，"还真来了。"

秦佔听到这话也知自己没走错，干脆迈步走进去，立在门口面无表情地问："找我？"

张扬眼带讥讽："以为是闵姜西找你，心里激动坏了吧？"

秦佔一眨不眨地说："你找我，我也挺激动的。"

屋内另一个男人道："别跟这儿装傻充愣，几个意思，刚才桌上故意灌张扬呢？"

秦佔说："看出来了，不傻。"

男人做作地把烟往地上一掷，横眉怒眼："你跟谁说话呢？"

秦佔想笑，又不想给他们好脸色。他没拿正眼瞧他，而是看向张扬，不紧不慢地道："闵姜西怎么得罪你了？"

张扬说：“你是她什么人？”

秦佔不语。屋内又有人插话：“这不明摆着的？裙下之臣，你前脚刚扒完人衣服，人后脚就找姘头来灌你的酒，出头的一个接一个，遍地都是。”

中国话博大精深，每个字都有各自的定义，比如踩和扒，那完全是天上地下两个含义。

扒衣服？

秦佔脑中瞬间出现的是闵姜西手臂上挂着的男人外套，之前只觉得突兀，如今一想，满脑子都是不能入眼的画面。

秦佔的目光瞬间变得冷漠。他看着张扬，声音低沉：“我不应该让你喝酒。”

张扬以为秦佔㞞了，嗤声道：“晚了。”

秦佔迈步走上前。张扬不晓得他要做什么，虽心有忌惮，但也不好表现出慌张模样，强装镇定地坐在沙发上。

谁料秦佔走至张扬身前，顺手抄起茶几上的水晶相框，连声招呼都不打，直接往头上砸。

相框不厚，A5尺寸，里面是蒋璇和罗定安的婚纱照。“啪”的一声，有些闷，玻璃裂缝却没掉下来。张扬被打蒙了，只本能地抬起手护头。秦佔抓着他的衣领，又是一下。

这一下相框上的玻璃全碎，顺着张扬的脑袋往下掉，有些掉在沙发上，有些直接掉进衬衫里面。

张扬骂了一声，抬手想要反抗。秦佔的动作又快又凶，抓着他的手往后一扭，“嘎嘣”一声，紧随其后的就是杀猪般的喊叫。

秦佔冷着脸道：“我不该让你喝酒，你只配喝尿。”

屋内另外两个人几乎看傻了，后知后觉地冲上来帮忙。秦佔一拳掀翻一个，一脚踢翻一个。他打架时什么顺手拿什么，这会儿又抄起桌上的花瓶，眼看着张扬挣扎着要起身，他一个花瓶照着张扬的脑袋砸下去。

“哗啦”一声响，吓得刚要从地上爬起来的另外两人，愣是又坐了回去。

张扬被打昏了。秦佔揪着他的头发，把他从沙发上拽起来时，他的眼睛里只有一半是眼球，翻着一半的白眼，因为头皮很疼才有了些意识。

秦佔睨着张扬道：“欺负人？欺负人之前也不打听打听她身后有没有人。”

张扬一只胳膊错位了，另一只手伸到头顶，企图去掰秦佔的手，含混着说：

“你敢动我……你知不知道我是谁？”

秦佔很羞辱地伸手拍打对方的脸，一声比一声脆，嘴里念着：“你爸来了都没用。”

张扬说了个名字，随后咬着后槽牙道：“你不想在夜城混了吧？”

秦佔煞有其事地说：“原来你爸是教育一把手，他能管整个夜城的教育，怎么就没空教教你怎么做人？你看你这副德行，狗都不如。”

张扬打不过也挣不开，被人揪着头发，头破血流，红着眼道：“你是谁？”

秦佔神情冷漠地回道：“秦佔。我住深城，不用担心我会跑，你现在打电话叫人，我等你。”

说着，秦佔忽然松开手。张扬腿软地后退了几步，一屁股坐在沙发上。他的眼睛紧盯着秦佔的脸，掏手机打电话。

秦佔坐在一旁的单独沙发上，点了根烟，仿佛真要等他叫人。

电话打通，张扬急声道：“赶紧带人来宾悦！”

里面的男人问：“出什么事了？”

“别问了，再问我都快被人打死了。”

“我马上带人过去，你又跟谁打架？”

张扬死盯着对面抽烟的人，咬牙切齿地说：“秦佔。”

话音落下，电话那头明显沉默了一瞬间又问：“你说谁？”

“秦佔！你聋啊？”

“哪个秦佔？”

张扬气得快要爆血管，平时他在夜城不说横着走，也从来没受过这种委屈。如今被人打得跟血葫芦似的，叫个人还磨磨唧唧。他抓着手机，大声道：“他说他住深城，深城秦佔，说出来你认识啊？”

这回电话里的人彻底沉默了。张扬道：“喂？你说话啊？”

男人沉声回答：“我管不了，你赶紧给你爸打电话吧。”

“我……”

张扬话还没说完，对方直接利落地挂了。

闵姜西去了趟洗手间，再回宴会厅的时候，无意间发现秦佔的座位处空了。她的第一反应就是他喝多了，没准正躲在洗手间里难受呢。

闵姜西下意识地往楚晋行那桌瞄，楚晋行和江东也不在，不等她细想，身边程双拉着她往座位处走："快去吃点东西，饿死了。"

很多人来婚宴现场都是捧场，跟罗定安打声招呼就走，饭都不吃。闵姜西这桌也只剩下几个人，陆遇迟坐下后把捧花放在隔壁空位处。程双打趣道："你不会真想带回深城吧？"

陆遇迟说："为什么不带？你就这么怕随份子钱？"

程双撇嘴："想太多，你要是结婚，我随双份礼。"

陆遇迟道："这话是你说的，姜西作证。"

闵姜西不接话。程双道："别打扰她，她刚见完楚晋行，正心潮澎湃呢。"

陆遇迟越过程双去看闵姜西，问："还好吗？"

闵姜西面上镇定自若，如常道："你们要是能把八卦的心用在正地方，早就求仁得仁了。"

程双道："好不容易见到楚晋行，之前那么好的机会，你往他身上扑啊，来一出美女救英雄，这样他也只好以身相娶了。"

闵姜西正好夹起一块铁板牛肉，闻言侧头看向程双："你想娶一块肉炭烧肉吗？"

程双抿了抿唇："成大事者不拘小节。"

几人在这边插科打诨，中途闵姜西的手机响了，是江东打来的。

这一次她接了："喂？"

江东道："晚上有时间吗？一起吃饭？"

闵姜西转头，江东和楚晋行的位子空着，他们不在宴会现场。

"我们六点多的飞机回深城。"

江东说："这么早？我还想着晚上一起吃个饭，正好你跟晋行也认识。"

提到楚晋行，闵姜西轻声道："麻烦你替我跟楚先生说声'谢谢'。"

江东不高兴地道："貌似是我拉的你吧？"

闵姜西说："不是饭桌上的事，这次是要谢你。"

江东道："你自己跟他说吧。"

不等闵姜西回绝，那头已经没了动静。几秒后，陌生又有些熟悉的男声传来："喂。"

闵姜西瞬间紧张："喂……楚先生，我是闵姜西。"

"嗯，你说。"

楚晋行越淡定，越显得闵姜西慌张。她不愿每次在他面前留下的都是毛手毛脚的印象，于是努力稳定心神，开口说：“谢谢您今天帮我，也谢谢您的外套。”

楚晋行开口是她意料之中的回答：“不客气，应该的。”

以他的为人处世原则，任何一个人遇到这种情况，他都会一视同仁。

闵姜西没有因为“不特殊”对待而失落，反而更加欣慰，她的偶像果然人品极好。

“我看您的手好像烫到了，可以拿冷水冲一下，方便的话最好买一管烫伤膏涂上，好得快些。”

楚晋行道：“好，谢谢你。”

闵姜西忙说：“是我该谢谢您。”

“不客气。”

闵姜西：“呃……”

兜兜转转，好像就这么两句话。闵姜西顿感尴尬，想必楚晋行也发觉了，所以主动道：“你跟江东聊吧。”

手机重新回到江东手上，闵姜西立刻没了压力，聊了几句后挂断。

身旁的程双和陆遇迟连筷子都没动，自然不是因为有福同享有饭同吃，而是竖着耳朵听八卦，生怕咀嚼的声音盖掉手机中的声音。闵姜西这边刚收起手机，程双就忍不住发出“啧啧”的声音：“毕业后初次见面，就开始担心人家的身体了。”

闵姜西神色淡淡的：“第一，我有良心，知恩图报；第二，我裸视一点五，你们看不到，不代表我看不到。”

程双说：“这么激动干吗？我又没说别的，难得你这颗天山石女心里能放进去某个人，我不强求这是爱情。就像你说的，崇拜也好，省得你泰山崩于前而面不改色，像个菩萨似的，楚晋行好歹能让你露出凡人的一面。”

闵姜西一脸认真：“看来我还是欠修炼。”

不用程双说，闵姜西自己也发现了，在楚晋行面前她总是莫名地紧张。这次就当是一次演戏，往后万不能这般毛躁了。

婚礼折腾人，闵姜西他们连口热饭都没吃上。午宴过后，蒋璇非要请大家吃饭，几人直接拒了，说是不如楼上开个房间休息一下，起得太早，困。

蒋璇麻利地开了房间，送他们上楼：“你们这次来得太急，都有工作，我也没法留你们，等着，我过阵子去深城请你们吃饭。”

程双道："来深城还用得着你请？"

陆遇迟道："我请，省得某人肉疼。"

程双道："你请就是我请，我们谁跟谁啊。"

蒋璇对闵姜西说："你们千里迢迢过来给我当伴娘，我都没好好请你们吃顿饭，还差点儿让你挨了个铁板。"

闵姜西笑道："你家老罗不是说了吗？这叫头彩。"

提起这事，蒋璇说："你跟遇迟在'先行'工作，跟楚晋行有来往吗？"

闵姜西摇了摇头："没有。"

蒋璇说："我看你还他衣服，还以为你们之间走得挺近的。"

闵姜西如实道："他那个级别，我们平时怎么见得到？今天是毕业后我第一次见到他本人。"

蒋璇道："也是，听说他现在生意做得很大，最近又想在夜城办学校，已经在这边找了好多关系，就等着老罗他们局里一把手批文。"

程双好奇："能批下来吗？"

蒋璇说："蛋糕谁不想吃，同期竞争的人也不只他一个，最后鹿死谁手真说不准。"

程双小声问："这事你家老罗做不了主吗？"

蒋璇淡笑着回道："老罗一直挺看好楚晋行的，但二把就是二把，一把在，什么时候轮到二把拍板了？"

程双问："一把跟你们家老罗唱反调？"

蒋璇说："倒也不是唱反调，这不一把还把他家小儿子派来给老罗当伴郎吗？就是那个叫张扬的。"

此话一出，闵姜西神经敏感地跳动了一下，张扬？

张扬会不会因为这天的事迁怒楚晋行？

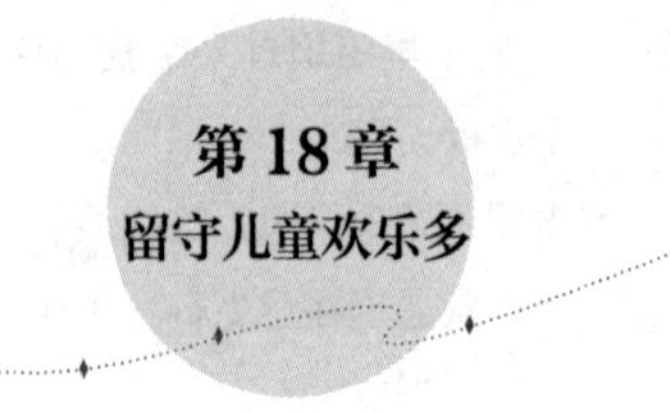

第 18 章 留守儿童欢乐多

这趟夜城行来也匆匆去也匆匆，对比意外见到楚晋行的惊喜，张扬那种纨绔子弟根本不值一提。唯一让闵姜西记挂的，就是怕张扬会给楚晋行穿小鞋。

回到深城的第一天，陆遇迟起了个大早跟闵姜西一起去公司，不为别的，只为嘱咐保洁阿姨把花瓶放到丁恪的办公室里。毋庸置疑，花瓶中插的是他在婚礼上抢来的幸运手捧花。

闵姜西乘车来到秦家，昌叔一见她就快步迎上前，两人互相打了声招呼。他出声道："闵老师，昨天小少爷在后院里玩，不知怎么把头磕到了。他不肯去医院，也不让家庭医生看，我们都要急死了。二少爷原本今天要回来，昨天也打电话说可能要推迟几天。我没告诉二少爷，怕他担心。您说话小少爷听，麻烦您上去看一下。"

闵姜西应声来到楼上，秦嘉定还在睡觉。她一边帮他开窗帘，一边唱着《水手》："他说风雨中，这点痛算什么，擦干泪，不要问，为什么……"

闵姜西唱歌跑调是一回事，关键突然放过了周杰伦，这点被敏锐的秦嘉定发现。他睁开一只眼睛，含混着问："换曲风了？"

闵姜西不答反问："听说你自己在后院里玩耍，还把头给磕了，请问你是左脚绊右脚，还是右脚绊左脚？"

秦嘉定把刚刚睁开的一只眼睛又闭上了，心底烦闷昌叔告状，又忍不住辩解："我是傻子吗？我是被狗给绊倒的！"

闵姜西笑了一声："哪只狗这么没有眼力见？"

秦嘉定不语，忽然发现这个理由一出，他更像个傻子了。

闵姜西来到床边，惯例用美食将他唤醒。秦嘉定坐起来，头发乱乱的。她没在明面处看到任何伤口，抬手往他后脑处摸了一下。

这要是从前，秦嘉定早就炸了，如今却只是抬头瞥着闵姜西："干什么？"

闵姜西很快摸到他后脑处鼓起一个包，问："不疼吗？"

秦嘉定蹙眉："废话。"

闵姜西说："疼不知道让医生看看？医生是治病救人，又不是辣手摧花，你怕什么？"

秦嘉定说："你以为人人都跟你一样。"跟她一样神鬼无惧，简直可怕。

闵姜西道："你头上顶个大包，也不怕你二叔担心？"

"你们别多嘴，他又不会知道。"

"让别人放心的方法是有病治病，不是有病瞒病。得，别废话，谈条件吧，怎么样你才愿意让医生给你看看？"

刚刚起床的秦嘉定神情飘忽，辨不出是在思考还是在走神。片刻过后，他开口回道："我想踢球。"

"踢什么球？"

"足球呗，还有什么球是用踢的？"秦嘉定日常焦躁。

闵姜西面不改色："小事，就这周，约上你二叔一起，正好他要减肥。"

秦嘉定眉心一蹙："我二叔要减肥？"

闵姜西后知后觉："哦，你管荣昊叫小叔是吧？"

闵姜西一时大意，按照荣家那边的顺序捋下来，倒忘了秦家这边也有个二叔。

秦嘉定不怎么高兴地说："我约你踢球，你提荣昊干什么？"

闵姜西说："你跟荣昊关系不好吗？"

秦嘉定看着别处："没什么好不好的，平时又不在一起玩。"

闵姜西说："他最近在减肥，你当做好事了，带他一起运动运动。他也没什么朋友，一个人怪孤单的。"

其实秦嘉定也是，大家都没什么朋友，还总要互相嫌弃。

"随便你，你愿意叫就叫。"

闵姜西说："行，那我周四去他那边，跟他说一声。你赶紧起来吧，中午让医生过来给你看看头。"

周四，闵姜西来到荣家，还没等进荣昊的房门，就听得阵阵有节奏的沉重呼吸声。闵姜西马上联想到举哑铃或者做俯卧撑的画面，她走进去一看，荣昊的确在做运动，但不是举哑铃也不是俯卧撑，而是躺在床上做仰卧起坐，后背处还垫了个厚枕头。

荣昊气喘吁吁，看到闵姜西，嘀咕着报数："九十八，九十九……一百。"

最后一个，他憋得脸色通红，脖子上青筋隐现。随后瘫在床上，满头是汗，大口地喘气。

闵姜西抽了纸巾递给他："几天没见，好像真的瘦了一些，你没断食吧？"

荣昊说："没有，我每天都让人去买你家附近的白粥。"

闵姜西道："白粥又不像别的，哪里的都一样，自己在家煮就行，何必跑那么远？"

荣昊坚定地说："我就觉得你家附近的好喝。"

闵姜西道："你那天是饿慌了。"

荣昊歇了一会儿，起身冲了个澡，换了身衣服出来。闵姜西问："你爱踢球吗？"

荣昊坐下，摇了摇头："不喜欢。"

闵姜西说："减肥有一条黄金铁律，做自己平时不爱做的事，吃自己平时不爱吃的东西。"

荣昊思忖片刻："有点道理。"

闵姜西说："周末一起出来踢球吧，还有秦嘉定同学。"

荣昊为了减肥没有拒绝。闵姜西小声道："不跟你妈妈说，跟你哥报备一声吧。"

荣昊当即拿起手机，打电话给荣一京。

电话响了几声后接通，荣昊叫道："哥，跟你说个事。"

"什么事？"

"我周末要出去踢球。"

荣一京说："踢球？平时让你快走两步都费劲，骗谁呢？"

荣昊蹙眉："不信你自己问她。"他将手机递给闵姜西。闵姜西接过，微笑道："荣先生。"

荣一京道：“闵老师。”

闵姜西道：“是真的，我想约荣同学和秦同学周末一起去踢球。”

荣一京变脸变得很快，笑着道：“好啊，现在天气不冷不热，正是踢球的好时候。”

荣昊听得清清楚楚，白眼翻得明明白白。

“我跟阿佔都不在深城，两个小的就麻烦你多照顾了，等我们回去请你吃饭。”

“不用客气，那您忙，我不打扰您了。”

电话挂断，荣一京抬眼看向坐在不远处，一边抽烟一边打游戏的秦佔，出声道：“你这家教请得真不赖。”

秦佔头不抬眼不睁，也不搭理他。

荣一京难得一本正经，严肃地说：“她能把我家小二喊出去踢球……回头给她加十倍的钱，让她也好好管管你，治治你这走哪儿打到哪儿的毛病。我就纳闷对方怎么得罪你了，你一下子放倒三个，还是在别人婚礼上，你就不能稍微克制一下吗？”

夜城这边消息瞒得太严，秦佔也没打招呼。荣一京是昨晚才听说这件事，当晚坐最后一班飞机赶来夜城，就怕秦佔吃亏。

不过想想也知道，秦佔这辈子什么都能吃，亏是万万不能吃的。虽说不在自己的地盘上，但在夜城更没人敢动他一下。

秦佔盯着手机屏幕，玩得一脸认真，置若罔闻。

荣一京道：“别玩了，我问你话呢。”

秦佔神色淡淡的，开口回道：“不爽。”

荣一京哭笑不得：“你看人不爽倒正常，一次性看三个人不爽？”

秦佔道：“看更多人不爽的时候也不是没有，一惊一乍。”

荣一京服了他：“我喊你一声‘二哥’，这里是夜城，不是深城。你打的三个人里，一个是教育局一把的儿子，一个是土地局二把的儿子，还有一个家里是警察局的，你这是要向全夜城官员正式宣战吗？”

秦佔眉头一蹙，手机屏幕上显示着GAME OVER（游戏结束）。他瞥了眼荣一京，沉声说：“谁愿意对号入座就让他对。你能不能别碎碎叨叨跟个老太太似的，我游戏都打不好。”

荣一京道："甭测试你那新游戏了，游戏重要还是学校重要？你新学校不想弄了吧？"

秦佔面不改色地说："我想打就打，一码归一码，不爽打回来，我看谁敢给我穿小鞋。"

荣一京表情精彩，一时间说不出足以表达心情的话，唯有对秦佔竖起大拇指："你牛。"

秦佔把烟头按灭，出声道："原本在这边办学校的把握只有五六成，现在教育局要是敢不批，我就不走了，我倒要看看不让我办让谁办。"

荣一京闻言，意味深长地道："这么看来，一定是那几头货理亏了。"

秦佔不以为意道："我是爱惹事的人吗？"

荣一京赶忙道："你不是，都是别人惹你。"

秦佔非常认真地说："自己找死，怪不得别人。"

闵姜西一周只有周日算休息，说是休息，也只是可以自己调整工作时间。她约了秦嘉定和荣昊踢球，地点就定在莱茵湾，小区里面正好有个足球场。

三个人没法踢，她干脆把陆遇迟也叫来。四个人，二对二。

荣昊是真不爱踢球，闵姜西是没踢过足球，加上陆遇迟这个"退役"多年的前小学足球队守门员，还有秦嘉定这个平时只跟狗一起踢的足球爱好者……可想而知，四人能把球踢成什么德行。

别说，越是门外汉还越较真，几人从一盘散沙踢成一团烂泥，拼的就是个无知者无惧。其间不乏撕扯推搡，横冲直撞。闵姜西踢急了差点想薅陆遇迟的头发，想想为人师表，强忍住了。

玩了一个半小时，把闵姜西提前准备的四瓶矿泉水全部喝完。几人又累又渴，陆遇迟请他们回家做客。

陆遇迟住在闵姜西楼下，两户是一模一样的格局。闵姜西到他这里跟回家一样，轻车熟路。陆遇迟去洗澡，她去厨房准备果盘。

荣昊跟秦嘉定坐在沙发上，陆遇迟家里多的是游戏设备，秦嘉定却一眼看到茶几上的手机。手机是秦佔公司为新游戏特地定制的，等着游戏推出之后同步上市，目前市面上根本没有，所以不会搞错。

等到陆遇迟洗完澡出来，秦嘉定问："游戏你玩了吗？"

陆遇迟应声，闵姜西在厨房里就听到属于男生们的热切讨论。等她端着果盘出来，手机已经落到荣昊手上。陆遇迟跟秦嘉定一左一右，各自观战。

秦嘉定还好，秦佔不在家，他处于散养状态。荣昊就不行了，在楼上才坐了半个小时，家里就来了电话。欧阳卿问："你在哪儿？"

荣昊直接说："我马上就回去。"

挂断电话，他问陆遇迟："游戏你还要玩吗？"

陆遇迟说："我打通关了，正要还给姜西。"

荣昊看向闵姜西。闵姜西道："也不是我的，是秦同学他二叔的，我拿回来让高手帮我做个用户体验。"

秦嘉定颇有大家风范："你想玩就拿回去玩吧。"

"谢了，我打通关还给你。"

闵姜西就怕小孩子不靠谱，因此荣昊走之前，特地叮嘱："这是内测游戏，自己在家玩玩就算了，不要给外面的人玩。"

荣昊应声，他起身要走，秦嘉定跟着站起来："我也走了。"

闵姜西跟陆遇迟送他们出门，眼看着上车才掉头往回走。

荣昊回到家，看到客厅沙发上坐着的人，叫了声："姐。"

荣慧琳看着一身T恤大短裤的荣昊，笑着道："穿这么休闲，干吗去了？"

荣昊道："踢球。"

荣慧琳说："你什么时候爱踢球了？"

荣昊面无表情道："今天。"

其实他特别不懂有些大人没话找话的心理，什么时候爱踢球了，什么时候爱唱歌了，什么时候爱吃肉了……哪来这么多的好奇心？

他表情悻悻，语气敷衍。欧阳卿道："怎么跟你姐姐说话呢？一点儿礼貌都没有。"

荣昊抬起头："我就是今天才爱踢球的，说了你们又不信，那以后干脆不要问我。"

话罢，他转身往房间走，身后是欧阳卿嗔怒般的抱怨，以及荣慧琳客套的关爱。

荣昊回到房间，坐在椅子上打游戏。不多时荣慧琳敲门进来，给他送吃的，看到他手上的手机外壳，标志是秦佔名下的公司。她笑着道："你二哥给你的？

荣昊说："不是。"

"那你哪来的？"

"家教家里。"

荣慧琳愣了一下，笑容微敛，试探地问："哪个家教，闵姜西吗？"

"嗯。"

她瞬间笑不出来。

有些话就是荣昊说得省事，她听得多心。

秦佔公司从一年前就在做新游戏，荣慧琳早就听说，但从未见过。别说她，身边谁都没见过，但荣昊说手机是从闵姜西家里拿来的。

什么关系，能把这么重要且私密的东西，分享给一个刚认识不足两个月的人？

荣昊玩得认真，没发现身后荣慧琳的脸色都变了。门外的欧阳卿喊他出去，他正好一局结束，不耐烦地起身往外走。

荣慧琳一眨不眨地盯着桌上的手机，仿佛看到男友遗留在其他女人家里的私密物件，伤心、愤怒、难以置信……

秦佔这次足足在夜城待了一个星期，当然不是张家找事不让他回来，恰恰相反，是张家跟另外两家向他赔罪。今天这个请吃饭，明天那个请打球，后天集体带着儿子登酒店大门赔礼，只希望快点把这尊大佛送走。

有几天，秦佔也是在等人。来一次夜城，不能不去党家拜访，恰逢党帅外出不在，差人给他留话，叫他务必在夜城多待几天。所以秦佔屁股一沉，差点把张家和另外两家给吓死。

事成了，气也消了，秦佔打道回府。他当天中午到家，在家中看到正在吃饭的秦嘉定和闵姜西。

秦嘉定叫道："二叔。"

闵姜西转过头，慢半拍地喊道："秦先生。"

秦佔"嗯"了一声，问秦嘉定："这几天没惹什么事吧？"

秦嘉定眼睛飞快地往闵姜西那边扫了一眼，嘴巴更快地回道："没有。"

秦佔看出他心虚，但没点破，淡淡道："吃饭吧。"

他转身要走，闵姜西开口："秦先生……"

秦佔停下，看着她。

闵姜西起身，从包里拿出游戏手机和一张折好的纸，递给他道："我朋友已经打通关了，里面是他给的一点小建议，您有时间看看有没有帮助。"

秦佔接过："谢了。"

"不客气，我朋友说很好玩，推出后一定会大卖。"

"借他吉言，上市送些点卡给他。"

两人总共就说了这么几句话，对于夜城发生的事，大家三缄其口。秦佔不提是觉得没有任何必要，闵姜西是不晓得婚礼当天在后台休息室里发生了什么。三个伴郎突然消失不见，秦佔也没在，她根本没往一起联想，还以为秦佔跟江东一样，早走一步。

秦佔回深城的第二天，闵姜西才知道在夜城办学校的批文，最终还是让他拿到了，消息是从欧阳卿口中传出的。

欧阳卿跟朋友打电话，对方应该是夜城人，在为孩子上学的事情做考量，当时欧阳卿说："不用特地跑来深城，铭誉国际马上要在夜城办分校，你守家在地就能给孩子找个好学校了。"

等到下课，闵姜西离开荣家，第一时间给蒋璇打了通电话。

蒋璇接得也很快："姜西。"

闵姜西说："璇子，不好意思打扰你跟老罗度蜜月，我有点事想问你。"

蒋璇很敞亮："跟我还见外，什么事？"

闵姜西道："之前我们聊过，楚晋行要在夜城办学校，在等批文，那个批文是不是下来了？"

蒋璇意外道："是吗？我不知道啊。"

很快，她又补了一句："你等下我问问老罗。"

罗定安就在身旁，蒋璇直接问了。不多时，她出声回道："还真是，批文下了，但给的不是楚晋行。"

明知这事十有八九是肯定的，可听到这话的刹那，闵姜西的心情还是说不出的低落。蒋璇问："姜西，你怎么突然问起这事了？"

闵姜西暗自调节呼吸："璇子，能不能问问老罗，为什么批文最后给的不是楚晋行？"

蒋璇是个直爽性子，与其传来传去，她干脆把手机开了免提。反正他们人在毛里求斯，身旁都是外国人，讲话也很方便。

她替闵姜西问罗定安："为什么批文没给楚晋行？"

罗定安脸上的表情，闵姜西看不到，想来也是有口难言，但闺密朋友的面子又不能不给，所以删繁就简地回了句："不是后台没别人硬，就是跟我们一把的关系没处好。"

蒋璇插话道："你之前不是说，楚晋行跟你们一把也吃过几次饭，关系处理得挺好吗？"

罗定安道："我个人是很欣赏楚晋行，也希望上面能批给他，但一把心里怎么想，我也拿不准。"

人呐，就不能想太多，聪明如闵姜西也不能免俗。罗定安只是正常分析，她却耿耿于怀，总担心是因为自己，影响到楚晋行。

又聊了几句，闵姜西挂断电话。之后整整两个小时，她满脑子只有同一个念头，别不是因为她挡了楚晋行的路。

闵姜西性格深处极其执拗，认定的东西就会一根筋。这事要是不弄清楚，怕是要不了多久就会神经质。她拿起手机，从电话簿里翻出江东的电话号码，迟疑片刻，打了过去。

电话响了几声后被接通，隔着手机都能想象到他无比惊诧的脸。他笑着道："打错电话了？"

闵姜西说："没打错。"

江东笑意更浓："哟，没打错，稀奇了，你竟然会主动找我。"

闵姜西道："你现在方便吗？"

江东道："别人找我肯定不方便，你又不是别人。说吧，什么事？"

闵姜西说："你能把楚晋行的电话号码给我吗？"

江东微顿，随后道："你给我打电话，为的是楚晋行的电话号码？"

闵姜西说："我有事想问他。"

江东问："什么事？"

闵姜西心里也没什么鬼，直言不讳："那天在婚礼现场，其中一个伴郎找我麻烦，恰好楚晋行经过帮我解了围，后来我才知道那人他爸是夜城教育局一把手。今天我听说教育局把批文给了别人，我在想是不是因为我……"

江东问："哪个伴郎找你麻烦？"

闵姜西心思不在此处，随口道："张扬。"

江东顿了数秒，道："你不用多想，楚晋行没拿到批文不是因为你，是因为秦佔。"

闻言，闵姜西不知该说些什么。

江东径自道："是秦佔在背后用了些法子，让夜城教育局一把手不得不把红头文件批给他……你不知道吗？"

"知道什么？"

"没什么，商业手段，你不知道更好。"

闵姜西不确定这会儿该如释重负还是替楚晋行惋惜。江东见她不出声，似笑非笑道："批文给了秦佔，看来你好像不怎么高兴。"

闵姜西才不上江东的当，清醒后立即保持理智，淡定地说："批给谁都不给我涨薪水，我只是担心好人被我连累。至于祝福的话，我会私下里转达给秦先生。"

江东说："他那种人，为达目的不择手段，有什么好祝福的。"

闵姜西道："不早了，不打扰你休息，再见。"

"哎……"江东叫她，但闵姜西已经挂了。他看着恢复到屏保页面的手机，哭笑不得。这么不给他面子的人也就只有她，卸磨杀驴，过河拆桥。

不过秦佔……他为什么要把张扬打到缝了十七针？

第 19 章 一对宝藏男孩

一晃闵姜西来深城快三个月了，教秦嘉定也快有两个月。两人从最初的互相煎熬到现在的相安无事，其中过程如人饮水冷暖自知。不光秦嘉定变了，闵姜西何尝没变？

从前让闵姜西开口唱歌几乎是不可能的事，看看现在，她能脸不红心不跳地唱出各种歌曲，时不时还跟个风追追流行，搞得陆遇迟都忍不住要发牢骚：“怎么，这资质还想往歌坛发展发展？”

闵姜西道：“就靠陆总砸钱捧我了。”

陆遇迟道：“别，我就那点亿万身家，我不想倾家荡产听个响。”

兴许闵姜西在歌唱方面太过天赋异禀，再经过夜以继日的锲而不舍，不知从哪天开始，秦嘉定终于下定决心自己起床，从此闵姜西省了一道工序。她没明说，自己心里其实还有那么一点点小失落。

日常上课，结束后闵姜西给秦嘉定留了份试卷：“你今天做，我明天看，一百分以上，周日踢球可以不用跟我一组。”

踢球不跟闵姜西一组，这个梗除了他们两个，只有陆遇迟和荣昊懂。闵姜西毕竟是女的，别看平时八面玲珑无所不能，但体力还是不能跟男的比。跑步也跟不上，踢急了还容易上手，饱受三个男的鄙视，谁都不乐意跟她一组。

秦嘉定接了试卷，习惯性地前后翻看：“成交。”

秦佔最近一段时间很忙，一是夜城学校的事，二是游戏进入最终测试阶段，如果没问题，近期就会推出。早上才回家，中午起不来，没跟秦嘉定一起吃饭，好在秦嘉定现在并不孤单，有闵姜西在。秦佔嘴上不说，心里多少也放心了一些。

闵姜西吃完饭就走了，秦嘉定去后院遛遛马喂喂羊驼，顺道慰问一下刚从国外运过来，身体略感不适的白孔雀。现在有人陪他踢球，他也犯不着再去跟狗踢，跑得没狗快，动不动还摔头，被一群狗围着看，想想都掉面子。

休闲过后，秦嘉定自己上楼做卷子。这种不用扬鞭自奋蹄的学习劲头，昌叔也就是没亲眼看见，不然定会老泪纵横，去山上跟菩萨还愿。

卷子做了一个小时，秦嘉定把不确定的几道题记下来，拎着纸笔起身去找秦佔。秦佔那屋挡着厚重的窗帘，遮天蔽日。秦嘉定轻手轻脚地来到床边，小声道："二叔。"

秦佔没反应。

秦嘉定稍微提高了几分音量："二叔？"

"嗯……"

"你睡了十个小时了，饿不饿？我给你拿蛋糕上来？"

秦佔困得找不到北，心里想的是"不吃，二叔再睡会儿"，但表现出来的不过是更长的一声："嗯……"

秦嘉定仿佛看到了自己，闵姜西没来之前的自己。

秦嘉定也不是个爱啰唆的人，默默地掏出手机，打开录音，里面标注着各种十几秒、二十秒、半分多钟的音频，秦嘉定选了首入门级别的播放。

"好运来，祝你好运来，好运带来了喜和爱……"

女人荒腔走板的声音一出，秦嘉定当即伸手捂住嘴，再看床上的秦佔，前几秒淡定如钟。随后动了动，紧接着略显惊慌地睁开眼，转头往身后瞧。

房间很暗，秦佔又是眯着眼，看到床边站着的模糊身影，他竟一时分不清那是秦嘉定还是闵姜西，直到秦嘉定忍不住笑出声来。

"二叔，是不是很提神？"

秦佔半撑着身体，不知是吓着了还是惊着了，一动不动。

秦嘉定边笑边说："看来不是我的个人问题，连你都受不了。"

秦佔翻身坐起，靠在床头处，似是后知后觉，茫然道："什么东西？"

秦嘉定说："我现在的起床铃声。"

秦佔从床头柜处摸到烟，点燃。昏暗的室内一颗红点亮起，尼古丁的味道让他平静。他开口，不辨喜怒地道："一天到晚欺负人，把她气走了，我看你以后是不是要当文盲。”

秦嘉定道：“可不是我逼她唱的，是她每天早上站在我床边魔音入耳，我还没怪她把我吓得直做噩梦呢。”

秦佔道：“你不起床，她不敢打又不敢骂，就只能动嘴了。”

秦嘉定说：“我最近都是自己起来的，这些也是以前录的，你要不要听别的？”

秦佔心里想着无聊，要教训秦嘉定别太过分，可抽了口烟，不知怎么就变成：“还有什么？”

秦嘉定迫不及待地跟他分享，又给他放了首《告白气球》。当闵姜西那说快板似的说唱一出，秦佔猝不及防一咳。他立刻把烟拿远，险些把烟灰掉在被子上。

秦嘉定快要笑死了，秦佔也忍不住跟着乐。一个房间，三个声音，只有闵姜西一本正经地唱着，越正经越搞笑，搞笑中还让人有些心疼，怎么……会这么难听？

一连听了十几段，秦佔的烟早就抽完了。两腮也笑得有些酸，他出声问：“你叫我起来干吗？”

“我有几道题不敢肯定答案，过来问问你。”秦嘉定擦了擦眼泪，差点忘了正经事。

秦佔摸到枕头下的遥控器，把窗帘打开，外面早就大亮。他眯了一下眼，待到适应亮度，这才彻底睁开。

秦嘉定把抄在纸上的题递给秦佔，秦佔拿着笔，一目十行地往下看，然后直接写答案，写完又把纸递给秦嘉定。

秦嘉定低头看着，有些答案自己写对了，有些不对。

“二叔，你帮我讲讲这几道。”

秦佔眼皮一抬：“这么积极地学习，她给你下什么药了？”

秦嘉定坦言：“我不想跟她一组踢球，上次就是被她拖累了。”

秦佔不置可否，一秒进入讲题模式。他说得很快，一些解题思路根本不是秦嘉定这个年纪能懂的。秦嘉定表示不明白，秦佔试着说明白。两人掰扯半天，秦佔最终道：“等她明天来，让她给你讲。”

秦嘉定拿着纸笔，垂眸，不满意都写在脸上：“我一直以为你比她厉害，没想到连个初中生都教不了。”

秦佔道：“我能挣钱给你雇家教，你呢？你只能恶作剧整家教。”

秦嘉定说：“等我长大，以后挣钱送你去最好的养老院。”

说罢，秦嘉定拿着纸笔往门口走，秦佔看着他的背影道：“别只会说大话，说话要算话，现在最好的养老院一个月几十万元。”

秦嘉定头也不回地说：“我从现在就开始攒零花钱。”

周四闵姜西去荣家，欧阳卿很客气地主动跟她打招呼：“闵老师来了。”

闵姜西有些受宠若惊，赶紧点头回应，欧阳卿道：“荣昊在等你，你先去吧，我们晚点再说。”

闵姜西是聪明人，进了荣昊的房间，对着正在做仰卧起坐的小胖子问：“你的考试成绩下来了？”

“一百四十七，一百四十八……”

荣昊做满一百五十个，把身后的枕头一抽，瘫在床上，看着闵姜西道：“你猜我考了多少分？”

闵姜西转头看了一眼，门外没人，她压低声音道：“你妈妈今天对我格外热情，我猜你考得不错。”

荣昊朝着闵姜西伸出手，比了个“八”的手势。

闵姜西问：“八十？”

荣昊难免得意地摇了摇头：“八十八。”

闵姜西也很开心，上前一步跟他击掌：“可以啊。”

荣昊道：“我有个要求。”

“说。”

“周末踢球我不跟你一组。”

闵姜西爽快地回答：“行，我跟遇迟一组。”反正秦嘉定也指望不上。

荣昊歇好了，翻身坐起来。闵姜西低声问：“你喜欢的人有没有对你刮目相看？”

荣昊红着脸，垂着头，沉默片刻后说：“她问我是不是抄的。”

闵姜西反应很快，鼓励道：“你不懂女生的心，她是不好意思直面表扬你成绩提升得快，只好以开玩笑的方式表达惊讶。”

荣昊道：“我猜不到她心里想什么，反正她喜欢学习好的，那我就好好学习给她看。”

闵姜西道："你考得这么好，想要个什么礼物？我送给你。"

荣昊抬眼道："我跟我妈说了，周末我要出去玩一天，不许她让人跟着我。"

"她同意了吗？"

"嗯。"

"这是你妈妈送你的礼物，我也送一份。说吧，你还想要什么？"

荣昊起身，从闵姜西身旁擦肩而过时，感慨道："下下次踢球也不要跟我一组。"

闵姜西转头，面无表情道："过分了啊，伤我自尊。"

周末，闵姜西跟平常一样的时间起床。开电脑做免费的线上答疑，中午随便吃了点东西。时间一到，荣昊和秦嘉定都来了，再加上陆遇迟，四人下去挥汗如雨，连扯带拽。

踢完球才下午两点，闵姜西说："收拾收拾，我们去超市。"

秦嘉定问："去超市干什么？"

闵姜西说："不知道你小叔这次物理考试全班第三十六名吗？为了庆祝，今晚我请你们在家吃饭。"

秦嘉定认真地吐槽："三十六有什么特殊含义吗？"

荣昊沉着冷静地说："距离第一只差三十五人了。"

秦嘉定声音不大醋意不小地说："我考一百多分，她也只是从外面给我买了一盒生煎。"

闵姜西道："你是初中生，荣昊是高中生。得，我不解释，下次你考得好，我也专门请你回家里吃饭。"

秦嘉定不置可否，摆明了因为没做第一人而不高兴。

荣昊跟陆遇迟走在前面，两人在讨论游戏。闵姜西来到秦嘉定身旁，侧头道："你点几个菜，我都给你做。"

秦嘉定问："我想吃什么你做什么吗？"

"行啊，只要超市里买得到食材。"

秦嘉定连着点了几道很复杂的菜，闵姜西都说没问题。他用怀疑的目光看着她："你不会毒死我吧？"

闵姜西说："放心，我还怕你二叔找我麻烦呢。"

四个人逛超市，闵姜西一个王者带三个青铜，三个男的是啥啥不认识，当真是四体不勤五谷不分。闵姜西一边买东西一边做介绍，临了对秦嘉定和荣昊道："你二叔还有你大哥，可以考虑给我涨薪水了。"

荣昊还算老实，没吭声。秦嘉定问："你怎么不让遇迟哥给你钱？"

闵姜西道："毕竟他前阵子刚帮忙做了游戏用户体验，不太好忘恩负义。"

秦嘉定对陆遇迟道："遇迟哥，游戏上了你先别买，我送你一套。"

陆遇迟伸手比了个"OK"的手势："就等你这句话呢。"

在超市大采购，闵姜西拎着最轻的两个袋子，身后跟着三个揽着大包小包的青壮少年，四人小队伍开车回莱茵湾。

荣昊和秦嘉定都天真地以为，回去后可以悠悠闲闲地跟陆遇迟打打游戏，等着吃晚饭就好。谁料刚一进门，闵姜西就出声吩咐："围裙一人一个，择菜、洗菜、洗水果，你们三个自己分。"

三人对视一眼，几乎齐声喊道："我洗水果！"

陆遇迟第一个绷不住："行吧，我最大，我退出。"

他都这么说了，荣昊抿了抿唇："那你洗水果吧。"

秦嘉定就这样以年龄优势得到了一个最能接受的差事。

厨房里，秦嘉定站在盥洗池前洗水果，身旁是洗菜的荣昊，身后并排的是择菜的陆遇迟以及刀工了得的闵姜西。

陆遇迟择完菜还要剥蒜，嘴里念叨着："是谁想吃蒜蓉大虾？"

荣昊道："我，怎么了？"

陆遇迟说："洗完菜过来跟我一起剥蒜，我最烦剥蒜了。"

踢过几场球，打过无数把游戏，他们已是好兄弟。好兄弟两肋插刀都可以，更何况是剥几瓣大蒜。不多时，荣昊和秦嘉定都加入了剥蒜小分队。

荣昊一边剥一边吐槽味道难闻，闵姜西回手递给他一捆大葱："呐，你点的葱烧肉。"

几个富贵池里泡大的少爷，过惯了衣来伸手、饭来张口的生活。陆遇迟还好点，偶尔也要帮闵姜西打下手，另外两个活了十几年才知道吃顿饭这么不容易，暗下决心，以后再也不嫌厨子做饭难吃了。

闵姜西做了八菜一汤，指点荣昊自己做蔬菜沙拉，教了秦嘉定怎么用橙子切小熊，都忙活完已经七点半了。

四人坐了一桌，举杯庆祝，两个小的信不过闵姜西的厨艺。吃过一口之后便再也停不下来，尤其是荣昊，豁出去了，今晚不减肥。

欢乐的时光总是过得特别快，荣昊觉得自己才刚坐下，欧阳卿的电话就打过来，提醒道："八点了。"

荣昊刚想说晚点再回去，欧阳卿又道："我在楼下，等你下来。"

荣昊瞬间兴致全无，应了一声。他挂断电话，努力维持着不扫兴的表情，跟其他三人告别。闵姜西要送他下楼，他拒绝了。

荣昊一个人来到楼下，家里的车停在小区门口。他打开车门坐进去，欧阳卿端着道："这么晚还待在别人家里，不妥当。"顿了顿，"她是家教，但毕竟是女的，男女有别，你要注意分寸。"

荣昊不出声，欧阳卿去拉他的手："回家，我叫人做了你喜欢吃的菜。"

荣昊把手一抽。欧阳卿略显尴尬，抬手碰了下鼻子，不碰还好，一碰就迟疑着道："你手上什么味道？"

荣昊沉声说："我剥蒜了，不仅剥蒜还扒葱了。"

欧阳卿眼睛微瞪："谁让你干的，闵姜西？"

荣昊不说话。

"过分了，她指使你干这些，拿你当什么了？"

欧阳卿自顾念着，很生气。荣昊是她放在心头上的宝贝，什么都舍不得让他做，闵姜西倒好，拿她儿子当用人使了？

"你又拿我当什么了？"荣昊开口，声音低沉中带着隐忍的爆发。

车内光线很暗，欧阳卿侧头看着他道："你是我儿子，你说我拿你当什么？"

荣昊垂眸，开口道："你拿我当你养的宠物，就是条狗，你也该带出去遛遛吧？你就差没明目张胆地在我脖子上栓条绳！"

荣昊越说越激动，说到最后一句，声调已经陡然拔高。

欧阳卿愣住，前面开车的司机更是尴尬得不知如何是好。

不知安静了多久，欧阳卿开口，声音中能听出明显的错愕："你怎么能这么跟我说话？"

荣昊道："有些话我忍了很久了，爸工作忙，长年不在家，哥说家里就我陪着你，不让我惹你生气。你做什么都是为了我好，但你真的想过我要的是什么吗？”

欧阳卿道：“你想要什么我没给你，你说你想出来玩一天，不让人跟着，我也答应了。我们说好了晚上八点钟，之前我有没有打扰你？”

“你是没打扰我，从我出家门到现在，最少有三个人在小区外面监视我的一举一动。如果不是看到秦嘉定和另外一个男家教在，你会允许我上这栋楼？”

欧阳卿不知道荣昊是如何发现的，既然被拆穿，她坦然道：“你以为秦嘉定能一个人跑出来玩？像我们这样的家庭，多少人都在打你们这帮孩子的主意，我不叫人看着，你被人劫走或者出了什么事，你叫我怎么办？我怎么跟你爸和你哥交代？”

“可以，我习惯了走到哪身后都有人看着，但我不想上课时要开着门，跟朋友在一起时随时担心你会给我打电话。我就想交几个朋友，跟朋友待在一起说说话玩玩游戏，哪怕是洗菜剥蒜，我也愿意！”

“你宁愿在别人家里帮人做些琐碎，也不愿意回到家里跟妈妈说两句话，我又做错了什么？”

欧阳卿发自内心的不解，声音微微颤抖，难掩委屈。

荣昊眼睛也红了，低声说：“我不知道。闵老师说天下没有不爱孩子的父母，只有不会爱孩子的父母，是我们之间还没有找到正确的沟通方式，我跟你之间总要有个人学着去迈那一步。

“她今天带我们去超市，让我和秦嘉定干活，我知道她是为我们好，不然她大可以像别人一样请我们去饭店，好吃好喝好玩地供着。我说想吃蒜蓉虾，她就让我剥蒜，我说想吃葱烧肉，她就让我扒葱，说别等到长大以后被人嘲笑葱蒜长什么样子都不知道。

“她还问我你喜欢吃什么，让我说六个菜出来，等我学会了在你生日的时候做给你吃，你一定会特别开心。我只能说出两个，她说我不合格，说如果问你，你一定能说出我喜欢吃的十几二十道菜。

“那一刻我心里很难受，我总是在想你不懂我，埋怨你为什么总是做一些让我讨厌的事情，但我也没有真正关心过你，我不是个合格的儿子。”

邻座的欧阳卿早就泪流满面，不知从哪一句开始说起。

荣昊从储物柜里拿出纸巾，递给欧阳卿，温声说道：“别哭了，让我哥知道我又把你气哭，他一定会数落我。”

欧阳卿接过纸巾，半晌后出声道：“可能真的是我做错了，不该逼你逼得这么紧。”

荣昊道：“我十六岁了，未必能一下子分得清黑白，但我知道好坏。你别对闵老师有偏见，她不是坏人，我保证。”

欧阳卿点头：“放心，我不会去她面前说什么。”

荣昊道：“你也不用担心我会喜欢她，我有喜欢的人。”

欧阳卿前一秒还沉浸在感慨中，下一秒马上看向荣昊，神情意外得有些让人想笑。

荣昊道：“我有喜欢的人，就是你想的那种喜欢。闵老师说我不信任你，什么都不肯跟你讲，所以你才会因为不确定而紧张，现在我告诉你，你怎么想？”

欧阳卿都蒙了。荣昊小时候很乖，但不知道从什么时候开始进入叛逆期，整个人变得封闭而易怒，但凡触及他的隐私，一准翻脸。这是这几年来他第一次跟她袒露内心，还是这么一个大料。

欧阳卿说：“对方是什么人？”

荣昊道：“学校里的，品学兼优。”

欧阳卿道：“你喜欢就好。”

荣昊眼底划过一丝诧色：“你不阻止？”

欧阳卿说：“你长大了，我也不可能什么事都替你做决定，是好是坏，你自己分得清。”

这回轮到荣昊要痛哭流涕，若不是有司机在，母子二人说不准要抱头痛哭。

欧阳卿心有愧疚，甚至主动问：“要不要现在让司机掉头送你回去？”

荣昊一时走神：“去哪儿？”

欧阳卿说：“闵老师家里，估计秦嘉定还在吧？”

荣昊说：“算了，突然回去再吓他们一跳。”

“那你还怪妈妈吗？”

“不怪，反正我们每周都能一起踢球，等秦嘉定考试考好了，闵老师还是会请吃饭。”

欧阳卿道：“怎么非要考试考好才请吃饭，平时吃一顿不行吗？”

荣昊认真地摇了摇头：“闵老师说她很忙，我们愿意打下手她也未必有时间做，除非是重要事件，这是奖励，不是日常。”

欧阳卿闻言，心里酸溜溜的。不知该赞闵姜西好手段，还是夸她好高傲。

另一边，散养的秦嘉定潇潇洒洒地吃完了一顿饭。正跟闵姜西在厨房里洗碗时手机响了，是秦佔打来的。

“玩完了吗？”秦佔问。

秦嘉定说：“还差六个盘子三个碗要洗。”

秦佔那头停顿片刻，波澜不惊地说：“我在外面，洗完了就下来吧，别耽误别人太久。”

“知道了。”秦嘉定挂断电话。闵姜西问：“你二叔吗？”

“嗯。”

“他催你回家？”

“他让我洗完下楼。”

闵姜西道：“放着吧，我送你下去。”

秦嘉定不动声色道：“输了就要认。”

他跟陆遇迟打游戏，输了的人洗碗，此时赢的人真就大爷似的坐在客厅吃水果、打游戏。

闵姜西也觉得公平，看着秦嘉定把碗洗完，跟着他一起下楼。

秦佔没在车里，靠在车边抽烟。闵姜西跟他打招呼，他伸手递给她一个袋子，闵姜西面露诧色。

他出声说：“一些小点心，谢谢你照顾秦嘉定。”

闵姜西笑说：“不客气……”

“拿着吧。”

是吃的不是物件，闵姜西便笑着接过：“谢谢秦先生。”

隔天早上，闵姜西吃着秦佔昨晚送的小点心，喝了杯牛奶，当是早餐。收拾东西正准备出门的时候，陆遇迟打来电话。

闵姜西接通，有些意外：“你怎么起得这么早？”

陆遇迟道：“尿憋醒的，不跟你说这些，你赶紧下楼来我这儿一趟。”

他一清早火急火燎，闵姜西乘电梯下去，他家的门已经开了，就在等她。

闵姜西进门问：“怎么了？”

陆遇迟穿着T恤和大短裤，蓬头垢面地坐在沙发上看手机，头不抬眼不睁地回道："你来看。"

闵姜西走到陆遇迟身旁，他将手机递给她，是一条微博新闻。"东行"今早刚刚通过官博公告，新游戏预计三天后正式发行，下面跟着一个几分钟的试玩预告。闵姜西点开来看，看完后她表情一言难尽。陆遇迟扬头问："看出什么来了？"

闵姜西凝重地说："很多人物造型跟秦佔公司的很像。"

陆遇迟道："我有好几个游戏群，今天刚起来各个群里都炸锅了，说'东行'新游戏提前上线，感觉要爆。我点进去一看，这不跟你前些天给我试玩的内测游戏皮肤一样嘛，有几款相似度在八九成以上，就换了个颜色。如果撞一个两个还能说是偶然，视频里总共出了十七个人物，我可数了，就四五个不一样。"

重叠度这么高，傻子都知道不可能是偶然，只有一种理由可以解释，秦佔那头有人泄密了。

闵姜西眉头一蹙，她平日里不玩手游，对这行也不甚了解，出声问："'东行'是谁开的，在圈内口碑怎么样？"

问到此处，陆遇迟的神情意味深长："'东行'是四年前成立的，不算新公司，在游戏圈内口碑挤得进前三，之前推的游戏也都不错。公司是两大股东合股，这两人你还都认识，其中一个是江东。"

闵姜西看着陆遇迟，一眨不眨地道："另一个是楚晋行？"

"嗯。"

闵姜西没有马上出声。陆遇迟又道："之前你把内测游戏带出来的时候，我就觉得诧异。别看就是一个手机，如果内容外泄，这可是上亿甚至几个亿的价值。我都不敢在外面拿出来，就怕惹事，巴不得你早点还回去。现在真出事了，我怕秦佔那边会怀疑到你头上。"

闵姜西问："现在看只是人物皮肤泄露，具体玩法还不一样，如果是这样，秦佔公司的损失也会很大吗？"

陆遇迟道："他们开发的是同一类游戏，同类游戏的具体玩法大同小异，虽然模式还是占吸引客户的主导，但现在'东行'抢先一步推出。如果秦佔方面有足够的证据告对方抄袭侵权还好，如果告不了，势必要自己团队重新换皮肤。这样一来，上市日期就会延迟，大家都是图个新鲜，那时市场已经被'东行'抢占。

说得简单点，就是先下手为强。”

闵姜西明白，这次无论如何，秦佔都是吃了闷亏了。

陆遇迟担心闵姜西：“你今天去秦家，见到秦佔的时候看看他是什么态度。他要是真怀疑你，你怎么办？”

闵姜西脸上隐现担忧，但不会慌，如常道：“我给秦佔打个电话，怀疑是正常的，我问心无愧，不怕人查。”

出了陆遇迟的家门，闵姜西立刻打电话给秦佔。她记得，这是她第二次主动打电话给他。第一次是冯婧筠找上家门，她被秦嘉定赶鸭子上架。

打电话的那一刻，闵姜西心底都还是稳的，想着没做亏心事不怕鬼叫门，但是听着手机中传来的嘟嘟声，不知怎的，她还是有些心虚。如果秦佔真的怀疑她，她拿什么证明自己是清白的？

闵姜西晃神的工夫，电话已被接通，男人低沉的声音传来，“喂。”

她本能道：“秦先生，我是闵姜西。”

“嗯，有事？”

闵姜西说：“我刚刚看到网上新闻，‘东行’新推出的游戏皮肤跟您公司内测的游戏皮肤相似度很高，是不是游戏外流了？”

秦佔的声音很稳，不辨喜怒：“公司内部正在排查。”

闵姜西说：“我也碰过手机，包括我朋友，但我朋友这边我能保证。他很小心，绝对不存在泄密一说。我跟他会自查，也随时接受您这边的调查。”

秦佔道：“没人说是你跟你朋友泄露的，我既然把手机给你，就是信得过你，不用想太多。”

秦佔这样讲，闵姜西心里很触动。她知道他是黑白分明的人，但讲原则和信任是两码事，他竟然如此信她。

“秦先生，我帮不上您什么忙，只希望尽快找到游戏外流的原因，尽量把损失降到最低。”

秦佔微不可闻地“嗯”了一声：“你该干吗干吗。”

挂断电话，闵姜西迅速回忆她从拿到手机到还回手机的每一个细节，接触过的人，可能会泄露的时间、地点……

手机突然响起，是陆遇迟的电话。

闵姜西接通，陆遇迟道：“要不要问问荣昊？”

闵姜西说："我也想到荣昊，但他拿走手机之前我嘱咐过他。以他跟秦佔的关系，也不可能主动泄露。"

陆遇迟问出了闵姜西的担忧："他是不会主动泄露，我是担心手机在他那边放了好几天，万一有人看到了，泄露出去了呢？"

闵姜西为难："事是大事，我不好跟他开口。"

有关信任的问题，除非对方主动提，不然再委婉的询问都会让人觉得心里不舒服，感觉被怀疑。

陆遇迟道："要不我去问？"

闵姜西说："别拐弯抹角了，我想想怎么说。"

这件事的确太大了，九位数的生意，身边人的忠诚，无论哪一种，都是沉甸甸的负担。闵姜西还没想好怎么跟荣昊说，如常先去了秦家。

闵姜西推开秦嘉定的房门，客厅的窗帘是拉开的，这已是意料之外，更出人意料的是，秦嘉定已经收拾好坐在沙发上。他看到闵姜西进门，侧头道："你知道我二叔公司游戏外泄了吗？"

闵姜西点点头："今早看新闻才知道。"

秦嘉定说："不是我们自己人，荣昊刚给我打完电话，他说手机从遇迟哥家里拿走，他就一直放在家里没带出去过。家里能进他房间的只有他妈和一个阿姨，他也都盘问过了，没问题。"

闵姜西闻言，定睛看着秦嘉定，出声道："你怎么不问问我？"

秦嘉定看了她三秒："神经，荣昊都知道保密的东西，你能不知道？"

秦嘉定非常嫌弃，觉得闵姜西明知故问。闵姜西的心忽然被戳了一下，又是一个百分百的信任。

在"东行"官宣的第二天，新游戏又上了热搜。这次是因为内部放出新人物皮肤的制作草稿以及废稿。闵姜西一看，部分秦佔公司的人物皮肤，都被"东行"当作废稿公布，评论下讨论超过十万，都在热议这次"东行"是下了大功夫的，就连废弃的人物皮肤都如此华丽，可见其过程的仔细和用心。

与此同时，很多大V也带了节奏，说是"东行"新游戏提前发布，好评如潮，不知QZ憋了一年多的大招要何时放出，放出后的效果又会如何。

如果不是局内人，闵姜西会把这些新闻当成是最简单的宣发，但在知晓内情之后，网上的每一个操作，其实都是“东行”在遏制秦佔的武器。有句话怎么说的来着，穿别人的鞋走自己的路，叫别人无路可走。

从前闵姜西听程双说秦佔和江东怎么怎么不和，哪怕亲眼所见，也没多大触动。但这次她是切身地感觉到，他们之间的不和，可不是小孩子过家家似的小打小闹，那是动辄就要置对方于死地的利益倾轧。

那楚晋行呢？他在这其中又扮演着怎样的角色？他明知抄袭还是同意发布？

秦佔公司正在内查，荣一京听说荣昊也拿过手机，第一时间跟荣昊通了电话，先确保不是从荣昊这里泄露出去的。

得知荣昊的手机是从闵姜西那边拿的，他问秦佔：“你不找人查查她？”

秦佔不答反问：“你觉得她是傻还是无知，敢做这种事？”

荣一京说：“我早提醒过你，江东一直在缠着她，她未必敢想，架不住江东吹耳旁风。”

秦佔道：“你知道出事后嘉定跟荣昊同时说了什么话吗？”

荣一京猜了猜：“说不是他们？”

秦佔道：“说肯定不是闵姜西。”

荣一京道：“两个小孩子说的话……”

秦佔说：“我也信。”

荣一京打量秦佔的脸，狐疑道：“才认识几个月的人，你凭什么这么信她？别告诉我你喜欢她。”

秦佔面无表情地瞥了眼荣一京，开口：“我是信我自己，连基本判断都没有，那是废物。”

荣一京早习惯了秦佔的自负，吸了口气道：“行，你信最重要，反正猜对了是意料之中，猜错了就当色迷心窍。”

秦佔看着他，不说话。荣一京笑道：“喜欢是从信任开始的，信任也是从喜欢开始的，过来人再提醒你一句，防人之心不可无，小心把自己给玩进去。”

秦佔道：“要不要赌一把？”

“赌什么？”

“你不是怀疑闵姜西吗？”

荣一京眉毛一挑：“我只是怀疑，其实我也觉得不是她，我以为你要赌会不会喜欢她。”

秦佔终是忍无可忍，恶毒地说：“你以为我是你，满肚子男盗女娼？”

荣一京叹了口气：“唉，闵姜西真不该长成这样，她要是相貌平平又有能力，当个家教挺好。可她偏偏长了一张让人心猿意马的脸，也就是你只把她当家教。”

秦佔说：“长得好看的草包多的是，反正你只看脸，不在意内涵。像她这样的人，要物尽其用。”

荣一京认真地问：“你不觉得她在别处应该更有用吗？”

秦佔知道荣一京说的别处是哪里，目光微冷，沉声道：“别意淫我的家教，我洁癖。”

荣一京眼睛一弯：“知道了，你的人，我不碰。”

秦佔道：“想也不要想。”

荣一京撇了下嘴：“小气。”

在这样的风口浪尖上，秦佔没有怀疑到闵姜西头上，她心下感动，毕竟成年人之间的信任比人民币贵得多。

人家越是信任，她越是要感恩。因此在她突然接到江东的邀约时，她明知该避嫌，可还是答应了。

饭店的单独包间里，闵姜西如约而至。桌边只坐在江东一个人，看到她时，笑着说：“真没想到这么容易就能叫动你，我都替你想了十几个拒绝的理由。”

闵姜西选了个距离江东最远的位子落座，面色如常地道：“这顿我请。”

江东撑着下巴问：“最近赚大钱了？”

闵姜西说：“谢谢你上次在夜城帮我。”

江东勾起嘴角：“还记着呢。”

闵姜西说：“我记性很好，恩怨都不容易忘。”

江东挑眉：“这话怎么听着话里有话？”

闵姜西说：“先点菜吧。”

闵姜西把服务员叫进来下单，待到服务员走后，江东道：“说吧，为什么今天肯出来见我？”

闵姜西隔桌望着他。江东淡笑：“你不会真以为我看不出你不情不愿吧？”

闵姜西说：“不情不愿谈不上，我是有点害怕见你。”

江东意外闵姜西的坦诚，玩笑道：“干吗，我是吃人还是吓人？”

闵姜西说：“你跟秦先生之间的关系，再加上最近的特殊时期，我出来跟你吃饭，冒着丢饭碗的风险。”

江东越听越有趣，饶有兴致地问：“怎么回事？你把我说糊涂了。”

闵姜西一如既往淡定，看着江东道：“QZ的内测版游戏，我几个星期前就玩过，游戏在我手里停留了一个多星期。”

江东的表情明显顿了一下，不过很快便如常笑道：“什么意思？”

闵姜西不苟言笑：“我看到‘东行’推出的新游戏，皮肤跟QZ的重合度很大。”

江东还是在笑：“嗯，讲直白点。”

聪明人该知道适可而止，但闵姜西选择顺从他意，直言道：“‘东行’有借鉴QZ的皮肤吗？”

闵姜西还是委婉了一些。江东道：“你想说‘东行’抄袭QZ？”

闵姜西不说话。江东没翻脸，反而笑着说：“你怎么肯定你拿到的QZ内测版本，不是他抄袭‘东行’的？”

闵姜西是没证据证明，但她相信秦佔。

江东等了半晌，不见她回答。他脸上的笑容微敛，声音低了几分：“你相信秦佔，觉得我就是个小人？”

闵姜西不慌不忙，镇定自若地说：“我不是法官，判不了任何人的对错。”

江东问：“你今天来，不就是想让我承认抄袭吗？”

闵姜西说：“公司的事有专门的人处理，你们的私事也会私下处理，我今天来，一是想感谢你上次出手帮忙，二是希望如果有一天我被怀疑了，希望你能不偏不私地说一句，真的不是我泄露给你的。”

江东被闵姜西的真实打动了，笑着道：“你不提醒我都不知道，如果真是这样，我现在去跟秦佔说，是你泄露给我的。他最好直接把你给开了，我这边欢迎你。”

两个人吃饭，饭后还真是闵姜西结的账。饭店前台都认识江东，第一次见他带女人出来吃饭，是女人买单。

江东站在一旁，看着闵姜西刷完卡，问：“我送你回去？”

闵姜西是他意料之中的回答：“不用了，我打车。”

江东叫人拦了辆出租车，绅士地替闵姜西打开后车门。待到闵姜西坐进去关上门，他忽然俯身，压在车窗边道："说真的，如果他怀疑你，你用不着委屈自己，直接开了他。反正你在'先行'，晋行会罩着你的。再不济还有我呢，我一直盛情邀请，奈何你看不上。"

闵姜西侧头看着江东那张好看又温和的脸，淡淡道："谢谢，我暂时还没有换客户的打算。"

江东道："先下手为强，你不换他，就等着他换你吧。"

闵姜西道："我没有曹帅的魄力。"

江东先是一愣，随后反应过来，闵姜西是说曹操。曹操最出名的就是"宁可我负天下人，莫叫天下人负我"，闵姜西的意思是，宁愿秦佔不信她在前，她绝对不会先明哲保身。

江东的笑容渐渐浮现几许深意，道："好吧，看来你是还没吃到苦头。"

他直起身，双手插在裤袋，对司机道："师傅，路上开车慢一点。"

司机点头，踩下油门载着闵姜西离开。

江东掉头往饭店里面走，刚进门，就有人跟上前，压低声音道："外面有人偷拍。"

江东神色如常，边走边道："什么人？"

"不像记者，应该是私家侦探。"

江东的嘴角微不可见地牵动了一下，眼底同时划过嘲讽，淡淡地道："不用管。"

闵姜西这么信任秦佔，她知不知道自己身后拖着条尾巴，去哪里，跟谁见面，别人都一清二楚？

晚上九点多，秦佔还在公司，身前连游戏负责人带开发主创，都是一脸菜色。负责人跟秦佔再三保证，一定会马上给出结果。

秦佔淡淡道："钱是小事，我受不了有人在我眼皮子底下吃里爬外。你们自查可以，用不着过分自责，该吃吃该睡睡，别一个个搞得一副过劳相，外面还以为我怎么克扣你们了。"

秦佔向来仗义，底下人都知道。他这么一说，大家更是心急如焚，真心替老板心疼钱和机会。

秦佔道："我的公司不招闲人，都是有本事的，谁怕谁啊，'东行'抢先发就给你们吓成这样？孬。"

一个开发主创当场表态："老板你放心，兄弟们都说好了，连夜赶工也一定让游戏按时发布，绝对比'东行'爆！"

理工男的誓言向来很作数。秦佔点了下头："信你们，忙过这段，公司请大家出国玩，有家属的去欧洲，没家属的去日本，费用全包。"

有人反应慢："为什么有家属的去欧洲？"瞧不起孤家寡人啊？

负责人侧头揶揄："傻啊，你有女朋友还去日本玩什么？"

"啊，那我能不能先去日本，在日本找个女朋友再去欧洲？"

"就你能，赶紧先把皮肤做好了……"

一屋子男人说话倒也没个顾忌，三言两句，说说闹闹，气氛比之前好多了。

负责人适时道："老板您忙，我们先出去干活了。"

秦佔应声。

这帮人前脚一走，后脚秘书进来说："老板，冯小姐来找您。"

秦佔白天看到两个冯婧筠的电话，都没接，这会儿人就堵上门来了。他垂下视线，挡住眼中明显的不耐，开口道："让她进来吧。"

不多时，一身正装的冯婧筠迈步走进来。秦佔坐在办公桌后，头不抬眼不睁，就算没在忙也要烘托出忙得不行的样子。

冯婧筠开门见山地问："查得怎么样了？"

秦佔不冷不热地回："还在查。"

冯婧筠问："有没有怀疑的对象？"

秦佔道："我身边都是信得过的人。"

冯婧筠拉开办公桌前的客椅，落座后径自道："只有信得过的人才能背叛。"

说话间，冯婧筠从包里掏出一个信封，递到秦佔面前。

秦佔眼皮微抬，几秒后拿起，把里面的东西掏出来。那是一沓照片，照片中刚开始只有闵姜西一个人，从她出门到下车进饭店。随后是跟江东一起从饭店里出来，江东还弯着身子压在车窗边，连续好几张，有些能看到他脸上的笑。

冯婧筠打量秦佔，想从他脸上看出细微的表情变化，奈何他全程面无表情。他甚至没把照片看完，直接往桌上一甩，点了根烟，问："给我看这些干什么？"

冯婧筠一脸正色地道："你不觉得你的家教跟江东走得太近了吗？"

秦佔口中吐出白色烟雾，不答反问："谁让你叫人跟踪她的？"

冯婧筠道："从我知道江东对她不一般开始，跟江东走得近的人，又在你家里当家教，现在出了这么大的事，你就一点儿不怀疑她？”

秦佔忍着不耐烦说：“你知道什么叫不请自来吗？别打着帮我的幌子把手伸到我身边来。”

冯婧筠面不改色，定睛看着他回道：“你也别打着我多管闲事的幌子，掩饰你就是想包庇闵姜西的心。”

两人瞬间针锋相对。秦佔面无表情，只是看着冯婧筠的神色让人觉得后脊梁发寒。几秒过后，他出声道：“你是在质问我吗？”

秦佔的声音不重，冯婧筠却猜出他下一句要说什么。她是自作多情、一厢情愿，但她决不允许他鬼迷心窍、一意孤行。

冯婧筠深吸一口气，暗自调节呼吸。她端坐在客椅上，丝毫不畏惧地回视着秦佔，开口道：“当年QZ成立的时候，我大哥也入了股，现在有内鬼，直接影响到股东的利益，我有权追查。再者说，你凭什么断定闵姜西不是鬼？你知道她是什么人吗？”

秦佔笑了一下：“她是什么人？”

冯婧筠眼中带着赤裸裸的鄙视，像是等这一天等了好久，终于有机会在秦佔面前说出来：“他爸是在逃犯，现在去搜十几年前的新闻，警方还标注着未逮捕归案。她妈带着她不守妇道，插足别人家庭，原配找不到她妈，跑到闵姜西的学校扇了她几个耳光，这事在他们那边也曾轰动一时。她妈是自杀的，具体原因我查不到也不好瞎说。闵姜西不姓闵，她本名叫姜西，八成是怕受她爸牵连，连姓都改了，这些年一直跟她小姨一起生活，你知道她小姨……”

她的话未说完，对面的秦佔突然出声打断：“她家里什么情况我不好奇，也不在意，我喜欢就够了。”

第20章 真心最动心

一句“我喜欢就够了”，秦佔说得脸不红心不跳。冯婧筠却突然噤声，眼睛一眨不眨地盯着他。

秦佔自顾自地道：“当年你哥入股的时候，说的是让我带他赚钱，可不是我没钱硬拽着他投资。这几年他不在国内，我也从没少过他一块钱的分红，他从不管我怎么做事。如今你要管，那我只能把股份一次性兑现打给他，以后我的事，外人少掺和。”

冯婧筠还没从上一句的打击中回过神来，秦佔紧接着又是一句“外人”。她绷着一张脸，强装镇定，心里想说的话有千千万，却不敢开口，生怕这口气顶不住，让她败下阵来。

冯婧筠有意跟他死扛，秦佔却懒得跟她消磨，只见他抄起手机，拨了个电话出去。她不知道他要给谁打电话，是她哥吗？

“闵姜西，我现在过去找你。”

秦佔看着冯婧筠，目光中五分挑衅五分冷漠。

不待手机中的闵姜西应声，他率先挂断，起身欲走。

冯婧筠气得握紧座椅把手：“秦佔！”

秦佔的脚步未停，头都没回地说：“我最后一次提醒你，离我身边的人远点。”

秦佔走后，冯婧筠背脊依旧绷得笔直，喉咙像是被人用力扼住，鼻子发酸，眼前刚有些模糊，身后传来脚步声。她心下一喜，他回来了？

“冯小姐，不好意思，老板说让我把办公室锁上，您这边……”

助理的声音甜美中带着歉疚，但还是难掩尴尬。冯婧筠几秒没出声，待到起身转头时，脸上已看不出任何情绪。

晚上九点多钟，闵姜西突然接到秦佔的电话。他不仅直呼大名，还言简意赅地说要来找她。他那边是挂断一时爽，有没有想过她会慌成什么样？

闵姜西脑中冒出的第一个念头就是游戏泄密者有眉目了，但被怀疑的对象很可能是她。人就是这样，有时候没做亏心事和疑神疑鬼可以同时并存。

闵姜西想过再给秦佔回个电话问问清楚，但他那边既然挂得急，就是没想在电话里面说清楚。闵姜西提着七上八下的心，攥着手机，一直在等他。

二十五分钟后，秦佔的电话再次打来，闵姜西秒接。

“秦先生。”

“我在你家楼下。”

“您稍等一下，我马上下来。”

闵姜西早就换好衣服，穿上鞋迅速下楼。十月份的深城，夜里只有十几度。秦佔穿着件黛蓝色的短款皮衣站在车旁抽烟，风一吹，撩起他内里的衬衫下摆，发型却纹丝不动。现在已经很少在街上看到剃寸头的男人了，也许真应了那句话——有颜任性。

闵姜西快步往前走，中途甚至小跑了两步。秦佔本是看着别处，也是无意间侧头，瞥见一身黑色运动服的闵姜西。她把长发梳成马尾，脸上一点妆都没有，干干净净，像个高中生。

两人目光对上，闵姜西在他身前一米处停下，出声问：“秦先生，这么晚找我有什么急事吗？”

秦佔来时想了一路，发现实在找不到什么冠冕堂皇的好借口，只能如实说：“你没发现最近有人跟着你？”

闵姜西眼底划过茫然：“没有，出什么事了？”

秦佔道：“冯婧筠找人跟踪你。”

闵姜西反应快，几乎立刻就想到江东。她今晚刚刚跟江东见过面，随后秦佔就亲自找来，绝对不可能是巧合。

闵姜西眨了下眼，主动道：“她跟您说我晚上跟江东见过面吧？”

秦佔“嗯”了一声，并不否认。

闵姜西道：“我想去探探江东的口风，看他对游戏的事情怎么说，他没有承认抄袭。”

其实秦佔对闵姜西去见江东的事并没往心里去，可能也是身边人都在针对闵姜西，反而让他有种叛逆的心理，觉得她肯定不会背叛。

如今闵姜西一开口就是游戏，秦佔不免意外：“你直接去问他本人？”

闵姜西点点头。

秦佔说：“你不怕得罪他？”

闵姜西道：“以前怕得罪，现在怕走得太近，尤其手机又在我手上停留过，我得跟他说一声。如果他知道泄密的人是谁，也请他高抬贵手，替我澄清一下，别拉我下水。”

打从闵姜西第一次跟秦佔打交道就明白一个道理，在聪明人面前最好别耍小聪明，有什么说什么，摊到台面上也比遮遮掩掩被人误会强。

而且她要防着江东，万一日后他真来一招“锅底黑”，她就跳进黄河也洗不清了，还不如这会儿先跟秦佔报备一声，也算是给自己留条后路。至于秦佔信不信，这不在她忧心的范围内。

秦佔见过心机的，见过直爽的，鲜少见到直爽中还明目张胆留心眼的。如果闵姜西真跟江东合伙，那就算江东大喊闵姜西是内鬼，他都要迟疑一下，这到底是计，还是计中计。

看着闵姜西，秦佔神色不冷不热地道：“这种时候大家都该选择明哲保身，你去问江东，明知问不出，图个什么？”

闵姜西说：“图个心安理得，跟秦同学认识几个月，您跟家里人都对我很照顾。现在出了这么大的事，于情于理也该帮帮忙，虽然知道也帮不上什么忙。”

说到后面，闵姜西露出一个略显歉意的笑容。秦佔很少心软，却在这一刻，心被碰了一下。

他面上无甚情绪，开口说：“我跟江东之间的事，你不用插手，更用不着为难。我说了信你，除非证据摆在面前，不然我不会怀疑身边的任何人。至于调查方面，更用不着你操心，你就好好替我管着秦嘉定就行。”

闵姜西应声：“我会做好分内的事，希望游戏这边也能尽快解决。”

秦佔道：“新皮肤已经在做了。”

秦佔接得特别自然，仿佛没过脑子，在话音落下后才发觉，干吗说这些。

果然闵姜西好奇，抬眼问：“已经在做新皮肤了？那泄露的事也在同步追查吗？”

秦佔索性破罐子破摔：“嗯，两批人同步进行。”

闵姜西说：“这样也好，可以尽量减少损失。”

秦佔见闵姜西一副认真模样，突然忍不住问：“你很怕丢饭碗吗？”

闵姜西回视秦佔，一本正经地道：“这么明显吗？”

秦佔道：“很明显。”

闵姜西说：“丢饭碗本就是大事，如果再因为手脚不干净，那就不是丢的问题，是砸。”所以她上心是应该的。

秦佔眼底露出几抹笑意：“有秦嘉定和荣昊挺你，你暂时失不了业。”

闵姜西道：“他们两个好义气，我已经决定周末请吃饭，还不用他们打下手。”

秦佔心说：我也信你，怎么不见你请我吃饭？但话到嘴边还是没说，怕她不懂玩笑反而弄得尴尬。

两人一个有房一个有车，却站在风口处说了半天的话。秦佔已经觉着有些冷了，再看闵姜西，她貌似穿得比他还薄。

“没什么事，跟你打声招呼，如果再发现有人跟着你，随时告诉我。”

闵姜西点头：“好，我知道了。”

两人在小区门口分道扬镳，秦佔拉开车门坐进去，拨了个电话：“把人带过来。”

不多时，一个保镖拽着个戴帽子的男人来到秦佔车旁。秦佔降下车窗，保镖把相机递给他。秦佔叼着烟，逐一翻看，相机里面拍的是他跟闵姜西刚刚说话的画面。他全部翻完，把相机扔在副驾驶座，侧头往外吐了口烟。

常年混迹在深城私侦圈的人，哪里会不认识秦佔。男人看到他的脸，马上点头哈腰地赔不是。

秦佔也没生气，仿佛只是寻常的口吻问：“连我都敢跟？”

男人马上道：“不是跟您……”

秦佔道：“跟闵姜西，顺道拍我？”

男人紧张得冷汗都快流下来，不置可否，只一个劲地道歉。

秦佔说：“大家都是混口饭吃，谁也不容易。”

“是是是…”

“这批照片算我跟你买的，从今往后别再跟闵姜西，回去告诉雇你的人和你的同事也好、同行也好，下一个被我抓到的人，我给的就不是照片钱，而是丧葬费。”

秦佔说得云淡风轻，男人听得心肝一颤，连忙一一应下。

秦佔抽完烟，把车窗升起，一脚油门踩下，车子很快离开了莱茵湾大门。

闵姜西刚进家门，室内温差让她抖了个激灵。她换鞋往里走，还没等走到客厅，兜里的手机响起。她掏出来一看，是丁恪。

“喂，大老板这么晚有何吩咐？”

丁恪道：“我找你当然是好事了。”

闵姜西走去饭厅倒水，打趣道：“好事可以听听。”

“楚晋行回深城了，我们明天一起吃饭，你要不要一起来？”

闵姜西水喝到一半，神情微顿。她将杯子从唇边拿开，出声回道：“我明天没时间，你们吃吧。”

“东行”的两大股东，一个江东一个楚晋行。她今晚见江东，秦佔不怪她，不代表她明天去见楚晋行，秦佔还不会多想。人家给面子是一回事，她这边也不能得寸进尺，将心比心，起码的避嫌还是要有的。

丁恪道：“知道你白天忙，我特意约了晚上，你晚上下班还有什么事？”

闵姜西顺嘴胡诌了一个理由，说是答应了学生临时加课。丁恪闻言，只好道：“我一直想给你引荐楚晋行，你有实力又很努力，该在大老板身前露露面。”

闵姜西笑说：“你不就是大老板？”

丁恪道：“我就是一打工的，楚晋行才是真正意义上的‘先行’大老板，你多跟他走动走动，有利无害。”

闵姜西说：“我明白，谢谢师兄。”

丁恪道：“行，这次没机会还有下次，反正楚晋行这趟回来也不会马上走。”

闵姜西笑道：“等着师兄带我走康庄大道。”

丁恪说：“我是感觉你日后一定比我混得好，赶紧现在拍拍马屁抱抱大腿，等你飞黄腾达了，别忘了师兄今日的一番苦心。”

闵姜西眼睛弯起来：“嗻，奉旨行大运。”

两人调侃了几句，电话挂断，闵姜西脸上的笑容也随之淡去。楚晋行回深城了，他知不知道“东行”跟QZ内部的纠纷？要说不知道，有这个可能，毕竟楚晋行名下产业颇多。他前阵子一心待在夜城，说分身乏术也可；如果知道呢，他是否默认抄袭抢先上市的行为？

作为一个成年人，如果不偏不倚，闵姜西完全可以理解这种商业竞争，这甚至不算恶意竞争，充其量算是手段的一种。可是作为校友，作为多年来一直默默把他奉为目标的人而言，闵姜西私心不愿意楚晋行是知道的。她希望他光明磊落，希望他逆境斩棘，更希望他黑白分明……虽然她清楚，这是圣人的标准。

“唉……”闵姜西想着想着，一个人在家里唉声叹气。

秦佔拿到夜城学校的批文，她不觉得高兴，楚晋行的公司游戏抢先上市，她也不觉得高兴，这是怎么了？难道非要倒过来她才满意？

从小到大经历了这么多，闵姜西早就不奢望事如人意了，可偏偏心底深处还在幻想，如果真能两全该多好。

楚晋行回深城的第一晚，江东请客吃饭。前者不是个交友广泛的人，跟江东身旁的酒肉朋友们也都合不来，所以每次吃饭，都只有他们两个人。

关起门来，楚晋行直言：“怎么回事？游戏提前发布，但皮肤跟之前内测的改动很大。”

江东一脸不以为意地说：“原本是计划一个月后发，但有人做好事不留名，给公司发了份新皮肤，大家一看还行，凑合能用，我就让人提前宣发了。”

楚晋行表情严肃：“新皮肤哪儿来的？”

江东勾起嘴角道：“我听说 QZ 最近丢了东西，一直在查内鬼。”

楚晋行道：“公司准备了大半年，之前内测版本我也看过，不会比别人的差，没必要搞这种事。”

江东笑道：“他的是不比我的好，但贵在我用了他的，他没法用我的，只能眼睁睁看着我在他前面热闹，多有意思？”

楚晋行不笑：“为了置气被扣个抄袭的帽子，你也不嫌丢人。”

江东脸不红心不跳：“我跟秦老二谁丢人啊？他自己没本事，身边的人出了内鬼，我要是他，都不好意思出来抛头露面了。”

楚晋行闷声不讲话。江东“啧”了一声，半哄半劝道：“你能不能脑子灵活一些，别这么犟死理。你也说了，我们本来的东西不比他差，这不过是一种竞争手段，你也经商这么多年了，以前一根筋的苦头还没吃够？”

楚晋行长得好看，但眼角眉梢尽是淡漠。闻言，他不动声色地说：“以前坑过我的人，现在过得都不是很好，我用光明正大的手段依旧能让他们倾家荡产吃牢饭。”

江东附和道：“你牛，你是大神级别，我有我的旁门左道，你就当让我开心一回行了吧？别刚一回来就拉着个脸，我又不是小姑娘，还得成天看你的脸色。”

闵姜西的日子还是跟平常一样，每天固定的行程，就连时间都是早就定下来的。“东行”的游戏已经正式上线，听陆遇迟说，反响很不错。

她已经平静了，左右这么大的事情也不是她能扭转的，但秦嘉定和荣昊情绪始终高昂，暴躁地高昂。在他们的世界里，对就是对，错就是错，抄袭就是抄袭，哪有拿别人家钱出去花天酒地装大款的道理。

闵姜西只能说：“抄袭是不对，所以我们不做亏心事，但谁也不能保证每个人都跟我们想的一样，不然这世上不都是好人了？”

秦嘉定义愤填膺地说：“就应该把抄袭的公司曝光，这种烂公司还吹什么热血，恶心！”

荣昊到底比秦嘉定年纪大，他悲观地想：“是不是成年人的世界里就只剩下利益了？不用管是非黑白，为达目的可以不择手段。”

闵姜西道：“少数不能代表多数，哪怕是多数也不能代表全部。为什么现在的家长挤破头也要给孩子最好的资源，因为他们希望自己的下一代变优秀，这种优秀不仅是分数的高低，更是对是非的判断。你自己想错走错不要紧，但如果你是警察、是医生、是法官，你的任何一个决定都是人命关天。所以不奢求善良，但一定不要变坏，尤其天平的另一端是利益的时候，更应该把心摆正。”

荣昊问：“那‘东行’的负责人还不够成功吗？他依旧做出了错误的判断。”

闵姜西道：“所以成绩好业绩棒，不等于人品端行为佳。我见过在街边欺负小商贩的所谓学霸，也见过花两百块钱买人一车柑橘的所谓学渣……你说什么是好什么是坏？”

秦嘉定抢答：“当然学渣好了！”

闵姜西侧头说：“学习不好，也是能力不行的一种体现。”

秦嘉定蹙眉：“那还什么都好了？什么都好的那是我二叔！”

闵姜西猝不及防地笑了一下："你还真是日常夸你二叔啊。"

秦嘉定别开头，有心无力地道："谁抄我二叔，咒他倒霉八百年，是女的就嫁不出去，男的就打一辈子光棍！"

荣昊道："小孩子……"

秦嘉定瞥眼看向他，荣昊淡定自若地道："谁抄我二哥，是女的被男朋友和老公劈腿，是男的被女朋友和老婆戴绿帽子，自己不是父母亲生的，孩子不是自己亲生的。"

话音落下，秦嘉定的眼睛一眨不眨地盯着荣昊看，说不出是傻眼还是惊叹。

闵姜西咽了下口水，轻声问："会不会太毒了一点？"

荣昊看向闵姜西："以德报德，以怨报怨，不对吗？"

闵姜西一时间难以反驳，却怎么都点不下这个头，总觉得哪里怪怪的。

秦嘉定伸出手，跟荣昊击了一掌，用行动表示赞同。

闵姜西想了一会儿，终于觉出哪里不对，她开口道："男人跟女人不同，女人可以爽快一下嘴，男人最好用实际行动表示。"

秦嘉定道："我去找'东行'的人聊聊？"

对上秦嘉定一本正经绝不开玩笑的真挚目光，闵姜西强忍住笑，同样认真地回答："别，成年人有成年人的处理方式。你们要真想帮上忙，目前唯一能做的，就是让你二叔，你大哥，都省点心。"

秦嘉定白了一眼："嘁，说了跟没说一样。"

闵姜西道："我这话可不是诓你们，未成年能做的事本来就很少，很多时候只能看着自己身边的人受欺负、生气、委屈、不甘心……想要报复，但是连怎么报复都不知道。

"这不是你们的错，更不是软弱，而是时间给予人的一道枷锁。你不可能提前拿起刀子捅自己一刀或者捅别人一刀，用这种方式证明你长大了、有能力了，因为承担责任的不是你，是你本来要保护的人。你只能默默地忍着、攒着，将所有的情绪牢牢地压在心底。你反复去想怎么才能变得强大，怎么才能保护想要保护的人，最后发现只有一条路可以走——放下你认为的武器，拿起书本，做这个年纪最该做的事情，做到你能做到的最好，做到所有人中的最好，然后慢慢等着长大。"

秦嘉定和荣昊都不是乖宝宝，也最讨厌说教。早在闵姜西说"连怎么报复都不知道”的时候，两人心底已经同时起了反心，毕竟他们认为的报复方式多种多样。但随后闵姜西说的话，彻底堵住了两人的嘴，不仅是嘴巴，就连心都无法反驳。

三个人六目相对，闵姜西话音落下半晌都没人接话。不知过了多久，还是荣昊率先出声，略带小心地问道：“你怎么了？”

闵姜西有片刻的恍惚，身处哪里她不知道，满脑子都是碎片式的记忆。她仿佛站在学校走廊里，眼前是陌生又暴躁的女人，一边喊着她妈妈的名字，一边扇她耳光；又像是站在她家的老房子里，手里攥着一把水果刀，颤着声音说要捅死面前的那个男人，那年她还不到七岁……

闵姜西不是故意要提及，只是恰好话赶话。她努力从回忆里逃出，佯装镇定：“什么怎么了？”

秦嘉定也是神情怪异地看着闵姜西，轻声说：“你是要哭吗？”

闵姜西知道自己绝对不会哭，别说是在这种场合，就是自己一个人的时候，她也早就不哭了。她如常道：“哭什么？你见过哪个老师给学生讲道理讲到痛哭流涕的？”

秦嘉定和荣昊都不说话，不知是沉浸在她之前的那番话里，还是觉得她此刻的话并不可信。

两人难得安静，闵姜西换了副口吻，语重心长地说：“别那么急着长大，当个成年人真没你们想的那么好。”

秦嘉定问：“长大不就能保护想保护的人了？”

闵姜西道：“这建立在你们成功长成一个合格大人的基础之上，对不努力的人而言，增长的只有年纪，没有能力。”

而且，有句话闵姜西没说，不是每个大人都还有机会保护想要保护的那个人，所以慢一些长大，也许无能为力，但最少还有陪伴。

闵姜西突然接到冯婧筠打来的电话，迟疑片刻还是选择接通。

“冯小姐。”她的声音如常。

冯婧筠以往都是冷傲中带着几分客气，这会儿却是直接撂了脸子，冷声道：“原本我以为你只是只聪明的兔子，没想到你是扮猪吃老虎。”

闵姜西还没不乐意，冯婧筠先翻了脸。前者愣了片刻，不动声色地道：“冯小姐有话直说。”

冯婧筠压抑着怒气道：“你敢往我身上泼脏水，我不好过，你也别想有消停日子。”

闵姜西实话实说：“我不懂你什么意思。”

闵姜西说得越认真，在冯婧筠听来便越装模作样。她干脆开门见山，挑开了道：“你跟秦佔说过些什么，自己心里清楚！”

秦佔？她说什么了？

闵姜西是真糊涂，也不喜欢这种云山雾罩的谈话方式，直截了当地道：“冯小姐，虽然我跟秦先生之间的对话次数不是很多，但你让我猜内容，一时半会儿我也没法确定你说的是哪一次。”

冯婧筠被气笑了：“敢做不敢认？你在秦家当家教，却跟江东不清不楚。现在秦佔公司的游戏被恶意透露给江东，秦佔是傻才会信你这只鬼。你还敢在他面前挑拨离间，把事推到我头上来。我看你是被秦佔惯了两天，不知道‘疼’字怎么写了？！”

冯婧筠这番话内容含量太大，以至于闵姜西顾不得反驳跟江东之间的不清不楚，只挑重点问：“我什么时候把事推到你头上了？”

冯婧筠想想就气得发抖：“装什么装？秦佔前天晚上刚见过你，转身就叫人查到我头上来，他公司的游戏我碰都没碰过，要不是你在背后说了什么，他会冲我来？！”

闵姜西冤枉，她怎么知道秦佔找人去查冯婧筠，这事跟她一分钱关系都没有。但是冯婧筠不信，冯婧筠从来没有信过她，一直是提防戒备的状态。都说女人的第六感最准，怎么样，到底还是叫她钻了空子。

闵姜西也知道，无论自己说什么冯婧筠都不会信。她冷静到近乎冷漠，声音如常道：“我跟秦先生前天晚上是见过面，但见面的原因是我近期被人跟踪监视，秦先生是重脸面的人，因为他影响到我的隐私和安全，他过来跟我打声招呼，说到这个……

“冯小姐，一再让秦先生为难甚至不爽的人，可从来都不是我。你是不是该反思一下自己的某些行为，争风吃醋，点到即止是乐趣，过了，可就犯法了。”

冯婧筠没想到闵姜西这么猖狂，竟敢当面数落她。她怒极之下，反倒冷静地说：“我是没你会俘获人心，短短时间把秦嘉定和秦佔哄得晕头转向，现在还当了荣家的家教。我一心为了秦佔好，谁敢在背地里算计他，我让谁吃不了兜着走，像你这种女人我见多了，其实你是江东的人，对不对？”

闵姜西无语加无奈：“我没考过间谍资格证。”

冯婧筠不理会闵姜西的插科打诨，径自道：“闵姜西，我们走着瞧，看看到底是你的演技好，还是我的照妖镜灵。”

闵姜西不讲话，满脑子都是孙悟空三打白骨精的画面。冯婧筠已经挂了电话，闵姜西并未多生气，可能心底早有预料。冯婧筠这颗雷早晚都要炸，只不过早不炸晚不炸，偏偏炸在这么个当口，而且冯婧筠说，秦佔在查她？

不看证据单凭直觉，闵姜西都觉得冯婧筠不可能是泄露者。她喜欢秦佔喜欢到疯魔，饶是外人都能看得出的一往情深，怎么会……

晚一点的时候，闵姜西正对着电脑做在线答疑，放在桌上的手机屏幕亮起。她侧头一看，上面显示着“秦佔”两个字。

闵姜西划开接通键，出声：“秦先生。”

秦佔跟闵姜西打电话从不讲废话，开门见山地说：“如果冯婧筠找你，不用理她。”

闵姜西有些想笑：“冯小姐给我打过电话。”

秦佔沉默片刻：“她现在精神不正常，你把她拉黑吧。”

闵姜西道：“听冯小姐说，您在查她？”

“嗯。”

虽然这话不该她来问，可她还是想说：“是有什么证据指向她吗？”

如果没有，单纯是秦佔为了泄愤才这么做，那也难怪冯婧筠会如此失常。被真心喜欢的人怀疑，想想都扎心。

秦佔道：“冯婧筠身边的二助，是公司一个开发主创的女朋友。最近公司在全面自查，查到任何可疑都会上报，是她自己小题大做。”

闵姜西闻言，脑子里过了几道弯，既然有理有据，那就该一视同仁。

秦佔大抵猜得到冯婧筠会跟闵姜西说什么，但闵姜西一句都没抱怨，他主动道：“这件事会尽快解决，几次三番影响你的生活，对不住了。你有什么需要尽管提。”

闵姜西道：“我还真有一个需要。”

秦佔爽快道：“你说。”

闵姜西道：“方便的话，请您派人留意一下冯小姐的动向，我怕她会一时情急做糊涂事。”

冯婧筠能做什么糊涂事？秦佔秒懂：“她威胁你？”

闵姜西说得云淡风轻：“女人发起脾气来是这样的。”

秦佔道：“放心，你的安全我保证。”

闵姜西一贯的客气：“谢谢秦先生。”

正事聊完，两人皆是不拖泥带水，说挂就挂。闵姜西暗说秦佔心思还挺细的，知道给她打个电话，不然她也没办法主动说，好像打冯婧筠小报告似的。

想到冯婧筠，闵姜西又怕一件事，该不会秦佔挂了电话，回头就去找冯婧筠吧？那她背地里挑拨离间的名声是真的去不掉了。

“唉……”

这声气，闵姜西是替冯婧筠叹的。不是说一往情深不好，但一厢情愿就是自找苦吃了。明知对方不喜欢还一意孤行，得罪天得罪地自以为是觉得是为了对方好，其实感动的只有她自己。一段别人要火偏送冰的爱情，可想而知要死得多惨。

闵姜西就闹不明白，两人最初山盟海誓爱得山崩地裂，最后都很可能反目成仇老死不相往来。爱情本就是特别虚假的东西，怎么还会有人奢求剃头挑子能换来一段白头偕老的佳话？

不是想太多，就是伤太少。

以冯婧筠的脾气，秦佔还只是查到她身边助理的头上，她已经受不了快发疯，将所有的怒气都撒在闵姜西身上。她坚信闵姜西就是内鬼，也是闵姜西撺掇秦佔来查她。明明闵姜西还没出现的时候，她和秦佔不是这样的。

冯婧筠叫人去查闵姜西和江东，包括楚晋行，但深城私侦圈都不敢接。刚开始冯婧筠以为大家怕的是江东和楚晋行，结果细一打听，是秦佔发了话，谁敢查闵姜西，等着收丧葬费。

虽说这年头有钱能使鬼推磨，但还有一句话，人生最最痛苦的事，钱在，人没了。要钱也得有命花。

冯婧筠也是脾气大，加之跟秦佔赌气。她花钱从外地雇人来查，不把闵姜西的狐狸尾巴揪出来，誓不罢休。

冯婧筠这边做什么，秦佔哪能不知道，所以她前脚派去闵姜西身边的人，后脚都被他的人给抓了起来。有的胳膊打断，有的腿打断，遇到不知死反抗的，直接被送进了 ICU（重症监护室）。

这些事普通老百姓自然不清楚，但深城上游圈子又能有什么秘密？一时间大家都知道秦佔冲冠一怒为红颜，冯婧筠这个上赶着巴结多年的“大房”，马上就要光荣让位了。

冯婧筠越是想打闵姜西的脸，秦佔就越是护着，非但要护，还反过来打她的脸。她气得整夜整夜睡不着觉，吃过安眠药，也喝过红酒，就差一时想不开，把药和酒兑在一起吃。

冯婧筠搞不明白一件事，秦佔是眼睛瞎了，看不见她对他的真和好？

荣慧琳参加姐妹生日宴，一帮二十来岁的女人坐到一起能干什么，不是聊男人就是聊首饰。最近又多了一个热门话题，秦佔和冯婧筠。

有人说：“那个冯婧筠真是太讨人厌了，不就仗着她爸是当官的吗？眼睛长在头顶上，不把任何人放在眼里，成天巴结着秦佔，关键秦佔还不领情。”

另一个嘲讽道：“那是不领情的问题吗？听说两人现在因为秦佔的家教闹得很凶。秦佔摆明了护着那个家教，就差当面打冯婧筠的脸了。”

“哼，自找没趣，你看她那一脸高傲的样，哪个男人能喜欢？”

“秦佔对那个家教是认真的了？”

女人话音刚落，马上被身边同伴给撞了一下。她顺着目光往前看，但见一脸精致妆容的荣慧琳坐在正对面，虽然没往这边看，但面无表情的举动已经代表了一切。

见状，女人马上赔笑：“我也不知道具体怎么回事，好奇随便问问。”

荣慧琳右手摸着高脚杯的杯柱，眼睛看着杯中的红酒，举起喝了一口，随后不冷不热地说：“冯婧筠脑子有问题，明明全深城的人都知道是她倒贴秦佔，偏偏她贴久了，真以为自己跟秦佔是两厢情悦，非要以正牌女友的身份自居，管上管下还管人家里请什么样的家教了？”

有人问：“还真是因为家教才闹起来的？”

荣慧琳面不改色地说：“家教只是个幌子，最近秦佔公司里出了点事，有可能是出了内鬼，冯婧筠怀疑家教，但秦佔怀疑是她。”

这可是个大料，一时间桌上都安静下来，放弃了男友劈腿和百万鸽子蛋的普通"家常"，目不转睛地盯着荣慧琳，等着她继续爆。

荣慧琳也是点到即止，但众人听得头皮发麻。

"冯婧筠不会疯了吧，敢当内鬼？"

"如果是因爱生恨，不是没这个可能。"

"她要是为了陷害闵姜西坑秦佔，那我真是不知道该说佩服还是傻子了。"

"谁知道呢，也许做着万无一失的打算，没想到惹火烧身。"

大家对这件事的看法众说纷纭，有人看向荣慧琳："慧琳，你怎么看？"

荣慧琳神色如常："看什么？"

"你觉得内鬼是闵姜西还是冯婧筠？"

荣慧琳说："是谁都不重要，重要的是关键时刻能帮得上忙，也就是秦佔不缺钱，不然他缺多少我补多少。这种时候光想着怎么斗情敌，活该没好下场。"

"瞧瞧，瞧瞧我们慧琳这眼界和心胸，甩冯婧筠十万八千里。"

"是啊，秦佔就是太有钱了。别说这辈子，下下辈子都破不了产，不然慧琳还等着雪中送炭以身相许呢。"

这些人惯爱捧着荣慧琳，每每都把她和秦佔说到一起去，其实谁心里不清楚，荣慧琳又比冯婧筠好得到哪里去，都是求而不得。她们就都是天涯沦落人，只不过荣慧琳胜在有自知之明，加之跟荣一京沾亲带故，所以跟秦佔的关系也算是比旁人近。

冯婧筠就惨了，全靠自己发电，发来发去，还落得个被秦佔怀疑的下场，想想也是唏嘘。

冯婧筠没想到秦佔会主动联系自己，虽然只是叫助理给她打了个电话，但她还是觉得自己赢了，最起码是他先给了台阶下。

助理说请冯婧筠到公司去一趟，冯婧筠精心打扮，一路上想着如果他态度好一点，她也不是不能原谅。

冯婧筠来到公司，推开办公室房门。她抬眼一看，办公室里不只秦佔一个人，还有一个戴眼镜的陌生男人。她眼底有一闪而逝的诧色，随后便一脸镇定。秦佔坐在办公桌后，面上不见喜怒。

冯婧筠迈步往前走，问："找我来什么事？"

秦佔道："坐。"

他意外的客气，冯婧筠却觉得不大对劲。她拉开客椅坐下，不待出声，身旁戴眼镜的男人主动说："我是唐沁的男朋友。"

唐沁是冯婧筠的二助，她目不斜视，看着秦佔。

秦佔却没看冯婧筠，目光落在别处，时不时地弹一下烟灰。

鸦雀无声的办公室里，眼镜男径自道："唐沁跟我提了分手，趁我不在家，把她的东西都拿走了。"

冯婧筠眉头微蹙："跟我说这些干什么，员工的私人问题，父母都做不了主，难道希望老板从中撮合？"

眼镜男不出声。秦佔把烟头按灭在烟灰缸里，抬眼道："你半个月前给唐沁打了五十万元。"

冯婧筠眼中升起防备："她做得不错，公司给的福利，怎么了？"

秦佔道："她什么做得不错？"

冯婧筠的脸一沉："你什么意思？"

秦佔也冷下脸，"你的二助，我公司游戏主创的女朋友，三个星期之前给'东行'寄过一个U盘，随后你给她转了五十万元。再之后，'东行'游戏抢先发布。你说我是什么意思？"

秦佔这是赤裸裸的怀疑，不，不是怀疑，是已经默认她的身份，叫她来，不过是想当面戳穿。

冯婧筠得知这样的结果，一时间无言以对，只能目不转睛地盯着秦佔看。秦佔很平静，竟然没有愤怒，仿佛她是内鬼于他而言，跟其他人并无不同。

冯婧筠看不见自己的脸色，只听到略显熟悉的声音，一字一字地说："我拿自己的钱，奖励自己的员工，用不着跟任何人报备。你要是有证据就把唐沁抓起来，看看她会不会指证是我在背后指使她。"

秦佔道："看来你挺看重那个二助，她在你公司一路升职加薪，干得好好的，怎么突然要辞职？不仅辞职，还连男朋友都不要了，是想拿着五十万元自己出去挥霍？"

眼镜男垂着头不说话。冯婧筠又是眉头一蹙："唐沁要辞职？"

秦佔不晓得，或者说是不在意冯婧筠最近这些天都在干吗。她根本没去公司，公司的人也不敢贸然打电话给她，因此她是刚刚才知道唐沁辞职的事。

但冯婧筠的意外在秦佔看来，不过是揣着明白装糊涂。他眼中难免露出一抹嫌恶，嫌她不见棺材不掉泪，当着她的面，他打了个电话出去。

电话接通，他调了外音，手机中传来一个女人的声音：“喂？我是唐沁。”

闻声，冯婧筠开口道：“你要辞职？”

电话那头的人沉默片刻，随即道：“对不起，冯总，我爸身体实在不好，我妈想让我回家照顾一段时间。”

冯婧筠冷着脸道：“我之前打了五十万元给你，足够你家里人找最好的看护，也答应放你一段时间的假，你从来没提过要辞职。”

唐沁很为难：“对不起，冯总，我是家里的独生女，我爸妈就我这么一个女儿，我压力实在太大了，对不起……”

冯婧筠沉声问：“你给‘东行’寄过东西吗？”

唐沁又是一阵沉默，半晌后低声回道：“嗯，寄过。”

“你寄了什么？”

“是我一个朋友的个人简历，她想去‘东行’，让我帮个忙。”

冯婧筠咄咄逼问：“什么朋友？简历有什么好假他人之手的？”

唐沁道：“冯总，我不知道发生了什么事。我现在只想回家，有人把我扣在机场了，我妈接不到我的飞机会担心的。不告而别是我的错，我是不好意思见您……”

唐沁带着哭腔，有些语无伦次。冯婧筠很焦躁：“你把话说明白了，我自然会叫人放了你，你给什么人寄简历，找到那个人，你就可以走了。”

冯婧筠急着抽丝剥茧，要证明自己的清白。唐沁却反手一句：“冯总，您别逼我了……”

冯婧筠余光瞥见秦佔，他身子往后一靠，又点了根烟，看着她的目光中充斥着看戏时的戏谑。

冯婧筠顿时翻脸：“唐沁，你最好别跟我这说假话，不然你别想离开深城！”

唐沁拖了一会儿，唯唯诺诺地回道：“不是我朋友的简历，是我的。”

冯婧筠问：“你给‘东行’投简历干什么？”

“我想跳槽……”

冯婧筠抿着唇说不出来话。秦佔往旁边吐了口烟，出声道：“你不问问她为什么要跳槽？”

秦佔这话讽刺意味很重，因为打从冯婧筠跟唐沁对上话开始，冯婧筠用得最多的就是问句，她是真的不明白。奈何在秦佔眼里，这都是逗小孩子的戏码。

秦佔径自把手机拿过，吩咐对面的人把唐沁放了。眼镜男突然开口：“老板，我想跟她说句话。”

秦佔把手机递给眼镜男。眼镜男垂眸，红着眼，用很低的声音说：“三年，我的真心和信任都喂了狗，别再回来。如果我在深城看见你，我会替跟我一起辛苦了四百多天的同事给你一巴掌。”

说罢，他挂断电话，把手机放在桌上，匆匆离开。

刹那间，办公室里只剩秦佔和冯婧筠。眼镜男最后的那番话，几乎坐实了唐沁就是叛徒，而她打给叛徒的那五十万元，说是让人升职加薪，结果人家背地里喊着要走，这不是自己打自己的脸？

良久，冯婧筠不着痕迹地吸了口气，挺直了腰板，甚至微扬着下巴看向对面故意一言不发的秦佔，问：“你觉得是我指使唐沁泄露你公司的机密？”

她明知故问，秦佔还她意料之中：“我信证据。”

冯婧筠冷声说：“你根本就不能确定U盘里装的是什么！”

秦佔冷眼回道：“还需要确认吗？要不要现在打给‘江东’问一问，他收到的U盘到底是简历还是游戏皮肤？”

冯婧筠强忍着内心滔天的愤怒和委屈，一说道：“你就是欲加之罪何患无辞！”

秦佔轻飘飘地说：“你又有什么证据怀疑别人？第六感吗？”

秦佔没有指名道姓，冯婧筠却瞬间被激怒，扭曲着脸道：“闵姜西说什么做什么你都信，她跟江东坐在一桌吃饭你还是信她。我这边一个莫须有的U盘就能被你定罪，凭什么？”

秦佔道：“凭我相信她。”

许是眼睛瞪了太久，冯婧筠睫毛轻颤，仿佛一瞬间视线就模糊了，双手握成拳。她看不见秦佔的脸，倔强地开口：“你信她不信我？”

再明显不过的答案，不然此刻坐在这里被质问的也不会是她。但人有时候就是这么傻，哪怕被人在颈上套了绳子，也会天真地以为对方不会用力拉。

秦佔早就受够了冯婧筠这几年的死缠烂打，之前碍着两家人的面子，他都是能避就避，如今避无可避，他索性挑明了：“我对你没感觉，以前没有，以后更不会有，对不喜欢的人，谈什么信任？如果我喜欢，怎么样都行，如果我不喜欢，怎么样都不行，别再浪费时间了。”

都说女人毒，但男人的狠又有几人真正见识过？几句话，轻描淡写，叫人肝肠寸断。

冯婧筠一动不动，身上是麻的，但眼泪从眼眶滚落的灼热，她感觉得到。

房间里只有他们两个人，冯婧筠却仿佛被千万人看了笑话，比起求而不得的苦，她更能体会被污蔑的酸。眼泪流干，她的视线反而清晰。她看着对面那张俊美却绝情的脸，缓缓开口，声音很低：“我的三年，抵不上她三个月？”

秦佔最烦冯婧筠的一点，明明不是他的女朋友，却总是要管他身边的任何一个异性，哪怕到了这种时刻，她还在比较。

如果说秦佔还有那么一丝心软，此刻也被她给磨光了。他上嘴唇碰下嘴唇，冷声回道：“别跟她比，你比不了。”

就像是被蒙上眼睛拉磨的驴，人一傻可以傻很久，但是清醒，只需要摘下遮眼的那块布。冯婧筠深知秦佔不喜欢自己，但她忍受不了他因为其他女人污蔑自己，她更没办法继续爱一个睁眼瞎的男人。

心死，只在片刻之间。

冯婧筠木然地看着对面的男人，开口问道：“那你现在打算怎么办，报警还是起诉？”

秦佔同样冷着一张脸，面不改色地回道：“没必要弄得人尽皆知，这点钱我还是赔得起。”

冯婧筠说：“非亲非故，既然你肯定是我做的，何必替我消灾？你不差这点钱，冯家更不差，开个价吧，回去我让助理打给你。”

秦佔特别不喜欢冯婧筠这种高高在上的姿态，仿佛他欠了她的一样。他的目光变得冷漠，出声说：“以后别来往，这件事就算翻篇了。”

冯婧筠以为自己狠得过秦佔，却猛然发现自己的心还是会刺痛。她搜肠刮肚想要回一句绝的，但大脑一片空白，只能道：“别后悔。”

冯婧筠留下这三个字，迅速起身，想要逃离这个地方。她转身刚走了两步，身后传来熟悉的男声：“冯婧筠。”

她站在原地，心是飘的。秦佔很少当面喊她的名字，他是不是后悔了？

她没回身，不多时，熟悉的男声再次响起：“这是我们给对方的最后一个台阶，你要是愿意下就下，要是不愿意，有什么不满尽管冲着我来，别去骚扰无关紧要的人。”

冯婧筠仿佛听见自己心碎的声音。她转过身，面朝秦佔，冷声道：“你想警告我别去骚扰谁，直说。”

秦佔耐性全无，黑着脸回道：“你碰闵姜西一下试试？”

冯婧筠做梦都想成为被秦佔护着的那个人，从未想过有一天他会为了其他女人打自己的脸，一而再，再而三。

冯婧筠的眼泪涌上眼眶，也顾不得形象，只发狠地说：“你有病！明知闵姜西脚踩几条船你还是傻得被她骗，早晚有一天被她坑死！”

冯婧筠的声音陡然尖锐，门外的人就算听不清楚，也猜得到里面肯定吵架了。秦佔这么要面子的人，顿时被气到无语，轻飘飘地回了三个字：“我乐意。”

冯婧筠想杀人的心都有，怒极反笑：“好，我们走着瞧。秦佔你记着，我今天把话放在这里，日后你要是不被闵姜西耍得找不到北，我不叫冯婧筠！”

她怒气冲冲，摔门而去，吓得助理只敢伸手把门拉上，头都不敢露。

秦佔也憋气，拉着脸点了根烟，暗道都是什么玩意儿，不是正牌女友的女人骂一个八竿子打不着的女人，到底是谁有病？

都说关起门没人知道，但冯婧筠跟秦佔在办公室里大吵一架，两人闹掰的消息就这么不胫而走，晚一点的时候，荣一京打电话给秦佔。

“听说你跟冯婧筠谈崩了？”

秦佔语气淡漠，一听就还是在生气：“要听八卦直接去找她。”

荣一京道：“谁要听八卦了？我是好奇正事，她承认了吗？”

“你说呢？”

荣一京说：“你能肯定是她指使的吗？”

秦佔道：“我要是肯定，还能让她在我面前张牙舞爪倒打一耙？”

荣一京道：“她那个二助确实嫌疑太大，但冯婧筠又不像是会做这种事的人，你不等查清楚就兴师问罪，是故意借机把人给清走吧？”

秦佔不否认：“我看她碍眼很久了。”

荣一京似笑非笑：“冯婧筠这种女人是不讨人喜欢，连男人想要什么都不知道，跟你硬碰硬，活该鸡飞蛋打。”

秦佔不置可否。荣一京继续道：“打发了冯婧筠，你下一步准备怎么办，鬼还没抓出来呢。”

秦佔道：“公司内部的人已经自查了好几遍，没问题。冯婧筠的二助肯定不干净，不然也不会匆匆辞职跑回老家，她老家那边叫人盯着了。”

荣一京试探地问道：“你真就一点没怀疑是闵姜西？”

这一次荣一京不是开玩笑。秦佔索性认真地回：“如果她是狐狸，那算她修炼得还不错。”最起码在他面前，一点儿破绽都没有。

荣一京说：“要不要找机会试一下？”

秦佔道：“都说她已经修成精了，故意试她，她会看不出来？”

荣一京说：“那什么都不做？我怎么觉着你护短得明显呢？怪不得冯婧筠要跟你吵架。”

秦佔烦躁地回道：“你懂不懂什么叫逆反心理？成天啰啰唆唆，好的你不学，想当下一个冯婧筠吗？”

荣一京赶忙赔笑道：“不想不想，我对你还没有那么强的占有欲，也没把闵姜西当情敌，少安毋躁。”

秦佔是很躁，原本他跟闵姜西就是清清白白的雇主和受雇人关系，就是身边这帮没眼力见的人叨叨叨，搞得他好像个色令智昏的傻子。说到色，他更是气不打一处来，心底甚至有那么一瞬间怪闵姜西长得太好看。自古红颜多祸水，难怪她一露面就惹事。

秦佔看谁都不顺眼，也不想搭理荣一京，没聊两句直接挂了。他不知道荣一京后脚就给闵姜西打了电话，说是请她出来吃饭，聊内鬼的事。

闵姜西答应后，荣一京再次打电话给秦佔，秦佔沉声道：“你是不是找抽？”

荣一京特欠，故意用轻快的口吻道：“要不要出来吃个饭？心情不好很可能就是饿的。”

秦佔一字一句地说：“你给我滚远点，行吗？”

荣一京不急不躁地说：“你真不来？那我跟闵姜西去了。”

秦佔的右眼皮突然一跳。

四十几分钟后，闵姜西出现在包间门口。她敲门往里走，桌边已经坐了两个人。荣一京抬眼看向她，笑着打招呼：“来了。”

闵姜西笑着应声，迈步往里走，出声叫道：“荣先生、秦先生。”

秦佔抬起眼皮，先是看到闵姜西的脸，随后目光扫过她手上的精美蛋糕盒。

闵姜西把盒子放到桌上，微笑着道：“荣先生说您今天心情不大好，我家楼下正好开了家蛋糕店，带一个过来给您尝尝。”

闵姜西不是阿谀奉承的人，但也不是宁折勿弯的型，恰好处于两者之间，怎么形容呢，讨人喜欢。

秦佔没说什么，荣一京已经笑了：“谢谢闵老师。”

秦佔瞥了他一眼：“用你说。”

两人穿一条裤子长大的，秦佔是猜到荣一京心里想什么，怕他嘴欠说出来，所以提前封口。

荣一京惯常嬉皮笑脸，心说难怪冯婧筠会死在沙滩上了，瞧瞧人闵姜西。

之前荣一京给闵姜西打电话的时候，只说内鬼揪出来了，秦佔心情不好，并未挑明内鬼是谁。饭桌上，他又故意引人误会地说道：“没想到会是冯婧筠，也难怪阿佔心里难受，我听了都跟着心烦。”

闵姜西闻言，很快瞄了一眼低头吃蛋糕的秦佔，出声道：“已经确定了吗？”

荣一京点头：“所有证据都指向她。”

闵姜西跟冯婧筠没什么深仇大恨，犯不着落井下石，同样她们之间也没什么交情，更用不着她帮着说好话。她只能不偏不倚地说一句：“事情能有个结果就不算是坏消息。”

荣一京说：“是啊，不怕多有实力的对手，就怕有心机的内鬼。”

秦佔听出荣一京是在试探闵姜西，忽然开口打断：“这件事到此为止。”

闵姜西不知秦佔心里想什么，还以为他不愿意在背后讨论冯婧筠。只有荣一京心里跟明镜似的，看破不说破。

三人之间的共同话题本就少之又少，既然不能聊公事，那就只能聊孩子。还是荣一京先起话题，笑着对闵姜西道：“荣昊最近两个月变了好多，学习成绩上去了，人也比以前懂事，听我妈说，他天天自己动手做沙拉和凉拌菜。我妈感动得不行，硬是把两盘都给吃光了，结果荣昊还不怎么高兴，他是减肥给自己做的。”

闵姜西道：“荣同学做菜很有天分，我一说他就会。”

荣一京日常吐槽亲弟：“胖子是这样，特异功能。”

闵姜西忍俊不禁，因为突然想到秦嘉定在这方面的天分，也许荣一京说得对。反正两个小孩同时进出厨房，荣昊能学个八九不离十，秦嘉定也就能整个十之一二。

饭桌上只有他们两个人的声音，久了闵姜西也觉得别扭。她看向秦佔，试着主动找话："秦同学想要亲手做个蛋糕，最近课余时间都在研究西点，您应该马上就能吃到了。"

秦佔没抬头，不咸不淡地道："听说了，他最近总往厨房跑。做出来的东西先是给人吃，别人不吃就给狗吃，倒是不浪费，就是家里的狗见到他都绕路走。"

闵姜西从没听秦嘉定和秦家人说过，脑子里浮现出鸡飞狗跳的画面。她眸子微瞪，完全惊讶。

秦佔道："你不用问，他不会承认的。"

闵姜西勾起嘴角："那倒是，我之前问他实际操作过没有，他说天才只用看就会了。"

秦佔不苟言笑，吃了口蛋糕，淡淡道："盲目的自信，也不知道像谁。"

荣一京说："像你呗，你带大的还能像谁？"

秦佔不动声色地道："我是真的有本事，他有吗？"

荣一京说："你像嘉定这个年纪的时候还不如他呢，钓个鱼都能一头扎进海里。"

秦佔拿着勺子的手登时顿住。闵姜西左看右看，两秒后打趣道："我什么都没听到。"

荣一京卖友图乐，跟闵姜西爆料："你别看他现在一副高冷好像很难亲近的样子，小时候就是个傻孩子。我们出海钓鱼，他也不知是幸运还是倒霉，一杆就钓到一条五十多斤的金枪鱼。我说了拉不上来他偏不信，在人家的地盘上还跟人横，怎么着？到底让人，不对，是让鱼给拽海里去了。"

荣一京吐槽秦佔是发自肺腑的，绘声绘色。闵姜西本就是个笑点低的人，加之想象力丰富，马上就憋不住了。

秦佔把勺子一放，面无表情地抬起头，闵姜西强忍着笑，听见他开口："你还有脸提，要不是你突然放手，我会被晃下去？"

荣一京一脸无辜："那么大一条鱼，张牙舞爪的，我再不松手我们一起玩完。"

秦佔无语，看表情是想杀之而后快。

闵姜西说了句公道话："荣先生，您太不义气了。"

荣一京转头道："义气？你知道当时他被拽进海里还不撒手的傻样吗？活

活被鱼拖了几十米，幸好身边的人反应快，不然今天这场合可就三缺一喽。”

荣一京摇着头感叹，闵姜西脑海中浮现出动漫一般的夸张场景。长长的鱼线，一头挂着鱼，一头拽着秦佔，风驰电掣，海水冲刷着他的小寸头，那画面……啧啧，太美不敢看。

秦佔余光瞥见闵姜西在憋笑，冷眼瞪向荣一京：“钓上来的鱼倒没见你少吃一口。”

不提这个还好，荣一京又跟闵姜西爆料：“你知道他的报复心有多重吗？一帮人下海捞他，他就顾着那条鱼，连命都不要了，到底把鱼钓上来了。一般人遇到这种事，是不是要拍个照留个念，把鱼放走当是相识一场。他倒好，让三个厨师就地把鱼大卸八块，煎炒烹炸做了一大桌子。要么说得罪谁也别得罪他，他是沾上就不撒手的主。”

不待秦佔出声，闵姜西率先道：“要是我，我也不放。”

荣一京的神色微变。闵姜西如常道：“一来我不是拍照留念的风格，二来我在最初想的就是，今天哪条鱼跟我有缘分，我就吃谁，所以不存在放生一说。还有最重要的一点，费了这么大的力气才抓到，放走我会不甘心，就是再找来一模一样的鱼，我也觉得不是这个味道。” 话音落下，面无表情的秦佔突然对她伸出手。她迟疑片刻，还是抬手拍了一下。秦佔把手收回，看向荣一京：“知道了吗？这个世界上的大多数人都是实用主义者，不是所有人都跟你一样爱花里胡哨的形式。”

荣一京仿佛刚刚回神，看着闵姜西说：“他一男的我都觉得不够浪漫，没想到你跟他想的一模一样，你们是小时候挨过饿吗？”

闵姜西双臂平放在桌边，下巴微抬，示意荣一京面前的那道樱花松鼠鳜鱼：“都说鱼的记忆只有七秒，但也有人说鱼在被开膛破肚之后的半小时内都有知觉，那它到底知不知道自己已经死了？下油锅的时候会不会有痛觉？”

荣一京被闵姜西说得头皮发麻，赶紧把鱼转到她面前，轻蹙着眉头道：“说这些干吗？你让我对鱼有了阴影。”

闵姜西拿起筷子，夹了一块鱼肉放进嘴里，神色如常地说：“我吃过鱼，知道鱼有多好吃，所以我给鱼开膛破肚的时候不会心软，顶多在摆盘的时候多放几朵花瓣，这是温饱后的浪漫。”

秦佔很少听闵姜西讲这么多的话，一时间赞同得无以复加，唯有伸出手。

这一次闵姜西轻车熟路，很快也很笃定地跟他击了一下掌。

荣一京道："你们能不能别在我面前拉拉扯扯的，孤立我吗？"

孤立谈不上，但闵姜西真心不是个浪漫的人，最起码在辛苦捕鱼之后是放生还是吃掉的问题上，她是毫无疑问会选择后者。

这顿饭本是荣一京摆的"鸿门宴"，想看看闵姜西在得知内鬼已查出后的反应，谁料无心插柳柳成荫，秦佔反而更"喜欢"她了。

饭后荣一京的夜生活才正式开始，明知闵姜西不会让他送，他也不上赶着碰钉子，打了声招呼便先走一步。

秦佔对闵姜西说："上车。"

闵姜西一如既往地拒绝："不用了，我打车回去。"

秦佔道："我顺路，正好有些话跟你说。"

秦佔这么讲，闵姜西只能上车。两人一个在驾驶座一个在副驾驶座，安全刚刚系好，她马上出声询问，像是生怕他无事献殷勤。

秦佔越是跟闵姜西接触久了，越是欣赏她的这份疏离，一次两次是装的，十次八次就是骨子里透出来的警惕。

警惕点好，比"傻白甜"强。

好在他不是要泡她，也是真的有话跟她说："最近一段时间可能会不大太平，你要是不介意，我派几个人跟着你。他们不会影响你的隐私，只做保护。"

闵姜西多聪明的人，微微侧头道："是冯小姐那边？"

秦佔目不斜视："是我这边的原因，你有任何事都可以找我。"

秦佔向来赏罚分明，屡屡因为自己的原因连累到她。他就等着她有事来求他，他好赶紧把债还了。

闵姜西也不过分客气，顺势应道："我没问题，听您安排。"

饭店离莱茵湾很近，拐过一个路口就是了。秦佔将车子停在小区门前，闵姜西解开安全带下车。

"谢谢秦先生。"

秦佔道："谢谢你的蛋糕。"

两人简单地告别，各回各家。闵姜西内心坦荡荡，只当今晚是个再普通不过的应酬，记住的唯有那家店的樱花松鼠鳜鱼还挺好吃的，找机会可以带秦嘉定和荣昊去尝尝。

有人欢喜有人忧，有人淡定有人轴，同样的一片天空，同样的城市，冯婧筠此刻正躺在没开灯的房间，望着对面巨大的落地窗在发呆。从秦佔那里回来，她喝了很多酒，也如愿以偿地借酒发泄，哭过、闹过、砸过……好不容易折腾累了睡着了，但睁眼就是无边的黑暗。周围的安静让人恐惧，那些曾让人觉得美艳的城市灯火，如今也像极了灼人的鬼火，亮得人心里发狂。

她几度心酸地流下眼泪，也几度发狠地想要杀人，种种念头在她脑海中呼啸而过，哪怕是一动未动，也是身心俱疲。

调成静音的手机在黑暗中亮出一片光，对方打了好多次，冯婧筠都无动于衷，直到屏幕上又多了一条短信。冯婧筠一眼扫过去，仿佛瞥见熟悉的字眼，她缓缓抬手拿起手机。

“我看到秦佔和闵姜西在一起吃饭。”

寥寥数字，冯婧筠死盯着“秦佔”两个字，仿佛透过文字看到了他本人。

她在家里痛不欲生，他却陪着新欢在外招摇过市，他到底有没有一点在乎过她的感受？

这一刻冯婧筠的怒火盖过了悲伤，把电话拨回去。对方很快就接了，迫不及待地道：“婧筠，你在哪儿？打你电话也没人接。”

冯婧筠沉声道：“你什么时候看到他们在一起吃饭了？”她完全不想提秦佔和闵姜西的名字。

女人道：“就刚刚，十分钟之前，他们两个从饭店出来，闵姜西还上了秦佔的车。”

冯婧筠一声不吭，对方好似比她还气：“太过分了，我都看不下去了。你明明警告过那个家教离秦佔远一点，她非但不听还变本加厉，这不摆明了挑衅你呢？”

冯婧筠的心头火瞬间被勾出来，撕了闵姜西的心都有。

对方不知道冯婧筠跟秦佔已经闹掰了，还以为两人只是在吵架，和稀泥地搅和：“要不是闵姜西，你跟秦佔怎么会吵成这样？无风不起浪，说她没在背地里说你坏话，鬼都不信。我现在真想去打她一顿解解恨，让她知道深城不是她的地盘，想猖狂也给我看清人！”

冯婧筠道：“我现在就去找她。”

“啊？你去找谁，闵姜西吗？”

“嘴欠就是挨打挨得少。”

女人听出冯婧筠是下了狠心，一时间有些后怕，不是怕别的，而是怕真出了什么事，回头再牵连到自己。她话锋一转，出声劝道：“你不用去找她，她这种人还值得你为她跑一趟？你心里有气，打电话先骂她一顿，看她敢不敢还嘴。要是敢还嘴，我马上跟你一起去找她，撕了她个小贱人！”

冯婧筠咬着牙道：“我现在一句话都不想跟她说。”

女人道：“你别这么大的气，跟贱人生气犯不上，你一定要表现出特别淡定的样子，居高临下地踩着她。以你的身份和条件，你打她她也得忍着，但凡敢还嘴，我们马上组团去灭了她！”

冯婧筠正处于气迷心的时候，身边人说什么就是什么，关键女人的话让她毒从胆边生，她突然想到要怎么攻击闵姜西才痛快。

闵姜西坐在电脑前面，视频的对面是骆佳佳。骆佳佳突然有道题解不开，半夜打电话给她，问她有没有时间。她已经躺下了，接完电话马上起来开电脑，两人同步线上解答。

手机突然响起，闵姜西拿起来一看，屏幕上显示着“冯婧筠”三个字，她没有接，调了静音。

在她给骆佳佳讲题的十几分钟里，电话打来七八个，闵姜西完全没看。

骆佳佳说：“谢谢闵老师，这么晚还打扰你休息。”

闵姜西微笑：“没关系，以后有问题随时找我。”

“好，那我先下了。”

“嗯，早点睡觉，晚安。”

关了视频，闵姜西合上电脑准备回床睡觉，要不是拿起手机屏幕自动亮起，上面又是未接电话又是短信，她差点忘了刚刚冯婧筠来过电话。

闵姜西掀开被子，一边往床上跨，一边解锁看内容。

短信第一条：“你妈是小三，小三生的还是小三，当第三者上瘾吗？”

闵姜西动作微顿，屏幕照亮的脸上，白得近乎森然。

还没等她看其他的，屏幕再次切换成来电页面，闵姜西面无表情地接通。

（未完待续，《佔有姜西 2》敬请期待）

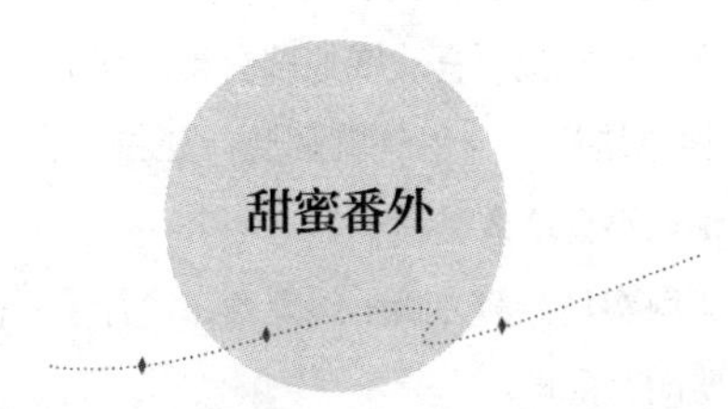

甜蜜番外

秦佔跟闵姜西吵架了，具体原因已经记不清楚，只感觉浑身的气撒不出去。

他躲着闵姜西，一连好几天。

他在办公室里坐着，助理打进内线电话：“老板，闵小姐来了，楼下的人不敢拦，她正乘电梯上来。”

秦佔什么都没说，起身往外走，坐另一部电梯下楼，完美地跟闵姜西错过。

他把闵姜西的电话和微信都拉黑了，一想到闵姜西找不到他的样子，他心里就有种扭曲的快感。

出了公司，秦佔碰见程双。程双非叫他一起喝茶，他闲得没事做，答应了。

两人面对面地坐着，程双语重心长地劝道：“你说你跟姜西生这么大气干吗？她什么样你还不知道吗？”

秦佔的表情寡淡，语气也很淡漠：“就她有脾气？”

程双苦口婆心：“她知道错了，跟我和遇迟说特别后悔，想跟你道歉，但你又不理她，她四处找你……”

话音刚落，她放在桌上的手机响起。

秦佔瞥了一眼，看到屏幕上显示着“姜西”来电的字样，立刻开口：“别说跟我在一起。”

程双很纠结，点接听键：“姜西。”

闵姜西的声音从手机中传出，很是委屈：“我去他公司找他，他助理说他不在，我不信，去了办公室，还去了会议室……你说他到底跑哪去了？是不是故意躲着不肯见我？”

程双看了看对面云淡风轻的秦佔，出声劝道：“哎呀，你别多想，你家甜佔这么忙，估计去外地出差了。”

闵姜西说：“他是不是不喜欢我了？”

程双说：“怎么可能？我不喜欢钱他都会喜欢你。”

闵姜西说：“他总这样，一生气就翻脸，还拉黑我，到处不见人影。刚刚我碰到楚晋行，他说他不会这么对我…”

程双慌了，瞥了眼秦佔，努力暗示闵姜西：“行了，你赶紧去我公司等我，你现在不正常，不要胡言乱语。”

电话挂断，秦佔黑着脸，冷声说“告诉她再也别来找我，别指望我会原谅她。”

说罢，不给程双解释的机会，起身就走。

半小时后，秦佔跟荣一京在会所包间里打桌球。秦佔心情不好，眼看着瞎子都能戳进去的球，他愣是没进，气得把球杆一扔，大口大口地灌酒。

荣一京从旁劝道：“深夜的酒没有凌晨的粥好喝，你都多长时间没把自己喝多了？犯戒担心小闵找你麻烦？”

这句话好死不死地戳在秦佔的肺管子上，他沉声道：“我受够了，从来都是我哄她，什么都是她说一不二，她当我是谁啊？”

荣一京似笑非笑：“是啊，深城三恶，一手遮天的黑无常，现在我看你都憋屈，实在不行换了吧。女人有的是，温柔的、可爱的、懂事的、性感的……要什么有什么。让小闵跟楚晋行在一起挺好的，他们才是一路人，你何苦难为自己？”

秦佔突然心绞痛，他们怎么就不是一路人了？怎么他这么努力，闵姜西心里还是放着一个楚晋行？是不是所有人都觉得是他剃头挑子一头热？

秦佔坐在沙发上喝闷酒，一不留神，身边多了很多陌生女人。性感的、妩媚的、清纯的、可爱的……一张张陌生的脸，如盘丝洞里的蜘蛛精，争抢着要往他身上扒。

秦佔正欲叫她们滚开，突然包间的房门被人一把推开，熟悉的面孔出现在门口。秦佔跟她四目相对，特别清晰的心痛感再度传来。

闵姜西望着秦佔，昏暗的光线下，仍能看到她眼里闪着光。她泫然欲泣地问：“秦佔，你什么意思？”

秦佔背靠沙发，倔强道：“你什么意思？不敲门就闯进来，真当自己还是我女朋友呢？”

闵姜西瞬间掉泪："你要跟我分手？"

秦佔张不开嘴，不置可否。恰好此时有个漂亮女人大着胆子往他身边一坐。

闵姜西立即翻脸，"别碰他！"

女人说："关你什么事，你是二少什么人？"

闵姜西气得攥紧拳头，看着秦佔："你跟不跟我回家？"

秦佔面无表情，一动不动，心底想着，你来拉我我就走？

闵姜西却说："你别后悔。"

说完，她转身就走。房门刚一关上，秦佔立刻一脚踹在面前的大理石桌上，吓得一众女人花容失色，他终于说出一直想说的话："滚！离我远点！"

正在秦佔爆血管时，包间的房门再次打开。闵姜西出现，跑到秦佔面前，一头扎进他怀里："我再也不跟你吵架了，你别生我气行吗？别不要我。"

秦佔心如刀绞，用力抱紧闵姜西，低声问："你还爱我吗？"

闵姜西点头："我爱你，除了你我谁都不爱。"

说着，闵姜西侧头吻秦佔的脸，而后是唇。秦佔刚开始还有些不好意思，结果定睛一瞧，包间里不知什么时候空了，人走酒凉，只有他跟闵姜西两人。

闵姜西将他按倒在沙发上，一颗一颗地解开他的衬衫扣子，嘴里喃咕着："我爱你……我爱你……我爱你……"

秦佔不生气了，抱着闵姜西来到台球桌前，扫清上面的阻碍。

意识还沉浸在快乐中，秦佔突然感觉意识被逐渐抽离。他缓缓睁开眼，看到面前的熟悉面孔。

闵姜西问："怎么了？"

秦佔一时间分不清梦境与现实，一声没吭。

闵姜西摸着秦佔微蹙的眉头："做噩梦了吗？"

梦？

秦佔瞬间断片，脑子里闪过吵架、生气、程双、荣一京，还有台球桌……

闵姜西兀自说："以后真不带你一起看鬼片了，你也别插着耳机跟我一起听鬼故事，胆子这东西，天生的，不是练出来的。"

秦佔一头扎进闵姜西怀里，不知道自己为什么会做这样一个风马牛不相及的梦。

闵姜西问："梦见什么了？"

秦佔可不敢说，他到底做了个多么荒唐的梦，都不用到女公关那步。无论是喝醉、拉黑还是闪人，个个都是死穴。而且闵姜西肯定从最一开始就抓住他的软肋，问他为什么会吵架。是不是现实中有什么委屈和冤屈，非要在梦里才敢肆意妄为一把。

“老婆……”

“嗯？”

“你哄哄我行吗？”

“又怎么了？”

“做噩梦，害怕。”